词苑漫话

常用词牌及其历代佳作赏析

王能全 著

华东师范大学出版社

·上海·

念奴娇

词牌《念奴娇》简介

　　《念奴娇》得名于唐朝天宝年间的一位著名歌女念奴，她音色绝妙，后人以其名为调名。因苏轼《念奴娇·赤壁怀古》（大江东去），《念奴娇》别名为《大江东去》。同时，因苏轼这首词的结句"一尊还酹江月"，又名《酹江月》。根据其字数，又另名为《百字令》。双调，仄韵，亦有平韵之作。字数一百至一百零二字，以一百字为主。词作多采用入声的仄韵，气势恢宏豪放，声情激越。同时，也有婉约派疏宕清新之作。

　　以下列出本词牌格律常见的三种格体与范例。

　　格体一，一百字，上、下片各十句、四仄韵。范例，北宋李清照词：

　　　　　　萧条庭院，又斜风细雨，重门须闭。
　　　　　　中平中仄，仄平中中仄，中平平仄。
　　　　　　宠柳娇花寒食近，种种恼人天气。
　　　　　　中仄中平平仄仄，中仄中平平仄。
　　　　　　险韵诗成，扶头酒醒，别是闲滋味。
　　　　　　中仄平平，中平中仄，中仄平平仄。
　　　　　　征鸿过尽，万千心事难寄。
　　　　　　中平中仄，仄平平仄中仄。

　　　　　　楼上几日春寒，帘垂四面，玉阑干慵倚。
　　　　　　中仄中仄平平，中平中仄，中仄平平仄。
　　　　　　被冷香消新梦觉，不许愁人不起。
　　　　　　中仄中平平仄仄，中仄中平平仄。

清露晨流，新桐初引，多少游春意。
中仄平平，中平中仄，中仄平平仄。
日高烟敛，更看今日晴未？
中平平仄，仄平平仄平仄。

格体二，一百字，上片九句、四仄韵，下片十句、四仄韵。
范例，北宋苏轼词：

大江东去，浪淘尽、千古风流人物。
仄平平仄，仄平仄、平仄中平平仄。
故垒西边，人道是、三国周郎赤壁。
仄仄平平，平仄仄、中仄平平仄仄。
乱石穿空，惊涛拍岸，卷起千堆雪。
仄仄平平，平平仄仄，中仄平平仄。
江山如画，一时多少豪杰。
平平平仄，仄中平仄平仄。

遥想公瑾当年，小乔初嫁了，雄姿英发。
中仄中仄平平，仄平平仄仄，平平平仄。
羽扇纶巾，谈笑间、樯橹灰飞烟灭。
仄仄平平，平仄平、中仄中平平仄。
故国神游，多情应笑我，早生华发。
仄仄平平，中平中仄仄，仄平平仄。
人生如梦，一尊还酹江月。
中平平仄，仄平平仄平仄。

格体三，一百字，上片十句、四平韵，下片十句、五平韵。
范例，南宋叶梦得词：

故山渐近，念渊明归意，萧然谁论。
仄平仄仄，仄平平平仄，平平平平。
归去来兮，秋已老、松菊三径犹存。
平仄平平，平仄仄、平仄平仄平平。
稚子欢迎，飘飘风袂，依约旧衡门。
仄仄平平，平平平仄，平仄仄平平。
琴书萧散，更欣有酒盈尊。
平平平仄，仄平仄仄平平。

惆怅萍梗无根。天涯行已遍，空负田园。
平仄平仄平平。平平平仄仄，平仄平平。
去矣何之，窗户小、容膝聊倚南轩。
仄仄平平，平仄仄、平仄平仄平平。
倦鸟知还，晚云遥映，山气欲黄昏。
仄仄平平，仄平平仄，平仄仄平平。
此还真意，故应欲辨忘言。
仄平平仄，仄平仄仄平平。

《念奴娇》历代佳作十首

1. 念奴娇　［北宋］苏轼

赤壁怀古

大江东去，浪淘尽、千古风流人物。
故垒西边，人道是、三国周郎赤壁。
乱石穿空，惊涛拍岸，卷起千堆雪。

江山如画，一时多少豪杰。

遥想公瑾当年，小乔初嫁了，雄姿英发。
羽扇纶巾，谈笑间、樯橹灰飞烟灭。
故国神游，多情应笑我，早生华发。
人生如梦，一尊还酹江月。

个人不幸诗有幸。宋神宗元丰三年（1080）二月，因"乌台诗案"苏轼被贬发到长江之畔的黄州（今湖北黄冈）。于是，中华历史，少了一位在险恶的宦海无法施展才华的官吏；人类文坛，升起了一颗光照千秋的璀璨巨星。在黄州，苏东坡为子孙后代留下词篇《念奴娇·赤壁怀古》（大江东去），以及《赤壁赋》等千古传诵的不朽之作。

这首词，作者写于宋神宗元丰五年（1082）七月，抒发游览黄冈城外赤壁矶的感怀，时东坡四十五岁。（此词有多种版本。如"乱石穿空，惊涛拍岸"，一作"乱石崩云，惊涛裂岸"，等等。）

词的上片着重写赤壁之景，并为下片周瑜的出场做铺垫。"大江东去，浪淘尽、千古风流人物。"开篇神来之笔，气势恢宏，荡气回肠！将滚滚东去的大江与千古历史人物联系在一起，发出"浪淘尽"的浩叹，借此表达自己对历史的沉思。接着用"故垒西边，人道是、三国周郎赤壁。""故垒"：古代遗留下来的营地；"周郎"：周瑜，赤壁之战时东吴的主将。那营地遗址的西边，人们说，就是三国时代周瑜大破曹军的赤壁。点明词题"赤壁怀古"，引出词中的主要历史人物周瑜。

"乱石"三句，以苍劲的笔力描写赤壁雄奇壮美的景象。杂乱的巨石、陡峭的山峰直插云天，长江的惊涛骇浪拍打着江岸的岩石，滔滔的江水卷起汹涌奔腾的雪浪。作者油然地发出"江山如画"的赞美，随之联想到赤壁大战的诸多英雄人物，诸葛亮、周瑜和曹操等人。苏东坡感慨万端，那是人才辈出的时代，"一时多少豪杰"！大有生不逢时的缺憾。

下片将人物集中在苏轼最赏识的三国人物周瑜的身上。"遥想公瑾当年，小乔初嫁了，雄姿英发。""公瑾"：周瑜的字。遥想当年，周瑜英俊潇洒，风流倜傥，小乔初嫁，英雄美人。"羽扇纶巾"，"纶巾"：青丝的头巾。一副装束，栩栩如生地刻画了周瑜文韬武略的儒将风采。"谈笑间、樯橹灰飞烟灭。""樯橹"：船舰之意，樯即挂帆的桅杆，橹为一种摇船的桨。公瑾举重若轻，从容自若，谈笑间便得锦囊妙计，赤壁水战以火攻曹军，曹操连云的战舰霎时间化为灰烬。飘逸的词句，展现出所向披靡的威武气势！

怀古抚今，词情陡转。"故国神游"，身置赤壁遗址，追忆当年的英雄风流、豪杰伟业，词人想到自己的现实处境，思绪顿时深沉。曾经壮志凌云，如今反遭贬发，不免自我解嘲，"多情应笑我，早生华发"。可笑我自作多情，空怀报国之志，以致白发早生。一声喟叹，一声太息！那些"千古风流人物"，终究不也被"大江东去"的巨浪席卷而去、退出历史舞台吗？忘却古代英雄的辉煌，忘却自己眼下的不幸，"人生如梦，一尊还酹江月"。"尊"：即"樽"，酒杯；"酹"：古人将酒洒在地上，表示祭奠或立誓。人生命运无常，如同一场大梦；生命短暂，唯有江上明月永恒；对月举杯，挥洒热酒一樽，不胜慨然！

从词首浩荡奔流的大江东去，到词尾聊以自慰的酹酒江月，直抒胸臆，感情跌宕，神思飞扬。赞叹赤壁"多少豪杰"，壮怀激烈；回到现实，苍凉惆怅。追怀千古英雄，感慨人生如梦！仰首浩渺江月，杯酒祭拜，以此寄怀！整首词，激荡着澎湃的内心情感，思索着深邃的人生哲理，蕴含着超越时空的艺术魅力。读之，浮想联翩；读罢，感慨万千。南宋胡仔赞此词："东坡'大江东去'赤壁词，语意高妙，真古今绝唱。"（《苕溪渔隐丛话前集》）

这首《念奴娇》是中华词史上的里程碑之作。它大气磅礴、意境雄浑，对词风的革新具有深远的影响。

2. 念奴娇　［北宋］黄庭坚

八月十七日，同诸生步自永安城楼，过张宽夫园待月。偶有名酒，因以金荷酌众客。客有孙彦立，善吹笛。援笔作乐府长短句，文不加点。

断虹霁雨，净秋空、山染修眉新绿。
桂影扶疏，谁便道、今夕清辉不足？
万里青天，姮娥何处，驾此一轮玉？
寒光零乱，为谁偏照醽醁？

年少从我追游，晚凉幽径，绕张园森木。
共倒金荷，家万里、难得尊前相属。
老子平生，江南江北，最爱临风笛。
孙郎微笑，坐来声喷霜竹。

历经人生沧桑的黄庭坚，于宋哲宗绍圣二年（1095）贬涪州（今重庆涪陵）别驾（别驾是宋代一州的通判），黔州（今重庆彭水）安置，后移戎州（今四川宜宾）安置。哲宗元符二年（1099）八月十七日与一群青年人一起赏月饮酒，其中一位名叫孙彦立的朋友笛声悠扬，黄庭坚临景即兴，写下这首名作。词序中"永安"即白帝城，在今重庆奉节西的长江边上。

上片写景。头三句写远景："断虹霁雨，净秋空、山染修眉新绿。""断虹"：被云遮断的彩虹；"霁"：雨刚止，天放晴。雨后断虹高悬，秋空净洁如洗，远山如黛，恰似佳人修长的美眉。接着赏月。天上，清辉如水，月华当空，月宫桂树之影，斑驳可见，怎能说"今夕清辉不足"？"万里青天，姮娥何处，驾此一轮玉？"万里碧天，嫦娥，你在何处驾驭着这轮如玉的圆月在夜空遨游？在词人的笔下，嫦娥不再是孤寂凄冷。"寒光零乱，为谁偏照醽醁？""醽醁"：一种美酒名。迷离清冷的月光，你为谁映照着杯中的美酒？秋空无垠，月色浩渺，美酒入怀，词人沉醉其中。

下片，游园听笛。"年少从我追游"，词人当时已经五十四岁，后面跟着一群快乐的年轻人，与他一同游览胜景。凉爽的晚风微微吹拂，沿着幽静的小路，漫步在张园的密林之中。"共倒金荷，家万里、难得尊前相属。"共同将金色的荷叶形状的酒杯斟满，离家万里，难得幸会，开怀尽情痛饮吧！词人心底掠过贬谪偏远异乡的凄凉，与友相聚，举杯解忧。接着笔锋一转，精神振起，"老子平生，江南江北"，"老子"，充满豪气的老夫也。平生走南闯北，流离颠沛，何惧贬放！最爱听那临风吹奏的清脆悦耳的笛声。"孙郎微笑，坐来声喷霜竹。""霜竹"：用霜筠制成的笛子。这一句带出词题中善于吹笛的孙彦立。孙郎感遇知音，报以会心的微笑，吹奏出更为优美的笛声，回荡在月夜的山林之间。声与情、诗与画，融为一体，悠然收尾。

这首词以豪放洒脱的笔力，抒发了词人淡对荣辱、笑傲浮沉的旷达胸襟。在北宋时期，文坛有"苏黄"之称，当时黄庭坚的影响甚至超过苏轼。苏轼评黄庭坚的词为"瑰伟之文，妙绝当世"（《举黄鲁直自代状》），此词正是妙绝之作。

3. 念奴娇　［北宋］李清照

萧条庭院，又斜风细雨，重门须闭。
宠柳娇花寒食近，种种恼人天气。
险韵诗成，扶头酒醒，别是闲滋味。

征鸿过尽，万千心事难寄。

楼上几日春寒，帘垂四面，玉阑干慵倚。
被冷香消新梦觉，不许愁人不起。
清露晨流，新桐初引，多少游春意。
日高烟敛，更看今日晴未？

李清照，千古第一才女，第一奇女。她不畏封建世俗，大胆、真挚、细腻地写出自己的情思。其词，语言清秀，强调协律，崇尚典雅，流淌着纤丽清秀的美感。

这首词有些选本含词题"春情"或"春日闺情"，抒发作者对出仕在外丈夫的思念，作于宋朝南渡之前。

上片首三句写词人所在的环境，"萧条庭院"，又逢"斜风细雨"，心情格外孤寂，必须将一道道的门紧紧地关上。"宠柳娇花寒食近，种种恼人天气。""寒食"：古代传统节日，在清明前两天，禁烟火，吃冷食。春天寒食节已近，嫩柳新绿，春花娇媚，心生怜爱；然而，"斜风细雨"的天气，阴晦沉闷，让人烦恼。明代著名文学家王世贞特评："'宠柳娇花'，新丽之甚。"（《弇州山人词评》）

接着由写景转入写人。"险韵诗成，扶头酒醒，别是闲滋味。""扶头"，一种饮后易醉的酒。词人独自闷在家中，饮酒赋诗，特意选用难押的韵写成诗，以此排解孤闲的离愁。酒醒后，别有一番难以言状的思情滋味。"征鸿过尽，万千心事难寄。"借用鸿雁传信的典故。目送远去的大雁，全部飞过，万千相思却无法寄出。词句中寓意着望断天涯的惆怅。

下片进一步书写个人的举止与心境。"楼上几日春寒，帘垂四面，玉阑干慵倚。"闺楼上连日春寒袭人，故将四面帘幕低垂，慵倦地倚着白玉栏杆，索然乏味，便去睡觉。"被冷香消新梦觉，不许愁人不起。"被子抵挡不住春寒，炉香烧尽，旋而从新梦中惊醒，离情别绪萦绕心头，辗转难眠，只得起身。

词人帘卷门开，忽见屋外一片春意盎然，"清露晨流，新桐初引，多少游春意"。庭院里，清晨露水盈盈，新长的桐叶青翠幼嫩，游春之意油然而生。太阳高照，云雾消散。词境由前面的阴沉凄冷突然变成清朗日高，转愁为喜。笔到此处本应顺着欣喜而下，然而李清照毕竟是妙手写家，结句问"更看今日晴未"？还要再看看今天真的晴了吗？暗中与词首的"斜风细雨"相呼应，阴雨多日，天刚方晴，仍不放心。清人毛先舒《诗辩坻》论及此词说："李'春情'词本闺怨，结云'多少游春意'、'更看今日晴未'，忽尔开拓，不但不为题束，并不为本意所苦。直如行云，舒卷自如，人不觉耳。"

清代著名词家陈廷焯说："宋闺秀词自以易安为冠。"（《白雨斋词话》）这首闺情之词足见此评言之有理。愁思而不凄切，伤感却无大悲。在寂寞的思情中，女词人仍怀着高雅的情趣以及美好的期盼，丝毫不见寻常思妇的空虚与失落。语言浅显深婉，词情曲折回旋，余音不尽，耐人寻味。

4. 念奴娇　［南宋］张孝祥

过洞庭

洞庭青草，近中秋、更无一点风色。
玉界琼田三万顷，着我扁舟一叶。
素月分辉，明河共影，表里俱澄澈。
悠然心会，妙处难与君说。

应念岭表经年，孤光自照，肝胆皆冰雪。

短发萧骚襟袖冷，稳泛沧溟空阔。

尽挹西江，细斟北斗，万象为宾客。

扣舷独啸，不知今夕何夕。

宋孝宗乾道元年（1165）初，张孝祥出任静江府（今广西桂林）知府，兼广南西路（今广西全境及雷州半岛和海南岛等地）经略安抚使。次年六月他遭谗罢官，北归途径洞庭湖，作此词。

上片着重写景，景中寓情。头三句点明地点、时间、气候。"洞庭"、"青草"两湖相连，合称洞庭湖。时近中秋，浩渺的湖面风平浪静，清爽怡人。"玉界琼田三万顷，着我扁舟一叶。"万顷无垠的洞庭湖，净洁如玉的世界，美妙似琼的岛屿，词人着一叶扁舟，一身轻松，无拘无束，忘却官场的谗言中伤。"素月分辉，明河共影，表里俱澄澈。"淡月的清辉洒在波光粼粼的湖面上。皎洁的明月，璀璨的银河，倒影共同映在明镜般的水中。在澄澈的天水之间，词人的外貌和内心表里如一，都是那么透明。经历了宦海沉浮，回归浩然无尘的大自然怀抱，作者恬静淡泊，超然物外，进入"天人合一"的境地。"悠然心会，妙处难与君说。"这种物我两忘的悠然境界，只能心会，妙不可言！

下片，道出蒙冤的遭遇，抒发坦荡的襟怀。"应念岭表经年"，词人刚从岭表（今两广一带）罢官而归，心中念念不忘在岭表一年多的官场生涯。"孤光自照，肝胆皆冰雪。"自己洁身自好，肝胆如冰雪一样晶莹洁白。言外之意，平白无故地遭到诬陷，深感悲凉与怨愤。"短发萧骚襟袖冷，稳泛沧溟空阔。""萧骚"：萧疏，稀疏。如今短发稀疏，两袖清风，泛舟于浩渺的洞庭湖上。"尽挹西江，细斟北斗，万象为宾客。""挹"：舀；"西江"：意指长江，长江中上游在洞庭湖以西。词人要用北斗七星作勺，将长江之水全部舀出来，邀请天地万物为宾客，逍遥地细斟慢饮。何等的气派，何等的浪漫！"扣舷独啸，不知今夕何夕。"独自扣舷，仰天长啸，忘乎今夕何夕，忘乎个人得失，在苍辽深邃的宇宙中获得精神的升华。

写这首词时，作者三十五岁，正值盛年。清代词人王闿运《湘绮楼词选》评此词"飘飘有凌云之气"。全词神驰飞扬，豪情飘逸，气象万千。洞庭的湖光月色，个人的肝胆写照，奇幻的艺术想象，浑然一体。它完美地展现了作者虽被罢官、不坠凌云之志的胸怀。这位南宋早期的爱国词人，词作格高意远，雄劲旷放；为官清廉正直，体恤百姓。可惜他不幸因病早逝，离世时年仅三十八岁！

5. 念奴娇　［南宋］辛弃疾

书东流村壁

野棠花落，又匆匆过了，清明时节。
刬地东风欺客梦，一枕云屏寒怯。
曲岸持觞，垂杨系马，此地曾经别。
楼空人去，旧游飞燕能说。

闻道绮陌东头，行人曾见，帘底纤纤月。
旧恨春江流不断，新恨云山千叠。
料得明朝，尊前重见，镜里花难折。
也应惊问，近来多少华发？

辛弃疾鲜有写自己爱情的诗词，此词尤为珍贵，大约作于南宋淳熙五年（1178）。作者年轻时曾在安徽池州东流村结识一位女子。这次重访不遇，遂作此词。

上片，"清明时节"，"野棠花落"，又一次行色匆匆地来到故地。"刬地东风欺客梦，一枕云屏寒怯。""刬地"：宋时方言，意即"无端地"；"云屏"：画有彩云的屏风。春寒未尽，东风无端地吹来，打断了追忆旧情的美梦。昔日闺房共枕，见景触情，无比惆怅。曲岸的垂柳，当年在此系马，两人举杯话别。现在，"楼空人去，旧游飞燕能说"。如今佳人离去，闺楼空荡，只有似曾相识的飞燕，在向旧地重游的我呢喃诉说。思念与伤感，尽在字里行间！这两句化用苏轼《永遇乐》（明月如霜）词句："燕子楼空，佳人何在？空锁楼中燕。"但翻以新意，意味隽永。

　　下片承接上片词情。"闻道绮陌东头，行人曾见，帘底纤纤月。""绮陌"：隐喻红灯烟花之地；"纤纤月"形容美人三寸金莲的小足。"帘底纤纤月"，艳丽不失风雅。在巷子的东头，向行人打听，他们确实曾看到过这位美女。"旧恨春江流不断，新恨云山千叠。"过去离别的旧恨如同春江之水，长流不断；重访不遇的新恨更似重峦叠嶂，连绵不绝！"料得明朝，尊前重见，镜里花难折。""料得"：预料，估计。即使今后再重逢，她已是"镜里花"，属于他人了，无法重温旧情。眷恋曾经的情意，而又无可奈何命运的安排。"也应惊问，近来多少华发？"到那时，她一定会关切地问我："离别不久，你怎么添了那么多的白发？"离别之痛，恋情之深，感人肺腑。英雄失意，唯红颜爱怜！词的结尾作者流露出知音难寻、忧忧寡欢的心境，让人不禁联想起他《水龙吟》（楚天千里清秋）中的词句："倩何人、唤取红巾翠袖，揾英雄泪。"

　　这首词以健笔写柔情，而又绝非寻常的怀念旧情之作。一往情深，竟恋人不遇；热血报国，却壮志难酬。一位重情重义、志向远大的豪杰，倾诉着内心悲凉的感情，抒发出沉郁已久的喟叹。

6.念奴娇　[南宋]姜夔

　　余客武陵，湖北宪治在焉。古城野水，乔木参天。余与二三友日荡舟其间，薄荷花而饮，意象幽闲，不类人境。秋水且涸，荷叶出地寻丈，因列坐其下，上不见日，清风徐来，绿云自动。间于疏处窥见游人画船，亦一乐也。揭来吴兴。数得相羊荷花中，又夜泛西湖，光景奇绝。故以此句写之。

　　　　闹红一舸，记来时、尝与鸳鸯为侣。
　　　　三十六陂人未到，水佩风裳无数。
　　　　翠叶吹凉，玉容销酒，更洒菰蒲雨。
　　　　嫣然摇动，冷香飞上诗句。

　　　　日暮。青盖亭亭，情人不见，争忍凌波去？
　　　　只恐舞衣寒易落，愁入西风南浦。
　　　　高柳垂阴，老鱼吹浪，留我花间住。
　　　　田田多少，几回沙际归路。

　　这是一首托物寄怀的词。词序中"武陵"，即今湖南常德；"薄"，临近；"揭"，来到；"吴兴"，今浙江湖州；"相羊"，即"相徉"，徘徊、徜徉。由词序可知，作者曾在江南多地与友人徜徉于荷塘之中，感其"意象幽闲，不类人境"的"光景奇绝"，故写此词。

　　词首两句简练地描写进入荷塘的情景。荡着一叶扁舟，飘游在鲜红的荷花丛中；记得来时，一对对鸳鸯戏水、以船为伴。"三十六陂人未到，水佩风裳无数。""陂"：池塘。小舟驶到了"三十六陂"这个人迹未到的池塘深处，无数的荷花，娇艳妩媚，好似一个个水为佩带、风作裙裳的仙女。"翠叶吹凉，玉容销酒，更洒菇蒲雨。""菇蒲"：菇与蒲均为生长在浅水里的草本植物。翠绿的荷叶之间，凉风送爽；荷花像酒后的美人，玉容红晕，脉脉含情，一阵秋雨洒落在菇蒲上。"嫣然摇动，冷香飞上诗句。"荷花嫣然含笑，摇曳多姿，散发出清冷的幽香。词人欣赏不已，诗兴大发，美妙的诗句飞上笔端。

下片，"日暮"时分，作者的思绪转而惆怅。"青盖亭亭，情人不见，争忍凌波去？""凌波"：此处意即"凌波微步"，出自曹植《洛神赋》。青翠的荷叶舒展如盖，亭亭玉立，宛如痴痴地等待情人的倩女，久盼不见恋人，欲归还留，怎忍凌波微步地归去。词人将荷花想象成多情的女子，心存怜爱与依恋。"只恐舞衣寒易落，愁入西风南浦。""南浦"：南面的水边。想到秋寒之日，犹恐西风吹来，南浦萧瑟，如舞衣一样艳丽的花瓣在寒冷中凋落，为之忧愁。暂且不去多想吧，作者聊以自慰。眼前"高柳垂阴，老鱼吹浪，留我花间住"。岸边，高高的柳树垂下绿荫；水中，肥大的老鱼吹起浪花。荷塘美好的一切，都在挽留我与荷花长住啊。"田田多少，几回沙际归路。""田田"：荷叶茂密的样子，引自汉乐府《江南》"江南可采莲，莲叶何田田"。如盖的莲叶亭立在水面上，茂密地连成宽阔的一片，"意象幽闲"，景观奇绝，让我多少回在沙堤的归路上徘徊流连，久久不愿离去！

姜夔，才艺超群，孤云野鹤般地漂泊于江湖，一生过着苦寒的布衣生活。其词，"天籁人力，两臻绝顶"（清代冯煦《宋六十一家词选例言》）这首词咏荷之词，不但赞美荷花荷叶的风姿与神韵，而且出神入化地将它们拟人化，高洁，纯情，倾注了作者对荷花荷叶的迷恋。整首词借荷抒怀，寄托着这位潦倒词人对美好的孜孜不倦的追求，以及固守着像荷花一样"出污泥而不染"的品格。

7. 酹江月　[南宋] 文天祥

和

乾坤能大，算蛟龙、元不是池中物。

风雨牢愁无着处，那更寒蛩四壁。

横槊题诗，登楼作赋，万事空中雪。

江流如此，方来还有英杰。

堪笑一叶飘零，重来淮水，正凉风新发。

镜里朱颜都变尽，只有丹心难灭。

去去龙沙，江山回首，一线青如发。

故人应念，杜鹃枝上残月。

　　文天祥，字宋瑞，号文山。这首词的题目是"和"。文天祥和答谁？南宋末，祥兴元年（1278）十二月，文天祥在五坡岭（今广东海丰县北）因叛徒出卖而被俘。次年四月被押送燕京，同时被押有他的好友邓剡。到金陵后，邓因病留下就医。临别时，邓剡作词《酹江月·驿中言别》（水天空阔）赠送文天祥。文天祥遂写此词酬答邓剡。

　　上片着重回顾抗元的斗争。起笔气势恢宏。"乾坤能大"，"能"：如此。乾坤如此之大，我等好似蛟龙，岂是池中之物。二人虽已做囚，仍希望有机会冲破牢笼。"风雨牢愁无着处，那更寒蛩四壁。"狱外风雨如磬，牢内寒秋的蟋蟀在每一个角落哀鸣。祖国在浩劫之中，作者心境凄凉，愁肠寸断，辗转难寐。"横槊题诗，登楼作赋，万事空中雪。""横槊题诗"：苏轼在《前赤壁赋》中说曹操"横槊赋诗，固一世之雄也"；"登楼作赋"：东汉王粲生逢乱世，作《登楼赋》寄托怀国思乡、抱负难展的感慨。文天祥借这两个历史典故，抒发自己挽救国家于危难的雄心，以及历尽艰辛、屡遭挫折的浩叹！一切奋斗都失败了、落空了。"江流如此，方来还有英杰。"作者依然坚信：抗元复国的大业如江河奔流之水，必定后继有人！同时，以此回应邓剡原词之句："铜雀春情，金人秋泪，此恨凭谁雪？"

下片表明宁死不屈、视死如归的意志。"堪笑一叶飘零，重来淮水，正凉风新发。""淮水"：金陵秦淮河。宋德祐二年（1276），国家危难当头，文天祥大义凛然，出使元营，被拘，在镇江伺机脱逃。这次被俘又到达金陵一带，故言"重来淮水"。作者笑傲命运，自己似一片落叶，随风飘零，正值寒风再起，又来到秦淮河边。"镜里朱颜都变尽，只有丹心难灭。"镜里已经两鬓斑斑，面容枯槁，唯有赤胆忠心不灭！这两句，与文天祥在《过零丁洋》诗中"人生自古谁无死，留取丹心照汗青"一样，铮铮硬骨，浩然正气，舍生取义，光照千古！"去去龙沙，江山回首，一线青如发。""龙沙"：北方沙漠；"一线青如发"：语出苏轼《澄迈驿通潮阁》的诗句"青山一发是中原"。作者即将被押往北方沙漠之地，渐行渐远，回望故国江山，犹如青山远望，细如一线发丝。"故人应念，杜鹃枝上残月。"此去唯有一死，故友在怀念我的时候，听见残月下杜鹃在枝上带血的啼鸣，那是我的魂灵化作杜鹃飞回南方，为南宋的亡国而泣血哀啼！

文天祥被押到燕京之后，元廷威逼利诱，劝其投降。他丝毫不为所动，最后以身殉国！

这首词，作者直抒胸臆，激情喷涌，慷慨悲壮。它是以文天祥用生命谱写的血书、爱国主义的浩歌，气壮山河，世代传诵！王国维在《人间词话》中高度评价文天祥的词作："文文山词，风骨甚高，亦有境界。远在圣与（王沂孙）、叔夏（张炎）、公谨（周密）诸公之上。"王沂孙、张炎、周密均为与文天祥同时期的南宋末年著名词人。

附：酹江月 ［南宋］邓剡

驿中言别

水天空阔，恨东风、不惜世间英物。
蜀鸟吴花残照里，忍见荒城颓壁。
铜雀春情，金人秋泪，此恨凭谁雪？
堂堂剑气，斗牛空认奇杰。

那信江海余生，南行万里，属扁舟齐发。
正为鸥盟留醉眼，细看涛声云灭。
睨柱吞嬴，回旗走懿，千古冲冠发。
伴人无寐，秦淮应是孤月。

8. 念奴娇 ［元］萨都剌

登石头城

石头城上，望天低吴楚，眼空无物。
指点六朝形胜地，惟有青山如壁。
蔽日旌旗，连云樯橹，白骨纷如雪。
一江南北，消磨多少豪杰。

寂寞避暑离宫，东风辇路，芳草年年发。
落日无人松径冷，鬼火高低明灭。
歌舞尊前，繁华镜里，暗换青青发。

伤心千古，秦淮一片明月！

石头城在南京城西，由楚国始建于公元前 333 年，位于石头山上，遗址在今清凉山一带。三国时孙权在原城基上修建，昔有"钟阜龙盘，石城虎踞"之赞。萨都剌这首词步苏东坡《念奴娇·赤壁怀古》原韵，笔力苍劲，感怀隽永，为游览历史名胜诗词中的千古名作。

"石头城上，望天低吴楚，眼空无物。"登上石头城，俯瞰吴楚大地，天地相接，苍苍莽莽，极目所见一片空茫。起笔三句恢宏、大气，为全词铺开了辽阔的地理和雄浑的历史大背景。"指点六朝形胜地，惟有青山如壁。""形胜"：此处意即地势优越。六朝均在金陵建都，虎踞龙盘的地势，并未能保住它们各自短命的王朝。如今，眼前只有如壁的青山亘古屹立。进而，词人沉入对战争的思索。"蔽日旌旗，连云樯橹，白骨纷如雪。"战旗蔽日，战船连云，无数的将士在石头城下厮杀，残酷的战争换来的是短暂的改朝换代，留下的却是"白骨纷如雪"！"一江南北，消磨多少豪杰。"这两句由苏轼《念奴娇·赤壁怀古》中的"江山如画，一时多少豪杰"化用而来，但意境迥然不同。登石头城，想到历史上在此发生过的一场场战争，以及战争中死去的无数生命，作者的心底无比沉重和悲哀。

下片，首先承接上片，怀古由广阔的场景集中到六朝的宫廷。"寂寞避暑离宫，东风辇路，芳草年年发。""离宫"：行宫；"辇路"：御道。六朝帝王避暑所用的离宫，如今死寂无声；皇家辇车行径的御道，年年野草丛生。"落日无人松径冷，鬼火高低明灭。"每一个王朝无不是过眼烟云，昔日豪华的宫殿皇苑，如今黄昏时松林的小径幽冷无人，深夜里鬼火明忽隐忽现！此二句与李白《登金陵凤凰台》"吴宫花草埋幽径，晋代衣冠成古丘"有异曲同工之妙。"歌舞尊前，繁华镜里，暗换青青发。""尊"同"樽"，酒杯。怀古伤今，不免念及自己。饮酒歌舞，已成了镜里虚无的繁华；青春不再，转眼间青丝变成了华发。全词在感伤中结束，"伤心千古，秦淮一片明月"。六朝的盛况灰飞烟灭，唯有秦淮河上空的明月永恒不变，它默默地见证着石头城的历史沧桑，为千百年来在此上演的一幕幕悲剧而伤心。词人仰首秦淮明月，将吊古的悲情、人生的喟叹付诸清冷的月色之中，余味无穷。

这首词虽步苏东坡《念奴娇·赤壁怀古》原韵，但各对异景，各抒己情。它是萨都剌的代表作之一，怀古吊古，凝重沉郁；感慨人生，怅惘悲凉。在词中，作者无情地抨击封建统治者穷兵黩武造成的"白骨纷如雪"，思想深邃，难能可贵。后人称萨都剌为"元一代词人之冠"，不无道理。

9. 念奴娇 ［明］高启

自述

策勋万里，笑书生、骨相有谁曾许？
壮志平生还自负，羞比纷纷儿女。
酒发雄谈，剑增奇气，诗吐惊人语。
风云无便，未容黄鹄轻举。

何事匹马尘埃，东西南北，十载犹羁旅？
只恐陈登容易笑，负却故园鸡黍。
笛里关山，樽前日月，回首空凝望。
吾今未老，不须清泪如雨。

高启，长洲（今苏州）人，元末明初著名诗人、文学家。元末世乱，隐居在吴淞青丘，自号青丘子。元末至正二十一年（1361），作者二十六岁，相士薛月鉴到访，说高启"脑后骨已隆"，预言高启将结束隐居、飞黄腾达。于是，他写下这首"自述"，抒发入世与隐居的矛盾，以及期盼成就伟业的念头。

上片书写薛月鉴相面后的心情，一石激起千层浪。"策勋万里，笑书生、骨相有谁曾许？""策"：此处即"简策"，竹简，泛指记载。"骨相"：骨骼相貌，古人以此推测个人的性格与命运。立功于万里边陲，青史留名，是人生的期望。笑我一介书生，是谁说我长相非凡、终有一番成就？"壮志平生还自负，羞比纷纷儿女。"平生自恃壮志凌云，羞与芸芸平庸之辈相比。一个"笑"字，既是自我解嘲，更是自信自负。随之进一层地描写自己"壮志平生"。"酒发雄谈，剑增奇气，诗吐惊人语。"酒后激情迸发，雄谈阔论；长剑飞舞，豪气奇绝；挥毫诗成，出语惊人。一个文武双全的英杰。"风云无便，未容黄鹄轻举。"只是因为时运不济，不容我像鸿鹄一样展翅翱翔，没有机遇自由地施展才华，建功立业！

下片首先回忆自己的蹉跎岁月。"何事匹马尘埃，东西南北，十载犹羁旅？"我少时已才华出众，十六岁作诗《赠薛相士》，至今已经十年。是什么让我风尘仆仆，四方飘游，旅客他乡？元末，作者一度浪迹于吴越，张士诚定都长洲，曾将高启招为幕僚，后高启对张士诚失去信心，借故离开，过着隐居的生活。相士薛月鉴的一席话，让他动心，思考今后的人生之路。"只恐陈登容易笑，负却故园鸡黍。"此处引用三国时期的儒将陈登，作官为民，深受民众拥戴。词人暗喻自己与陈登一样有扶世济民之志。他左思右想：如果不出仕，恐怕会遭陈登这样有为之士的耻笑；如果步进官场，却又辜负了故乡美好的田园生活、乡亲们的情谊。是"笛里关山"，塞外羌笛关山，建功立业；还是"樽前日月"，悠闲饮酒，消磨时光？举棋不定，陷入两难。"回首空凝望"，回首往事，徒劳地凝神久立，犹豫不定。"吾今未老，不须清泪如雨。"我尚未老，又何须多愁善感、因虚度年华而泪如雨下。词的最后，作者自我慰藉与勉励，振作精神，还是趁着年轻、干一番"策勋万里"的功业吧。结尾与词首相呼应。

清代沈雄在《古今词话》中评高启的词风"大致以疏旷见长"，亦有"极缠绵之至"之作。这首词疏旷之中不乏委婉，于"壮志"中见"自负"，期盼"黄鹄轻举"、"笛里关山"；却又眷念"故园鸡黍"、"樽前日月"。词情千回百转，思绪彷徨徘徊，写出了这位才高志远的书生身处乱世的真实心境。

明洪武元年（1368），高启应召入朝，授翰林院编修，纂修《元史》，获朱元璋赏识。洪武三年（1370）秋，委任为户部右侍郎，他固辞不受，辞官归田，生性孤高耿介，得罪了朱元璋。洪武七年（1374），撰写《上梁文》，受人诬陷，被朱元璋腰斩，年仅三十九岁！

10. 百字令 ［清］厉鹗

月夜过七里滩，光景奇绝。歌此调，几令众山皆响。

秋光今夜，向桐江、为写当年高躅。
风露皆非人世有，自坐船头吹竹。
万籁生山，一星在水，鹤梦疑重续。
榜音遥去，西岩渔父初宿。

心忆汐社沉埋，清狂不见，使我形容独。
寂寂冷萤三四点，穿破前湾茅屋。
林净藏烟，峰危限月，帆影摇空绿。
随风飘荡，白云还卧深谷。

厉鹗，浙江钱塘（杭州）人，善于以景写情，词作清雅幽微，这首词是他的代表作。康熙六十年（1721）秋，三十岁的作者夜过桐江七里滩，因其"景光奇绝"，填写此词，"歌此调，几令众山皆响"。词中借桐江秋夜之景，追思古代高洁之士，抒发个人超凡脱俗的情怀。"七里滩"：又名七里濑、七里泷，在浙江桐庐县城南三十里，富春江两岸青山夹峙，水流湍急，连绵七里。

上片书写此行的缘由，以及桐江秋夜所闻之感。"秋光今夜，向桐江、为写当年高躅。""桐江"：富春江流经桐庐县的一段，又名桐庐江；"高躅"：高人足迹，此处指东汉严光与南宋谢翱。今夜秋色清淡，月光澄澈，泛舟桐江之上，为了追寻先贤严光等高人的足迹，谱写此词以咏之。"风露皆非人世有，自坐船头吹竹。"秋夜江月，和风清露，皆非人世间所有。独坐船头，对月临风，心逸神驰，吹奏着竹笛，悠扬的笛声飘扬在桐江的夜空。

"万籁生山，一星在水"，"万籁"：大自然万物发出的声音；"一星"：意即严光，严光曾被指为客星夜侵帝座。大自然万物的秋声回荡于青山翠林之间，一颗璀璨的明星倒映在净洁的水中。此种美妙的情景，令我怀疑是否又在驾鹤逐梦。严光是东汉开国皇帝刘秀的学友，刘秀即位后多次聘请他入朝做官，均被他谢绝，不贪富贵，不图名利，隐居于富春江，以垂钓度过一生。"万籁"陪衬着"一星"，表达作者对严光的仰慕，立志追随严光的足迹。"桨音遥去，西岩渔父初宿。""桨音"：船桨拨水的声音。远处传来船桨的声音，那是渔夫回到西岩的家中夜宿。短短两景句，蕴含深邃之意。其中合用《庄子·渔父》所写孔子送别渔夫时"不闻桨音而敢乘"，以及柳宗元《渔翁》诗句"渔翁夜傍西岩宿"。《庄子·渔父》以及其他古代诗词中的渔父，均是形象化的睿智的高人隐士，此词中为钓台上严光的化身。

下片描写所见之思。"心忆汐社沉埋，清狂不见，使我形容独。""汐社沉埋"：南宋文天祥被杀后，谢翱与数位友人登桐江钓台的西台，大哭遥祭，并将他们聚会之所称为"汐社"，谢翱死后葬于钓台。词人夜游桐江，心中追忆谢翱的事迹，谢翱埋葬于此，从那以后再也见不到狂放不羁之人，使我感到如此孤独。两岸一片寂寥，流萤闪着三四点清冷的幽光，穿过了前面河湾的茅屋。空茫的夜色下，闪光的冷萤数点而已，意味深长。

接而景色由近及远。"林净藏烟，峰危限月，帆影摇空绿。"远方，清净的山林间云烟朦胧，危耸的山峰遮掩了月光。轻盈的扁舟随波逐浪，帆影飘摇在青山绿水之中。"帆影摇空绿"，化用南朝乐府民歌《西洲曲》诗句"海水摇空绿"。"随风飘荡，白云还卧深谷。"词的结尾，帆船随风漂流，驾向白云静卧的深谷。词人乘坐其上，就像"遥去"的隐居深谷的渔父。

这首词情景清幽，境界高洁，蕴涵博大。写法上，静动交替，虚实相间，古今呼应。它充分体现了作者内心的向往，以及精湛的文学造诣，给人以情雅景秀之美。清代陈廷焯称此词："无一字不清俊。""炼字炼句，归于纯雅，此境亦未易到也。"（《白雨斋词话》）

桐江名胜，引来历代诸多名家赋诗吟词。柳永五十岁在浙江睦州（今建德）任团练推官，官职卑微。期间曾夜泊桐江，写《满江红》（暮雨初收）："绕严陵滩，鹭飞鱼跃。游宦区区成底事？"厌倦游宦，发归隐之思。苏轼三十五岁任杭州通判，在任三年，曾游览桐江，写《行香子·七里濑》："算当年、虚老严陵。君臣一梦，今古空名。"那时，他尚未经历"乌台诗案"的打击，认为严光隐居于此，虚度终老，沽名钓誉而已。厉鹗，一介饱学寒士，无缘仕途，三十岁时写此词，追寻"当年高躅"。三者的经历、人生理念、创作背景以及写作风格差异甚远，三首词的意境迥然不同。但是，每一首都是词苑不可多得的佳作，值得细细品味。

采桑子　采桑子慢

词牌《采桑子》及《采桑子慢》简介

　　《采桑子》，又名《丑奴儿》、《丑奴儿令》、《罗敷媚》、《罗敷艳歌》等。汉乐府有罗敷采桑的故事，唐教坊大曲有《采桑》，本词调由大曲中截取一遍而来，出现于五代。双调，平韵，字数四十四、四十八以及五十四字，以四十四字为主。

　　以下列出《采桑子》格律常见的两种格体与范例。

　　格体一，四十四字，上、下片各三平韵。范例，北宋欧阳修词：

群芳过后西湖好，狼籍残红。
中平中仄平平仄，中仄平平。
飞絮濛濛，垂柳阑干尽日风。
中仄平平，中仄平平中仄平。

笙歌散尽游人去，始觉春空。
中平中仄平平仄，中仄平平。
垂下帘栊，双燕归来细雨中。
中仄平平，中仄平平中仄平。

　　格体二，四十八字，上、下片各二平韵、一叠句叠韵。范例，北宋李清照词：

窗前谁种芭蕉树？阴满中庭。
中平中仄平平仄，中仄平平。
阴满中庭，叶叶心心，舒卷有余情。

447

中仄平平，中仄平平，中仄仄平平。

伤心枕上三更雨，点滴凄清。
中平中仄平平仄，中仄平平。
点滴凄清，愁损离人，不惯起来听。
中仄平平，中仄平平，中仄仄平平。

《采桑子慢》又名《丑奴儿慢》、《丑奴儿近》等。双调，有平韵、仄韵以及平仄韵兼用三种格体，字数八十九字及九十字，以九十字为主。以下列出其主要格体。

《丑奴儿近》的主要格体与范例，九十字，上片八句、三仄韵、一平韵；下片十句、四仄韵。范例，南宋辛弃疾词：

千峰云起，骤雨一霎儿价。
平平平仄，仄仄仄仄平仄。
更远树斜阳，风景怎生图画？
仄仄仄平平，平仄仄平平仄。
青旗卖酒，山那畔别有人家。
平平仄仄，平仄仄仄仄平平。
只消山水光中，无事过这一夏。
仄平平仄平平，平仄仄仄仄仄。

午醉醒时，松窗竹户，万千潇洒。
仄仄平平，平平仄仄，仄平平仄。
野鸟飞来，又是一般闲暇。
平仄仄平平，仄仄仄平平仄。
却怪白鸥，觑着人欲下未下。
仄仄仄平，仄仄平仄仄仄仄。

旧盟都在，新来莫是，别有说话？

仄平平仄，平平仄仄，仄仄仄仄。

《采桑子》及《采桑子慢》
历代佳作五首

1. 采桑子　［北宋］欧阳修

群芳过后西湖好，狼籍残红。

飞絮濛濛，垂柳阑干尽日风。

笙歌散尽游人去，始觉春空。

垂下帘栊，双燕归来细雨中。

北宋仁宗皇祐元年（1049），欧阳修四十三岁任颍州（今安徽阜阳）知州，爱其民风物产以及气候环境。二十二年后，神宗熙宁四年（1071），他六十五岁，退隐，回颍州居住，写下十三首《采桑子》。前十首为一组，共一个词题"西湖念语"，清新疏朗，此处西湖为颍州西湖。后三首抒发身世的感慨，激越苍凉。这一首是《采桑子·西湖念语》组词的第四首，有人称之为《采桑子》十首的"缩影"，此词可说是欧阳修一大佳作。

上片描写颍州西湖残春的景色。颍州西湖在北宋时湖面宽阔，湖水清澈。"群芳过后西湖好"，暮春时分，百花凋谢之后，残花散落，遍地狼藉。一个"好"字，道出词人并不因花残花落而感伤，西湖的风光依然美好。"飞絮濛濛，垂柳阑干尽日风。"柳絮飞舞，如同细雨蒙蒙；湖畔栏杆处，只有垂柳整日在和风中婆娑摇曳，柳枝翠绿葱茏。上片空无一人，没有游人的行踪，不见作者的身影，寓情于景。

下片转入写人。"笙歌散尽游人去"，往日这里游人熙攘、笙歌悠扬，如今歌舞散尽，游人尽去。"始觉春空"，方感悟到春已去也。摆脱了长年的官场生涯，不再有繁琐的事务，不必应付宦海风波，无官一身轻。闲适之余，却又感到一点无所事事的空虚。从词的开头到这一句，是词人在屋外所观的景象和随感。词的结尾回到自己的居所，"垂下帘栊，双燕归来细雨中"。"帘栊"：窗帘，栊即窗。这是倒装的两句。打开窗帘，等待燕子归巢，看见双燕在细雨中回到庭院，词人宽心地拉下了窗帘。繁华过后，不再留恋热闹，一切归于寂静。一场轰轰烈烈的人生大戏，最后谢下帷幕。如同词人在《采桑子·西湖念语》组词第十首中写道："富贵浮云，俯仰流年二十春！"二十多年的富贵荣华，过眼浮云而已。

神宗熙宁二年（1069），王安石实行新法，欧阳修对其青苗法有所批评。两年后，欧阳修急流勇退，辞官归隐。这首《采桑子》，以景寄情，恬淡清雅。在暮春的描写中，蕴藉着词人晚年宁静致远、乐观旷达的心境。其中，上片与下片均结束于自然之景的"垂柳阑干尽日风"、"双燕归来细雨中"，意象空灵，寻味无穷。

完成此组《采桑子·西湖念语》数月之后，欧阳修，这位成就卓著、德高望重的政治家和文学家，便与世长辞。

2. 采桑子　[南宋] 吕本中

恨君不似江楼月，南北东西。
南北东西，只有相随无别离。

恨君却似江楼月，暂满还亏。

暂满还亏，待得团圆是几时？

这首词写的是常见的题材，羁旅怀人。作者借明月比喻相思之情，构思精巧，文人之笔，民歌风味，言浅情深。

上片借用"江楼月"随处可见，赞美"江楼月"，怨恨妻子不能像月亮一样伴随。"恨君不似江楼月，南北东西。""君"：主人翁的妻子。我终日为生计南北东西四处奔波，恨你不能像江楼上空的明月，与我形影相随。无论我到哪里，只有江楼月"相随无别离"。"恨君"，实为思君，每日都在想念自己的妻子。词句中，利用《采桑子》其中一种有叠句的格体，重叠"南北东西"，如同民歌中常用的重复咏唱，更加突出离家奔劳的艰辛和孤独。

下片借用"江楼月"圆时少、缺时多的特点，怨恨"江楼月"，抱怨妻子与自己聚少离多。"恨君却似江楼月，暂满还亏。"下片的第一句与上片的第一句仅一字之差，将"不似"换成了"却似"，形成对比。恨你像江楼上的月亮"暂满还亏"，月满很快就变成月缺，夫妻二人团圆何其短暂。作者将此句重复一遍，加重了离情别绪的感伤。最后以问句结束："待得团圆是几时？"等到何时明月才能圆呢？形象地体现了主人翁期待与妻子团聚的迫切心情。

全词用"江楼月"作比喻，抓住此物两种不同的特性，比喻的都是夫妻离多聚少，表达的均是深切的相思之情，创意令人耳目一新。在一首词中，用同一物作截然不同含义的比喻，极为罕见。词中巧妙地运用叠句，浑然天成，以自然的语言，白描的写法，毫无晦涩，贴切百姓的真实生活，生动感人。它不愧为独具一格的佳作，广被各种宋词选本所收录。

3. 丑奴儿 [南宋]辛弃疾

书博山道中壁

少年不识愁滋味，爱上层楼。

爱上层楼，为赋新词强说愁。

而今识尽愁滋味，欲说还休。

欲说还休，却道天凉好个秋！

　　词题中的"博山"是地名，在今江西广丰县西南二十里，山中林谷苍翠，泉水清澈，雨岩奇丽。自宋孝宗淳熙八年（1181）到光宗绍熙三年（1192），辛弃疾被劾后，闲居江西上饶带湖，多次去此山游览，并写下不少脍炙人口的词篇，这首《丑奴儿》是其中之一。作者行于博山道上，景色秀丽，却无心观赏，满腹愁绪，在道边的壁上挥墨写下这首词。

　　上片描写青少年时代，涉世未深，意气风发。"少年不识愁滋味，爱上层楼。"年轻时没有品尝过愁的滋味，爱上高楼，登高望远，展望人生，抒发豪情壮志。接着，利用词牌《丑奴儿》的一种叠句格体，连用"爱上层楼"，带出下文"为赋新词强说愁"。古人登临，因坎坷经历，常发慷慨悲歌的诗句，如陈子昂《登幽州台歌》："念天地之悠悠，独怆然而涕下。"辛弃疾青年时登楼作赋，为了悲壮的意境，无愁硬要写愁词、诉愁情。在写法上，运用叠句作为转折，将"不识愁"与"强说愁"联系在一起，构成整体的上片。同时，上片"少年不识愁"，为了给下片作陪衬，以便构成强烈的对比。辛弃疾出生时，家乡山东已被金人占领，二十一岁举兵抗金，青少年时代既忧国忧民，又满怀必胜的信念。

下片抒发当下的忧愁。词人步行在博山道中，他已屡遭打击、饱经沧桑。"而今识尽愁滋味"，词情陡变。如今，收复中原的宏愿，一次又一次落空，个人一次又一次被贬谪，尝尽了愁的滋味。"欲说还休"，愁肠寸断，多想滔滔不绝地倾诉，却只能闷在心里。欲说而无法说，何等痛苦！随之，词中再一次采用叠句，重复"欲说还休"，作者为什么欲说而又不说，如何排遣这种痛苦。为了挥师北伐，自己多次向朝廷献计献策，都被束之高阁。朝廷苟且偷安，词人不但说也白说，反遭更大的迫害。"却道天凉好个秋"，愁到极点，却只能说："天气凉爽，好一个秋色！"双关之意，表面上避开了愁，实则寓意着词人心中的忧愁如同无边的秋色，苍凉悲寂。他已对朝政失望，乃至绝望，不再说了！

这首小令以一个"愁"字贯穿全篇，少年时与被贬谪时形成鲜明的对比，突出词的主旨。作者报国无门，满腔悲愤，表面自我解嘲，实为愁绝。上下片均利用叠句，赋予咏叹的感情色彩，并巧妙地进行词情的衔接与回转。全词以婉约之句，抒悲壮之情，其写法他人难望其项背。

4. 丑奴儿近　[南宋] 辛弃疾

博山道中效李易安体

千峰云起，骤雨一霎儿价。
更远树斜阳，风景怎生图画？
青旗卖酒，山那畔别有人家。
只消山水光中，无事过这一夏。

午醉醒时，松窗竹户，万千潇洒。
野鸟飞来，又是一般闲暇。

却怪白鸥，觑着人欲下未下。

旧盟都在，新来莫是，别有说话？

　　自宋孝宗淳熙八年（1181），辛弃疾被劾，直到光宗绍熙三年（1192），闲居江西上饶带湖。其间多次去博山游览，并写有多首著名的词篇，如小令《丑奴儿·书博山道中壁》（少年不识愁滋味），这首长调《丑奴儿近》作于同一时期。

　　小序中，"博山"地处江西广丰县西南。作者标明"效李易安体"，李易安即李清照，是辛弃疾的同乡，她的词风"用浅俗之语，发清新之思"（清代彭孙遹《金粟词话》），深受辛弃疾的青睐。这首词，作者效仿了李清照的写法和风格。

　　上片描写博山道中的景色。"千峰云起，骤雨一霎儿价。"博山重峦叠嶂，夏日的山里风起云涌，瞬时间骤雨倾盆。"一霎儿价"，其中"价"是语助词，这句化用了李易安《行香子》（草际鸣蛩）的词句："甚霎儿晴，霎儿雨，霎儿风。"山中，一会儿便雨过天晴，在斜阳之下，远处青山如黛、层林碧翠，"风景怎生图画"？风景怎么会像画一般？惊叹，赞美。"怎生"意即怎么，如李清照《声声慢》（寻寻觅觅）："守着窗儿，独自怎生得黑。"

　　沿着山路转过去，看见了酒店门前高高的青旗随风飘动。可想而知，山那边定有人家居住，词人将前往饮酒消闲。"只消山水光中，无事过这一夏。"如此世外桃源之地，只需在山光水色之中度过忘却世事的这一夏天。词人因力主抗金而遭贬谪，迫不得已地寄情于山水、过着隐居的生活。在超然物外、悠闲自得的心境里，流露着无可奈何的感伤。

　　下片的前半段书写酒家周围的环境。"午醉醒时，松窗竹户，万千潇洒。""午醉"呼应上片的"青旗卖酒"。午间醉酒酣睡，醒来时但见门窗外青松翠竹，超凡脱俗，仪态万千。野鸟自由自在地飞翔，更有一番闲情逸兴。"松窗竹户"，"野鸟飞来"，静中有动，景致幽静而又充满生机。情入景中，物我一体。随之，由"野鸟"带出下面的"白鸥"，写景转入抒情。

"却怪白鸥，觑着人欲下未下。"作者引用"鸥盟"的典故，意即隐居者与鸥为伴侣。四十一岁时，辛弃疾被劾罢官，闲置于带湖，在此建新居。第二年写一首《水调歌头》，词题为"盟鸥"，其中写道："凡我同盟鸥鹭，今日既盟之后，来往莫相猜。"意即从此将与鸥鹭为伍，隐居江湖。在这首《丑奴儿近》中，作者的笔调幽默诙谐，亲切地与白鸥调侃：老朋友白鸥，你怎么啦？偷偷地窥视着我，欲下不下，若即若离，是何原因？"旧盟都在，新来莫是，别有说话？"我们订下的盟约尚在，你莫非是不知情的新来者？还是另有什么话要说？奇特的问话口吻，在旷达的襟怀中，流溢着丝丝缕缕孤独寂寞、知音难觅的惆怅。

这首词，作者采用李清照自然质朴的口语之长，融入自己寄身山水的情致，抒发以松竹为友、鸥鸟为盟的胸襟。在清淡的景象中，流露出萦系心间的无声的感伤。其艺术之魅力、意境之深邃，妙不可言。

5. 采桑子　[清] 郑文焯

凭高满面东风泪，独立江亭。
流水歌声，销尽年涯不暂停。

归来自掩香屏卧，残月新莺。
梦好须惊，知是伤春第几生！

郑文焯，清末四大词人之一，生活在晚清与民国之交。知识渊博，为人清高，自号大鹤山人。这是一首伤春之词，大约作于光绪十八年至二十年之间（1892—1894），当时作者居住在苏州，任江苏巡抚幕僚，年近四十。

上片登高临水，感伤年华易逝。登高处，春风劲吹，独立于临江之亭，凭栏远望，形影孤单，百感交集，禁不住泪流满面。"流水歌声"，江水滔滔，渔船上传来吴语温婉的歌声。触景生情，词人的心底回荡着一位哲人的声音。两千多年前，孔子在河边发出喟叹："逝者如斯夫，不舍昼夜。"（《论语·子罕》）时间像流水一样消逝，昼夜不停。词人想到自己，"销尽年涯不暂停"。"年涯"：年华。自己的青春，自己的盛年，自己的才华，自己的抱负，被时间的流水不停地洗尽。何其悲哉！经历坎坷，老大无为，让词人"满面东风泪"，辛酸的泪，悲切的泪。

下片作者试图逃避令他伤感的"流水歌声"，回到家中。"归来自掩香屏卧"，凭高触怀，难以自持，急忙归回家中，躲藏在香屏的背后，一头卧倒床上。然而，举目所见"残月"，侧耳所闻"新莺"，所见所闻都昭示着岁月无法逆转，词人难以摆脱年华流逝的感伤。即便沉浸在好梦的幻想中，仍被惊醒，"知是伤春第几生"！纵然人真的有"三生"，华年也不再来，难消"伤春"之悲！佛教有前生、今生、来生的"三生"之说，历代有韵味深长的优美诗句，如"春风十里珠帘卷，仿佛三生杜牧之"（黄庭坚《广陵春早》），"十里扬州，三生杜牧，前事休说"（姜夔《琵琶仙》）。

惜春伤春，是中国古典诗词的常见题材之一，多借咏花而发，感叹韶华易逝、身世遭际。郑文焯的这首词另辟蹊径，上片外景，场面开阔，凭高临江，意象悠远，怆然泣下；下片内景，缩小到自家封闭的斗室，三生、好梦，都无法排遣伤春的缠绕。上下片空间变化之巨，而转换自然，词情更进一层。全词构思独特，笔力深沉，感情凄切。

作者写此词时正值清王朝内外交困、风雨飘摇。辛亥革命之后，他以清朝遗老自居。这首词是否更有一层感时之伤，寄寓他对清朝末日来临的痛心疾首，不得而知。

定风波　定风波慢

词牌《定风波》及 《定风波慢》简介

　　《定风波》，唐教坊曲名，后用为词牌。又名《定风波令》、《定风流》等。双调；平韵、仄韵并用为多，亦有仅押平韵者；字数有六十、六十二、六十三字，以六十二字为主。

　　以下列出《定风波》格律常见的两种格体与范例。

　　格体一，六十二字，上片五句、三平韵、两仄韵；下片六句、两平韵、四仄韵。范例，北宋苏轼词：

> 莫听穿林打叶声，何妨吟啸且徐行。
> 中仄平平仄仄平，中平中仄仄平平。
> 竹杖芒鞋轻胜马，谁怕？一蓑烟雨任平生。
> 中仄中平平仄仄，平仄，中平中仄仄平平。
>
> 料峭春风吹酒醒，微冷，山头斜照却相迎。
> 中仄中平平仄仄，平仄，中平中仄仄平平。
> 回首向来萧瑟处，归去，也无风雨也无晴。
> 中仄中平平仄仄，平仄，中平中仄仄平平。

　　格体二，六十三字，上片五句、三平韵、两仄韵；下片六句、两平韵、四仄韵。范例，五代孙光宪词：

> 帘拂疏香断碧丝，泪衫还滴绣黄鹂。
> 平仄平平仄仄平，仄平平仄仄平平。
> 上国献书人不在，凝黛，晚庭又是落红时。

仄仄仄平平仄仄，平仄，仄平仄仄仄平平。

春日自长心自促，翻覆，年来年去负前期。
平仄仄平平仄仄，平仄，平平平仄仄平平。
应是秦云兼楚雨，留住，向花枝、夸说月中枝。
平仄平平平仄仄，平仄，仄平平、平仄仄平平。

《定风波慢》，此词牌出自柳永的长调《定风波》（自春来）。双调，全用仄韵，字数九十九字至一百零五字，以九十九字为主。

《定风波慢》主要格体，九十九字，上片十一句、六仄韵，下片十一句、七仄韵。范例，北宋柳永词：

自春来、惨绿愁红，芳心是事可可。
仄平平、仄仄平平，平平仄仄仄仄。
日上花梢，莺穿柳带，犹压香衾卧。
仄仄平平，平平仄仄，平仄平平仄。
暖酥消，腻云亸，终日厌厌倦梳裹。
仄平平，仄平仄。平仄平平仄平仄。
无那！恨薄情一去，音书无个。
平仄。仄仄平仄仄，平平平仄。

早知恁么，悔当初、不把雕鞍锁。
仄平仄仄，仄平平、仄仄仄平仄。
向鸡窗，只与蛮笺象管，拘束教吟课。
仄平平，仄仄平平仄仄，平仄平平仄。
镇相随，莫抛躲。针线闲拈伴伊坐。
仄平平，仄平仄。平仄平平仄平仄。
和我，免使年少，光阴虚过。

平仄，仄仄仄平，平平平仄。

《定风波》及《定风波慢》
历代佳作四首

1. 定风波　［北宋］柳永

自春来、惨绿愁红，芳心是事可可。

日上花梢，莺穿柳带，犹压香衾卧。

暖酥消，腻云䰅，终日厌厌倦梳裹。

无那！恨薄情一去，音书无个。

早知恁么，悔当初、不把雕鞍锁。

向鸡窗，只与蛮笺象管，拘束教吟课。

镇相随，莫抛躲。针线闲拈伴伊坐。

和我，免使年少，光阴虚过。

在柳永以前，词坛几乎是小令的天下，含蓄、精练。柳永创制了大量的长调慢词，利用更大的篇幅，酣畅淋漓地挥洒作者的文笔，书写丰富的内容，抒发个人的思想感情。这首《定风波》的格体就是柳永的自创之一，字数由原来的六十余字扩展到九十九字，是一种长调的《定风波》，实为《定风波》的慢词。

这首词描写思妇闺怨。此词在柳永的人生中留下一个辛酸的故事。据北宋文学家张舜民《画墁录》记载：柳永因《醉蓬莱》不遂宋仁宗之意，而进士落第。随后，他拜见当朝重臣晏殊，期望谋求一官半职，维持生计。晏殊问道："贤俊作曲子（词）么？"柳答："只如相公亦作曲子。"随即，晏殊引用这首《定风波》中一句世俗化的生动词句奚落柳永，回道："殊虽作曲子，（却）不曾道'针线闲拈伴伊坐'。"柳永只得告辞。不久，柳永被迫离开了京城，去江南谋生。在当时，柳永的作品得不到北宋朝廷以及正统士大夫文人的认可，但是，深受广大市民阶层的喜爱。

词的上片描写少妇早晨的景况。在思妇的眼里，自从春回大地，花红柳绿尽成了伤心的"惨绿愁红"，一颗芳心"是事可可"，对任何事都兴趣索然。窗外已经红日照到花树梢头，黄莺在柳枝间穿梭，细碎地脆鸣，女子还在锦被里慵懒不起。"暖酥消，腻云嚲，终日厌厌倦梳裹。""暖酥"：柔嫩的皮肤；"腻云"：头发，"嚲"：下垂；"梳裹"：梳妆打扮。长期以来，孤独寂寞，无心梳妆，无意保养，终日没精打采，滑润的皮肤消损了，柔美的鬓发蓬松散乱。心中愤愤自语："无那！恨薄情一去，音书个。"无可奈何啊！可恨那薄情郎，一去之后，杳无音信。这是一位感情外露、快人快语的女子，她打开了话匣子，一泻无余地掏出心里话。

下片全是这位思妇的直白。"早知怎么"，"怎么"：这么。早知这样，真后悔当初没将他的马儿雕鞍锁住，不让他远走高飞。"向鸡窗，只与蛮笺象管，拘束教吟课。"让他待在书房里，与彩笺毛笔为伍，专心吟诗词、做功课。"鸡窗"：据南朝刘义庆撰写的志怪小说《幽明录》记载，一个名叫宋处宗的书生，常与窗下长鸣的鸡言谈，学问大进。于是后人将鸡窗作为书窗、书房的代名词。"蛮笺"：古时四川所产的彩纸；"象管"：象牙做的笔管。情郎在书房学习，她自己呢？"镇相随，莫抛躲。针线闲拈伴伊坐。"（"针线闲拈伴伊坐"一作"彩线慵拈伴伊坐"。）"镇"：整日；"抛躲"：抛离躲闪，即分开。这样，我与他整日形影不离，时刻不分开。我手里做着针线活，与他坐在一起，相依相伴。两人长厮守，免得虚度光阴，辜负了大好的青春年华。

这首词生动形象地刻画了一位年轻貌美、性格率真的普通闺妇。对于她，青春短暂，个人的理想就是与情郎恩爱相守。写法上，在绚丽的词句中，作者引进许多民俗的口语和俚语，使得全词充满着市民生活的氛围，洋溢着毫无修饰、真实质朴的美感。"镇相随，莫抛躲。针线闲拈伴伊坐。"这后来被视为俚语入词的典范。

北宋初期，随着经济繁荣与发达，市民阶层形成并壮大，他们有着与达官显贵、文人墨客不一样的生活情趣。柳永，一位有才有情的诗人，常来往于市井，出没于歌楼。柳词，源于生活，打破了传统士大夫文人以高雅为美的文学观，为宋词注入雅俗兼备的平民文学的色彩，耳目一新，更是对宋词乃至中国古典文学的一大贡献。

2. 定风波 ［北宋］苏轼

三月七日，沙湖道中遇雨。雨具先去，同行皆狼狈，余独不觉，已而遂晴，故作此。

莫听穿林打叶声，何妨吟啸且徐行。
竹杖芒鞋轻胜马，谁怕？一蓑烟雨任平生。

料峭春风吹酒醒，微冷，山头斜照却相迎。
回首向来萧瑟处，归去，也无风雨也无晴。

这首《定风波》作于宋神宗元丰五年（1082），苏轼因"乌台诗案"被贬为黄州（今湖北黄冈）团练副使的第三个春天。《东坡志林》记载："黄州东南三十里为沙湖，亦曰螺师店，予买田其间，因往相田。"途中遇雨，雨过天晴，苏轼便写下了这首即景抒怀的千古名篇。

　　上片描写雨中情景。首两句引领全篇的意象："莫听穿林打叶声，何妨吟啸且徐行。"突然骤雨倾盆，雨点穿过密林，打在树叶上，铿锵作响；不必介意，何不放声吟诗、从容前行。风雨中，自有一番情趣。"吟啸"对风雨，笑傲政坛的风云。同时，这两句呼应了词序中"同行皆狼狈，余独不觉"，词人的豪情由此展开。

　　"竹杖芒鞋轻胜马，谁怕？""芒鞋"：草鞋。沙湖道中，手拄竹杖，脚穿草鞋，轻便胜过骑马，谁怕那林间急雨？谁怕那道路泥泞？作者由大自然突如其来的暴雨，联想到"乌台诗案"，自己政治生涯突发的暴风骤雨、官场的惊涛骇浪，还有什么再可怕的呢？在黄州的这三年，苏轼怀古抚今，感悟人生，无官一身轻，萌发归隐江湖的意向。"一蓑烟雨任平生"，披一身蓑衣，在烟雨浩渺的江湖上，寄情于山水，逍遥自在地安度余生。此年秋，词人在《临江仙·夜归临皋》中再次表达了同样的心愿："小舟从此逝，江海寄余生。"

　　下片雨后抒怀。头三句回到眼前的情景："料峭春风吹酒醒，微冷，山头斜照却相迎。""料峭"：微寒。轻寒的春风拂面而来，将我从酒意中吹醒，虽然稍感寒冷，山头上的斜阳却笑脸相迎。雨而复晴，心情分外愉悦。在写法上，又一次与词序"已而遂晴，故作此"呼应。

　　雨后"遂晴"更有一番情思。"回首向来萧瑟处，归去，也无风雨也无晴。""向来"：刚才；"萧瑟"：风雨声。天气转晴，回首刚才来程的风雨萧瑟，"归去"吧，如果没有风雨，也就不会盼望晴天。"归去"吧，寄身江湖，大隐于世，没有宦海的风雨，也就无须期盼命运的蓝天！经历了"乌台诗案"，贬谪黄州，苏东坡希望过着没有"风雨"的生活。"归去"，直接取用陶渊明的"归去来兮"，词人一心效仿陶渊明，离开官场，过着隐士的生活。苏轼曾动情地说"渊明吾师"，"吾于诗人无所甚好，独好渊明之诗"。

　　这首小令，篇幅简短，文采飘逸，词情旷放，蕴含深邃。苏轼从寻常的大自然晴雨现象，引发大彻大悟的人生思索，身处逆境，超然处之。晚清词人郑文焯评此词："此足证翁坦荡之怀，任天而动。琢句亦瘦逸，能道眼前景，以曲笔写胸臆，倚声能事尽之矣!"（《手批东坡乐府》）

3. 定风波　［北宋］苏轼

> 常羡人间琢玉郎，天教分付点酥娘。
> 自作清歌传皓齿，风起，雪飞炎海变清凉。
>
> 万里归来年愈少，微笑，笑时犹带岭梅香。
> 试问岭南应不好，却道，此心安处是吾乡。

　　这首词的原序写道："王定国歌儿曰柔奴，姓宇文氏，眉目娟丽，善应对，家世住京师。定国南迁归，余问柔：'广南风土，应是不好？'柔对曰：'此心安处，便是吾乡。'因为缀词云。"柔奴，又名寓娘。

　　宋神宗元丰二年（1079）七月二十八日，苏轼因"乌台诗案"被捕入狱，后贬为黄州（今湖北黄冈）团练副使。苏轼的许多好友受到牵连。在二十名案犯中，北宋著名诗人王巩被贬宾州（今广西宾阳）监盐酒税，贬谪最远、处罚最重。宾州地处五岭之南，为岭南地区，僻远荒蛮。王巩赴岭南时，家中歌女纷纷离去，唯独柔奴同行。三年后王巩北归，途中与苏轼相聚，请出柔奴为苏轼劝酒。席中苏轼与柔奴交谈，柔奴的回答让苏轼大为感动，遂作这首《定风波》，赞美柔奴的美貌和为人。

　　上片首先称赞王巩与柔奴是绝配的一对。"常羡人间琢玉郎，天教分付点酥娘。"（"天教分付点酥娘"一作"天应乞与点酥娘"。）常常羡慕人世间如玉雕琢般的轩昂英俊的男子（指王定国），连老天爷也特别垂爱他，赐予他聪明伶俐、才艺双全的佳人（指柔奴）。"琢玉郎"：化用唐代诗人卢仝的诗句，意即潇洒多情的男子。"点酥娘"：出自北宋梅尧臣的诗，意指心灵手巧的女子。"玉琢郎"、"点酥娘"，是精巧工整的对仗，生动形象。

接着专写柔奴。"自作清歌传皓齿，风起，雪飞炎海变清凉。"柔奴能自己创作优美的歌曲，轻柔悦耳的歌声从她皓齿莺喉中传出，如风起雪飞，岭南炎暑之地顿时变为清凉之乡。这清风瑞雪、深情婉转的歌声，驱散了远放之人王巩心头的愁云迷雾。不幸中的幸运儿"玉琢郎"，在贬谪的岭南期间，享受着恋人歌的慰藉、爱的柔情。

下片写柔奴北归，以及苏轼与她的对话。在荒凉之地生活三年之久，万里归来，柔奴显得分外年轻美丽。"微笑，笑时犹带岭梅香。"柔美的笑容，笑时犹如带着南岭山间梅花的芳香。旷野上的梅花，荒山中的梅花，不畏风摧雨袭的梅花，疏枝傲立，暗香浮动。以"岭梅香"赞美柔奴顽强的个性以及高洁的人品，并为最后两人精彩的对话作铺垫。

词人委婉地问道："岭南的气候和生活应该都很不好吧？"她却若无其事，轻松地答道："此心安处是吾乡。"随遇而安，以平淡之心对待流离颠沛的苦难。一位寻常女子，意志坚强，具备许多人所没有的达观的生活理念，令苏轼油然起敬。白居易有类似的诗句，如"我生本无乡，心安是归处"（《初出城留别》），"无论海角与天涯，大抵心安即是家"（《种桃杏》）。也许苏轼从中受到启发，但白居易的诗句远不如苏轼的这一句凝练优雅、韵味浑厚。"此心安处是吾乡"，正是苏轼本人遭受贬放、超然处之的写照。后来，"此心安处是吾乡"成了脍炙人口的经典名句，抚慰了无数被命运驱使、沦落天涯的失意之人。

这首《定风波》，苏轼感情诚挚，妙笔生辉，语言雅致风趣，意境清丽高远。全词颂扬柔奴与政治上身陷囹圄的主人患难与共的高贵品质，赞扬她不惧千辛万苦、四海为家的豁达胸襟。同时，它寄寓了作者本人随遇而安的情怀，以及坚韧不拔的毅力。正是这种情怀和毅力，让苏轼在日后落难漂泊的漫长岁月里，为中华民族留下了一首首逆境行吟、战胜命运的感人词篇。

4. 定风波　［北宋］黄庭坚

次高左藏使君韵

万里黔中一漏天，屋居终日似乘船。
及至重阳天也霁，催醉，鬼门关外蜀江前。

莫笑老翁犹气岸，君看，几人黄菊上华颠？
戏马台南追两谢，驰射，风流犹拍古人肩。

唐朝开元年间设置黔中道，辖境包括今鄂西南、蜀东南、黔北、湘西北。宋哲宗绍圣二年（1095），黄庭坚被诬陷修编《神宗实录》不实之罪，贬任涪州（今重庆涪陵）别驾，黔州（今重庆彭水）安置，时五十岁。这首词是他在黔州贬所重阳节时所作，由词题可知，此词步高左藏太守的一首《定风波》之韵。

上片首两句写谪居之地的恶劣环境。"万里黔中一漏天，屋居终日似乘船。"黔中离京都远隔万里之遥，阴雨连绵，仿佛整个天都漏了。到处积水汪汪，终日困在居室中，足不出户，犹如待在一只破船上，心情烦躁郁闷。"及至重阳天也霁，催醉"，"及至"：直至；"霁"：雨雪止，天放晴。直到九九重阳节，久雨转晴，适逢佳节，真是催人醉酒啊。词人情绪为之一振。去哪儿饮酒呢？"鬼门关外蜀江前"，在鬼门关外、蜀江之畔，开怀痛饮。点出了饮酒的地点。"鬼门关"：即石门关，在今重庆奉节东，词中"鬼门关外"，意即彭水。重阳节，重阳天，临江醉酒，以此排遣贬放"万里黔中"的孤寂，不再感到"鬼门关外"是遥遥僻远之地了。作者另有词句"鬼门关外莫言远，五十三驿是皇州"（《竹枝词》），寄寓同样的心情。

下片前三句继续表现重阳节的景况，描写作者重阳赏菊。三国魏曹丕《与钟繇书》："九月九日，草木遍枯，而菊芬然独秀。"到了唐宋，重阳赏菊成为风俗。"莫笑老翁犹气岸，君看，几人黄菊上华颠？""华颠"：白头。莫要取笑我鬓发斑白、分外气宇轩昂。你看，能有几人像我这般模样、将鲜艳的黄菊插在花白的头上？经历磨难，作者生活情趣未减，保持我行我素的个性。"莫笑"、"君看"，满满的自负口吻。词的最后，作者气概不凡，自豪地与古代风流人物相比。"戏马台南追两谢，驰射，风流犹拍古人肩。"吟诗作赋，直追"戏马台南"赋诗的两谢；纵横驰骋，骑马射箭，堪与古代英雄豪杰并驾齐驱。"鬼门关外"贬谪之人，依然英雄风流。这里词人妙用典故。"戏马台"：西楚霸王项羽，定都彭城（今江苏徐州），在城南筑高台，以观赏士兵操练、赛马，后人称之为"戏马台"。"两谢"：即谢瞻和谢灵运。东晋末年，刘裕（即后来南朝宋武帝）北征至彭城，曾于九月九日与将领幕僚们集于戏马台，当时著名诗人谢瞻、谢灵运各赋诗一首，赞其盛况。

全词语言精巧，用典贴切，布局细致，逐次展开，层层上扬，由开始的阴沉压抑到最后的豪迈奔放，生动地展现了作者身陷险恶困境、豁达洒脱的精神风貌。清代文学家刘熙载在《艺概》中说："黄山谷词用意深至，自非小才所能办。"黄庭坚的卓越才华、人生磨难，以及傲然于世的风骨，使得他的词作具有独到的深至境界。

南乡子

词牌《南乡子》简介

　　《南乡子》，又名《好离乡》、《蕉叶怨》。《白香词谱》说"南乡即南国"。唐教坊曲名，后用为词牌。有单调和双调两种。原为单调，二十七、二十八和三十字等多体。先两平韵，后转为三仄韵。五代冯延巳将单调增为双调，平韵，宋以后多用之，字数有五十二、五十四、五十六和五十八字，以五十六字为主。

　　以下列出本词牌格律常见的三种格体与范例。

　　格体一，双调，五十六字，上、下片各四平韵，一韵到底。范例，南宋辛弃疾词：

　　　　何处望神州？满眼风光北固楼。
　　　　中仄仄平平，中仄平平仄仄平。
　　　　千古兴亡多少事？悠悠。不尽长江滚滚流。
　　　　中仄中平平仄仄，平平。中仄平平中仄平。

　　　　年少万兜鍪，坐断东南战未休。
　　　　中仄仄平平，中仄平平仄仄平。
　　　　天下英雄谁敌手？曹刘。生子当如孙仲谋。
　　　　中仄中平平仄仄，平平。中仄平平中仄平。

　　格体二，单调，二十七字，两平韵，转三仄韵。范例，五代欧阳炯词：

　　　　岸远沙平，日斜归路晚霞明。
　　　　仄仄平平，中平中仄仄平平。

孔雀自怜金翠尾，临水。认得行人惊不起。

仄仄平平平仄仄，平仄。仄仄平平平仄仄。

格体三，单调，三十字，两平韵，转三仄韵。范例，五代李
珣词：

乘彩舫，过莲塘，棹歌惊起睡鸳鸯。

平仄仄，仄平平，中平中仄仄平平。

游女带香偎伴笑。争窈窕，竞折团荷遮晚照。

中仄中平平仄仄，中平仄，中仄中平平仄仄。

《南乡子》历代佳作六首

1. 南乡子　［五代］欧阳炯

岸远沙平，日斜归路晚霞明。

孔雀自怜金翠尾，临水。认得行人惊不起。

五代时期的词作多写男女之情，语言艳丽。欧阳炯写有《南
乡子》八首，均咏南国风光，给当时的词坛带来清新的气息，并
受到青睐。这是其中第三首，描写客旅归途中所见原野暮色。

首先是辽阔绚丽的远景。落日的余辉映照着旷野，晚霞灿烂，
一条河水流向远方，波光粼粼，沙滩平坦，归路沿河蜿蜒。作者
没有直接写羁旅之人，一个"归"字，突出了词的主人公。同时，
这两句的景色点明了时间和地点，以及人物归途的愉悦心情。黄
昏时分，丝毫没有许多诗词里倦客的惆怅与伤感。

后面的三句描写近景。"孔雀自怜金翠尾，临水，认得行人惊

不起。""惊不起":是"不惊起"的倒装。一只孔雀正展开它那五彩缤纷、金丝闪亮的尾屏,临水自照,顾影自怜,孤芳自赏,即便见到行人也不惊起,悠闲自得。野生的孔雀,是南国特有的景象。人们观赏孔雀的美丽,从不打扰它。所以,孔雀见到行人虽惊,但不恐慌,并不逃离。一个幽静闲适的自然环境,一幅南国淳朴柔美的风土人情。

这首小令起笔自然,结句蕴藉,词情柔丽,意境恬逸。晚清著名词家陈廷焯在《云韶集》评道:"遣词用意,俱有别致。"

2. 南乡子　[北宋] 晏几道

> 新月又如眉。长笛谁教月下吹?
> 楼倚暮云初见雁,南飞。漫道行人雁后归。
>
> 意欲梦佳期。梦里关山路不知。
> 却待短书来破恨,应迟。还是凉生玉枕时。

古典诗词中以思妇为题材的作品不胜枚举,佳作纷呈。晏几道这首小令,独具特色,短短十句的小令,词情之宛曲、意象之丰富不逊长调慢词。

上片写暮色中倚楼的所见、所闻与所思。苍辽的暮霭中,又见那如钩的新月挂在天际,姣好犹如佳丽的美眉。"长笛谁教月下吹?"谁又使得思妇在弯弯的月下手持长笛、吹奏悠悠的相思曲?一个"又"字,意味深长。月复一月,多少个新月的黄昏,这位丽人月下吹笛,倾诉自己缠绵的眷念。"楼倚暮云初见雁,南飞。"倚楼远望,秋空万里,暮云缥缈,只见今年第一列雁阵,排成"人"形,向南飞去。"漫道行人雁后归",且莫说远行的人比鸿雁还要迟归!她一心想着郎君该回来了。此句化用隋薛道衡《人日思归》诗句："人归落雁后，思发在花前。"

下片承接上片，词情更进一层。"意欲梦佳期"，雁南飞、人未归，只好在梦中期盼佳期。能否如愿？"梦里关山路不知"，没想到梦里关山重重，竟然不知路在何方。南朝名人沈约《别范安成》写有："梦中不识路，何以慰相思？"在此，作者妙用前人的诗句，浑然一体，不着痕迹。顺而带出下句，"却待短书来破恨"，唯有期待书信，以慰相思。即便是三言两语的短信，聊胜于无，足以排解离恨。"待短书"与上片"初见雁"相呼应，古代有鸿雁传书之说，大雁成为书信的代称。"应迟"，看来短信也迟迟不至了。梦里"路不知"，短书又"应迟"。最后，"还是凉生玉枕时"，萧瑟的秋天里，仍然只有冰冷的玉枕与自己做伴，只有无望的孤寂与悲切。

全词文笔清冷凄幽，情节迂回曲折，层层递进，情思悱恻。整首词，宛如一支恋情忧伤的箫曲，如怨如诉。清人冯煦称小晏为"古之伤心人也"（《宋六十一家词选例言》）。晚清著名词家陈廷焯赞赏晏几道之词："其词则无人不爱，以其情胜也。"（《白雨斋词话》）晏几道之词给人以悲情之美。

3. 南乡子 ［南宋］辛弃疾

登京口北固亭有怀

何处望神州？满眼风光北固楼。

千古兴亡多少事？悠悠。不尽长江滚滚流。

年少万兜鍪，坐断东南战未休。

天下英雄谁敌手？曹刘。生子当如孙仲谋。

宋宁宗嘉泰四年（1204）三月，时辛弃疾已六十五岁高龄，被任命为京口知府。此词作于同年，或第二年。"京口"即今天的镇江，三国时期为孙权设置的重镇，一度为吴国的都城；南宋时成为抗御金人的第二道重要防线。词序"登京口北固亭有怀"，北固亭在京口北固山上，下临长江，三面环水。词人登临北固亭，触景生情，怀古抚今，感慨万千，写下这首《南乡子》。

首句，作者登临北固亭，俯瞰长江，举目北望，爱国之情油然迸发，发出浩叹之问："何处望神州？"中原故土今在何方？苍凉悲壮。"满眼风光北固楼"，"北固楼"：即北固亭。眼前所见只有北固楼一带雄伟壮丽的江山，北方大片土地仍然沦落在侵略者的手中。

面对这片古老的大地，作者无限惆怅，引起千古兴亡之幽思，发出全词的第二问，厚重而又悠远。"千古兴亡多少事？"历史沧桑，千百年来，这里经历了多少兴亡盛衰？"悠悠。不尽长江滚滚流。"岁月悠悠，改朝换代，唯有眼前不尽的长江之水，昼夜不停地滚滚东流。此处借用杜甫《登高》的诗句："无边落木萧萧下，不尽长江滚滚来。"词人思绪飞越，忧愁浩渺，犹如滚滚长江之水。壮志未酬，年已老迈，大江东去，"逝者如斯夫"，孔子富于哲理的喟叹，在作者的心底久久回荡！

下片，词人的思情回到现实。如今，南宋王朝苟且偷安于半壁江山，不思进取，不图北伐收复失地。这是一个需要英雄、呼唤英雄的时代，而英雄何在？此时此刻，作者联想到在京口筑设镇防的孙权。"年少万兜鍪，坐断东南战未休。""兜鍪"：头盔，借指士兵；"坐断"：占据。孙权年仅十九时，继承父兄之业，独据东南，率领千军万马，征战不息。二十七岁时，他不惧强敌，联合蜀国刘备，在赤壁大败来犯的曹操百万雄师。

作者为了极力地赞美孙权一往无前的英雄气概，在词中第三次发问，自问自答。"天下英雄谁敌手？曹刘。"天下英雄无数，谁方配做孙权的对手？只有曹操、刘备两人而已。"生子当如孙仲谋"，生下的儿子当像孙权一样，成为顶天立地、藐视强手的男儿。这里，作者引用了一个著名的典故。有一次魏、吴两国军队对垒，曹操见孙权威风凛凛、气势非凡，吴军战旗飘舞、军容整肃，感叹道："生子当如孙仲谋，刘景升（刘表）生儿若豚犬耳！"曹操对勇于与自己抗衡的孙权大为敬佩，对不战而降的刘表之子刘琮极其轻蔑，斥为任人宰割的猪狗。尽管辛弃疾在词中仅引用了曹操这句话的前半句，人们会自然地想到后半句。作者借曹操之口，意在言外，含蓄地讥刺与痛斥朝廷主和派都是刘表儿子一类的猪狗！他们将中原大好江山拱手让给金人，反被对方耻笑和唾骂。

清代陈廷焯在《白雨斋词话》中评辛弃疾与其词："辛稼轩，词中之龙也。气魄极雄大，意境却极沉郁。"这首词便是绝好的一例。全词采用三问三答，笔力遒劲，纵横古今，寓意深沉。作者同时期另有一首《永遇乐·京口北固亭怀古》，侧重于以正反的历史典故，道胜败之理，警示朝廷当局。而这一首词，则意在进取、激励斗志。两首堪称词苑双璧，均为千古名篇。

4. 南乡子 ［元］刘秉忠

> 南北短长亭，行路无情客有情。
> 年去年来鞍马上，何成！短鬓垂垂雪几茎。
>
> 孤舍一檠灯，夜夜看书夜夜明。
> 窗外几竿君子竹，凄清。时作西风散雨声。

刘秉忠，元代前期重要的政治家和文学家。1220 年他十四岁时邢州归蒙古政权统治，十七岁他做了邢台节度府令史。二十二岁辞去吏职，后出家为僧。1242 年，随海云禅师入见忽必烈，被留用，深受重视。从忽必烈征大理，战南宋，进言不妄杀戮。1260 年，忽必烈称帝，授光禄大夫等官职，对元采用"汉法"以及元朝政治体制、典章制度的制定发挥重大作用。他规划设计元大都，奠定了北京的城市雏形。知识渊博，擅长诗文词曲，有多卷著作传世。这首羁旅之词是作者十几年鞍马生涯的一个缩影。

上片写成年累月、南征北战之苦。起句"南北短长亭"，古代在大路边设五里一短亭、十里一长亭，供行人休歇。古诗词中"长短亭"常用于借喻离情别绪、羁旅漂泊。南北朝著名文学家庾信《哀江南赋》诗句："十里五里，长亭短亭。"李白《菩萨蛮》的结句："何处是归程？长亭更短亭。"刘秉忠在"短长亭"前面特别加了"南北"二字，短亭接着长亭，漫漫长途，足迹大江南北，不知何处是归程。"行路无情"，披星戴月，风餐露宿，劳顿辛苦。行程本无情可言，而行人有情。"客有情"，作者自己是有情之人，从而引出以下词人抒发内心情感的词句。

"年去年来鞍马上，何成！短鬓垂垂雪几茎。"年复一年，没有休止的"鞍马"生活，有何成就、有何作为！岁月蹉跎，盛年不再，无所成就；反倒是短鬓稀疏零乱，更添银丝几许。词人心中的缺憾与感伤一展无遗。

下片描写作者在行旅生涯中固守个人理念的情景。首二句记述他彻夜苦读。"孤舍一檠灯，夜夜看书夜夜明。""檠"：灯架，烛台。夜幕下，孤舍里，一盏烛灯清辉摇曳，词人潜心于书卷之中。一年四季，无论漂泊到哪里，每一个深夜，青灯长明，书卷作伴。书，满足着求知的饥渴；书，慰藉着孤寂的心灵。超人的勤奋与毅力，这是他真实的写照。正以为此，刘秉忠知识广博，心智过人，政坛文坛，皆成就卓著。

"窗外几竿君子竹"，窗外淡竹几枝，犹如高洁的君子。古人称松、竹、梅、兰为君子四友。其中，竹象征着高洁、淡泊、气节和操守。苏轼《於潜僧绿筠轩》说："宁可食无肉，不可居无竹。无肉使人瘦，无竹使人俗。"刘忠秉特别欣赏竹的君子之风，以竹自喻。"凄清。时作西风散雨声。"凄寂清冷，秋风萧瑟，竹叶不时簌簌作声。风吹雨打，竹子永葆清雅的风骨。修竹，寄托了作者士人君子的情怀。

这是一首独特的羁旅之词。上片书写行旅之苦，只是为下片明志作铺垫。全词格高意远，苍凉而又清雅，苦寒更有温馨。景与情交融，情与志辉映。南北鞍马，西风翠竹，寒窗孤灯，书卷犹开。在风雨飘摇的年代，能有几人！刘秉忠的这首《南乡子》，是一首极为珍贵的励志之词。

5. 南乡子　［明］徐渭

八月十六片石居夜泛

月倍此宵多，杨柳芙蓉夜色蹉。

鸥鹭不眠如昼里，舟过。向前惊换几汀莎。

筒酒觅稀荷，唱尽塘栖《白苎歌》。

天为红妆重展镜，如磨。渐照胭脂奈褪何。

徐渭，浙江山阴（今绍兴）人，字文长，号青藤，明代中期杰出的书画家、戏曲家、诗人，中国历代著名文人中罕见的悲剧人物。身世低下，恃才自傲，科举屡屡落第。曾任胡宗宪幕僚，为抗击倭寇出谋划策。后胡宗宪两度入狱，并死于狱中。徐渭惧怕殃及自己，佯狂装疯，自残自伤，惨不忍睹。因疑继室有外遇，杀妻下狱，论死。被囚七八年后，经友人力救，乃免。南游杭州、金陵，北走燕京边塞，卖书画为生，落魄贫困终生。

这首词是他出狱后八月十六游杭州时所写，为历代咏西湖明月的佳作。词序中"片石居"是当年西湖繁华地区。中秋十五明月，古代无数文人为之挥毫泼墨。然而，特立独行的徐文长却偏爱十六的月亮。游金陵时，他作诗《十六夜踏灯与璩仲玉王新甫饮于大中桥之西楼》，以画家的视角，写有名句："树枝画月千条弦，十五不圆十六圆。"

词的上片起句"月倍此宵多"，今宵十六的明月倍胜十五，一个"倍"字，语出惊人。接着，赞美十六迷人的夜景。轮月皎洁，夜色澄澈，湖光斑斓。岸边，垂柳婆娑，疏影朦胧；水中，芙蓉婷婉，仙子凌波。"鸥鹭不眠如昼里，舟过。向前惊换几汀莎。"鸥鹭疑为白昼，尚未入眠。轻舟划过水面，驶向前去，浅滩上有几处白沙在月光下闪烁。词句中，作者巧妙地化用了唐代张若虚《春江花月夜》诗句"空里流霜不觉飞，汀上白沙看不见"。月光如霜似雪，水天一色，只有当小舟接近浅滩时，方能看见上面的白沙。八月十六，明月下的西子湖，如梦如幻，宛如仙境。

下片转入西湖"片石居"的人间美景。"筒酒觅稀荷，唱尽塘栖《白苎歌》。"《白苎歌》是乐府《舞曲歌辞》中的歌名。八月十六的片石居，舞榭酒楼，栉比鳞次，华灯璀璨。竹筒饮美酒，风中稀荷声，殷勤的歌女，歌喉婉转，轻柔的《白苎歌》不绝于耳。明末清初的史学家和文学家张岱在《西湖寻梦》中描写"片石居"："由昭庆缘湖而西，为餐香阁，今名片石居，秘阁精庐，皆韵人别墅。其临湖一带，则酒楼茶馆，轩爽面湖，非惟心胸开涤，亦觉日月清朗。"

面对良辰美景，作者感叹道："天为红妆重展镜，如磨。"西湖皓月，仿佛是老天爷专为红妆的丽人而设，将明镜磨得透亮，再次挂在夜空。然而，人生悲欢无常。历经沉浮、劫后余生的词人并未沉溺于眼前暂时的行乐。现实告诉他，既无半片田产，又无分文俸禄，他将四方漂泊，街头贱卖字画为生，悲从心来。词的最后，发出低沉的叹息，"渐照胭脂奈褪何"。十六的月亮无论怎样明亮，胭脂红妆的歌女无论怎样娇媚，这一切都将消褪、离开自己，无可奈何地怅然！

这首词，徐渭以画家的笔，描写月色下的人间仙境杭州西湖，美轮美奂，赏心悦目，又让人寻味出一丝苦涩。它是作者怆然悲歌诗词中的一枝奇葩，真切地展现了这位苦难文人对美好生活的珍爱，对故乡绮丽山水的深情。

明代文学家袁宏道称徐渭是"明代第一诗人"；现代画家齐白石曾说："恨不早生三百年，为青藤磨墨理纸。"徐渭出狱时已经五十三岁，与这首词同时期他画的一幅珍品《墨葡萄图》，被收藏在北京故宫博物院，画的左上方是他的题诗："半生落魄已成翁，独立书斋啸晚风。笔成明珠无处卖，闲抛闲掷野藤中。"徐渭，生前"半生落魄"，书法诗画被"掷野藤中"；身后"笔成明珠"，书画诗文成为国宝。今读他的《南乡子》，令人感慨万千。

6. 南乡子 [清] 陈维崧

邢州道上作

秋色冷并刀，一派酸风卷怒涛。
并马三河年少客，粗豪。皂栎林中醉射雕。

残酒忆荆高，燕赵悲歌事未消。
忆昨车声寒易水，今朝。慷慨还过豫让桥。

康熙七年（1668），四十四岁的陈维崧，虽才学过人，身为清初词坛领军人物之一，却仍无一官半职，浪迹四方。深秋，他悲凉离京，南下河南开封、洛阳，途经邢州（今河北邢台），此处是古代豪侠壮歌的燕赵之地，作者怀古幽思，写下这首《南乡子》。

上片描写邢州寒冷的秋色以及粗犷的民风。"秋色冷并刀，一派酸风卷怒涛。""并刀"：并州（今山西太原一带）所产的锋利刀具；"酸风"：令人目酸的寒风，出自唐李贺"关东酸风射眸子"（《金铜仙人辞汉歌》）。秋风凌厉刺骨，像是锋利的并刀；狂风犹如怒涛，呼啸肆虐，席卷大地。

如此恶劣的天气，只见："并马三河年少客，粗豪。皂栎林中醉射雕。""三河"：汉代以河内、河南、河东三郡为三河，邢州属于三河；"皂栎林"：语出杜甫《壮游诗》"呼鹰皂枥林"。邢州的少年们威武彪悍，奔放豪迈，他们并马驰骋在皂栎林岗，醉后弯弓射大雕。陈维崧是江苏宜兴人，生长在江南。此次离开北京时处境困顿，心情压抑。在邢州，看到这批"粗豪"的年轻人，不惧狂风如刀，骏马奔腾，强弓劲射，让他的精神为之一振。

下片追忆邢州一带的古代豪杰。"残酒忆荆高，燕赵悲歌事未消。""荆高"：指荆轲、高渐离；"燕赵悲歌"：化自唐韩愈"燕赵古称多慷慨悲歌之士"（《送董邵南游河北序》）。杯酒未尽，酒酣血热，半醉半醒，脑海浮现荆轲、高渐离二人悲壮的历史故事。他们侠肝义胆，重义轻生，悲壮的事迹世代传咏，在燕赵大地上至今未消，激励着后人。高渐离是荆轲好友。战国末期，荆轲受燕太子丹之托，出使秦国，谋刺秦王嬴政。太子丹等众人穿白衣、戴白帽，送荆轲于易水河畔，高渐离击打乐器"筑"，荆轲和拍高歌："风萧萧兮易水寒，壮士一去兮不复还。"荆轲借献图之际刺杀秦王未果，被秦王侍卫砍死。秦灭六国之后，秦王为了欣赏高渐离击筑，请他入宫，事先又命人将他双眼弄瞎，以防他谋刺。但高渐离将铅灌入筑中，趁秦王听乐入迷，砸向秦王头部，未中，被害。

词人行旅在"邢州道上"，邢州之南有一座豫让桥，词人过此，又是一番感慨。"忆昨车声寒易水，今朝。慷慨还过豫让桥。"

"易水"：在河北易县。昨天乘车行至易水，仰慕荆高二位壮士视死如归的豪侠气概，千载过去，易水犹寒，悲歌未消。今天，又慷慨激昂地跨过了豫让桥。豫让，是春秋末年晋国执政大臣智伯的家臣，智伯为赵襄子所杀，豫让一心为智伯复仇，曾将身体漆成恶疮，吞噬木炭为哑人，进行伪装，伏于赵襄子出外必经的一座石板桥下，伺机行刺，最终事败被缚，自刎。后人为纪念他，这座桥被命名为豫让桥（如今已不复存在）。最后一句，词人以"慷慨"二字，抒发出对豫让侠义壮举的感叹与钦佩；同时，表达了他将以古代壮士们为榜样，自强不息、奋发前行的决心。

陈维崧经历改朝换代，作为明代遗民，少年时代受到家父爱国的影响，又有多位师友在抗清中殉国。入清后，他始终不忘故国，怀才不遇。经受了多年的挫折与磨难。在燕赵之地，感受古朴民风，缅怀古代壮士，心潮激荡，挥毫疾书，作此词，以明志。全词豪放遒劲，慷慨苍凉。清末文学家陈廷焯高度评价这首词："骨力雄劲，不著议论，自令读者怦怦心动。"（《词则·放歌集》）

南歌子

词牌《南歌子》简介

《南歌子》，唐教坊曲名，后用为词牌。又名《南柯子》、《春霄曲》、《风蝶令》等。调名出自汉代张衡《南都赋》的"坐南歌兮起郑舞"。原为单调，宋人将此扩展为双调。单调，平韵，二十三字或二十六字。双调，有平韵和仄韵两体，字数有五十二和五十四字，以五十二字为主。

以下列出本词牌格律常见的三种格体与范例。

格体一，双调，五十二字，上、下片各三平韵，每片的第一句与第二句对偶。范例，北宋苏轼词：

> 雨暗初疑夜，风回便报晴。
> 仄仄平平仄，平平仄仄平。
> 淡云斜照著山明，细草软沙溪路马蹄轻。
> 中平中仄仄平平，中仄中平中仄仄平平。

> 卯酒醒还困，仙村梦不成。
> 仄仄平平仄，平平仄仄平。
> 蓝桥何处觅云英？只有多情流水伴人行。
> 中平中仄仄平平，中仄中平中仄仄平平。

格体二，双调，五十二字，上、下片各三仄韵。范例，南宋石孝友词：

> 春浅梅红小，山寒岚翠薄。
> 平仄平平仄，平平平仄仄。

斜风吹雨入帘幕。

平平平仄仄平仄。

梦觉西楼、呜咽数声角。

仄仄平平、平仄仄平仄。

歌酒工夫嫩，别离情绪恶。

平仄平平仄，仄平平仄仄。

舞衫宽尽不堪著。

仄平平仄仄平仄。

若比那回、相见更消削。

仄仄仄平、平仄仄平仄。

　　格体三，单调，二十六字，三平韵。范例，五代张泌词：

柳色遮楼暗，桐花落砌香。

仄仄平平仄，平平仄仄平。

画堂开处晚风凉，高卷水晶帘额衬斜阳。

中平中仄仄平平，中仄中平中仄仄平平。

《南歌子》历代佳作三首

1. 南歌子　［北宋］苏轼

雨暗初疑夜，风回便报晴。

淡云斜照著山明，细草软沙溪路马蹄轻。

卯酒醒还困，仙村梦不成。

蓝桥何处觅云英？只有多情流水伴人行。

宋神宗元丰二年（1079）三月，苏轼由徐州转守湖州，四月到任。这首词作于他赴任的途中，描写行旅的景况，以及引发的对求仙与入世的思考，耐人寻味。

上片写旅途之景。"雨暗初疑夜，风回便报晴。"江南三月，凌晨时分，阴雨蒙蒙，天色昏暗，起身时怀疑是否还在夜间。一阵清风将乌云吹散，雨止天晴。"淡云斜照著山明"，"著"：同"着"。词人呼吸着清新湿润的空气，放眼望去，天空淡云舒卷，旭日初升，朝霞映照着起伏的山峦，山峰一抹明亮的阳光。"细草软沙溪路马蹄轻"，溪边的路上，绿草如茵，沙地平软，马蹄格外轻快敏捷，哒哒作响。景中寄寓着作者舒畅愉快的心情。

下片直接写人。"卯酒醒还困，仙村梦不成。""卯时"：早晨五点至七点。清晨饮酒，现已酒力全消，但夜间少眠，人还在犯困。行程尚远，乘坐在马车上，作者有些昏昏欲睡，漫游般地想起了神仙的故事。他恍惚自己走进了仙女居住的村庄，可惜的是"梦不成"，没有找到故事中的仙女。"仙村"，即下一句中的蓝桥。"蓝桥何处觅云英？"人已到了蓝桥，可是仙女云英又在哪里呢？神仙世界缥缈而又虚幻，词人悟出：得道成仙并不可求。这里，作者引用了下面的故事：晚唐裴铏《传奇集·裴航》载，落第秀才裴航归途中，与一仙女同舟，依从她的赠诗中所示，在"神仙窟"蓝桥遇见女仙之妹云英，几经周折，终与仙女云英成婚，裴航也得道成仙。词的最后，从梦幻回到现实，"只有多情流水伴人行"。只有路边潺潺的溪水，温柔多情地伴随着自己漫长的行程。

这首词上片以景为主，景中寓情；下片以情为主，情中有景，景中寓理。全词构思奇绝，景致清丽，词情淡雅飘逸，韵味隽永悠远。仕途迁徙，宦海奔波，非苏轼心中所愿的生活。词人通过所引的神话故事，对遁世求仙生出幽思，并做出否定的答复——唯有纯净的大自然，才能给人以心灵的慰藉。

2. 南柯子　[北宋] 仲殊

忆旧

十里青山远，潮平路带沙。
数声啼鸟怨年华，又是凄凉时候在天涯。

白露收残月，清风散晓霞。
绿杨堤畔问荷花，记得年时沽酒那人家？

　　词人本姓张，名挥，"仲殊"是他出家后的法号，他又被称为僧仲殊、僧挥。这首词的词题"忆旧"，写他在初秋云游四方时的情景，以及对往日尘世生活的眷念。

　　上片书写行僧漫游的凄凉。"十里青山远，潮平路带沙。""潮平"：落潮以后。眼前，潮水退落，江边的路上带着细沙；远方，青山逶迤，远在十里之外，那山林间的寺庙更为遥远。"数声啼鸟怨年华"，几声鸟啼，就像在怨恨年华的流逝，借鸟啼喟叹自己年华虚度。托物寄情，仍不足以表达此时此刻词人的心情，进而直抒"又是凄凉时候在天涯"。又是在心境凄凉的时候，浪迹天涯。"又是"二字透露出，词人过着这种漂泊无定的凄凉生活时间已经不短了。这位弃家行游的僧人颇有不堪凄苦的感受。

　　下片以景色点明行游的时间，并呼应"忆旧"的词题。"白露收残月，清风散晓霞。"一组清婉的对偶句。初秋的早晨，残月落下，白露微寒，清风徐来，朝霞渐散。"白露"，既是自然现象的露水，又是农历二十四个节气中的初秋。清晨，词人又开始了他云游的一大，山一程，水一程。不知不觉来到了一处垂柳堤畔，池塘里荷花亭亭玉立，似曾相识。形只影单，好久没有攀谈的对象，楚楚动人的荷花仿佛成了知音。故地重游，勾起对往事的回忆。"绿杨堤畔问荷花，记得年时沽酒那人家？""年时"：当时，那时；"那人家"：意即作者自己，"家"为语尾助词。词人情趣盎然地问荷花："你可记得，当年在这里一个酒店买酒喝的那个人吗？"风趣而洒脱，诗僧怀念自己"年时沽酒"舒心惬意的日子。

南宋黄升评仲殊词作："篇篇奇丽，字字清婉，高处不减唐人风致。"（《花庵词选》）这首词文笔风雅飘逸。写景，秀丽疏朗；抒情，率真坦诚。景生情，情融景。作者与苏轼交往甚密，苏东坡说"此僧胸中无一毫发事"，此词可见一斑。在词中，僧挥毫不隐讳地吐露自己"忆旧"的内心世界，仍然留恋浮世的生活。仲殊是一位多情多才、心胸坦荡、不拘佛法的诗僧，出家而未脱俗。也许正是因为这种不能自拔的纠结心理，在宋徽宗崇宁年间，仲殊以自缢的方式结束了自己的生命，令人扼腕叹息。

3. 南柯子　[南宋] 王炎

山冥云阴重，天寒雨意浓。

数枝幽艳湿啼红。莫为惜花惆怅对东风。

蓑笠朝朝出，沟塍处处通。

人间辛苦是三农。要得一犁水足望年丰。

南宋词人王炎，字晦叔，号双溪，曾任县主簿，是掌管文书的地方小官。他的词作贴切农村生活，同情农民疾苦，在宋词中极为难得。这首《南柯子》是他的代表作之一。

作者特意截取一个彤云密布的天气为全词的环境背景。上片起首两句写山色昏暗，乌云重重，早春天寒，阴雨将至。随之，眼前"数枝幽艳湿啼红。"山雨欲来，几枝幽静红艳的春花，含着晶莹的水珠，显得妩媚娇怜。然而，词人自己没有陷入怜花惜玉的情绪中，还奉劝骚人墨客"莫为惜花惆怅对东风"。切莫因鲜花在风雨下飘零而对春风化雨惆怅伤感。作者何以有如此非同传统文人之念，他真正心系的又是何事？由而引出下片。

"蓑笠朝朝出，沟塍处处通。""塍"：田埂。作者将他的目光、他的感情投向农田阡陌。春雨贵似油，农民们披着蓑衣、戴着斗笠，风雨无阻，天天清早就出门到田间干活。江南水乡，沟渠田埂纵横交错、四通八达，到处可见农民忙碌的身影。词人体恤农民的甘苦，他们终年劳碌。"人间辛苦是三农"，"三农"：即一年中的春耕、夏种、秋收。人间最辛苦的就是农村一年中的三次农忙，农人披星戴月，挥汗如雨，几乎每天都劳累得精疲力尽。词的最后与词首相呼应，但换成了农民的感受和心愿，即"要得一犁水足望年丰"。在这浓云欲雨的时刻，期待下足春雨，以便犁田春耕，盼望着今年五谷丰登。

全词朴实无华，清新明丽，言浅意深，生动如实地反映了农民的辛劳与祈求。在词中，作者将舞文弄墨的文人与辛勤劳动的农民进行了鲜明的对比，两者的情趣迥然不同。王炎是一位词人，但却不欣赏同仁从个人遭际发出的惜花伤春，他心想的是关乎天下农民生计的春耕播种，他的感情天平在广大农民的这一边。词人的这种平民化的思想感情，在"劳心者治人，劳力者治于人"的封建社会，难能可贵，令人起敬！

点绛唇

词牌《点绛唇》简介

　　《点绛唇》，词牌名出自南朝梁代江淹的诗句"白雪凝琼貌，明珠点绛唇"。又名《南浦月》、《点樱桃》等。《点绛唇》双调，仄韵，字数有四十一字和四十三字，以四十一字为主。

　　以下列出本词牌格律常见的两种格体与范例。

　　格体一，四十一字，上片四句、三仄韵，下片五句、四仄韵。范例，南宋姜夔词：

<blockquote>
燕雁无心，太湖西畔随云去。
中仄平平，中平中仄平平仄。
数峰清苦，商略黄昏雨。
仄平平仄，中仄平平仄。

第四桥边，拟共天随住。
中仄平平，中仄平平仄。
今何许？凭阑怀古，残柳参差舞。
平中仄。仄平平仄，中仄平平仄。
</blockquote>

　　格体二，四十三字，上片四句、三仄韵，下片五句、四仄韵。范例，北宋韩琦词：

<blockquote>
病起恹恹，对堂阶花树添憔悴。
仄仄平平，仄平平平仄平平仄。
乱红飘砌，滴尽真珠泪。
仄平平仄，仄仄平平仄。
</blockquote>

惆怅前春，谁相向花前醉。

平仄平平，平平仄平平仄。

愁无际。武陵凝睇，人远波空翠。

平平仄。仄平平仄，平仄平平仄。

《点绛唇》历代佳作七首

1. 点绛唇　［北宋］王禹偁

雨恨云愁，江南依旧称佳丽。

水村渔市，一缕孤烟细。

天际征鸿，遥认行如缀。

平生事。此时凝睇，谁会凭栏意！

　　王禹偁，是北宋最早的一位有文学成就的作家，北宋诗文革新运动的先驱。这首词是他任长洲（今苏州）知县时所作，以景寓情，抒发胸怀壮志、无人赏识的郁闷。

　　上片写景。起句"雨恨云愁"，遣词奇绝，寓情于景，又借情写景。阴雨绵绵不断，仿佛挟带着不尽的怨恨；乌云层层密布，好似郁积着浓厚的愁绪。作者借景倾诉积压在内心深处的苦闷，词中的云雨弥漫着恨与愁。然而，江南的美丽常被前人所赞美。"江南依旧称佳丽"，词人特意化用了南齐谢朓《入朝曲》的名句"江南佳丽地"，同时，又加上"依旧"二字，表明自己只是依照旧说而已，并非个人的认知，从而引出下面两句江南水乡的空寂与冷落。"水村渔市，一缕孤烟细。"灰暗的下雨天，水村渔市散落在眼前，一缕炊烟，孤单细直地升起。江南水乡本是繁花似锦，

在词人眼中却成了人迹稀少，仅有"一缕"的"孤"而"细"的
炊烟。何以如此？词情顺之而下。

下片着重抒发胸臆。前两句承上启下，情景交融。"天际征
鸿，遥认行如缀。"凭栏眺望，天边的大雁，连缀成"人"字行
列，展翅飞翔，志在远方。词人触景生情，思潮翻滚。"平生事。
此时凝睇，谁会凭栏意。"想到自己一生追求的事业，此时凝望
"天际征鸿"，有谁领会我凭栏远望之意！宋太宗太平兴国八年
（983），作者金榜题名，中进士，第二年当了长洲知县。区区县
令，怎能实现"达则兼济天下"的平生大志？感伤自己不能像鸿
雁那样搏击长空，悲哀茫茫人海无一知音！凭栏极目，飞鸿声断，
南宋爱国词人辛弃疾亦曾挥毫疾书："落日楼头，断鸿声里，江南
游子。把吴钩看了，栏杆拍遍，无人会、登临意。"（《水龙吟·
登建康赏心亭》）辛词中明显地化用了王禹偁《点绛唇》的词
句。两者景色与意境相同，但风格各异，辛词慷慨激越，王词凝
重深沉。

这首词文笔清丽，格高意远，是宋初不可多得的杰作。《宋
史》中记载，当时"人多传诵"。王禹偁的词作革新了五代以来
艳情充斥的词坛，在一定程度上带动了宋代词风的改变。这首
《点绛唇》是他仅存的一首词，又是北宋最早的小令之一，尤为
珍贵。

2. 点绛唇　[北宋] 叶梦得

绍兴乙卯登绝顶小亭

缥缈危亭，笑谈独在千峰上。
与谁同赏，万里横烟浪。

　　老去情怀，犹作天涯想。

　　空惆怅。少年豪放，莫学衰翁样。

　　叶梦得生活在北宋与南宋之交。南宋高宗绍兴五年（1135），时作者五十九岁，卸任归隐吴兴（今浙江湖州）卞山，又名弁山。词题中的绝顶亭为叶梦得所筑，坐落在卞山的南山之巅，是吴兴地区最高点，因其位置的高峻而命名。一日，作者登绝顶亭，写下这首感怀之作。

　　上片描写登临的景况。"缥缈危亭"，起句直入词题。词人年近六旬，攀山登临，绝顶亭坐落于高危的山巅，隐约在茫茫的云海之中。"笑谈独在千峰上"，俯瞰大地，"独"我如此高龄在千峰万山之上。作者无不引以为豪，与随行的人谈笑风生。"与谁同赏，万里横烟浪。"这两句为倒装句式。纵目所见，万里云海翻卷着滚滚浪涛，壮丽恢宏，谁与我共同欣赏祖国的大好河山？作者已经年迈归隐，登自家绝顶亭，有家人或仆人随同而行。他之所以感到"独在千峰上"而无人同赏，是因为词人心中存有另一番隐情。

　　下片直抒胸臆。"老去情怀，犹作天涯想。""天涯想"：收复遥远失地的梦想。此时宋朝南渡已经八年，纵目北望，中原大地还在侵略者手中。年岁虽老，情怀尚在，仍然满怀着收复北方失地的梦想。"靖康耻，犹未雪。"（岳飞《满江红》）作为北宋南渡的老臣，叶梦得是主战派的重要人物之一，不忘国耻，梦魂牵系沦落的国土。"老骥伏枥，志在千里。烈士暮年，壮心不已。"（曹操《龟虽寿》）然而，自己复出无望，无可奈何，"空惆怅"。只有将希望寄托在年轻的一代，于是嘱咐随侍的儿辈们："少年豪放，莫学衰翁样。"青年人啊，你们当豪情万丈、壮志凌云，切莫学我这个志向落空的年衰老翁。字里行间，语重心长。

　　叶梦得可谓南宋词人的老前辈，他开启了南宋词坛的英雄之气、豪放之风。这首词是他晚年的词作，豪气依然，雄放旷逸，而又宛曲回旋，隐含着抗金复国大业后继乏人之忧。

3. 点绛唇　［北宋］汪藻

新月娟娟，夜寒江静山衔斗。
起来搔首，梅景横窗瘦。

好个霜天，闲却传杯手。
君知否？乱鸦啼后，归兴浓如酒。

　　汪藻，北宋徽宗崇宁二年（1103）进士。南宋初期历任多地知州，为官清廉。翰林学士，博览群书，有著作传世，存词仅四首。这首词作于泉南（今福建泉州），南宋高宗绍兴十二年（1142），仕途失意，将离任移知宣州（今属安徽），此词抒发作者当时的心情。

　　上片写早春新月之夜的景色，以景寓情。天空净洁深邃，一弯新月明亮秀美。夜晚天气仍然寒冷，江面静谧，水波不兴，远山隐约可见，连绵起伏，衔着闪烁的星斗。"起来搔首，梅影横窗瘦。"宁静之夜，作者的心情却不宁静。烦躁又焦虑，心事重重，披衣起床，独坐搔首。只见月光如水，梅枝萧疏，影横窗帘，"人瘦也，比梅花，瘦几分"（南宋程垓《摊破江城子》）。清冷，幽寂，一枝孤高的梅花，那是作者的心境、作者的形象。

　　下片作者聊以自慰，道明词旨。"好个霜天，闲却传杯手。"清寒的霜天，往常在酒宴上，与友人传递酒杯，劝酒助兴。如今我却闲下了"传杯"的手，不再摆设筵席，也不再参加酒宴。此次，作者被迫调迁，官场污浊，已经厌倦了宦海生涯。"君知否？乱鸦啼后，归兴浓于酒。"词人自问自答。你知道吗？当听到厌恶的乌鸦们纷纷聒噪之后，归隐的意愿远比霜天饮酒的兴致更浓。

"乱鸦"：官场的一群小人。下片的最后与上片中的结尾相呼应，写出了"起来搔首"的原因，决意像梅花一样洁身自好，不与"乱鸦"们同流合污。

　　这首小令情景相生，环环紧扣，遣词造句极为精细别致，"梅影"、"乱鸦"尤为凝练，末句"归兴浓于酒"耐人寻味。作者委婉地吐露心中的沉郁，以及对官场黑暗的痛恨。汪藻最终被人弹劾，南宋高宗绍兴二十四年（1154），死于湖南永州。

4. 点绛唇　[北宋]李清照

　　　　蹴罢秋千，起来慵整纤纤手。
　　　　露浓花瘦，薄汗轻衣透。

　　　　见客入来，袜划金钗溜。
　　　　和羞走。倚门回首，却把青梅嗅。

　　在中国封建社会，妇女的地位低下，文学史上女性的名字寥若晨星，而敢于冲破封建礼教，直抒少女对爱情的微妙心理，更是凤毛麟角。这首词，惟妙惟肖地刻画了一个天真活泼、爱情萌生的少女，它是李清照早期的杰作之一。

　　上片描写荡完秋千后的景况。词人没有记述少女荡秋千时的身姿与欢快，而是摄取荡罢秋千后的娇美。"蹴罢秋千，起来慵整纤纤手。""蹴"：踏。荡罢秋千起身，感觉累乏，虽然两只细嫩的手有点麻木，也慵懒而不去搓揉。春天的早晨，庭院里晶莹的露水，像是少女脸上的汗珠；瘦俏的花枝，衬托出少女楚楚动人的体态。"薄汗轻衣透"，一身薄汗，将轻柔的丝质衣裳浸透。作者以淡雅的笔调，出神入化地描绘出少女花样年华的美丽，以及无忧无虑的生活情趣。

下片勾画少女乍见来客时的情态。在院子里尚未休息调整过来，突然看见进来了一位客人，惊诧之际，急忙躲开，"袜刬金钗溜"，来不及整理衣装，穿着袜子就匆忙走开，慌乱中金钗又从松乱的头发上滑溜下来。"和羞走"，羞于让他看到自己的狼狈相，疾走回避。那位贵客又是谁呢，让少女如此惶遽、失措、害羞。"倚门回首，却把青梅嗅。"逃到门后，倚靠着门边，忍不住地偷偷回头窥看他，为了掩饰自己的羞涩，却假装着在闻青梅的花香。青梅暗香浮动，少女内心满是羞甜的爱慕滋味。"那人便是她的未来郎君赵明诚，是耶？非耶？"（盖国梁《唐宋词三百首》）

这首词，格调轻松明快，文笔精湛细腻，体现了李清照早期超凡的艺术才华。上片以静写动，从中可以想象出姑娘荡秋千时的欢乐情景；下片动中见静，以动态呈现出微妙的心理活动，栩栩如生地刻画了少女的情愫。现代著名古典文学学者詹安泰在《读词偶记》中评："女儿情态，曲曲绘出，非易安不能为此。"

5. 点绛唇　[南宋] 姜夔

丁未冬过吴松作

燕雁无心，太湖西畔随云去。
数峰清苦。商略黄昏雨。

第四桥边，拟共天随住。
今何许？凭阑怀古，残柳参差舞。

姜夔，号白石道人，南宋文学家、音乐家、书法家，是继苏轼之后宋代难得的艺术全才。孤贫漂泊，布衣终生。由词题可知，此作写于南宋淳熙十四年（1187）冬。当年春，姜夔由杨万里介绍去苏州，见正在老家休养的范成大，其诗词深得范成大赞赏。故而，冬天他从浙江湖州再去苏州，看望范成大。途中路经吴松（今苏州吴江区），吴松是姜夔平生最心仪的晚唐诗人陆龟蒙隐居之地，词人怀古伤今，写下这首意境深远的名作。

上片写景，俯仰天地，寄寓情感。天空中"燕雁无心，太湖西畔随云去"。"燕"：北方燕州一带。"无心"取自陆龟蒙的诗句"云似无心水似闲"《秋赋有期因寄袭美》）。从北方远飞而来的鸿雁，沿着太湖西畔，随着流云，无拘无束、自由自在地悠然飞去。太湖风光，水天浩渺；历史久远，包孕吴越。陆龟蒙《初入太湖》诗句有："东南具区雄，天水合为一。"作者就像鸿雁一样，随心所欲地在太湖地区浪迹萍踪，心志高远，迷恋自由。大地上景象是："数峰清苦。商略黄昏雨。""商略"：商量，酝酿。湖边几座孤峰，耸立在萧瑟的寒冬之中，清寂荒凉。黄昏时分，愁云密布，正酝酿着一场冷雨。以"清苦"将零落的山峰拟人化，寓意着作者形只影单，清贫困苦，而又像山峰一样屹立，执着于自己的人生理念。"商略"二字，尤为奇妙，点化眼前之景，更蕴含心中弥漫的惆怅之情，并引出下文。

下片抒情，沉思今古，黯然神伤。"第四桥边，拟共天随住。""第四桥"：即"吴江城外之甘泉桥"（郑文焯《绝妙好词校录》），"以泉品居第四"得名（《（乾隆）苏州府志》），此处为陆龟蒙的故地。"天随"：陆龟蒙，自号天随子，精神随顺天然之意。词人途经陆龟蒙的故地，抒发心灵深处的意愿，真想在第四桥边，与天随子一起隐居长住。诗人陆龟蒙生活在晚唐，怀济世之才，考进士落第，只得隐逸江湖，赋诗著述，并从事农学研究，卓有建树。词人姜白石生活在南宋，才华横溢，精通礼乐，亦举进士不第，流落江湖。两人均生不逢时，怀才不遇。姜夔足迹"天随"故地，缅怀前人，古今相连，心心相通，词人无比动情，感慨万千。"今何许？凭阑怀古，残柳参差舞。""何许"：何时，何地，为何，如何。"今何许？"一句反诘，一声浩叹！今世何世？今生何为？慨然，怆然！独自凭栏，追古抚今，心潮激荡。只见眼前满目参差不齐的垂柳，衰弱枯萎，在凄厉的寒风中飞舞。以景抒怀，感时伤事。国家风雨飘摇，国运衰败垂危，自己却爱莫能助，个人像浮萍一样地漂泊。笔力雄浑苍劲，心境悲壮凄凉。

全词以虚写实，漫游天地，纵横古今；抒个人身世，叹国家兴亡。一首小令，气象万千，"无穷哀感，都在虚处"（清代陈廷焯《白雨斋词话》）。在艺术造诣上，它充分体现了姜白石词作的特色，声韵精致，意境深远，"清气盘空，如野云孤飞，去留无迹"（清代戈载《宋七家词选》）。这首《点绛唇》无愧为宋词中的瑰宝。

6. 点绛唇 ［元］王恽

雨中故人相过

谁惜幽居？故人相过还晤语。
话余联步，来看花成趣。

春雨霏微，吹湿闲庭户。
香如雾。约君少住，读了《离骚》去。

王恽，元初著名学者、诗人、书法家，又是元代名臣，曾任主管司法的三品提刑按察正使，官至知制诰，起草诏书。元成宗大德五年（1301），他七十五岁，退居，归于乡里卫州（今河南卫辉）。这首词是他的晚年归隐之作，由词题可知，描写故友雨中到访的情景。全词叙事、写景、抒情融为一体，生动真切地展现"雨中故人相过"的快乐，以及退隐后的情志。

上片着重书写两人相会时的愉悦。首先吐露退隐后的孤独："谁惜幽居？"自我设问。居所幽静安逸，然而有谁能理解幽居之人的孤寂？由此引出友人来访的欣喜。"故人相过还晤语"，"晤语"意为面谈，出自杜甫"隐遁佳期后，晤语契深心"（《大云寺赞公房》）。是说幸而有故人到访，促膝长谈。来客是一位情投意合的至交，真可谓："有朋自远方来，不亦乐乎？"（《论语·学而》）"话余联步，来看花成趣。"叙谈之余，两人兴致勃勃地并肩来到小花园。庭院里芳华吐香，春花带雨，千娇百媚。"晤语"、"联步"、"看花"，通过简洁的动态，惟妙惟肖地凸显两位老友相聚时的景况，轻松欢快，乐趣盎然。

下片抒发对友人的恋恋不舍。"春雨霏微，吹湿闲庭户。"点出词题"雨中"以及季节。春雨绵绵，"润物细无声"（杜甫《春夜喜雨》），微风吹拂着蒙蒙细雨，润湿了闲居的庭院门户。真挚的友谊，犹如东风化雨，温馨而和谐。"香如雾。约君少住，读了《离骚》去。"悠悠的清香，宛若迷蒙的轻雾，弥漫在清新的空气中。美好的时光，珍贵的相会，那么短暂。到了离别的时刻，词人惆怅的情绪油然而生，像轻雾飘忽在心间。他殷切地挽留对方：请君少住时日，我俩一同吟诵《离骚》，"奇文共欣赏，疑义相与析"（陶渊明《移居两首》其一）。结句"读了《离骚》去"蕴含深邃，意味隽永。王恽是一位学识渊博的文人，又是一个刚直不阿的政治家。想必这位故友一定与作者志同道合，儒雅正直，并具有一番仕途经历。读《离骚》，更体现出词人过着闲适的晚年生活时，依然忧国忧民、心怀天下。

最后故人是否"少住"，没有交代，留下想象的空间，读罢令人回味，实乃妙笔。晤语花趣，闲庭书香，心心相印，高雅的生活情趣，丰厚的人文情怀。全词宛如一首春雨中的老友之歌，清逸悠长。

7. 点绛唇　［清］王鹏运

饯春

抛尽榆钱，依然难买春光驻。
饯春无语，肠断春归路。

春去能来，人去能来否？
长亭暮。乱山无数，只有鹃声苦。

　　古代惜春送春之词不胜枚举，佳作甚多，大都以落花、飞絮为景物。王鹏运的这首词别出心裁，词题"饯春"，为春饯别，以何物送春去？榆钱。全词新意迭出，蕴藉浑厚。

　　上片痛惜大自然的春天匆匆离去。起句奇峰突起："抛尽榆钱，依然难买春光驻。""榆钱"：又称榆荚，形状似铜钱，多且成串，故得名，长于早春，落于残春。即便抛尽了榆钱，依然无法留住春光。前人的诗中亦有写榆钱者，如唐岑参《戏问花门酒家翁》："道旁榆叶青似钱，摘来沽酒君肯否？"摘下榆钱买酒。但从未有人用榆钱的生长凋零比喻春来春去，并想象着用榆钱买驻春光。王鹏运巧妙而又贴切的构思，令人耳目一新。"饯春无语，肠断春归路。"点明词题"饯春"。留春不住，只得默默无语地为春饯行，万般无奈，愁肠寸断，目送春归去。惜春并伤春，无比惆怅。

　　下片感伤人事，忧愁国运。"春去能来，人去能来否？"承接上片，词情陡然转入写人。春光无法留住，年复一年，去了尚能回来。人呢，青春一去，还能再来吗？生命一去，还能重生吗？上片的惜春伤春只是为下片作铺垫、作陪衬，惜春实为惜人，悲伤韶华易逝、人生短暂。最后，"长亭暮。乱山无数，只有鹃声苦"。"鹃"：杜鹃鸟，又名子规，相传为古蜀帝杜宇所化，啼声似叫唤"不如归去"。结尾折回词题的饯别，长亭送别，暮春惨淡。"饯春"之际，极目处，遍野是剩水残山；空中只有杜鹃"不如归去"的啼鸣，凄切哀苦。春可归来，人唯有归去！所见所闻，悲凉伤痛。以景结束，含不尽之意。

　　王鹏运是清末词坛四大家之一。朝廷腐败，国运衰微，数次上书力谏，险遭不测。其词作多为伤时感事，凄楚悲壮。这首小令构思独特，含蓄曲折，凄婉沉郁，蕴含人世沧桑、国势颓败的悲怆。一首小令如此深邃，足见作者丰富的思想感情以及深厚的文学功底。

临江仙

词牌《临江仙》简介

　　《临江仙》原为唐教坊曲，后作为词牌名。明董逢元撰《唐词纪》称此调"多赋水媛江妃"，故名。又名《谢新恩》、《庭院深深》、《雁后归》、《画屏春》等。双调，平韵。字数有五十四、五十六、五十八、五十九、六十以及六十二字等，以五十八字和六十字居多。北宋柳永将《临江仙》演化为慢词，九十三字，仍为平韵，此格体的词作极少，故不列出。

　　以下列出本词牌格律常见的三种格体与范例。

　　格体一，五十八字，上、下片各三平韵，每片第一句七字、第二句六字、第四句四字、第五句五字。范例，北宋欧阳修词：

柳外轻雷池上雨，雨声滴碎荷声。
中仄中平平仄仄，中平中仄平平。

小楼西角断虹明。
中平中仄仄平平。

阑干倚处，待得月华生。
中平中仄，中仄仄平平。

燕子飞来窥画栋，玉钩垂下帘旌。
中仄中平平仄仄，中平中仄平平。

凉波不动簟纹平。
中平中仄仄平平。

水精双枕，傍有堕钗横。
中平中仄，中仄仄平平。

格体二，五十八字，上、下片各三平韵，每片第一、二句均六字，第四、五句为五字。范例，北宋晏几道词：

梦后楼台高锁，酒醒帘幕低垂。
中仄中平平仄，中平中仄平平。
去年春恨却来时。
中平中仄仄平平。
落花人独立，微雨燕双飞。
中平平仄仄，中仄仄平平。

记得小蘋初见，两重心字罗衣。
中仄中平平仄，中平中仄平平。
琵琶弦上说相思。
中平中仄仄平平。
当时明月在，曾照彩云归。
中平平仄仄，中仄仄平平。

格体三，六十字，上、下片各三平韵。范例，北宋苏轼词：

夜饮东坡醒复醉，归来仿佛三更。
中仄中平平仄仄，中平中仄平平。
家童鼻息已雷鸣。
中平中仄仄平平。
敲门都不应，倚仗听江声。
中平平仄仄，中仄仄平平。

长恨此身非我有，何时忘却营营？
中仄中平平仄仄，中平中仄平平。

夜阑风静縠纹平。

中平中仄仄平平。

小舟从此逝，江海寄余生。

中平平仄仄，中仄仄平平。

《临江仙》历代佳作九首

1. 临江仙　［五代］徐昌图

饮散离亭西去，浮生常恨飘蓬。

回头烟柳渐重重。

淡云孤雁远，寒日暮天红。

今夜画船何处？潮平淮月朦胧。

酒醒人静奈愁浓。

残灯孤枕梦，轻浪五更风。

徐昌图，五代词人，其词隽永、醇美。这是一首五代罕见的羁旅题材之词，写法别具一格，游子孤梦，客旅情幽，在词坛颇具影响。

上片写酒宴践行后的情景。"饮散离亭西去，浮生常恨飘蓬。""离亭"：送别的驿亭。与朋友们在驿亭饮酒话别之后，孤身一人登船西去。人生苦短，像蓬草一样飘浮不定，身不由己，无可奈何。依依回首，烟雾般的垂柳遮断望眼，岸上送行之人渐渐消失在眼帘。向前远眺，"淡云孤雁远，寒日暮天红"。寒冷的黄昏，夕阳之下，暮天残红，惨淡的云天，一只孤雁飞向远方。空辽冷寂，令离人倍感孤独凄凉。

下片设想今夜行旅的愁肠。过片以自问引出愁绪。"今夜画船何处?"今夜彩画的客船将会停泊在何处呢?浪迹,漂泊,不知前程。"潮平淮月朦胧",潮水未涨,风平浪静,夜深沉,淮水上空月色朦胧。独自酌饮,醒来万籁俱寂,怎奈何那浓浓的乡愁。"残灯孤枕梦,轻浪五更风。"一人躺在船舱里,一盏残灯,辗转孤枕,无法入梦;熬到五更时分,微风乍起,轻浪拍岸,心境迷茫惆怅。下片,以想象来推想实际的羁旅情景,以虚为实,却又贴切主题。构思巧妙,意境分外深沉。

明末清初著名学者王夫之论及诗词创作时写道:"情、景名为二,而实不可离。神于诗者,妙合无垠。"(《夕堂永日绪论》)这首词,寓情于景,"淡云"与"愁浓",情景"妙合无垠",出神入化。近代知名学者俞陛云评之:"千载后犹想见客中情味也。"(《唐五代两宋词选释》)在写法上,常为后人所借鉴。例如,柳永的名词《雨霖铃》,略去客旅途中的所见、所闻、所感,重笔写话别的情景,以及设想今夜客旅的凄凉:"今宵酒醒何处?杨柳岸、晓风残月。"

2. 临江仙 [五代] 鹿虔扆

> 金锁重门荒苑静,绮窗愁对秋空。
> 翠华一去寂无踪。
> 玉楼歌吹,声断已随风。
>
> 烟月不知人事改,夜阑还照深宫。
> 藕花相向野塘中。
> 暗伤亡国,清露泣香红。

五代十国时期后蜀(934—966)的京城在今成都。鹿虔扆曾在后蜀任进检校太尉，加太保。后蜀被宋所灭之后，他重返皇亲贵族游玩和打猎的故苑，触景生情，不胜感慨，写下这首"暗伤亡国"之词。

上片起句，重门深锁，皇家园苑荒芜，一片死寂；舞榭楼台绮丽的门窗，对着苍茫的秋空哀愁悲伤。"翠华一去寂无踪"，翠伞华车的皇帝仪仗队无影无踪。"玉楼歌吹，声断已随风。"昔日，雕梁画栋的皇苑楼阁歌声悦耳，乐声喧天；如今都已断绝，随风而去。曾经的歌舞升平、豪华盛况，一去不复返了！今昔对比，加剧了词人内心的悲怆。

下片，天上朦胧的月亮不知道人间改朝换代，夜将尽，月色仍然像过去那样映照着深宫后苑。物是人非，"烟月"还是当年月，"深宫"不见后蜀人！"藕花相向野塘中。暗伤亡国，清露泣香红。""相向"：相对；"香红"：荷花。在偏僻的野塘中，艳红幽香的荷花正相对而泣，为后蜀之亡而黯然神伤，荷花上清露点点，仿佛是晶莹的泪珠！

这首《临江仙》是鹿虔扆的代表作。全词没有人物的活动，寓情于景，物皆含情，感情沉郁。"绮窗"、"玉楼"、"烟月"，目击盛衰兴亡；"清露泣香红"，以拟人的笔法表达作者江山易主之悲。托物言志，以出污泥而不染的荷花自喻。后蜀亡，作者不再出仕新朝。元末明初诗人兼画家倪瓒评鹿虔扆的为人和词作："鹿公高节，偶尔寄情倚声，而曲折尽变，有无限感慨淋漓处。"（清代张宗橚《词林纪事》）

3. 临江仙 ［北宋］欧阳修

柳外轻雷池上雨，雨声滴碎荷声。

小楼西角断虹明。

阑干倚处，待得月华生。

燕子飞来窥画栋，玉钩垂下帘旌。

凉波不动簟纹平。

水精双枕，傍有堕钗横。

北宋天圣九年（1031），年仅二十五岁的欧阳修在西京（今洛阳）任河南推官，主管各案公事，至明道二年（1033）。据宋代钱世昭《钱氏私志》记载，此词是欧阳修参加一次在西京留守钱文僖家中聚会时的即席之作，词里的闺中佳人是与作者相好的一位官妓。宋朝官妓，为官员提供歌舞和陪酒，不伺枕寝。这首词描写夏日傍晚的闺楼景况。

上片着重写外景。傍晚时分，柳林外轻雷隐约作响，天上飘着疏雨，淅淅沥沥的雨点打在荷叶上，清音细碎，"嘈嘈切切错杂弹，大珠小珠落玉盘"（白居易《琵琶行》）。雨声之外，又有荷声，清脆入耳，"碎"字尤为精巧。远处的轻雷声，近处的雨点声、荷叶声，宛如演奏着大自然夏日黄昏的一首轻音乐。"小楼西角断虹明"，雨过天晴，碧空如洗，小楼的西角呈现出顶部空白的一弯断虹。虹是"断虹"，匠心独具的残缺之美！此处，再也没有比"明"更为凝练的字，勾画雨后断虹之美、夕阳之美。"阑干倚处，待得月华生。"引出小楼的主人。美人独倚画栏，沉浸在晚霞的美景中，不愿离去，期待着一轮皎月冉冉升起，期待着更美的月色。上片给人以唯美的境界。

下片描写闺阁的内景。"燕子飞来窥画栋，玉钩垂下帘旌。""帘旌"：即帘幕。夜幕降临，燕子归来，窥视雕梁画栋里的闺房。佳人将精美的帘钩轻轻地放下，帘幕闭合。"凉波不动簟纹平"，"簟"：竹席。一张竹席如同凉波一样平展凉爽。"水精双枕，傍有堕钗横。""水精"：即水晶。床头放着华贵的双枕，丽人进入美梦之中，精致的发钗坠落下来，横在枕边。一幅中国古代睡美人的画面。结尾的两句，后来，苏东坡《洞仙歌》（冰肌玉骨）写有

"敧枕钗横鬓乱"，景况相似。

关于这首词的背景，《钱氏私志》记载：一日，钱文僖"宴于后园，客集"，而欧阳修与女子迟迟方至。钱文僖问女子："末至，何也？"女子答："中暑，往凉堂睡觉，失金钗，犹未见。"钱回复："若得欧推官一词，当为偿汝。"于是，欧阳修当场吟作此词，"坐皆击节"，女子"满斟送欧"。词的后三句演化了女子所说的赴宴迟到的缘由，艳丽而又雅致。欧阳修吟罢，钱文僖"令公库偿钗"。此事成为北宋文坛的一件传世趣闻。

清爽明丽的夏景，温婉旖旎的闺阁，典雅华丽的词句，寓意着词人对该女子的情谊，以及对朋友们的酬谢。现代古典文学研究家周汝昌先生说："此词甚奇，奇在所取时节、景色、人物、生活，都不是一般作品中常见重复或类似的内容，千古独此一篇"（《唐宋词鉴赏辞典（唐·五代·北宋）》）。北宋初期，有一批士大夫阶层的官员，他们既有远大的政治抱负，又富于个人的生活情趣；既将"济天下"的政治业绩写入史册，又将私人情感的诗词华章留在文苑。欧阳修是其中的代表人物之一，于此词可见一斑。

4. 临江仙　［北宋］晏几道

梦后楼台高锁，酒醒帘幕低垂。

去年春恨却来时。

落花人独立，微雨燕双飞。

记得小蘋初见，两重心字罗衣。

琵琶弦上说相思。

当时明月在，曾照彩云归。

晏几道的友人沈廉叔、陈君龙家中有莲、鸿、蘋、云四位歌妓，家宴时，她们清歌娱客。晏几道每作一词，即授以她们咏唱。后来沈、陈二人或死或病，诸歌伎亦离散。这首词是晏几道的代表作，抒发对歌女小蘋的怀念，寄托个人身世的不幸，深沉哀婉，被评为婉约词中的精品。

上片首两句一对工整的对偶："梦后楼台高锁，酒醒帘幕低垂。"夜间梦醒，当年楼台欢歌，而今人去楼空。酒意消退，居所帘幕低垂，孤身独处，形影相吊。作者用两个不同的地方、不同的场景，"楼台高锁"，客馆帘垂，以及"梦后"又"酒醒"的惆怅，表达对小蘋的深切眷恋，凸显眼下孤寂的凄凉。"去年春恨却来时"，"却来"：又来。承上启下，转为追忆。去年春天的离愁别绪，又一次涌现，分外惆怅。"落花人独立，微雨燕双飞。"词人孤独地立在庭院里，痴痴地看着花儿飘零，细雨里燕子双双齐飞。欢愉不再，甜美犹存，春恨绵绵！"落花"、"微雨"两句完全出自五代翁宏的诗《春残》，在此作者妙手拈来，天衣无缝，切合词境。

下片，时间追溯到比"去年"更远。"记得小蘋初见，两重心字罗衣。"点出词人思念之人。情人初见的情景最为深刻，那时，小蘋身着薄衫，上面绣着双重的"心"字，一见钟情，以示心心相印。"琵琶弦上说相思"，初见羞于言诉，小蘋借以柔情的琵琶乐曲，表白爱慕之情。词人心领神会，沉于其中，互为知音，温馨甜蜜。"当时明月在，曾照彩云归。""彩云"：古代常用于比喻红颜薄命的女子，此处喻指小蘋。月色如水，仍是当时的明月。可是，小蘋在哪儿呢？她已经像天上的彩云，飘然而归去。面对"当时明月"，遥忆红颜知音，何其感伤！这两句化用李白的诗句："只愁歌舞散，化作彩云飞。"（《宫中行乐词》其一）但比李诗更为悲凉。"彩云归"暗示小蘋歌女的身份，一位无处寄身的美女。作者感情执着，对小蘋一往情深，同情她的命运，惦念她的去向。

晏小山，出自豪门，拒依权贵，一生漂泊，重情重义。这首词，语言清丽柔美，感情诚挚凄婉，足见他是一位才高而又情深之人！清代陈廷焯评此词："既闲婉，又沉着，当时更无敌手。"（《白雨斋词话》）当代古典文学研究家傅庚生评之："情与景系于接笋之处，又若轻霜着水，了其无痕，断是才子墨浑也。"（《中国文学批评举隅》）

5. 临江仙 ［北宋］苏轼

夜归临皋

夜饮东坡醒复醉，归来仿佛三更。
家童鼻息已雷鸣。
敲门都不应，倚杖听江声。

长恨此身非我有，何时忘却营营？
夜阑风静縠纹平。
小舟从此逝，江海寄余生。

宋神宗元丰三年（1080），苏轼因乌台诗案，贬至黄州（今湖北黄冈），住在长江边上的临皋亭，并在不远处开辟了一片荒地，起名"东坡"，在那里建一屋，名为"雪堂"。这首词写于元丰五年（1082）九月，抒写作者深秋之夜在雪堂醉饮、回到临皋的情景，时苏轼四十八岁。

上片叙事。"夜饮东坡醒复醉，归来仿佛三更。"起句点明夜饮的地点是在东坡，饮得醉而复醒、醒而复醉；"仿佛"二字惟妙惟肖地刻画出词人尽情尽兴痛饮的程度，已经不知深夜归来的具体时间。"家童鼻息已雷鸣"，夜阑人静，家童鼾声如雷，沉入酣睡。

　　"敲门都不应，倚杖听江声。"敲门，家童也不回应，词人并不介意，豁达处之。秋夜深邃，苍穹浩渺。唯作者一人置身于空辽的江天，形影相伴，超然世外，倚杖伫立于江边。滚滚东去的大江，惊涛裂岸，雷霆般的浪涛声不绝于耳。词人敞开胸襟，心潮激荡，神思悠远。简洁的叙事，以"家童鼻息"声、江涛声，衬托寰宇万籁之无声。上片的结句，"倚杖听江声"，写实而又空灵，含不尽之意。笔端至此，自然地转入下片。

　　下片抒情。"长恨此身非我有"，化用《庄子·知北游》之句"汝身非汝有也"。宦海沉冤，贬至于此，长恨身不由己，被命运所驱使。苏东坡从内心最深处迸发出积压已久的怆然浩叹！词人进一层的幽思与自问："何时忘却营营？"何时才能摆脱官场与世俗林林总总的羁绊呢？"营营"：种种恼人的世事。此句化用庄子《庄子·庚桑楚》："全汝形，抱汝生，无使汝思虑营营。"庄子本意是：你的形体和精神非你所有，保全你的形体，保全你的天性，不要让你的思虑为世事所困扰。答案何在？作者随之自答。

　　"夜阑风静縠纹平"，"夜阑"：夜残，夜将尽；"縠"：有绉纹的纱；"縠纹"：形容水波细纹。词人的思绪从纷乱的人世回到眼前，夜深风静，水波不兴。他的内心世界归于宁静。寓情于景，蕴涵深远，对这一句最好的解读就是苏轼《定风波》词中的"也无风雨也无晴"。这两首词，作者写在同一年，同一个地点。安宁静谧的世界，没有风雨侵袭，没有晴阴无常，它是词人理想的生活家园、精神境地。苏轼在官场受到意想不到的打击后，到了黄州，思考人生最深刻的问题：生命的价值。他一次又一次地将人生的哲理出神入化地转为优美的词句。"小舟从此逝，江海寄余生。"他期盼着，渴望着，过着自由自在的生活。在无边无际的江海上，驾一叶扁舟，无拘无束地飘游，让自己的余生融入净洁无垠的大自然之中。飘逸，浪漫，神往……

　　苏轼之词，开拓了新风格、新境界。北宋胡寅评之："一洗绮罗香泽之态，摆脱绸缪宛转之度，使人登高望远，举首高歌，而逸怀浩气，超乎尘垢之外。"（《酒边词序》）这首词，寓景、情、理于一体，旷达洒脱，奇俊雄放，清丽绝尘，表达了苏东坡身处逆境、坦然处之的情怀，蕴含着对人生的思索和深刻的哲理。它是苏轼留给后人的臻至完美的词苑瑰宝、无比珍贵的精神财富。每每读之，忘却生活中的"营营"。

6. 临江仙 ［南宋］陈与义

夜登小阁，忆洛中旧游

忆昔午桥桥上饮，坐中多是豪英。
长沟流月去无声。
杏花疏影里，吹笛到明天。

二十余年如一梦，此身虽在堪惊。
闲登小阁看新晴。
古今多少事，渔唱起三更。

陈与义，北宋与南宋之交的著名诗人，北宋时生活优越，南渡备尝艰辛。这首词大约作于他晚年退隐浙江湖州青墩镇时，为他的代表作，深受历代评家的推崇。

上片回忆北宋时的生活。"忆昔午桥桥上饮，坐中多是豪英。""午桥"：在洛阳南十里。追忆北宋时在故乡洛阳的午桥上与朋友们聚会畅饮，席中多是当年的英雄豪杰。"长沟流月去无声"，"长沟"：长河。一弯明月，酒宴高朋满座，举杯对饮，吟诗唱和，浑然不知月色就像长河的流水悄然逝去。"杏花疏影里，吹笛到明天。"杏花暗香，幽影稀疏，花好月圆。清辉之下，朋友们兴致盎然，大家一同吹笛欢歌直到天明。清丽的良辰美景，高雅的生活情趣，何曾忘却。清代文学家刘熙载《艺概》评道："'杏花疏影里，吹笛到天明'，此因仰承'忆昔'，俯注'一梦'，故此二句不觉豪酣，转成怅惘，所谓好在句外者也。"词情自然地转入下片。

下片抒发人生的感怀。"二十余年如一梦，此身虽在堪惊。"二十多年宛如一梦，北宋沦亡，流落江南，故友彼此离散，自己劫后余生，此身至今仍心有余悸、胆颤心惊！"闲登小阁看新晴"，不再去想二十余年的沧桑世事吧，我休闲地登上小楼阁，欣赏雨后天晴的景色。故作闲情，以期排遣心中的沉郁和感伤。"古今多少事，渔唱起三更。"今昔对比，百感交集，最终，作者陷入无比的感慨之中！古往今来，多少王朝的盛衰兴亡、人间的悲欢离合，均被渔夫编成了歌曲，深夜里，在江湖上低沉悠长地吟唱。古代诗词中的渔夫，比喻超然世外的睿智隐士，当局者迷，旁观者清。

这首词感情跌宕起伏，笔力旷放自然，疏朗之中隽永深沉。南宋黄升在《花庵词选》中评陈与义词："词虽不多，语意超绝，识者谓其可摩坡仙之垒也。"称他的词风与苏轼相近。

7. 临江仙 ［金］元好问

自洛阳往孟津道中作

今古北邙山下路，黄尘老尽英雄。

人生长恨水长东。

幽怀谁共语，远目送归鸿。

盖世功名将底用，从前错怨天公。

浩歌一曲酒千钟。

男儿行处是，未要论穷通。

金宣宗兴定五年（1221），三十二岁的元好问中进士。这首词写于第二年，金宣宗元光元年。当时蒙古军南侵，蚕食了金朝的大片土地，而金朝当局毫无图强的雄心。作者深感失望，匡时济世的抱负无法施展。在这样的大背景下，作者从洛阳去孟津的途中，触景感怀，写下了此首吊古伤今之作。"北邙山"：位于洛阳城北，黄河南；"孟津"：黄河渡口名，在今河南孟津东。古代不少王侯公卿葬于这一带。

上片即景抒情，凄凉感伤。开篇气势恢宏："今古北邙山下路，黄尘老尽英雄。"古往今来，这条路上马嘶车滚，黄尘飞扬，多少英雄豪杰为建功立业耗尽了年华，如今全都无声无息地长眠于荒山乱岗之中。"人生长恨水长东"，出自南唐后主李煜《相见欢》词中的"自是人生长恨水长东。"人生的遗恨如东去之水，川流不息。"幽怀谁共语，远目送归鸿。"以上两句化用了魏晋时期"竹林七贤"之首嵇康的诗句"郢人逝矣，谁与尽言"和"目送归鸿，手挥五弦"（《赠秀才入军》）。内心深处的忧郁和情怀向谁倾诉。思绪万千，纵目远望，天边的鸿雁展翅高飞，志在千里。作者抒志士胸怀，叹知音难寻，哀理想破灭。天地悠悠，"前不见古人，后不见来者"（陈子昂《登幽州台歌》），独自悲愤，仰天怆然。

下片转而言理，自我慰藉。"盖世功名将底用，从前错怨天公。""底用"：何用。壮志未酬，过去错怪了天公，错怪了命运。纵然有超越当代人的功名成就，又有何用？浩歌一曲，热酒千钟，开怀放歌痛饮，以释心中的积郁。"男儿行处是，未要论穷通。"男儿在世，大路朝阳，随遇而安，何必以成败论英雄，困厄也好，显达也罢，不须放在心上。无可奈何的自我宽慰，寄寓着深层的苦闷与沉郁。

元好问的词作，来源于丰富的阅历、个人的气质，以及厚重的文学艺术修养。这首词借途径之地，即兴述怀，抒发怀才不遇的感慨，以及聊以排遣的旷达。此词笔力雄劲，感情激越，意象苍辽，抒发诗人的幽怀，是一曲英杰的浩歌。

元好问，号遗山。清代学者赵翼写有著名的七律《题遗山诗》，对元好问的生平、人格和诗词作了极为精辟的描写和评价："身阅兴亡浩劫空，两朝文献一衰翁。无官未害餐周粟，有史深愁失楚弓。行殿幽兰悲夜火，故都乔木泣秋风。国家不幸诗家幸，赋到沧桑句便工。"

8. 临江仙 ［明］杨慎

> 滚滚长江东逝水，浪花淘尽英雄。
> 是非成败转头空。
> 青山依旧在，几度夕阳红。
>
> 白发渔樵江渚上，惯看秋月春风。
> 一壶浊酒喜相逢。
> 古今多少事，都付笑谈中。

杨慎，明代三才子之首（另二人为解缙与徐渭），东阁大学士、首辅杨廷和之子，明武宗正德六年（1511）进士第一。嘉靖三年（1524），直谏犯颜，被廷杖，贬放至云南永昌（今保山），在滇南三十余年，死于贬所。晚年著历史通俗说唱《廿一史弹词》，共十段，即十回。这首词为第三段《说秦汉》的开场词，泛咏历史，感悟人生。后被清初毛宗岗移置于著名古典小说《三国演义》卷首，广为流传，脍炙人口。

上片以大自然的景象话说历史与人生。起句化用杜甫的"无边落木萧萧下，不尽长江滚滚来"和苏轼的"大江东去，浪淘尽、千古风流人物"。历史的长河犹如滚滚东去的长江，翻卷的浪花荡涤尽千古英雄人物。开篇大气磅礴，视野深邃。"是非成败转头空。青山依旧在，几度夕阳红。""几度"：虚指几次，好几次。官场的是与非、事业的成与败，转头之间都化为空无。只有那青翠的山峦，亘古常在；璀璨的夕阳，周而复始。

下片借渔樵抒发胸臆。"白发渔樵江渚上，惯看秋月春风。""渔樵"：渔翁、樵夫，意即隐士；"渚"：水中的小块陆地，意指江岸边；"秋月春风"：美好的岁月，引自白居易《琵琶行》"今年欢笑复明年，秋月春风等闲度"。江湖上的白发渔翁樵夫，看惯了良辰美景、星移斗转，看透了人间戏台"你唱罢我登场"的纷乱无常。不管社会如何变迁，他们隐居于江湖，过着宁静淡泊的生活。"一壶浊酒喜相逢"，"浊酒"：不清澈的酒，诸如用糯米、黄米等酿制的酒。有朋远方来，不亦乐乎，开怀痛饮，海阔天空，侃侃畅谈。即便是"浊酒"又何妨。在困厄的生存中，超然处之。"古今多少事，都付笑谈中。"古今的朝代兴亡和英雄豪杰，均在欢聚的茶热酒酣的话题之中，最后付诸爽朗一笑，无一不是"转头空"！"渔樵"：是通晓古今、大彻大悟的隐士形象，在他们的身上寄托着作者豁达的生活理念和睿智的思想境界。

杨慎的一生丰富而又悲惨。高官子弟，进士榜首，春风得意。到头来盛年就被谪放至边陲，大好的年华在此耗尽，终老至死！晚年，他在贬所审视历史，思索人生，将瞬息的王朝盛衰和个人命运置于时、空的不变与变化之中。"青山依旧在"之不变，与"几度夕阳红"之轮回，相映成辉。大自然的变与不变，均万古永恒，而人类何其渺小。"滚滚长江"总是"淘尽英雄"；帝王将相，才子佳人，诗人墨客，芸芸众生，"古今多少事"，尽在酒宴的笑声闲谈之中！一声"是非成败转头空"的喟叹，五味杂陈，荡气回肠，饱含无奈的孤愤、看破的解脱，语淡而意深。

　　人类有史以来，苦难摧残了无数英才，苦难也造就了寥若晨星的巨匠。杨慎在蛮荒的滇南三十多年，与命运搏斗，博览群书，潜心著述达四百余种，题材之广，造诣之深，堪称明代之首。在苦难中，他为中华民族留下了丰厚的文化遗产。这首词不囿于具体的历史事件和人物，以虚写实，包罗万象，气势恢宏。语言浅显易懂，词情旷放深沉，内涵悠远厚重，无愧为千古不朽之作。今天读之，仍然感受到词人波浪翻滚的思潮，以及这首小令无与伦比的艺术魅力。

　　注：渔父的文学形象，最早出现在《楚辞》的名篇《渔父》里，渔父在与屈原的对话中引用《孺子歌》。而《孺子歌》源自《孟子·离娄上》第八章："沧浪之水清兮，可以濯我缨。沧浪之水浊兮，可以濯我足。"司马迁《史记·屈贾列传》也记载了渔父和屈原的对话。"渔父"形象在古代诗词中出现较多，意指幽居江湖、超脱凡尘的隐士，见多识广，淡泊豁达，通晓人生哲理。

9. 临江仙 ［清］纳兰性德

寒柳

飞絮飞花何处是？层冰积雪摧残。
疏疏一树五更寒。
爱他明月好，憔悴也相关。

最是繁丝摇落后，转教人忆春山。
湔裙梦断续应难。

西风多少恨，吹不散眉弯。

　　纳兰性德词作题材广泛，词风清丽婉约，哀感顽艳，其悼念亡妻之词尤为感人。这首词借咏寒柳，寓悼亡妻之情，历来为评家所推崇。

　　上片书写月下寒柳，托物寄情。开篇自问自答："飞絮飞花何处是？层冰积雪摧残。"曾经飞舞的柳絮杨花，如今在哪儿呢？寻寻觅觅，凄凄切切。层层冰冻和厚厚积雪已经将它摧残。"疏疏一树五更寒"，点明题目"寒柳"。一株柳树，枝条稀疏，在五更的寒风中娇柔凄楚，让人甚是怜爱。"爱他明月好，憔悴也相关。""相关"：意即关切、关爱。无论是春天柳花绽放、花朵艳丽，还是寒冬花絮凋零、容姿憔悴，明月始终如一，清辉映照着寒柳，眷恋，关爱。月下柳影，美丽娇好；明月皎洁，一往情深。寒柳，隐喻因难产而早逝的亡妻卢氏；明月，象征着词人对卢氏生死如一的深情。

　　下片转入直接忆人。"最是繁丝摇落后，转教人忆春山。""繁丝"：双关含意，茂盛的柳枝和妻子的乌发；"摇落"：凋零；"春山"：春天远山如黛，古人用以形容女性的眉毛，进而意指女子。特别是在妻子去世之后，更加追思她的美发、美眉，她的花容月貌。"湔裙梦断续应难"，"湔"：洗。湔裙，是古代的一种风俗。农历正月元日至月底，女子去水边洗衣，以求辟灾度厄。此处引用一典故。李商隐在《柳枝词序》中说：一男子偶遇柳枝姑娘，柳枝表示三天后"湔裙水上"，涉水来会，"不果"。后人常以"湔裙"表示美丽而无果的爱情。此首题为"寒柳"之词，以"湔裙"引用柳枝姑娘的典故，极为贴切、精妙。日有所思，夜有所梦，梦中与卢氏亡魂相会，醒来梦断，亡妻飘然而去，梦难延续，遗恨绵绵。"西风多少恨，吹不散眉弯。""眉弯"：眉头。西风凄凄，携带着不尽的离愁别恨，但无法吹展凝积哀思的紧锁的眉头。缠绵悱恻，凄切悲凉。

　　全词咏柳写人，亦柳亦人，含蓄幽微，哀婉凄戚，真切地抒发了纳兰对亡妻至死不渝的爱情，令人不忍卒读！清代词学家杨希闵评之："托驿柳以寓意，其音凄唳，荡气回肠。"（《词轨》）清代词论家陈廷焯说："容若词亦以此篇为压卷之作。"（《白雨斋词话》）

洞仙歌

词牌《洞仙歌》简介

　　《洞仙歌》，唐教坊曲名，后用为词牌。又名《洞仙歌令》、
《羽仙歌》、《洞中仙》等，用以咏洞府神仙。双调，仄韵。中调、
长调两体，中调八十三字至九十三字，长调一百十八字至一百二
十六字。

　　以下列出本词牌格律常见的两种格体与范例。

　　格体一，八十三字，上片六句，下片八句，上、下片各三仄
韵。范例，北宋苏轼词：

　　　　冰肌玉骨，自清凉无汗。水殿风来暗香满。
　　　　中平中仄，仄中平·平仄。中仄平平仄平仄。
　　　　绣帘开、一点明月窥人，人未寝，欹枕钗横鬓乱。
　　　　仄平平、中仄平仄平平，平中仄，中仄平平中仄。

　　　　起来携素手，庭户无声，时见疏星渡河汉。
　　　　中平·平仄仄，中仄平平，中仄平平仄平仄。
　　　　试问夜如何？夜已三更，金波淡、玉绳低转。
　　　　仄仄仄平平，仄仄平平，平中仄、中平中仄。
　　　　但屈指、西风几时来？又不道、流年暗中偷换。
　　　　仄中仄、平平仄平平，仄仄仄、平平仄平平仄。

　　格体二，八十五字，上片七句、四仄韵，下片十句、四仄韵。
范例，北宋李元膺词：

　　　　雪云散尽，放晓晴池院。杨柳于人便青眼。

仄平仄仄，仄仄平平仄。平仄平平仄平仄。

更风流多处，一点梅心，相映远。约略颦轻笑浅。

仄平平平仄，仄仄平平，平仄仄。仄仄平平仄仄。

一年春好处，不在浓芳，小艳疏香最娇软。

仄平仄仄，仄仄平平，仄仄平平仄平仄。

到清明时候，百紫千红，花正乱。已失春风一半。

仄平平平仄，仄仄平平，平仄仄。仄仄平平仄仄。

早占取、韶光共追游，但莫管春寒，醉红自暖。

仄仄仄、平平仄平平，仄仄仄平平，仄平仄仄。

《洞仙歌》历代佳作三首

1. 洞仙歌　［北宋］苏轼

余七岁时，见眉州老尼，姓朱，忘其名，年九十岁。自言：尝随其师入蜀主孟昶宫中，一日大热，蜀主与花蕊夫人夜纳凉摩诃池上，作一词，朱具能记之。今四十年，朱已死久矣，人无知此词者，但记其首两句，暇日寻味，岂《洞仙歌令》乎？乃为足之云。

冰肌玉骨，自清凉无汗。水殿风来暗香满。

绣帘开、一点明月窥人，人未寝，欹枕钗横鬓乱。

起来携素手，庭户无声，时见疏星渡河汉。

试问夜如何？夜已三更，金波淡、玉绳低转。

但屈指、西风几时来？又不道、流年暗中偷换。

　　这首词苏轼以他高超的文笔，天才的遐想，再现了花蕊夫人的国色天香，以及五代时期后蜀国君孟昶与她在皇苑共度夏夜良宵的景况，境界空灵清逸，思情幽深高远。

　　作者在词序中记述了写作此词的缘由。七岁时，家乡眉州一位年已九十的姓朱的老尼告诉他：曾随师父入五代后蜀国王孟昶的宫中，一日大热，孟昶与花蕊夫人夜间在摩诃池（故址在今成都昭觉寺，建于隋代）避暑，孟昶作一首词，老尼将全词背诵。四十年后，苏轼只记得头两句。闲暇时细细回味，方知这首词是《洞仙歌令》，为补全之，特作此词。写这首词时，苏轼四十七岁，北宋元丰五年（1082），他被贬谪在黄州。

　　上片描写夜间行宫内的贵妃花蕊夫人。天生丽质，"冰肌玉骨"，冰一样润滑光洁的肌肤，玉一般风姿绰约的身骨，盛夏里肌体自然清凉而无汗迹。"水殿风来暗香满"，"水殿"：建在摩诃池上的宫殿。水殿里清风徐来，暗香弥漫。暗香从何而来？殿外摩诃池中的睡莲之香？殿内焚燃的沉香之香？还是"冰肌玉骨"美人的幽幽体香？词人留下想象的空间。夏夜炎热，绣帘被风吹开，夜空明月一点，像是偷窥水殿内的佳人容姿。"人未寝，欹枕钗横鬓乱。""欹"：斜倚。天气大热，佳人无法入睡，她慵懒地斜倚着绣枕，金钗横插，鬓发松乱。

　　下片深夜庭院的情景。大热之夜，国君孟昶起身，携着贵妃的纤纤小手，走到殿外的庭院。良宵，庭院静谧无声，苍穹深邃，银河依稀，时有一点流星划过其间。"试问夜如何？夜已三更，金波淡、玉绳低转。"试问今宵夜可好？切切柔语。夜已至三更，月光清淡，玉绳低垂，斗转星移，两人共同沉醉在浩渺静谧的夜色之中。"金波"：月光；"玉绳"：北斗七星中第五星名为玉衡，其北面两星古称玉绳。词的最后由叙事转为神思："但屈指、西风几时来？又不道、流年暗中偷换。""不道"：不知不觉；"流年"：光阴，岁月。屈指盘算，凉爽的秋风还有多久才能来呢？不知不觉之间，年华似水，岁月暗中变换、悄悄地流逝。大热之际，期盼秋凉，却又为好景不长、韶华易逝而惆怅。

苏轼在词序中说明了这首词的由来，根据老尼朱氏的传述、自己的回忆，补全孟昶所作的《洞仙歌令》。词篇貌似代言，更似自语。明月疏星的良辰，冰肌玉骨的美人，双手相携的爱情，美轮美奂，令人神往。然而，美是那么短暂，"流年暗中偷换"，东坡抒发人生易老之叹！喜极而悲，意味深长。全词笔法出神入化，景象空渺清绝，寄寓着作者超凡脱俗的情怀，以及年华流逝的喟叹。南宋张炎赞此词："清空中有意趣，无笔力者未易到。"（《词源》）

宋太祖赵匡胤乾德三年（965），后蜀亡，孟昶被俘至汴京，七日后暴毙。花蕊入宋，写七言绝句《述国亡诗》："君王城上竖降旗，妾在深宫那得知？十四万人齐解甲，更无一人是男儿！"花蕊的才与貌为赵匡胤倾倒，成了宋太祖的贵妃。江山兴亡，人世沧桑，孟昶与花蕊夫人的故事，历来评说莫衷一是。苏轼此词的意境是那样的美好，那样的迷人，给人以唯美的享受。

2. 洞仙歌　［北宋］李元膺

一年春物，惟梅柳间意味最深。至莺花烂漫时，则春已衰迟，使人无复新意。予作《洞仙歌》，使探春者歌之，无后时之悔。

雪云散尽，放晓晴池院。杨柳于人便青眼。
更风流多处，一点梅心，相映远。约略颦轻笑浅。

一年春好处，不在浓芳，小艳疏香最娇软。
到清明时候，百紫千红，花正乱。已失春风一半。
早占取、韶光共追游，但莫管春寒，醉红自暖。

　　咏春之词大都取寒食、清明季节之景，然而李元膺则认为早春最美。他在词序中说明了这首《洞仙歌》的主旨，"一年春物"，初春的梅柳"意味最深"；到了莺啼花开时分，"春已衰迟"，探春者应早为好。

　　上片以杨柳与春梅描绘早春的美景。"雪云散尽，放晓晴池院。""放"：露出。词人精致地安排了时间与地点。风雪已止，阴云散尽，拂晓时天色放晴，庭院里池水微澜波动。"杨柳于人便青眼"，"青眼"：青睐，源自一典故，晋阮籍能为青白眼，喜悦时正眼相看，目多青处，厌恶时则白眼斜视。杨柳绽放出青色的嫩芽，细长娇柔，如同向游人亮出亮丽的媚眼，殷勤相迎。更有风流多情的"一点梅心"，玲珑洁白而"相映远"，"约略颦轻笑浅"。梅花在远处与杨柳相映成辉，隐约可见它风韵清婉，眉头微皱，淡妆浅笑。"约略"：大约，隐约；"颦"：皱眉头。作者以拟人化的写法，分别刻画了柳与梅优雅的性态。早春的柳与梅各具特色，柳树在新生，梅花即将告退。作者的文笔细致入微，柳梅各自的形象栩栩如生，意味深长。

　　下片劝人及早探春。"一年春好处，不在浓芳，小艳疏香最娇软。"一年中春光最好的时节，不在芬芳浓郁的季节，小艳的"青眼"柳芽、疏香的"一点梅心"，才是最娇丽柔美、楚楚动人的春物。唐代韩愈写有诗句："最是一年春好处，绝胜烟柳满皇都。"（《早春呈水部张十八员外》）。李词与韩诗意相近，而李词尤为清新生动。到了清明时节，万紫千红，繁花杂乱无章，凋谢将至，已经失去了一半的春色美景，如词序所言"使人无复新意"。"早占取、韶光共追游，但莫管春寒，醉红自暖。"及早享受短暂的美好春光，共同到野外赏春，玩耍游览。不必在意初春的料峭轻寒，只需酒醉脸红，通身自然就暖和了。春寒时节赏春，更别有一番乐趣。趁早春游，"无后时之悔"，不会发生错过时机之悔。

　　这首词紧扣主旨，巧妙地将景观集中在一个带有池塘的庭院，以拟人的手法描绘院内的新柳与春梅，典型的地点和典型的春物，将初春与人们钟爱的清明加以对比，构思新颖奇特，语言明快风趣。同时，它体现了作者淡雅闲适的情趣，不落俗套的词风，以及调侃幽默的个性。明代沈际飞评之："以人喻物，生动。'不在浓芳'，在'疏香小艳'，独识春光之微。至'已失一半'句，谁不猛省！"（《草堂诗余四集》）

3. 洞仙歌　［元］刘秉忠

仓陈五斗，价重珠千斛。陶令家贫苦无畜。

倦折腰闾里，弃印归来，门外柳，春至无言自绿。

山明水秀，清胜宜茅屋，二顷田园一生足。

乐琴书雅意，无个事、卧看北窗松竹。

忽清风、吹梦破鸿荒，爱满院秋香，数丛黄菊。

　　陶潜，字渊明，中国历史上第一位隐逸的田园诗人，以其独醒独清、不为五斗米折腰的人格魅力，引来历代无数不愿在官场随波逐流的名人的仰慕。大诗人李白有诗句："何日到彭泽，长歌陶令前？"（《寄韦南陵冰》）杰出的政治家、书法家颜真卿有诗《咏陶渊明》。苏轼更说"渊明吾师"。这首词以陶渊明著名的事迹与诗文为主线，赞美陶渊明的人生理念，以明作者的心迹。为了全面深刻地领悟这首词，需要知晓相关的陶渊明的经历和诗文。

　　上片写陶渊明不为五斗米折腰，弃官归田。起首两句极为奇特，第一句"仓陈五斗"，陶渊明不为五斗米皇粮而丧失自己的人格，刘秉忠进而剖析这五斗皇粮，其米不知道在皇仓里陈积了多少年。第二句"价重珠千斛"，词人更深层地挖掘其价值的内涵。晋朝一斛为十斗，千斛珠宝的价值何等贵重！词人之意：人格的价值贵于"珠千斛",人格才是一个人的无价之宝!"陶令家贫苦无畜","陶令":陶渊明;"畜":即蓄。陶令家中贫苦之极,无半点储蓄。陶渊明在自传《五柳先生传》记述他的家境:"环堵萧然,不蔽风日,短褐穿结,箪瓢屡空。"四周土墙,空空荡荡,不蔽风日,粗布短衫,打着补丁,饭勺水瓢经常空无一物!在物质生活上,五斗米的俸禄对陶令全家至关重要。作者的这一词句,凸显了陶渊明看重的是:"先师有遗训,忧道不忧贫。"(《癸卯岁始春怀古田舍》)先师遗训,即孔子《论语·卫灵公》中的教诲:"君子忧道不忧贫。"

"倦折腰闾里,弃印归来。""闾里":乡里。五斗米,晋朝县令一个月微薄的俸禄。五斗即五十升,约七十五斤。公元405年,陶渊明四十三岁,任彭泽县令。一日,郡遣督邮至,县吏告诉他,应穿戴整齐地恭敬迎接。陶渊明叹道:"吾不能为五斗米折腰,拳拳事乡里小人邪!"厌倦了没有自由的官场生涯,弃印而归,写《归去来辞》,大彻大悟:"悟以往之不谏,知来者之可追。"随之,这首词转入陶渊明归隐后的生活情趣。"门外柳、春至无言自绿。"门外的柳树,春天到来时并不去争妍斗艳,自然绿叶葱茏,自赏婆娑潇洒的风姿。此句简洁凝练地化用陶渊明《五柳先生传》:"宅边有五柳树,因以为号焉。闲静少言,不慕荣利。"

下片继续描写陶渊明的田园生活。归隐后,陶渊明写了著名的《归园五首》,其中写道:"方宅十余亩,草屋八九间。"刘秉忠巧妙地勾画出它的意境。在这山明水秀的乡村,景致绝佳之地,最适宜居住在茅屋。"二顷田园",自食其力,自得其乐,一生足矣。"乐琴书雅意,无个事,卧看北窗松竹。"农耕之余,陶醉于弹奏琴乐,潜心于读书赋诗,一张琴,一卷书,闲情雅兴。休闲之时,躺卧在北窗下,看窗外劲松翠竹。陶令就像是太古之人一样,过着无忧无虑的日子。陶渊明在《与子俨等疏》自称"少好琴书",并说:"五六月中,北窗下卧,遇凉风暂至,自谓是羲皇上人。""羲皇上人"：太古之人，闲适自得。

"忽清风、吹梦破鸿荒"，忽然一阵清风吹来，中断了周游太古洪荒世界的美梦。"爱满院秋香，数丛黄菊。"最爱清秋季节，院子里数丛菊花盛开，金黄璀璨，满院馨香。陶渊明五十二岁时写《饮酒二十首》，其中有脍炙人口之句："采菊东篱下，悠然见南山。"人在尘世，精神的世界超凡脱俗、纯净高远。

这首词构思极为精妙。上片末尾，春天绿柳；下片居中，夏季松竹；全词结束，秋香黄菊。时序井然，风物高雅；以陶令钟爱之物，喻渊明高洁之风。作者以高超的文笔，将陶渊明的主要经历和经典诗文凝聚在短短的一首词中，叙事、抒情、言理，浑然一体，雄放而又精练。它颂扬远离宦海、安贫乐道的隐居生活，从侧面鄙视官场的污浊。刘秉忠是中国历史上传奇式的名人，元代杰出的政治家、学者、诗人。他曾有过与陶渊明相似的经历，十七岁时就任邢台节度使令史，后辞官隐居于武安山中。这首词是他此段时期精神世界的写照。后来他又成为元初重臣，淡泊功名，勤勉不倦。

贺新郎

词牌《贺新郎》简介

《贺新郎》，又名《乳燕飞》、《金缕曲》、《贺新凉》等。始见苏轼词，因词中有"乳燕飞华屋"，故曾名为《乳燕飞》。双调，仄韵，多用入声韵，声情激越苍凉。字数有一百一十三、一百一十五、一百十六以及一百一十七字等，以一百一十六字为主。

以下列出本词牌格律常见的两种格体与范例。

格体一，一百一十六字，上、下片各十句、六仄韵。范例，南宋辛弃疾词：

甚矣吾衰矣。怅平生、交游零落，只今余几！
中仄平平仄。仄平平、中平中仄，仄平平仄。
白发空垂三千丈，一笑人间万事。
中仄中平平中仄，中仄平平中仄。
问何物、能令公喜？
中仄仄、平平中仄。
我见青山多妩媚，料青山、见我应如是。
中仄中平平中仄，仄中平、中仄平平仄。
情与貌，略相似。
中仄仄，仄平仄。

一尊搔首东窗里。想渊明、《停云》诗就，此时风味。
中平中仄平平仄。仄平平、中平中仄，仄平平仄。
江左沉酣求名者，岂识浊醪妙理？
中仄中平平中仄，中仄平平中仄。
回首叫、云飞风起。
中仄仄、平平中仄。

中仄仄、平平中仄。

不恨古人吾不见，恨古人、不见吾狂耳。

中仄中平平中仄，仄中平、中仄平平仄。

知我者，二三子。

中仄仄，仄平仄。

格体二，一百一十五字，上下片各十句、六仄韵。范例，北宋苏轼词：

乳燕飞华屋。悄无人、桐阴转午，晚凉新浴。

仄仄平平仄。仄平平、平平仄仄，仄平平仄。

手弄生绡白团扇，扇手一时似玉。

仄仄平平仄平仄，仄仄仄平仄仄。

渐困倚、孤眠清熟。

仄仄仄、平平平仄。

帘外谁来推绣户？枉教人、梦断瑶台曲。

平仄平平平仄仄，仄平平、仄仄平平仄。

又却是，风敲竹。

仄仄仄，平平仄。

石榴半吐红巾蹙。待浮花浪蕊都尽，伴君幽独。

仄平仄仄平平仄。仄平平仄仄平仄，仄平平仄。

秾艳一枝细看取，芳心千重似束。

平仄仄平仄仄仄，平仄平平仄仄。

又恐被、秋风惊绿。

仄仄仄、平平平仄。

若待得君来向此，花前对酒不忍触。

仄仄仄平平仄仄，平平仄仄仄仄仄。

共粉泪，两簌簌。

仄仄仄，仄仄仄。

《贺新郎》历代佳作十首

1. 贺新郎　［北宋］苏轼

乳燕飞华屋。悄无人、桐阴转午，晚凉新浴。

手弄生绡白团扇，扇手一时似玉。

渐困倚、孤眠清熟。

帘外谁来推绣户？枉教人、梦断瑶台曲。

又却是，风敲竹。

石榴半吐红巾蹙。待浮花浪蕊都尽，伴君幽独。

秾艳一枝细看取，芳心千重似束。

又恐被、秋风惊绿。

若待得君来向此，花前对酒不忍触。

共粉泪，两簌簌。

苏轼的词风以豪放豁达而著称。但他不乏绮丽清婉之作，有的甚至含蓄曲折，这首《贺新郎》就是其中之一。在词中，作者以非凡的构思、精湛的文笔，描写一位雍容华贵女子的闺怨，其意旨则众说纷纭，引人思索。

上片直接描绘佳人的美貌以及孤寂的心情。词的开头，推出环境和人物，寂静淡雅。"乳燕飞华屋"，词的首句妙不可言，一只可爱的雏燕飞落在雕梁画栋的住所，由"乳燕"将读者的视野聚焦到"华屋"。四周悄无人迹，中午暑热，桐树垂阴；晚间凉爽，美人出浴。"手弄生绡白团扇，扇手一时似玉。"佳人纤纤素手，百无聊赖地摆弄着丝织的白团扇，团扇与小手均如白玉一般，凝脂润滑。"生绡"：未漂煮过的丝织品，这里意即丝绢；"团扇"在夏日受宠，秋凉时被弃，用于比喻丽人失宠，源自汉代班婕妤的《团扇诗》，其中写道："常恐秋节至，凉飙夺炎热。弃捐箧笥中，恩情中道绝。"苏轼在此隐示闺妇的命运就如同被弃的团扇。

新浴之后，渐而慵懒困倦，孤寂的美人，斜倚香枕熟睡，进入了清幽的梦乡。"帘外谁来推绣户？枉教人、梦断瑶台曲。""瑶台"：天上的仙宫。朦胧之中，像是有人掀起珠帘，从外面推开彩绣的门户，将女子惊醒。是否是郎君远方归来呢？空教她做了一场虚幻的瑶台相会的美梦。"又却是，风敲竹。"侧耳细听，又是风吹翠竹发出的声音。一次又一次的期待，一次又一次的失落！茫然，空虚，惆怅。

下片借咏石榴花，描绘佳人心态。"石榴半吐红巾蹙。待浮花浪蕊都尽，伴君幽独。""蹙"：皱。清晨，女子形只影单地走进庭院，来到石榴花前。看那半开的石榴花，层层叠叠，就像折绉的红巾，风韵娇媚。女子不禁思绪翩翩，对石榴花说：待到那些俗不可耐的浮花浪蕊都落尽，我独自与你幽静地相伴。石榴花与"浮花浪蕊"作了鲜明的对比，闺妇与石榴花为伍，不是"浮花浪蕊"之流，寓意着她对爱情的坚贞不渝。

旋而，女主人从遐思中回到眼前。"秾艳一枝细看取，芳心千重似束。"细看这枝秾丽红艳的石榴花，花瓣千重，紧裹成束，恰似美人感情专一的芳心。芳心有情，而流年无情。闺妇伤感地想到夏去秋来，"又恐被、秋风惊绿"。又恐怕秋天将至，连绿叶也不堪西风的欺凌，更何况秾艳的石榴花。一个"惊"字，由花及人，惜花怜人。好花不常，美人迟暮，闺妇发韶华易逝之叹。

她油然思念瑶台梦中的郎君，归期遥遥。"若待得君来向此，花前对酒不忍触。共粉泪，两簌簌。"若待你回家时，再到花前对酒共赏，它的"秾艳"已经衰败，不忍触摸；我也花容不再，红颜老去！到那时，唯有凋谢的花瓣与伤心的泪珠一同簌簌落下！清代词学家黄苏在《蓼园词选》中评结尾四句："是花是人，婉曲缠绵，耐人寻味不尽。"

这是一首奇特的闺怨词。作者以清淡的笔调，写浓郁的感情。咏人咏花，花、人合一。笔下的美人与石榴孤芳高洁，一尘不染。闺妇怀人，痴情缱绻，感伤悲凉，但矜持自重；瑶台美梦，意象高远，梦断若有所失，却无凄切。

关于这首词的写作缘由，历来众说纷纭。南宋杨湜《古今词话》认为是苏轼知杭州时，为一官妓所作；南宋曾季狸《艇斋诗话》以为是作者因杭州万顷寺有榴花树，见树下一歌女昼寝，遂作此词；南宋陈鹄《耆旧续闻》，则称此词是苏轼为侍妾榴花而作。南宋胡仔《苕溪渔隐丛话》："东坡此词，冠绝古今，托意高远，宁为一娼而发耶！"颇有道理。可信的是，苏轼以托物寄兴的比兴写法，"借美人以喻君子"（李商隐《谢河东公和诗启》），抒发怀才不遇之情，意境深远。淡淡的凄美，举重若轻，无悔无恨，飘逸着苏子坦荡宽厚的君子之风。这首《贺新郎》无愧为"冠绝古今"的杰作。

2. 贺新郎　［南宋］张元干

送胡邦衡待制赴新州

梦绕神州路。怅秋风、连营画角，故宫离黍。
底事昆仑倾砥柱，九地黄流乱注？
聚万落千村狐兔。
天意从来高难问，况人情、老易悲难诉！
更南浦，送君去。

凉生岸柳催残暑。耿斜河、疏星淡月，断云微度。

万里江山知何处？回首对床夜语。

雁不到、书成谁与？

目尽青天怀今古，肯儿曹、恩怨相尔汝？

举大白，听《金缕》。

　　张元干，字仲宗，生活在北宋与南宋之交，南宋初期著名的爱国词人，曾是爱国重臣李纲的部属。宋高宗绍兴八年（1138），他写下《贺新郎·寄李伯纪丞相》，李纲字伯纪，词中寄怀李纲，支持他抗金的主张。在这一年，他的好友胡铨因上书反对"和议"、请斩秦桧等三人，贬为福州签判。宋高宗绍兴十二年（1142）秋，胡铨再次遭遣，除职编管新州（今广东新兴）。当时张元干寓居福州，作此词为他送行。词题"送胡邦衡待制"，胡铨，字邦衡，待制是他的官衔。

　　上片着重写当下的时事。魂牵梦绕沦落在敌人手中的中原故土。秋风萧萧，惆怅幽幽，远处传来军营吹响的画角声，苍凉凄厉。遥想故都汴京的皇宫，而今离黍遍地，荒草丛生。"底事昆仑倾砥柱，九地黄流乱注？"为何如同昆仑天柱般的黄河中流砥柱倾倒崩毁，以致浊流泛滥、中原沉沦？百姓流离失所，无数村落人烟稀少、狐兔横行。"底事"：何事；"昆仑倾砥柱"：相传昆仑山有高耸入云的天柱，黄河三门峡河道中有一座砥柱山，此句将昆仑与砥柱山连用。

　　国事如此衰败是何原因？"天意从来高难问，况人情、老易悲难诉！"这两句化用杜甫的诗句："天意高难问，人情老易悲。"（《暮春江陵送马大卿公》）从来天高难问其意，更何况世态炎凉、人老易悲。今天君将远行，身边失去知己，悲情难以言状！"天意从来高难问"，暗指皇帝向来高高在上，其心思难以知晓。作者无法直写，怨愤之情却显而易见。笔端至此，词句自然转入送行。

"更南浦，送君去。"寒水之畔，送君远去，情何以堪！悲壮激越，词人百感交集，难以释怀。"南浦"：原意南面的水边，此处为送别之地，出自南朝江淹名篇《别赋》："送君南浦，伤如之何！"

下片细写离别之情。久久伫立在凉意袭人的江边，初秋季节，西风乍起，岸上垂柳飘摇，驱走了残夏最后的一丝暑热。"耿斜河、疏星淡月，断云微度。""斜河"：银河。在江畔依依惜别，不忍离去，已至夜晚。银河璀璨，疏星捧着淡月；浮云如丝如缕，在空中缓缓地飘动。苍穹无垠，江山万里，胡公流落之地竟在何处？回想两人共处的时光，同住一室，"对床夜语"，亲如兄弟。与君一别，何时方能重聚！

"雁不到、书成谁与？"胡兄贬到广东新州，遥在衡阳之南，鸿雁不至，书信写毕，何以传递？痛别之情，酣畅淋漓。古代认为大雁南飞，最远为湖南衡阳回雁峰。"目尽青天怀今古，肯儿曹、恩怨相尔汝？"胡铨因冒死直谏而被流放，两人均是顶天立地的豪杰人物。分手之际，互相激励。极目苍天，纵怀今古，我等志向远大，岂能儿女情长、英雄气短？"儿曹"：儿辈；"恩怨相尔汝"：出自韩愈《听颖师弹琴》"昵昵儿女语，恩怨相尔汝"，一对亲昵的小儿女亲昵地窃窃私语，唠叨琐碎的恩恩怨怨。"举大白，听《金缕》。"让我们举杯痛饮，听我为君送行的这首《金缕曲》！以豪迈之言，排解锥心之痛。"大白"：酒杯；"金缕"：即《金缕曲》，《贺新郎》的别名。

清代四库馆臣评这首词："慷慨悲凉，数百年后，尚想其抑塞磊落之气。"（《四库全书总目提要》）全词悲愤激昂，浩气长空，感情深挚；笔力雄劲，回旋曲折，却层次井然，具有极强的感染力，今天读之，仍令人动容。

张元干不顾个人安危，仗义而出，为胡铨送行，并作这首《贺新郎》。此事激怒了秦桧，张元干被抄家，逮捕入狱，削职为民。但是，这首词在当时就深入人心，广为传唱。据南宋词人杨冠卿《客亭类稿》记载，他秋日乘船过吴江垂虹桥，"旁有溪童，具能歌张仲宗'目尽青天'等句，音韵洪畅，听之慨然"。

3. 贺新郎 ［南宋］辛弃疾

邑中园亭，仆皆为赋此词。一日，独坐停云，水声山色，竞来相娱。意溪山欲援例者，遂作数语，庶几仿佛渊明思亲友之意云。

甚矣吾衰矣。怅平生、交游零落，只今余几！
白发空垂三千丈，一笑人间万事。
问何物、能令公喜？
我见青山多妩媚，料青山、见我应如是。
情与貌，略相似。

一尊搔首东窗里。想渊明、《停云》诗就，此时风味。
江左沉酣求名者，岂识浊醪妙理？
回首叫、云飞风起。
不恨古人吾不见，恨古人、不见吾狂耳。
知我者，二三子。

宋绍熙五年（1194）夏，辛弃疾再次被罢官，在江西铅山（今属上饶）建瓢泉庄园。宋宁宗庆元二年（1196）夏，带湖庄园失火，举家移居瓢泉。这首词作于庆元四年（1198），又被闲置了四年。

词的小序中"邑"即铅山，"仆"是作者自称，"停云"：停云堂，在瓢泉新居，取陶渊明《停云》一诗之名。辛弃疾的这首词仿渊明《停云》诗"思亲友也"之意，抒发孤寂的心情以及高洁的胸襟。

上片开头直接进入小序中"思亲友之意"的词旨。"甚矣吾衰矣。怅平生、交游零落,只今余几!"首句引用孔子《论语》之句:"甚矣吾衰也!久矣吾不复梦见周公。"孔子感慨自己老矣,没有实现他所信奉的周公之道。辛弃疾作此词时年已五十九岁,感叹自己收复中原失地的理想已化为泡影。一生中交往密切的朋友零落四方,所剩无几,寂寞孤独,无比惆怅。"白发空垂三千丈,一笑人间万事。"化用李白《秋浦歌》"白发三千丈"。长年来忧虑国事,壮志未酬,屡遭贬谪,徒劳地愁白了满头乌发。世态炎凉,人间万事一笑了之,再不去想它!"问何物、能令公喜?""能令公喜":出自《世说新语·宠礼》。人间无一物能让作者快乐,再还有什么能让自己开颜喜悦呢?从而引出下文。

"我见青山多妩媚,料青山、见我应如是。"移情于物,将深情倾注于翠微葱绿的青山。我看那青山妩媚动人,青山不语,想必青山对我也有同感,欣赏我潇洒风流。将青山人格化,词人的审美情趣、思想理念赋予美丽的青山。"情与貌,略相似。"作者的情,青山的貌,二者有许多相似之处,常青的朝气,不移的意志,豪迈的气概。青山,寄托着词人的精神世界。

下片,呼应词序中陶渊明的《停云》诗,抒发作者像陶公一样超凡脱俗的心志。"一尊搔首东窗里。想渊明、《停云》诗就,此时风味。"在窗前饮酒一尊,填词作诗,自我欣赏,自得其乐,想当年渊明写成《停云》诗时,就是这样的情调吧。陶渊明《停云》中有"良朋悠邈,搔首延伫"和"有酒有酒,闲饮东窗",辛弃疾将它们浓缩在下片的第一句中,想象着两人诗成之后相同的愉悦,表达他与陶公情趣相投,精神相通。"江左沉酣求名者,岂识浊醪妙理?"化用苏轼的"江左风流人,酒中亦求名"(《和陶饮酒二十首》之三)。"江左":江苏南部,此处意指陶渊明生活的东晋;"浊醪":浊酒。东晋偏安江南的那些沉酣于酒、钓名沽誉的官员们，他们怎能知道陶公在自家田园酿制的浊酒的醇香呢？影射并讽刺那些醉生梦死、追逐名利、苟且偷安的南宋高官，倾诉辛弃疾内心对他们的鄙视与愤慨，作者与陶公一样远离污浊的官场，安于隐居的田园生活。词情由悲愤激越转为旷放高远。"回首叫、云飞风起。""云飞风起"：化用刘邦《大风歌》之句"大风起兮云飞扬"。回首长啸，风起云涌，不坠凌云之志。

　　"不恨古人吾不见，恨古人、不见吾狂耳。""古人"：泛指陶渊明一类孤高自重、崇尚自由的志士仁人。这一联化用《南史·张融传》："常叹曰：'不恨我不见古人，所恨古人又不见我。'"不恨我见不到疏狂的古人，只恨古人见不到我的狂放而已。此处"不恨古人"一联与上片"我见青山"一联相呼应。下片此联为时间的古与今相连；而上片之联则是空间的物与我交融。作者神来之笔，意味隽永，令人叹绝，两联均为历代的经典警句。结句"知我者，二三子"与上片开头的"交游零落，只今余几"首尾衔接，再次凸显词旨"思亲友"、知己寥，深含"众人皆醉我独醒"之意。

　　这首词托自然之景"青山"寄情，借古代隐士陶公明志，抒发知音无几的感伤。雄放飘逸，意境高远。全词几乎句句用典，毫无生搬硬套之嫌；反之，皆出神入化，信手拈来，不着痕迹，非他人所能为。清代陈廷焯评此词："沉郁苍凉，跳跃动荡，古今无此笔力。"（《白雨斋词话》）

4. 贺新郎　[南宋] 刘克庄

九日

　　湛湛长空黑。更那堪、斜风细雨，乱愁如织。

　　老眼平生空四海，赖有高楼百尺。

看浩荡、千崖秋色。

白发书生神州泪，尽凄凉、不向牛山滴。

追往事，去无迹。

少年自负凌云笔。到而今、春华落尽，满怀萧瑟。

常恨世人新意少，爱说南朝狂客。

把破帽、年年拈出。

若对黄花孤负酒，怕黄花、也笑人岑寂。

鸿北去，日西匿。

　　刘克庄，字潜夫，号后村。这首《贺新郎》的词题是"九日"，九月九日重阳节，以重阳节为题材的诗词不胜枚举，而有创意之作却寥寥。作者登高抒怀，感伤国事，追思身世，写下这篇沉郁悲凉的佳作。

　　上片写登高望远所见所感。起句独特，一扫常见的天高云淡的清秋景色。"湛湛长空黑"，"湛湛"：颜色深浓。放眼长空，黑云低垂，一片昏暗，词人的心情沉重。"更那堪、斜风细雨，乱愁如织。"心中烦乱的愁绪，仿佛是斜风细雨编织而成，密密麻麻，沉闷压抑，更加令人难以承受。随之，笔锋一转，以豪迈之气排解低沉的情绪。"老眼平生空四海，赖有高楼百尺。看浩荡、千崖秋色。"平生满怀壮志，喜爱登高远眺，望尽九州四海。如今老眼年衰，登临所幸赖有百尺高楼。看千山万壑，秋色苍茫，望断中原，心潮激荡。词中"高楼百尺"引自《三国志·魏志·陈登传》，寓意英雄豪杰登高望远、怀济世之志。

　　词人遥望远方，触景生情。"白发书生神州泪，尽凄凉、不向牛山滴。"白发书生心系沦失的故土，怆然泣下，老泪纵横。个人一心报国，却多次惨遭弹劾贬谪，壮志未酬，人已老矣，心境无比凄凉。但绝不会像齐景公那样，因生命短暂、贪生怕死而在牛

547

山滴下自怜眼泪。英雄之泪，忧国忧民，岂能与牛山滴泪相提并论！"牛山滴"，化用《晏子春秋》中有关齐景公的故事。"追往事，去无迹。"追怀往昔的豪情壮志、人生荣辱，那一切都成为过去，无踪无迹。

下片首句承接上片"白发书生"的"追往事"，回首青少年时代的才气豪情。"少年自负凌云笔"，青少年的我，风华正茂，才华出众，挥墨纵横，气势凌云。"凌云笔"：沿用杜甫《戏为六绝句》"凌云健笔意纵横"之意。进而，作者今昔对比，发出低沉的喟叹："到而今、春华落尽，满怀萧瑟。"如今，才华就像春花一样凋落殆尽，满怀的豪情换成了深秋的萧瑟与苍凉。当下世人又是如何呢？词人的思绪回到重阳赏花饮酒、登高吟诗。"常恨世人新意少，爱说南朝狂客。把破帽、年年拈出。""南朝狂客"与"破帽"：指东晋名士孟嘉，重阳节陪同桓温登龙山，风吹帽落而不觉。常常痛恨世人少有自己的新意，只爱说南朝文人的风流韵事，赋诗填词重复地引用东晋孟嘉落帽的典故。他们的行径效仿魏晋名流，不顾民间疾苦与国家危亡。

士大夫漠不关心民生国事，为此词人深恶痛绝，而自己又无能为力，重阳之际只能赏花遣怀、借酒消愁。"若对黄花孤负酒，怕黄花、也笑人岑寂。"如果只是欣赏菊花而辜负了美酒，恐怕菊花也会笑话我太冷清孤寂了。以醉态之语，聊以排遣心头的郁闷。然而，赏花饮酒也无法驱散"满怀萧瑟"。"鸿北去，日西匿。""匿"：隐匿，下沉之意。鸿雁向北飞去，残阳渐渐西沉。秋天，本应大雁南飞。"鸿北去"，作者的心飞向北方沦陷的故土；"日西匿"，收复失地的希望越来越渺茫。何其悲哉！词尾日沉鸿去，与词首天黑细雨相呼应，充满深沉的悲愤与哀伤。

全词跌宕起伏，慷慨悲壮。雄健粗犷之中，又不乏细腻清婉之笔。晚清冯煦在《六十一家词选例言》中写道："后村词与放翁、稼轩犹鼎三足，其生丁南渡，拳拳君国，似放翁；志在有为，不欲以词人自域，似稼轩。"这首词体现了作者毕生的"拳拳君国"的赤子之心，以及高超的文学造诣。

5. 贺新郎 〔清〕吴伟业

病中有感

万事催华发。论龚生、天年竟天，高名难没。

吾病难将医药治，耿耿胸中热血。

待洒向、西风残月。

剖却心肝今置地，问华佗、解我肠千结。

追往恨，倍凄咽。

故人慷慨多奇节。为当年、沉吟不断，草间偷活。

艾灸眉头瓜喷鼻，今日须难决绝。

早患苦、重来千叠。

脱屣妻孥非易事，竟一钱、不值何须说！

人世事，几完缺？

吴伟业，江苏太仓人，明末清初著名文学家，与钱谦益、龚鼎孳并称为"江左三大家"，曾为明朝官员。清军南下，复社中多人起兵抗清，失败后英勇就义；明亡后有些则隐居山林。顺治十年（1653），吴伟业被迫北上仕清。三年后，因母丧辞官归乡，不再出仕。他对自己身仕二朝、名节不保，遗恨终生。

这首词作于顺治十一年（1654）病中，时作者四十五岁。（曾有清代词家误以为这首词是作者的临终绝笔，实则距吴伟业去世尚有十八年。）在词里，他对仕清一事进行深刻的反思，对自己的政治操守和人格做了无情的剖析，并表达真诚的忏悔。这是他词作中最为感人、最有价值的一首，也是中国古代文坛难能可贵的一篇作品。

首句"万事催华发"，自从仕清以来，悲伤与悔恨折磨着自己，人间万事都在催生白发。"论龚生、天年竟夭，高名难没。""龚生"：即龚胜；"天年"：人的自然寿命。作者想到《汉书·龚胜传》中的故事，王莽篡位，龚胜拒不出仕，未享天年，绝食而亡，死得其所，高名永存。对比之下，自己高名失节，成为无法洗尽的耻辱！"吾病难将医药治，耿耿胸中热血。"仕清之事成了我终生的心病，难用医药治疗；胸中对前朝仍然耿耿忠心、满腔热血，但已被失志变节所玷污，不会得到世人的宽恕。

只有将这热血洒向"西风残月"，西风不语，残月无言，冷漠以对。"剖却心肝今置地，问华佗、解我肠千结。""华佗"：三国时名医。现在，我唯有剖开胸膛，将心肝置于地上，请问神医华佗，这样能否解开愁肠千结、将我救出自赎的苦海？"追往恨，倍凄咽。"往事不堪回首，"一失足成千古恨"，每每念及，倍加凄切哀伤。上片写内心的反思和悔恨，波澜起伏，千回百折，最后落在"往恨"二字，转入下片。

下片回忆往事，从中解剖自己人格的残缺。"故人慷慨多奇节"，同在复社的故友里，多有在抗清中视死如归、慷慨就义者，如陈子龙、夏允彝等。"为当年、沉吟不断，草间偷活。""沉吟"：犹豫不决。而当年，自己优柔寡断，苟且偷生。"草间偷活"化用"草间求活"，出自《晋书·周颚传》，东晋初年，权臣王敦叛逆，有人劝大臣周颚回避。周颚毫无畏惧地说道："吾备位大臣。朝廷丧败，宁可复草间求活，外投胡越邪！"后周颚被杀。"艾灸眉头瓜喷鼻，今日须难决绝。""艾灸"：中医灸术之一；"瓜喷鼻"：一种医法；"决绝"：意即抉择、选择。由于贪生怕死，失去操守，造成遗恨，即便有"艾灸眉头瓜喷鼻"这样的妙药良方，如今也难治愈沉疴宿疾的心病。

"早患苦、重来千叠。"此病由来已久，重重叠叠，苦不堪言。为何落到如此痛苦的境地？下面两句坦白实情和感受。"脱屣妻孥非易事，竟一钱、不值何须说！""屣"：鞋。家有妻小，还有词中不便提及的老母，抛开妻子儿女并不像脱鞋子那样容易。并非为自己辩解，如今我竟然变得一钱不值了，毁了自己的名望，污了自己的清白，还须说什么呢！痛心疾首，悲苦交集。最后，词人感慨万分："人世事，几完缺？"人世间，万事变幻莫测。在人生的十字路口，在需要做出抉断的紧要关头，是孝？是忠？怎能忠孝两全？何为完美？何为残缺？引人深思的问题，词人拷问自己。全词的表述已经作了清晰的回答，作者自责又痛悔，哀伤不已。

这首词，作者勇于无情地解剖自己，令人钦佩。悔恨之情真切坦诚，哀痛凄绝。晚清著名词家陈廷焯评此词："悲感万端，自怨自艾，千载下读其词，思其人，悲其遇，固与牧斋（钱谦益）不同，亦与芝麓（龚鼎孳）辈有别。"（《白雨斋词话》）钱、龚二人身仕明、清两朝，为人诟病，而吴伟业深得谅解与同情。

6. 贺新郎　[清] 陈维崧

纤夫词

战舰排江口。正天边、真王拜印，蛟螭蟠钮。
征发棹船郎十万，列郡风驰雨骤。
叹闾左、骚然鸡狗。
里正前团催后保，尽累累、锁系空仓后。
掉头去，敢摇手？

稻花恰趁霜天秀。有丁男、临歧诀绝，草间病妇。
此去三江牵百丈，雪浪排樯夜吼。

背耐得、土牛鞭否？

好倚后园枫树下，向丛祠、巫倩巫浇酒。

神佑我，归田亩。

　　陈维崧，江苏宜兴人，生活在明、清之交，清初著名词人，富于民族气节和正义感。这首词是他的力作，背景之事发生在清顺治十六年（1659）。此年五月，民族英雄郑成功与浙东的张煌言合兵北伐抗清，从长江口逆江而上，攻克镇江、瓜洲，包围南京。清廷惊恐，急派重兵征讨。在战争中，清政府在江南一带强行征抓壮丁，充当船夫，为清军做劳役。作者以"纤夫词"为词题，通过现实中暴力征抓船夫的场面，描写战争给百姓带来的苦难，表达他对被奴役民众的同情，以及对清朝统治者的愤慨。

　　上片书写各地强抓船工与纤夫的暴行。大战在即，战舰排满了江边渡口。"正天边、真王拜印，蛟螭蟠钮。""天边"：北京；"真王"：顺治皇帝，以调侃的口吻，隐含厌恶之心；"蛟螭蟠钮"：雕刻在帅印上的蛟龙。此时，远在天边的北京，朝廷正调兵遣将，皇帝拜达素为安南将军，将雕龙的将帅大印授予达素和他的部将。同时，清廷急下命令，在江南征集十万船工，词中的船工又是纤夫。各地州县如风驰雨骤一般迅速行动，到处乱抓壮丁去充当船夫。"棹船郎"：船夫；"棹"：船桨。

　　"叹闾左、骚然鸡狗。""闾左"：秦代贫苦百姓居住的地方，意指贫民区。可叹贫民的居住区被骚扰得鸡飞狗叫。"里正前团催后保，尽累累、锁系空仓后。""里正"：里长，百户为一里；"团"、"保"：社会基层按户籍的编制单位，十户为一保；"累累"：人数众多。里长从前团催到后保，里长保长指挥爪牙，虎狼一般地将抓来的成群壮丁凶狠地拴在一起，锁进空空的粮仓。"捽头去，敢摇手？""捽"：揪住。可怜的壮丁们被揪住头发，毫无还手之力，谁敢有丝毫的反抗？词人一声长长的悲叹！

下片具体描述一名纤夫与病妻的生离死别。初秋时节，田地里水稻正趁着大好霜天开花吐穗，丰收在即。然而，这一家却无法收割了。"有丁男、临歧诀绝，草间病妇。""歧"：岔路口。在岔路口分手处，有一位成年男子正与瘫在草丛中的病妻诀别。前来送别的妻子，重病在身，已经无法站立，她的丈夫是家中唯一的劳动力，却被抓去当纤夫！妻子悲伤欲绝，心疼地对丈夫说："你此去大江大河，雪浪滔天，夜间成排的船杆在狂风中摇晃震响。在这样险恶的环境下，你拉着百丈长的纤绳，何等劳累，何等辛苦！狠毒的监工还要用皮鞭抽打你的脊背，你怎能经得住！"句句流淌着血与泪，令人深感锥心之痛。"土牛"：泥土垒成的牛，古代用以迎春，用鞭抽打，以祈丰年。

接着丁男回话："好倚后园枫树下，向丛祠、亟倩巫浇酒。神祐我，归田亩。""亟倩"：急请；"丛祠"：荒祠；"巫"：巫婆。刻不容缓，他顾不上安慰病妻，心急如焚地叮咛妻子："快到那座灌木丛中的破庙，请巫婆到我家后园的枫树下，洒酒祭神。祈求神保佑我，平安回来，耕田种地，养家度日。"人间无助，他将生还的一丝希望寄予天上的神灵。全词以此结束，悲绝！凄绝！

清代陈廷焯评陈维崧"沉雄悲郁，变化从心，诗中之老杜（杜甫）也"（《云韶集》），其词风"气魄绝大，骨力绝遒"（《白雨斋词话》）。这首词笔力浑厚，感情凄切，布局精致。以深沉悲痛的写实手法，上到国家层次，下至地方，再到家庭，反映战争给农村千家万户带来的苦难。它没有直接描写战争的场面，而是紧扣词题"纤夫"。上片记述强抓纤夫的专横暴虐，下片通过一对夫妇的对话，道出家庭的悲惨和纤夫的辛酸。词，本宜于抒情，不长于叙事。作者以词的文学体裁，记录了清初的一段史实，传承了杜甫"三吏"、"三别"现实主义的文学精神。它是词史上的一大创举，具有先进的思想性和宝贵的艺术价值，堪称不可多得的杰作。

7. 金缕曲 ［清］顾贞观

寄吴汉槎宁古塔，以词代书，丙辰冬寓京师
千佛寺，冰雪中作（其一）

季子平安否？便归来、平生万事，那堪回首？

行路悠悠谁慰藉？母老家贫子幼。

记不起、从前杯酒。

魑魅搏人应见惯，总输他、覆雨翻云手。

冰与雪，周旋久。

泪痕莫滴牛衣透。数天涯、依然骨肉，几家能彀？

比似红颜多命薄，更不如今还有。

只绝塞、苦寒难受。

廿载包胥承一诺，盼乌头、马角终相救。

置此札，君怀袖。

顾贞观的这一首《金缕曲》与另一首《金缕曲》（我亦飘零久），同在一个词序之下，为一封信的两部分。其写作背景以及围绕这两首词的整个故事，激荡着患难中的深情厚谊，令人唏嘘，感人肺腑，是广为传诵的友谊名篇。今生今世，交友如贞观，何复以求！近代词人谭献感慨道："使人增朋友之重，可以兴矣。"（《箧中词》）

清顺治十四年（1657），吴兆骞（字汉槎），"江左三凤凰"之一的高才，参加江南乡试中举，因科场案受人诬陷。两年后，他被充军、遣戍边远的宁古塔（今黑龙江海林市长汀镇宁古塔遗址），时年二十九岁。身为他青少时的好友，顾贞观曾承诺全力营救，

但苦于自己一介书生，一切努力毫无成效。康熙十五年（1676），顾贞观被推荐到大学士明珠府当塾师，结交明珠的长子纳兰性德。同年冬，作者寓居北京千佛寺。冰天雪地中，感念流放在宁古塔的好友吴汉槎的凄苦，写《金缕曲》二首，以词代替书信，寄给吴汉槎。纳兰读罢这两首血泪之作，悲切泪下，说道："河梁生别之诗，山阳死友之传，得此而三！"当即答应援救兆骞。后经纳兰父子的营救，吴兆骞终于在五年之后获释。在他释放以后直到离世的近四年里，吴兆骞始终得到纳兰的鼎力相助，纳兰还出资精心地办完了他的丧事。

这首词体恤好友的悲惨，表达同情与抚慰，并重叙营救的许诺。

上片着重回顾吴兆骞十余年的苦难。首句"季子平安否"如同书信的开头，问候平安，对友人表达关切。"季子"：吴兆骞在兄弟中排行第四，又春秋时吴季札，号"延陵季子"，素有贤名。随之，设身处地诉说吴兆骞的苦难。"便归来、平生万事，那堪回首？"即便有一天你归来了，回首今生的悲惨遭遇，怎能承受？更何况你如今仍在荒凉寒冷的边陲服刑，前景茫然。漫长的苦难之路，谁给你慰藉和温暖？家中一贫如洗，尚有老母幼子，如何度日！"便归来"三字，为友思虑，精细周全，隐隐地告诉友人，仍在为他脱离苦海而坚持不懈地努力，希望并没破灭，但不得不做最坏的思想准备。

"记不起、从前杯酒。"你被流放已近二十个年头，我满怀悲伤，实在想不起当年我们意气风发、杯酒吟诗的豪情壮志了。"魑魅搏人应见惯，总输他、覆雨翻云手。"魑魅之徒惯于选择正直的人横加陷害，而善良的人总是输在覆雨翻云的小人的手中。不言而喻，吴兆骞的获罪是被小人诬陷，而你我无力对付。"冰与雪，周旋久。"你在冰天雪地里服役，苦苦挣扎，年长日久。作者对友人表示深切的理解与同情，从未忘却对方度日如年的苦境。

下片转入对他的宽慰，并请他放心，仍在履行营救他的承诺。

"泪痕莫滴牛衣透","牛衣":乱麻编制成的给牛保暖的织物。你莫要悲伤过度,流泪过多湿透了你穿的破烂不堪的寒衣,损坏了身体。"数天涯、依然骨肉,几家能彀?""能彀":能够。退一步想想,天涯多少贬谪之客,有几家能够骨肉在一起相依为命?吴兆骞服役后第四年,妻子到了宁古塔,两人生活在一起,并生了一子四女。"比似红颜多命薄,更不如今还有。"比起早已冤死的红颜薄命之人,以及同案的许多人,远不如你的大有人在。

"只绝塞、苦寒难受。""绝塞":极远绝苦的边塞。作者一边劝慰,一边又体察友人处境的苦寒。我知道,你在宁古塔的境况比他人尤为凄苦。"廿载包胥承一诺,盼乌头、马角终相救。""乌头马角"比喻不能实现的事,出自司马迁《史记·刺客列传》:"乌头白,马生角,乃许耳。"我曾像申包胥那样向你承诺,近二十年来时刻也没有忘记。即使难如乌鸦头白、马儿生角,我也要将你"终相救"!"包胥承一诺":春秋时,楚国大夫申包胥曾发誓在伍子胥欲灭楚时保全楚国。后伍子胥带吴兵攻克楚都,他乞秦救楚,终使秦出兵退吴。作者引用此典故,向吴兆骞再次表示他是一诺千金之人,请对方放心!这首词的最后写:"置此札,君怀袖。"请将我这封信札保存在你的怀袖里,相信我绝不食言。

这首词,给千里之遥、身陷绝境的故友带去莫大的安慰和希望。

8. 金缕曲 〔清〕顾贞观

寄吴汉槎宁古塔,以词代书,丙辰冬寓京师千佛寺,冰雪中作(其二)

我亦飘零久。十年来、深恩负尽,死生师友。
宿昔齐名非忝窃,只看杜陵消瘦。

曾不减、夜郎僝僽。

薄命长辞知已别，问人生、到此凄凉否？

千万恨，为君剖。

兄生辛未吾丁丑。共此时、冰霜摧折，早衰蒲柳。

诗赋从今须少作，留取心魄相守。

但愿得、河清人寿。

归日急翻行戍稿，把空名、料理传身后。

言不尽，观顿首。

　　顾贞观的第二首《金缕曲》着重写自己的境况，并与友人互相勉励。

　　上片如实向朋友讲述个人的遭遇。"我亦飘零久"，一声长叹！顾贞观，江苏无锡人，明代思想家、东林党领袖顾宪成的四世孙。康熙五年（1666）中举，至今已十年，我漂泊异乡多年，几度赴京都，如今没有一官半职。身处人生困境的作者，却深感对不起苦难中的朋友。"十年来、深恩负尽，死生师友。"十年来，我辜负了你的深厚恩情，未能救出你这位生死之交的师友。"宿昔齐名非忝窃，只看杜陵消瘦。曾不减、夜郎僝僽。""宿昔"：以前；"忝窃"：虚假；"僝僽"：烦恼，忧愁。当年我俩凭真才实学而齐名，而今我如杜甫，四处漂泊，容颜憔悴；你承受的折磨，丝毫不减被流放到夜郎的李白。

　　"薄命长辞知已别，问人生、到此凄凉否？"我薄命的妻子已经与世长辞，知已的你又远在天涯、久别那么多年，人生如此，难道还不凄凉吗？"千万恨，为君剖。"患难之交，同病相怜。千般苦，万种恨，沥胆披肝地向你倾诉！作者个人的命运如此凄惨，近二十年来却千方百计地营救朋友，令人感动之至！

　　下片委婉地劝勉对方。"兄生辛未吾丁丑"，兆骞生于明崇祯四年辛未（1631），时四十六岁；作者生于崇祯丁丑（1637），时四十岁。二人年龄相近，共同经历了改朝换代、世事沧桑的"冰霜摧折"，都成了"蒲柳之姿，望秋而落"（《世说新语·言语》）的早衰之人。"诗赋从今须少作，留取心魄相守。"劝君从今往后少作诗赋，免得伤感伤身，一定要多多保重，顽强地活下去，与我心灵相守。

"但愿得、河清人寿。""河清人寿"：化用"俟河之清，人寿几何"（《左传·襄公八年》）中的"河清"，意即吴兆骞的冤案得到平反，以还清白。但愿有朝一日你的冤案得以平反，你我长寿，再重聚。"归日急翻行戍稿，把空名、料理传身后。"到你归来时，你定会急忙地将戍边写的诗稿翻出来，加以整理，传给后人，留下身后名。哪怕是无足轻重的"空名"，又何妨。科场案之前，吴兆骞已颇有名气，但其才华未能洗清他的蒙冤。归来之日，就是还以清白之时，劫后余生，"空名"犹重。作者宽慰友人，来日方长。吴兆骞著有《秋笳集》八卷传世，遣戍绝塞，秋笳悲声！词的最后写："言不尽，观顿首。"言不尽意，贞观谨此致敬。既是此首词的结束，同时也是由这两首词组成的一封信的结束。

顾贞观的这两首《金缕曲》是词史上绝无仅有的"以词代书"的杰作，悲惨的真事，感人的真情，催人泪下。晚清名家陈廷焯在《白雨斋词话》中评这两首词："只如家常说话，而痛快淋漓，宛转反覆，两人心迹，一一如见。""二词纯以性情结撰而成，悲之深，慰之至，丁宁告戒无一字不从肺腑流出，可以泣鬼神矣。""此千秋绝调也。"在写法上，这两首词像是信札，质朴自然。而且，布局精细，错落有序，环环紧扣，委婉尽致。

9. 金缕曲　［清］纳兰性德

赠梁汾

德也狂生耳。偶然间、缁尘京国，乌衣门第。

有酒惟浇赵州土，谁会成生此意？

不信道、遂成知己。

青眼高歌俱未老，向尊前、拭尽英雄泪。

君不见，月如水。

共君此夜须沉醉。且由他、蛾眉谣诼，古今同忌。

身世悠悠何足问，冷笑置之而已！

寻思起、从头翻悔。

一日心期千劫在，后身缘、恐结他生里。

然诺重，君须记。

　　纳兰性德，字容若。他的这首著名的《金缕曲》作于康熙十五年（1676）。词题"赠梁汾"，顾贞观字远平、号梁汾。此年五月，顾贞观经国子监祭酒徐元文推荐，到康熙朝相国明珠府任家庭教师，明珠的长子纳兰性德与他相见恨晚。《清稗类钞》作者徐珂说："容若风雅好友，坐客常满，与无锡顾梁汾舍人贞观尤契，旬日不见则不欢。"这首词是纳兰性德看了顾贞观给吴兆骞的两首《金缕曲》之后，异常感动，钦佩顾贞观德才兼备的君子之风，决心帮助顾贞观营救吴，并以此词郑重地向顾提出订交为终生挚友，感情率真，豪气激越。

　　上片敞开胸怀地表白自己的人生理念，消除交友门第、年龄的障碍。"德也狂生耳"，首句总概自己的个性。我纳兰性德也是一个性情中的人，疏狂不羁，不是宦官家族粗俗的纨绔子弟，也非拘于封建等级的迂腐之人。"偶然间、缁尘京国，乌衣门第。""缁尘"：黑色的灰尘，比喻世俗；"乌衣门第"：意指贵族门第，源自晋代贵族王导、谢安家族住在金陵（今南京）乌衣巷。自己贵族的出身纯属偶然，我奔波于京都的风尘之中，现任宫廷三等侍卫，不足挂齿。"有酒惟浇赵州土，谁会成生此意？"我仰慕战国时期赵国平原君，渴望广结天下名士贤人，可是谁能理会我的这片苦心呢？此处引用唐李贺《浩歌》中的成句："买丝绣作平原君，有酒惟浇赵州土。"以酒浇赵国土地，祭奠平原君，表示对平原君为人的敬仰。"成生"：作者自称，他原名纳兰成德。

"不信道、遂成知己。"知音难寻。万万没想到与你相见，很快便成知己。作者的庆幸与珍惜之情跃然纸上。"青眼高歌俱未老"，我俩彼此青睐，赋诗高歌，正值华年。"青眼"：三国时期魏国竹林七贤之一阮籍能为青白眼。见俗人白眼以对；竹林七贤之首嵇康到访，青眼相迎。"青睐"、"垂青"二词，均出于此典。纳兰性德时二十二岁，梁汾四十岁，"俱未老"，作者以此抹去两人十八岁的年龄差距，情趣相投、志同道合才是交友的基石。"向尊前、拭尽英雄泪。"酒席前，开怀畅谈，感人间的悲欢，叹相知的幸运，欣喜之下，一时间洒尽了英雄的泪水！"君不见，月如水。"你看，今夜如此美好，月色如水，皎洁澄澈，那是我们纯洁的友谊的象征。

下片深信梁汾的人品，正式提出订终生之交。"共君此夜须沉醉。"承上启下，与君共享今宵的月色，沉醉于推心置腹的交流以及情投意合的友情之中。"且由他、蛾眉谣诼，古今同忌。"美人遭诋毁，贤能者被谗陷，古今相同，屡见不鲜，姑且由他去吧。化用屈原《离骚》之句："众女疾余之蛾眉兮，谣诼谓余以善淫。"三年前，顾贞观因遭同僚排挤谗毁，在内阁中书任上被革职，从京都归故里。作者在词中劝慰他超脱一些，不要为此事纠结、烦恼。"身世悠悠何足问，冷笑置之而已！寻思起、从头翻悔。"我个人的身世，渊源久远，曾祖父便是叶赫部统领，显赫的家史、高贵的身份，又何必问它。"冷笑置之"，全是身外之物，我从不把这些看在眼里。思量起来，我本不该出生在这样显贵的家族。纳兰容若，生性自由，蔑视权贵，远离官场，追求纯真的感情，迷恋诗琴的清雅。

最后进入这首词的主旨。"一日心期千劫在，后身缘、恐结他生里。""心期"：以心相许，指订交；"劫"：佛教将世界毁灭又重生的一个周期称为一劫，语言中"千劫"、"万劫"表示无穷的灾难，或不尽的时间；"他生"：即佛教中的来世。今日我俩以心相许、结为知己，今后纵使有无穷的劫难，患难与共，永不分离。死后情缘不灭，来世他生我们仍结为知己。清代谢章铤《赌棋山庄词话》评之："情至此，非金石所能比坚。"结句写："然诺重，君须记。"庄严的承诺，一诺千金，绝不反悔。言必信，行必果，请你相信我。

全词感情诚挚，毫无修饰，酣畅淋漓。叙事抒情，挥洒自若；用典故、引成句，信手拈来，浑然一体。弥足珍贵的是：它真实地展现了作者鄙视富贵荣华的精神境界，以及重情重义的高尚品质，此乃这首《金缕曲》的魅力之所在。这首词在当时京都便广为传诵。清代词人徐釚在《词苑丛谈》记录："都下竞相传写，于是教坊歌曲间，无不知有'侧帽词'者。"（按："侧帽词"即这首《金缕曲》）并评道："词旨嵌崎磊落，不啻坡老、稼轩。"说这首词大有苏东坡、辛弃疾豪放的词风。

作者与顾贞观互赠诗词诸多，其中另一首《金缕曲·简梁汾》中写道："知我者，梁汾耳。"康熙十七年（1678），纳兰委托顾贞观在吴中刻刊词集《饮水词》，顾贞观为之作序。康熙二十四年（1685）五月二十二日，他抱病与顾贞观等数位朋友聚会，宴饮后重病不起，三十日不幸病故，年仅三十一岁。顾贞观悲恸不已，与几位朋友们一同为纳兰办完丧事，并撰写《行述》。第二年回归家乡，避世隐居，不再复出，读书终老。两人生死不渝的友谊，成为文学史上流传甚广、感人至深的故事。

10. 金缕曲　[清] 梁启超

丁未五月归国，旋复东渡，却寄沪上诸子。

瀚海飘流燕。乍归来、依依难认，旧家庭院。

惟有年时芳侣在，一例差池双剪。

相对向、斜阳凄怨。

欲诉奇愁无可诉，算兴亡、已惯司空见。

忍抛得，泪如线。

故巢似与人留恋。最多情、欲黏还坠，落泥片片。

我自殷勤衔来补，珍重断红犹软。

又生恐、重帘不卷。

十二曲阑春寂寂，隔蓬山、何处窥人面？

休更问，恨深浅。

　　梁启超，中国近代著名的政治家、思想家、国学大师。在康有为、梁启超为首的维新派推动下，光绪皇帝于光绪二十四年（1898）6 月 11 日开始实施戊戌变法。同年 9 月 21 日，慈禧太后发动戊戌政变，变法失败。梁启超逃亡日本。他在日本继续宣传君主立宪的维新思想，九年后"丁未"，即光绪三十三年（1907），回到上海，见国事每况愈下，无能为力，第二年（1908）再次东渡日本。返回日本之后，他作了这首词，写给上海的维新运动的朋友。在这首词中，作者以燕子自喻，表达回国后的感伤，以及内心的失望。

　　上片抒发回国后百感交集的心情。"瀚海飘流燕"，流亡东瀛的岁月，自己就像在汪洋大海飘流的飞燕，行踪不停，千辛万苦。词首简练的一句，将在日本九年的艰辛经历一笔带过。"乍归来、依依难认，旧家庭院。"海外归来，刚刚飞回昔日的庭院，一片依依深情，所见之处面目全非，破败不堪，难以辨认，令人伤感。一颗赤子之心，跃然纸上。随之转入与友人相聚时的感慨。"惟有年时芳俦在，一例差池双剪。""芳俦"：美好的伴侣，意指词序中的"沪上诸子"；"一例"：一行；"差池"：参差不齐，出自《诗经·邶风·燕燕》："燕燕于飞，差池其羽。""双剪"：形容燕飞时的双尾。只有当年主张变法的上海诸友志同道合，仍像一行没有离散的燕子，振翅飞翔，始终为变革而奋斗，他感到无比宽慰。

　　"相对向、斜阳凄怨。"久别重逢，互相面对，宛如隔世，清朝已是日薄西山，改良维新丝毫没有希望，朋友们心情悲凉凄怨。为国为民，莫大的忧愁，欲诉却无处可诉。历史沧桑、朝代兴亡，早已司空见惯。"忍抛得，泪如线。"国家内忧外患，爱莫能助，怎能不令人泪下！

　　下片描写归国的目的以及再次东渡的原因。"故巢似与人留恋"，旧巢仿佛时刻留恋着流落天涯的燕子，意喻着祖国日夜都在流亡海外的词人心中。故巢千疮百孔，"最多情、欲黏还坠"，最是多情的燕子，曾口含湿泥修复，可惜粘了还坠，"落泥片片"。这里，作者回忆当年为挽救衰微的清朝，辅佐光绪进行改良的变法，却惨遭失败。即便如此，此次回国，"我自殷勤衔来补，珍重断红犹软"。"珍重"：珍惜；"断红"：落红、落花。我是一只痴情不变的飞燕，珍惜那沾着落花的软泥，自愿辛勤地衔着这宝贵的泥土，再次修补"故巢"。"断红犹软"：意指锐意变法的光绪皇帝以及维新派的同仁如今尚在。作者愿意和他们一道同心协力，力挽狂澜，实现君主立宪的改良。词中隐化清代中期思想家龚自珍的诗句:"落红不是无情物,化作春泥更护花。"(《己亥杂诗》)蕴意深沉。

然而,冷酷的现实是:"又生恐、重帘不卷。十二曲阑春寂寂,隔蓬山、何处窥人面?""十二曲阑":喻指光绪被囚禁的瀛台;"蓬山":蓬莱山。慈禧长期垂帘听政,直到现在大权独揽,恐怕不会有任何改变。光绪帝被关在层层严加把守的瀛台,凄寂悲惨,好不可怜。多想飞到那里,却隔着万重高山,何处能悄悄地见他一面?词人对有知遇之恩的光绪深深的同情和关切,担心他的命运。"休更问,恨深浅。"莫要再问我,心中的遗恨和悲愤有多深。满腔热忱、满怀希望归来,无情的现实却让词人绝望,只能如词序中所说"旋复东渡",再做"瀚海飘流燕",遗恨不尽!

这首《金缕曲》题材重大,以词写史,内涵深沉。它充分体现了梁启超对祖国的深爱、对维新派友人以及光绪的深情以及对慈禧为首的清廷顽固势力的愤恨。梁启超和康有为同为君主立宪的领袖,但梁启超有别于康有为。戊戌变法失败后,康有为成了死硬的保皇派,而梁启超逐渐清醒地意识到清朝已不可救药。在这首词中,作者明白无误地表达了他对清廷的绝望。

在艺术上,全词用拟人的写法,以燕自喻,燕群象征维新派人士,旧巢意指光绪主政的清朝,比喻明了而又深刻。结构条理清晰,感情丰富充沛,语言生动流畅,具有梁启超本人所倡导的"新文体"的特点。它是一首时代感浓郁、思想性与艺术性兼备的杰作。

桂枝香

词牌《桂枝香》简介

　　《桂枝香》，又名《疏帘淡月》，取自南宋张辑《桂枝香》一词尾句中的"疏帘淡月"。双调，一百零一字，仄韵，用入声韵部更佳。首见于王安石《桂枝香·金陵怀古》（登临送目），并以这首词尤为出名。

　　以下列出本词牌格律常见的两种格体与范例。

　　格体一，一百零一字，上、下片各十句、五仄韵。范例，北宋王安石词：

　　　　登临送目，正故国晚秋，天气初肃。
　　　　平平仄仄，仄仄仄中平，中中平仄。
　　　　千里澄江似练，翠峰如簇。
　　　　中仄平平中仄，仄平平仄。
　　　　归帆去棹残阳里，背西风、酒旗斜矗。
　　　　中平中仄平平仄，仄平平、中平平仄。
　　　　彩舟云淡，星河鹭起，画图难足。
　　　　仄平平仄，中平中仄，仄平平仄。

　　　　念往昔、繁华竞逐。叹门外楼头，悲恨相续。
　　　　仄中中、平平仄仄。仄中中平中，中中平仄。
　　　　千古凭高对此，谩嗟荣辱。
　　　　中仄平平中仄，仄平平仄。
　　　　六朝旧事随流水，但寒烟、衰草凝绿。
　　　　中平中仄平平仄，仄平平、中仄平仄。
　　　　至今商女，时时犹唱，《后庭》遗曲。

仄平平仄，中平中仄，仄平平仄。

　　格体二，一百零一字，上、下片各十句、六仄韵。范例，南宋张辑词：

梧桐雨细，渐滴作秋声，被风惊碎。
平平仄仄，仄仄仄平平，仄平平仄。
润逼衣篝，线袅蕙炉沉水。
仄仄平平，仄仄仄平平仄。
悠悠岁月天涯醉。一分秋、一分憔悴。
平平仄仄平平仄。仄平平、仄平平仄。
紫箫吹断，素笺恨切，夜寒鸿起。
仄平平仄，仄平仄仄，仄平平仄。

又何苦、凄凉客里。负草堂春绿，竹溪空翠。
仄平仄、平平仄仄。仄仄平平仄，仄平平仄。
落叶西风，吹老几番尘世。
仄仄平平，平仄仄平平仄。
从前谙尽江湖味。听商歌、归兴千里。
平平平仄平平仄。仄平平、仄平平仄。
露侵宿酒，疏帘淡月，照人无寐。
仄平仄仄，平平仄仄，仄平平仄。

《桂枝香》历代佳作二首

1. 桂枝香　［北宋］王安石

金陵怀古

登临送目，正故国晚秋，天气初肃。

千里澄江似练，翠峰如簇。

归帆去棹残阳里，背西风、酒旗斜矗。

彩舟云淡，星河鹭起，画图难足。

念往昔、繁华竞逐。叹门外楼头，悲恨相续。

千古凭高对此，谩嗟荣辱。

六朝旧事随流水，但寒烟、衰草凝绿。

至今商女，时时犹唱，《后庭》遗曲。

　　王安石，字介甫，号半山，于治平四年（1067）任江宁知府，期间写下不少吊古咏史之作。宋神宗即位后的熙宁元年（1068），他调京任职，推行变法。王安石一生在多处任地方官，对江宁情有独钟。熙宁九年（1076）罢相后，他选择在江宁隐居终老。这首词作于他任江宁知府时的可能性较大。词人登高望远，赞叹金陵的壮丽景色，追怀六朝衰亡的历史悲剧，不满北宋粉饰太平的现状，他居安思危，写下了这首千古名词《桂枝香·金陵怀古》。江宁是北宋时期南京的名称，金陵是南京历史上又一个曾用名。

　　上片书写登临所见金陵之景。金陵胜地，六朝古都。"登临送目，正故国晚秋，天气初肃。""故国"：指金陵（今江苏南京），为六朝故都。起笔景象苍辽高远。登高纵目，正值六朝故都深秋，天气乍变得萧瑟冷肃。"故国"二字直入词题"怀古"。"千里澄江似练，翠峰如簇。"前一句化用六朝谢朓《晚登三山还望京邑》的诗句"澄江净如练"。远处，澄澈的长江奔腾千里，蜿蜒缥缈，犹如一条白色的缎绢。近处，钟山翠峰，重峦叠嶂，巍峨耸立。

残阳的余辉下，长江波光粼粼，渔夫轻握船桨，帆船乘风而归；西风里，秦淮河岸边，酒馆青旗高高飘扬，迎接客宾。"彩舟云淡，星河鹭起，画图难足。"夜晚，月色如水，浮云幽淡，秦淮河上轻雾迷蒙，彩舟来往如梭；沿岸华灯初上，不远处白鹭洲灯光闪烁，高处望去，宛如一条繁星点点的星河，丹青妙手也难画出金陵的如此美景！"彩舟云淡"，隐含着杜牧《泊秦淮》的首二句"烟笼寒水月笼沙，夜泊秦淮近酒家"的诗意。"星河鹭起"则化用李白《登金陵凤凰台》"三山半落青天外，二水中分白鹭洲"的意象。

下片首先由写景转入追昔怀古。"念往昔"，自然地从上片登临所见过渡到所思。"繁华竞逐"，"叹门外楼头，悲恨相续"，东吴、东晋、宋、齐、梁、陈，六朝连续在金陵建都，表面繁华的下面，竞相追逐短暂的醉生梦死，可叹朱雀门外、结绮楼头上演了一场接一场的亡国的悲与恨。"门外楼头"：出自杜牧《台城曲》的"门外韩擒虎，楼头张丽华"。隋朝大将韩擒虎率兵已抵朱雀门外，陈后主还在结绮楼与宠妃张丽华寻欢作乐。"千古凭高对此，谩嗟荣辱。""谩嗟"：空叹。登高凭栏，山河千古，深深地喟叹六朝的兴亡荣辱！

词的最后进入"金陵怀古"的主旨，抚今。六朝旧事已随长江滚滚流水，消逝得无影无踪。"但寒烟、衰草凝绿。"（"衰草凝绿"一作"芳草凝绿"。）唯有寒烟凄迷、秋草残绿。人间沧桑巨变，秋色无声轮回！词人幽思不尽，感系万端。最后，回到眼下的现实:"至今商女,时时犹唱,《后庭》遗曲。""商女":歌女。至今彩舟酒楼的歌女们仍在时时地唱着陈后主所作的《玉树后庭花》,权贵们在这亡国之音中纸醉金迷。

全词格高意远,作者以如椽之笔,将金陵深秋壮美的景色与六朝衰亡的历史交织在一起,深含着这位著名的政治变革家对歌舞升平之下北宋前途的忧患。写景雄浑苍凉,用典贴切精练,发议沉郁悲壮。历代金陵怀古的诗词众多,此词堪称其中的精品。现代古典文学研究家周汝昌先生评之:"王介甫只此一词,已足千古,其笔力之清遒,其境界之朗肃,两宋名家竟无二手,真不可及也!"(《唐宋词鉴赏辞典(唐·五代·北宋)》)

2. 疏帘淡月　[南宋] 张辑

秋思

梧桐雨细,渐滴作秋声,被风惊碎。
润逼衣篝,线袅蕙炉沉水。
悠悠岁月天涯醉。一分秋、一分憔悴。
紫箫吹断,素笺恨切,夜寒鸿起。

又何苦、凄凉客里。负草堂春绿,竹溪空翠。
落叶西风,吹老几番尘世。
从前谙尽江湖味。听商歌、归兴千里。
露侵宿酒,疏帘淡月,照人无寐。

张辑,字宗瑞,号东泽,有《东泽绮语债》词一卷。这首《疏帘淡月》是其代表作。词题"秋思",深秋羁旅,愁思幽远。

上片首先写景。"梧桐雨细,渐滴作秋声,被风惊碎。"潇潇秋雨，细碎地洒在梧桐叶上，聚为雨珠，沿着叶片落下，滴向空阶，发出沉闷的秋声。溅起的雨花，烦人的声音，被寒冷的秋风吹散。秋雨，秋声，秋风，萧瑟凄凉。"润逼衣篝，线袅蕙炉沉水。"薰笼上烘着湿透的衣服，轻烟从烧着沉水香的炉中袅袅飘起，如丝如缕。景中寓情，倦客独宿在荒郊的客栈里，屋外凄雨寒风，室内冷清孤寂。接着，词情转入直抒秋思。

"悠悠岁月天涯醉。一分秋、一分憔悴。"岁月蹉跎，羁旅天涯，老大无成，秋夜独自借酒浇愁，惆怅感伤，"但愿长醉不复醒"（李白《将进酒》）。满目萧索的秋色，每一分秋色，都增添了一分憔悴。紫玉的洞箫空置在案前，不忍吹奏呜咽的箫曲。提笔在白色的信纸上书写家信，笔端离情别绪，无人会意，"夜寒鸿起"，唯有那寒夜里高飞的孤鸿与行客灵犀相通。

下片细说心中羁旅的苦衷。"又何苦、凄凉客里。负草堂春绿，竹溪空翠。""草堂"：杜甫在成都花溪畔修筑的茅屋；"竹溪"：李白曾在泰安徂徕山下的竹溪隐居。又何苦萍踪漂泊、凄凉地客旅四方；竟辜负了故乡草堂春绿、竹溪空翠，错失了宁静闲适的生活。"落叶西风，吹老几番尘世。"与上片首三句相呼应，但意味更深。凄厉的西风横扫梧桐的落叶，吹老了年华；尘世间，几度悲欢离合、沧桑变迁！

从前浪迹江湖，尝尽了辛酸苦涩。"听商歌、归兴千里。"如今听到苍凉悲伤的商歌，便勾起急切的返乡之情，千里迢迢，归心似箭。"商歌"：悲凉低沉的歌，词中"商歌"泛指秋声、秋歌；商是古代五音中的金音，常用以表达四时中的秋季。"露侵宿酒，疏帘淡月，照人无寐。""疏帘淡月"：化用李清照《小重山》（春到长门春草青）中的词句"疏帘铺淡月"。凌晨，风露侵衣，夜酒半醉，惨淡的月色透过疏散的窗帘，映照着通宵未眠、彻夜秋思的游子。情景交融，韵味悠长。

张辑师从姜夔，又善于吸取诸多名家之长。这首词将姜夔词的空灵清雅与周邦彦词的深婉精细融为一体。全词布局精致，感情真切，意境深沉。文笔精雕细刻，妙句迭出，却又浅显清新，耐人寻味。如"被风惊碎"，"一分秋、一分憔悴"，"落叶西风，吹老几番尘世"，凸显了词人巧妙的创意。词中多处引用典故、化用前人诗句，天然浑成，毫无晦涩，展示出作者精深的文学功底。

破阵子

词牌《破阵子》简介

　　《破阵子》唐教坊曲名，后用为词牌名，又名《十拍子》。宋代陈旸《乐书》云："唐《破阵子乐》属龟兹部，秦王（李世民）所制，舞用二千人，皆画衣甲，执旗旆。外藩镇春衣犒军设乐，亦舞此曲，兼马军引入场，尤壮观也。"即为唐开国时所创的大型武舞曲。此双调小令是截取舞曲中的一段。双调，平韵，六十二字。

　　《破阵子》主要格体与范例，六十二字，上、下片各三平韵。范例，南宋辛弃疾词：

> 醉里挑灯看剑，梦回吹角连营。
> 仄仄平平中仄，中平中仄平平。
> 八百里分麾下炙，五十弦翻塞外声。
> 中仄中平平仄仄，中仄平平中仄平。
> 沙场秋点兵。
> 中平中仄平。
>
> 马作的卢飞快，弓如霹雳弦惊。
> 仄仄平平中仄，中平中仄平平。
> 了却君王天下事，赢得生前身后名。
> 中仄中平平仄仄，中仄平平中仄平。
> 可怜白发生！
> 中平中仄平。

　　又有《破阵乐》，唐教坊曲名，后用为词牌名。双调，一百三十三字，仄韵。

　　《破阵乐》主要格体，一百三十三字，上片十四句、五仄韵，下片十六句、五仄韵。范例，北宋柳永词：

　　　　露花倒影，烟芜蘸碧，灵沼波暖。
　　　　仄平仄仄，平平仄仄，平仄平仄。
　　　　金柳摇风树树，系彩舫龙舟遥岸。
　　　　平仄平平仄仄，仄仄仄平平平仄。
　　　　千步虹桥，参差雁齿，直趋水殿。
　　　　平仄平平，平平仄仄，仄平仄仄。
　　　　绕金堤、曼衍鱼龙戏，簇娇春罗绮，喧天丝管。
　　　　仄平平、仄仄平平仄，仄平平平仄，平平平仄。
　　　　霁色荣光，望中似睹，蓬莱清浅。
　　　　仄仄平平，仄平仄仄，平平平仄。

　　　　时见。凤辇宸游，銮觞禊饮，临翠水，开镐宴。
　　　　平仄。仄仄平平，平平仄仄，平仄仄，平仄仄。
　　　　两两轻舠飞画楫，竞夺锦标霞烂。
　　　　仄仄平平平仄仄，仄仄仄平平仄。
　　　　馨欢娱，歌《鱼藻》，徘徊宛转。
　　　　平平平，平平仄，平平仄仄。
　　　　别有盈盈游女，各委明珠，争收翠羽，相将归去，
　　　　仄仄平平平仄，仄仄平平，平平仄仄，平平仄仄，
　　　　渐觉云海沉沉，洞天日晚。
　　　　仄仄平仄平平，仄平仄仄。

《破阵子》历代佳作三首

1. 破阵子　［五代］李煜

四十年来家国，三千里地山河。
凤阁龙楼连霄汉，玉树琼枝作烟萝。
几曾识干戈？

一旦归为臣虏，沈腰潘鬓消磨。
最是仓皇辞庙日，教坊犹奏别离歌。
垂泪对宫娥。

　　李煜，李后主，这首《破阵子》写于他作为亡国之君的生命的最后三年。上片追忆南唐曾经的辉煌和皇宫的壮丽，下片直抒沦为阶下囚所遭受的精神与肉体的摧残，并记叙离别故国时不堪回首的情景。

　　"四十年来家国，三千里地山河。"回顾故国，感慨万端。约四十年的李氏南唐，三千里幅员辽阔的大好河山，是五代十国时期十国中版图最大的王朝。南唐由先主李昪立国于公元 938 年，建都金陵，至 975 年李后主亡国，共计三十八年，其中李后主在位十五年，词里称四十年，为《破阵子》的格体，而取大概之数。"凤阁龙楼连霄汉，玉树琼枝作烟萝。""霄汉"：云天。宫殿金碧辉煌，镶龙雕凤的楼阁，高耸入云；御苑内遍地异树奇花，草木葱茏，笼罩在迷蒙的轻烟之中。"几曾识干戈？"统领这样辽阔壮美的国度，生活在如此豪华安逸的皇宫，何曾知晓兵器和战争？亡国被俘之因，痛心疾首！词情自然地转入下片"归为臣虏"的景况。

"一旦归为臣虏，沈腰潘鬓消磨。"公元 975 年兵败降宋，被俘到东京，年三十九岁。自从投降称臣、被俘作囚以来，含悲忍恨，以泪洗面，在屈辱中承受折磨和煎熬，腰肢消瘦，鬓发斑白。后一句引用两个典故，"沈腰"：沈，即南朝沈约，《南史·沈约传》与《梁书·沈约传》记载："言已老病，百日数旬，革带常应移孔。"后用"沈腰"意指日渐消瘦。"潘鬓"：潘指西晋美男子潘岳（又名潘安），潘岳曾在《秋兴赋》序中云"余春秋三十二，始见二毛"，后以"潘鬓"比喻中年白发。回首往事，最让人心碎的是仓皇慌张地辞别宗庙的时候，宫中的乐队竟然在吹奏离别的歌曲。教坊的音乐原本是李煜的钟爱，此刻他从一国之君骤然沦为臣虏，这音乐非但无法给他带来任何欢快，反而令他悲痛欲绝。"垂泪对宫娥"，向那些多年来日夜伺候自己的宫女们挥泪作别。最后一句尤为感人，又耐人寻味。为何垂泪？是为易主的四十年家国、三千里河山，还是为失去的"凤阁龙楼"、"玉树琼枝"的宫廷皇苑？是为自己不复再来的帝王生活，还是担忧宫娥们日后的命运？也许百味交集、兼而有之。

历史上建都金陵有几位亡国之君，骄奢淫逸，昏庸无能。李煜虽也是亡国之君，但他有别于三国吴后主孙皓以及陈朝后主陈叔宝。有史记载，宋太宗赵光义曾问南唐旧臣潘慎修："李煜果真是一个暗懦无能之辈吗？"潘慎修答道："假如他真是无能无识之辈，何以能守国十余年？"五代末与北宋初文学家徐铉在《吴王陇西公墓志铭》也记载：李煜敦厚善良，在兵戈之世，而有厌战之心，虽孔明再世，也难保社稷；既已躬行仁义，虽亡国又有何愧。

这首词以白描的笔法直抒内心的感受，坦诚率真，语言浅显凝练，词情凄婉悲怆，具有强烈的艺术感染力。王国维先生在《人间词话》中评李煜："词人者，不失其赤子之心者也。故生于深宫之中，长于妇人之手，是后主为人君所短处，亦即为词人所长处。"此评极为精辟。

2. 破阵子 ［北宋］晏殊

燕子来时新社，梨花落后清明。
池上碧苔三四点，叶底黄鹂一两声。
日长飞絮轻。

巧笑东邻女伴，采桑径里逢迎。
疑怪昨宵春梦好，元是今朝斗草赢。
笑从双脸生。

晏殊，人称"宰相诗人"，词风清雅温润，开创了北宋婉约派先河。这首词描写乡村春社至清明时节的绮丽风光，以及农村少女的天真纯洁。

上片写景，流转的春光。"燕子来时新社，梨花落后清明。""新社"：社日是古代祭拜土地社的日子，以祈丰收，春秋两次，春社又称新社，时间在立春与清明之间。燕子飞来之时，正值春社之际；梨花飞去之后，就迎来了清明，这是一年中春光迷人的时期。空气清新湿润，池塘边点缀着零星的青苔；树丛间娇艳的黄鹂偶尔发出悦耳的脆鸣。白昼渐长，随处可见柳絮轻轻地飞舞。短短的五句，选取代表时令的风物如"燕子"、"梨花"、"碧苔"、"黄鹂"、"飞絮"，随着时光的推移，春光春色在悄然地变迁。赏心悦目之中是词人的闲情逸致。

下片写人，少女的春天。"巧笑东邻女伴，采桑径里逢迎。"在春社、清明之际，少女们放下手中的针线，纷纷来到户外。西邻的少女在采桑的小径与东邻的女友邂逅，只见对方笑吟吟的，满面春风。"疑怪昨宵春梦好，元是今朝斗草赢。笑从双脸生。"

正疑惑她昨夜是否做了一个美好的春梦，向前问道方知，原来是她刚赢得今天斗草的游戏，双颊不由自主地笑开了颜。"斗草"：古代妇女们的一种游戏。作者并没有书写斗草的游戏，而是用清婉之笔描绘少女得胜后的神态，惟妙惟肖地勾画出少女的天真淳朴。

晏殊做高官五十年。少小时，他是一位江西普通的农家弟子，深知农村的民风民俗。这首词是他农村题材词篇的代表作，春光风物，清丽柔美；乡村少女，天真烂漫。全词富于浓郁的乡村生活气息，在宋词中弥足珍贵。清代词论家许昂霄在《词综偶评》评此词的最后三句："如闻香口，如见冶容。"

3. 破阵子　［南宋］辛弃疾

为陈同甫赋壮词以寄

醉里挑灯看剑，梦回吹角连营。

八百里分麾下炙，五十弦翻塞外声。

沙场秋点兵。

马作的卢飞快，弓如霹雳弦惊。

了却君王天下事，赢得生前身后名。

可怜白发生！

辛弃疾与陈亮是志同道合的好友，这是他寄给陈亮的"壮词"，词题中"同甫"为陈亮的字。淳熙十五年（1188）冬，陈亮从故乡浙江永康专程拜访闲居在江西上饶铅山的辛弃疾，同住十天，两人共商收复中原的大计。陈亮回家后，二人一连唱和了五首词，成为中国文学史上一件难得的盛事。此首《破阵子》是其中之一，全词壮怀激烈，苍凉悲怆。

在词意上，整首词分成两段，前九句为一段，最后一句自成一段，打破了上片写景、下片抒情的常见格局。

"醉里挑灯看剑"，辛弃疾是豪杰词人，夜间独饮醉酒，挑亮油灯，抽出宝剑。在灯光下，剑光闪闪；他将心爱之剑轻轻抚摸，细细端详。宝剑已经闲置很久很久了！词人以酒壮怀，又以酒解忧，渐渐沉睡。梦中，他重返军营。营帐如云，坐落在沙场上，嘹亮的号角声响彻军营。"八百里分麾下炙，五十弦翻塞外声。""八百里"：即八百里驳，一种名牛；"麾"：军中大旗；"五十弦"：乐器瑟，词中意指军乐。军旗高高飘扬，将烧烤的牛肉分发给将士们饱餐。庄严的军乐吹奏起威武雄壮的边塞战歌，士兵们斗志昂扬。秋风萧瑟，军容整肃，作者披甲戴盔，威风凛凛，统率大军，在战场上检阅部队。

"马作的卢飞快，弓如霹雳弦惊。""的卢"：一种良马，三国刘备曾用为坐骑。作者率领千军万马，如同驾驭的卢良马一样风驰电掣，奔赴中原；弓箭好似电闪雷鸣一般离弦而出，万箭齐发，射向敌军。大获全胜，收复全部失地，完成了君王统一天下的大业，自己赢得生前死后为国立功的英名，流芳千古。词人在梦中畅想、幻想，实现了他梦寐以求的理想。美梦醒来，不得不面对冷酷的现实，发出凄凉的慨叹："可怜白发生！"报国之志屡遭打击，个人多次被贬谪，如今被闲置在家，可叹愁白了鬓发。壮志凌云，而又壮志难酬，何其悲愤！

词中对军营与战场的描写绘声绘色，栩栩如生，非其他词人所能及。这不但是因为辛弃疾豪放的词风，更出自他年轻时的切身经历，独当一面，率兵血战沙场、抗击金兵。这首《破阵子》，作者向知己酣畅淋漓地倾诉自己爱国的抱负以及内心的孤愤，字字铿锵作声，感情激越，慷慨悲歌。其壮，气壮山河；其悲，"白发空垂"（辛弃疾《贺新郎》）。梁启超评此词："无限感慨，哀同甫亦自哀也。"（梁令娴《艺蘅馆词选》）

浣溪沙

词牌《浣溪沙》简介

　　《浣溪沙》或《浣溪纱》，唐教坊曲名，后用为词牌名。又名《小庭花》、《东风寒》、《广寒枝》等。双调，平韵。南唐李煜有仄韵之作。字数四十二、四十四、四十六字等，以四十二字为主。

　　另有《摊破浣溪沙》，又名《山花子》，上下片的末句各增三字、并扩展成两句，韵与《浣溪沙》相同。北宋周邦彦曾作《浣溪沙慢》，九十三字，仄韵。

　　《浣溪沙》主要格体，四十二字，上片三句、三平韵，下片三句、两平韵，下片第一、二句对偶。范例，北宋晏殊词：

> 一曲新词酒一杯，去年天气旧亭台。
> 中仄中平中仄平，中平中仄仄平平。
> 夕阳西下几时回？
> 中平中仄仄平平。
>
> 无可奈何花落去，似曾相识燕归来。
> 中仄中平平仄仄，中平中仄仄平平。
> 小园香径独徘徊。
> 中平中仄仄平平。

　　《摊破浣溪沙》格体，四十八字，上片四句、三平韵，下片四句、两平韵。范例，五代李璟词：

> 菡萏香销翠叶残，西风愁起绿波间。
> 仄仄平平仄仄平，平平平仄仄平平。

还与韶光共憔悴，不堪看。
平仄平平仄平仄，仄平平。

细雨梦回鸡塞远，小楼吹彻玉笙寒。
中仄中平平仄仄，中平平仄仄平平。
多少泪珠何限恨，倚阑干。
平仄仄平平仄仄，仄平平。

《浣溪沙》历代佳作十三首

1. 浣溪沙　［唐］薛昭蕴

倾国倾城恨有余，几多红泪泣姑苏。
倚风凝睇雪肌肤。

吴主山河空落日，越王宫殿半平芜。
藕花菱蔓满平湖。

　　作者薛昭蕴生活在晚唐与五代之交。这是一首凭吊怀古的佳作，其题材是中国家喻户晓的吴越春秋的历史故事。在这首仅仅六句的小令中，词人以自己独到的见解和笔力，将西施的命运、吴越兴亡以及作者本人的感慨，融为一体，凝重悲怆，意境深邃。
　　上片重笔书写西施。"倾国倾城恨有余，几多红泪泣姑苏。"倾国倾城的绝代美貌，没有为西施带来幸福，却给她不尽的悲恨。入吴以后，她在姑苏台流下了多少凄伤的泪水！"倾国倾城"化用汉代《李延年歌》："北方有佳人，绝世而独立。一顾倾人城，再顾倾人国。""红泪"：传说魏文帝所爱美人薛灵芸在离家赴京城途中以玉壶接泪，泪红如血，后世以"红泪"意指美人的悲泪。"姑苏"：山名，在苏州西南，吴王在山上为西施筑馆娃宫。"倚风凝睇雪肌肤"，西施被藏于馆娃宫，得到吴王夫差的宠幸，成了他的玩物。西施内心凄苦难耐，独自倚栏临风，凝视自己雪白的肌肤，默默无语，自怜自怨，以泪洗面。

作者在词中对西施不幸的遭遇表示出深切的同情。天生丽质，肤如凝脂，越王为了夺回自己的皇帝宝座，使用美人计，将西施作为最贵重的进贡之物，赠送给吴王。西施为自己可悲的命运而哭泣。

下片直抒"吴主"与"越王"同样的亡国结局。"吴主山河空落日"，吴王夫差的江山荡然无存，只有落日见证着吴王的骄奢淫逸和自杀身亡的下场。其意与李白《苏台览古》中的诗句"只今惟有西江月，曾照吴王宫里人"相似。"越王宫殿半平芜"，越王勾践的宫殿大半也已成为荒芜的草地。无论是荒淫作乐的吴王，还是老谋深算的越王，他们都是贪图自己帝王的江山而已，并非永垂青史的英雄豪杰。词人置身吴越大地，追古抚今，感慨万端，最后以无言之景"藕花菱蔓满平湖"，寓不尽之意。千年过去，而今吴越春秋已经烟消云散，化作人们饭后茶余的一个话题，太湖的莲花菱藤却年复一年，依然葱茏茂盛，生生不息。

作者并没有歌颂越王勾践的卧薪尝胆，而是将他与吴王夫差相提并论，隐含着"春秋无义战"（《孟子·尽心下》）的历史思考；而对原本是民间农家女子的西施，寄以无比的怜悯。

晚唐与五代时期花间派词人多写男女之情，但薛昭蕴的这首《浣溪沙》题材迥然不同。全词生动形象地刻画了西施"红泪"的悲剧，及"吴主山河"和"越王宫殿"的沦亡，凝练精妙地将人世沧桑、历史变迁以及作者的感慨，化入雄浑的词句和苍凉的意境之中。这首词不但具有欣赏的艺术价值，而且含有难能可贵的思想深度。

2. 浣溪沙 ［五代］孙光宪

蓼岸风多橘柚香，江边一望楚天长。
片帆烟际闪孤光。

目送征鸿飞杳杳，思随流水去茫茫。
兰红波碧忆潇湘。

孙光宪，字孟文，曾任后唐御史中丞，现存词八十四首，是唐五代词人中存词最多者。这首词写于他在荆南作官期间，描写送别之情，是他的代表作之一。

上片写景，景中寓情。"蓼岸风多橘柚香"，"蓼"：一种草本植物，长在水边，秋季开着淡蓝和淡红的小花。江岸长满鲜花盛开的蓼草，橘柚成熟，清风吹拂，飘来阵阵橘柚的芳香。秋景如此美好，然而，却在此时送别离人。极目远眺，滔滔长江一望无际，楚天苍辽高远，心境沉入无边的惆怅之中。"片帆烟际闪孤光"，水天之际，云烟迷蒙，离人乘坐的小舟，片帆一叶，随波漂荡起伏，在夕阳映照的江面上闪烁着孤光。在空茫的江水与楚天之间，"片帆"、"孤光"，呈现着无边无际的孤独与凄寂！词人在景色的描写中，饱含他对远去亲人的眷恋与挂牵，写景与抒情浑然一体。

下片直接写情，前两句承接上片"片帆烟际"。"目送征鸿飞杳杳，思随流水去茫茫。"作者在岸边久久地伫立，目光凝视着渐行渐远的孤帆，亲人就像征鸿一样飞往杳杳的天边；自己的思念随着载舟的长江流水，滚滚东去，伴着离乡的亲人浪迹天涯海角。"目送"与"思随"两句，构思精致，对偶工整，意境悠远。结句别有一番深情，"兰红波碧忆潇湘"，心中默默地期盼远去的羁客：

待来年，蓼草兰花红花绽放、江水碧波之时，你当回忆潇湘的美景、故乡的亲人，重返家乡，与我相聚。词的首尾呼应，景美情深。

这首《浣溪沙》文笔清逸，借空辽苍茫的江天秋景，写不尽的依依惜别之情，离情别绪尤为深沉浓郁。此词历来受到诸多名家的赞誉。陈廷焯在《云韶集》中写道："'片帆'七字，压遍古今词人。""'闪孤光'三字警绝，无一字不秀炼，绝唱也。"王国维先生为孙光宪辑有《孙中丞词》一卷，其中点评这首词："'片帆烟际闪孤光'，尤有境界也。"

3. 摊破浣溪沙 ［五代］李璟

菡萏香销翠叶残，西风愁起绿波间。
还与韶光共憔悴，不堪看。

细雨梦回鸡塞远，小楼吹彻玉笙寒。
多少泪珠何限恨，倚阑干。

李璟，南唐开国皇帝李昪的长子，南唐后主李煜的父亲，史称南唐中主，在位十九年。他爱好文学，词作清新自然，情致深婉，但流传下来极少，他的四首词与李煜的词作合收录于《南唐二主词》。这首词的题材为思妇怀人，是他最著名的词作。

上片着重写景，以景抒情。"菡萏香销翠叶残，西风愁起绿波间。""菡萏"：荷花的别称。荷花凋谢，芳香销尽，荷叶枯萎。秋风萧瑟，吹皱一池绿波，玉立的荷花和翠色的荷叶在秋风中零落。鲜花绿叶的生命如此柔弱、如此短暂，愁绪随风而起，感伤不已。一个"愁"字，将大自然的秋色与人的情感融为一体。"还与韶光共憔悴，不堪看。"美好的物华与青春的年华一样，都会瘦损、凋零，不忍目睹！是对美好风物的怜惜，更是对人生韶华的怜惜。

词情顺之转入下片。

下片直接描写闺妇的思情。"细雨梦回鸡塞远，小楼吹彻玉笙寒。""鸡塞"：鸡鹿塞的简称，古代的一处边塞，在今陕西省横山西，词中泛指边塞。梦中与远在边塞的征夫相聚，梦醒影只形单，但见细雨绵绵，倍加凄寂。独自在闺阁小楼手执玉笙，吹完一首悲凉的恋曲。这二句文字精美，意境悲苦，为千古名句。"多少泪珠何限恨"，将内心积压的相思之苦、离别之恨化作泪水，一泻而出！结句"倚阑干"，孤倚楼栏，无言无声，日复一日地期盼，遥遥无期地等待。蕴含深沉悠远，凄极苦极。

这首词以自然之景，触发韶华易逝、思夫之情，布局有序，语言典雅，景物含情，感情凄婉，具有极强的艺术感染力。同时，作者精妙地利用《滩破浣溪沙》上下片结尾较《浣溪沙》添加的三字句，"不堪看"、"倚阑干"，意境尤为沉郁凝重。王国维《人间词话》评道："南唐中主词'菡萏香销翠叶残，西风愁起绿波间'，大有众芳芜秽、美人迟暮之感。乃古今独赏其'细雨梦回鸡塞远，小楼吹彻玉笙寒'，故知解人正不易得。"

4. 浣溪沙 ［北宋］晏殊

一曲新词酒一杯，去年天气旧亭台。
夕阳西下几时回？

无可奈何花落去，似曾相识燕归来。
小园香径独徘徊。

晏殊，人称"太平宰相"，为官几十年，但在官场并非一帆风顺。他也曾经历宦海沉浮和世事沧桑。词人深感人事难料，对美好事物愈加眷念，写下了这首脍炙人口的小令，其中"无可奈何花落去，似曾相识燕归来"为千古名句，广被传诵。

上片由今思昔，抒发对美好事物逝不再来的感慨。"一曲新词酒一杯，去年天气旧亭台。""新词"：新填的词，配以词牌的乐曲而歌唱。饮一杯美酒，填一首新词，悠然吟唱，还是去年的亭台楼阁，还是去年暮春的天气。"去年天气旧亭台"，化用五代郑谷《和知己秋日伤怀》诗句"去年天气旧池台"。然而，就在这景象依旧、生活闲适之下，已经品尝了人生况味的词人，敏锐地感受到岁月变迁、物是人非，发出无以名状的慨叹："夕阳西下几时回？"夕阳正在西下，它何时方能返回呢？作者并非不知：太阳西下，明晨东升还会再现。其言外之意，时光的流逝、世事的变更无法挽回。整个上片即景生情，委婉含蓄地表达了词人对美好事物瞬息即逝、不复再来的怅惘。

下片则由眼前之景引发对美好事物再现的期盼。"无可奈何花落去，似曾相识燕归来。"精巧工整、婉转流畅的经典偶句，浑然天成，寓意深邃。第一句承接上片尾句中的"夕阳西下"。晚春时节，无可奈何地看着百花零落。花的凋谢，春的离去，大自然的规律，流连婉惜也无济于事。然而，在感伤之余，还是可以看见令人欣慰的风物重现。那翩翩飞回的燕子不就"似曾相识"吗？这一句应着上片尾句中的"几时回"。词人心中有"无可奈何""花落"的痛惜，也有"似曾相识""燕归"的慰藉。两者交织在一起，蕴含着深沉的意境以及睿智的哲理。已失去的美好事物，无法挽留，但与此同时仍会有美好的事物在"似曾相识"的演变中再现。尽管今年归来的燕子与去年的燕子有所不同，但也足以欣慰，不必沉于怀旧的悲凉之中。千回百转，作者希冀从思昔的愁绪中排解出来。"小园香径独徘徊"，在落花遍地、余香犹存的小院曲径上，词人独自徘徊、沉思，求索着今天所见所感中关于时间流逝、世事变迁的启迪。

这首《浣溪沙》，清淡的诗句，幽婉的感伤，对人生的喟叹，对美好的追求，惆怅而不凄凉，感喟却不激愤，充分展现了晏殊清逸温润的词风。作者借暮春的自然现象引发深层的思索，面对无可奈何的岁月流逝和人事无常，寻求变化之中更加美好的景象，摒弃消极的人生理念。词情，给人以唯美的艺术享受；词理，留下耐人寻味的思考。明代杨慎《词品》评："'无可奈何'二语工丽，天然奇遇。"

5. 浣溪沙 ［北宋］苏轼

籁籁衣巾落枣花，村南村北响缫车。
牛衣古柳卖黄瓜。

酒困路长惟欲睡，日高人渴漫思茶。
敲门试问野人家。

苏轼于宋神宗熙宁十年（1077）四月至元丰二年（1079）任徐州知州。当时黄河流经徐州，他上任后，未雨绸缪，立即修筑防洪工程。七月黄河决口，他"以身帅之"，战胜洪水。元丰元年（1078）春，徐州发生大旱，作为一州的长官，他曾往城东二十里的石潭求雨。得雨后，他又往石潭谢雨，沿途经过农村，写了一组《浣溪沙》，共五首，以白描的笔法，记叙途中所见所闻的农民真实的生活，清新自然。这组词将农村题材带入北宋词坛，具有开创性的意义。此词是组词中的第四首。

上片写初夏时节农村的风物。"籁籁衣巾落枣花，村南村北响缫车。""缫车"：抽蚕丝的手动纺车。枣花纷纷飘落在过路人的衣巾上，籁籁作声。农妇们忙于手摇缫车，抽取蚕丝，村里家家户户缫车响个不停。"牛衣古柳卖黄瓜"，"牛衣"：用粗麻织成的衣服。不远处传来叫卖声，循声望去，只见古柳的绿荫下一位穿着粗布衣裳的农人正在卖黄瓜。枣花落，缫车响，卖黄瓜，作者通过这些农村寻常的场景，反映出春雨带来的丰收景象。在朴实无华、欢快亮丽的词句中，呈现了作为地方长官的词人与农民同乐的心情。作者并没有将农村生活理想化，农民还穿着"牛衣"，字间饱含着他对农民的体恤之情。

下片专写炎热的初夏自己赶路的情景。"酒困路长惟欲睡，日高人渴漫思茶。""漫"：随意。中午酒后犯困，路途遥远，昏昏欲睡。烈日当空，口渴难耐，想随便在哪儿找点茶喝，看来黄瓜还不足以解渴。"敲门试问野人家"，"野人家"：野外的农家。离开村子已有不少时间，在僻静的野外看见一家农户，便走向前去，轻轻敲门，向主人打听是否有茶水以解口渴。谦和有礼，平易近人。作者虽是一州之长，到农村去，没有坐轿，更没有高高在上、兴师动众，而是像一名普通的平民百姓、普通的行人，农民们完全不知道知州的到来。在等级森严的封建社会里，苏轼这种官民平等的思想和举止，尤为可贵！

这首词来自作者亲身的体验和内心的感受，感情真挚，语言自然；以平常之景，写奇绝之作。真实的农村生活，浓郁的乡土气息，与民同喜，为民而忧，是文学史上弥足珍贵的词篇。

6. 浣溪沙 ［北宋］苏轼

游蕲水清泉寺，寺临兰溪，溪水西流。

山下兰芽短浸溪，松间沙路净无泥。
萧萧暮雨子规啼。

谁道人生无再少？门前流水尚能西。
休将白发唱黄鸡。

　　这首词写于苏轼谪居黄州时期，作者游蕲水（今湖北浠水县）清泉寺时作此词。元丰五年（1082）三月，苏轼到黄州东南三十里的沙湖买田，相田时患病，去一位名叫庞安常的医生处求治，愈后便与他同游清泉寺。词中表达了作者身处逆境、热爱生活、自强不息的精神。

　　苏轼青少年时代怀济世之才，壮志凌云。神宗熙宁七年（1074），他在给弟弟苏辙的词中曾叙述初到京都时的豪情与抱负："有笔头千字，胸中万卷；致君尧舜，此事何难。"（《沁园春》）。不曾料到突如其来"乌台诗案"，宋神宗元丰三年（1080）二月，他被贬至黄州任团练副使，跌入人生低谷，悲愤而孤寂。同年秋，他在一首《西江月》中写道："世事一场大梦，人生几度秋凉。"感伤，忧愤。然而，东坡耕耘，山川胜景，亲朋好友的关切，村民乡邻的友善，州郡官员的礼遇，让他很快地摆脱了沉郁，爱上了黄州淳朴宁静的生活，恢复了往日的旷放豁达。

　　上片描写清泉寺幽静净洁的景色。"山下兰芽短浸溪，松间沙路净无泥。"山下溪水潺潺，水边的兰草长出娇嫩的幼芽，浸润在清清的溪水中。松林间的沙子小路，经过春雨的洗涤，一尘不染，净洁无泥。暮色时分，细雨潇潇，杜鹃鸟在树丛中清脆地啼鸣。清溪兰芽，松林幽径，空山鸟语，诗情画意。充满生机的大自然，没有尘世的喧嚣，没有官场的污浊，词人心旷神怡，仿佛获得了新生。

　　下片即景生情，直抒胸臆。"谁道人生无再少？门前流水尚能西。"谁说人老就不会再年少呢？你看，门前的流水不是也能向西奔流吗！以反诘发问，以借喻回答，坚信自己能够重新焕发青春的朝气，战胜命运，从逆境中走出来。最后，作者发出激越的豪迈之言："休将白发唱黄鸡。"休因几缕华发而徒发衰老之叹！"黄鸡"比喻时光流逝、催人衰老的悲吟，出自白居易《醉歌》："谁道使君不解歌，听唱黄鸡与白日。黄鸡催晓丑时鸣，白日催年西前没。腰间红绶系未稳，镜里朱颜看已失。"苏轼时值四十五岁，仍处在贬放之中，他乐观自信。正因如此，使他能够在黄州以及往后一次又一次更加残酷的流放中顽强地生活。

这首词景致清新幽雅，春意盎然。全词洋溢着生活的激情，展现了作者对美好的执着追求和向往。今天读之，仍催人在风雨中自立自强、在岁月里永不言老。

7. 浣溪沙 ［北宋］秦观

漠漠轻寒上小楼，晓阴无赖似穷秋。
淡烟流水画屏幽。

自在飞花轻似梦，无边丝雨细如愁。
宝帘闲挂小银钩。

秦观的词风以淡婉的思绪、清幽的境界之美而著称。这首词作者以高超的文笔，将人物微妙的心理与自然环境融为一体，构成一种空灵缥缈的意境，具有极高的艺术价值。

上片描写暮春早晨小楼的情景。"漠漠轻寒上小楼，晓阴无赖似穷秋。""漠漠"：淡淡地弥漫；"无赖"：此处意即令人讨厌的天气，杜甫《绝句漫兴九首》有诗句"无赖春色到江亭"；"穷秋"：九月的秋天，南朝鲍照有诗句："穷秋九月荷叶黄，北风驱雁天雨霜。"（《白纻歌》）词的起笔轻轻的，淡淡的。薄薄的春寒无声无息地弥漫着小楼，拂晓的阴云密布在空中，天气就像初秋一样萧索清冷，令人讨厌，室内的主人翁兴味索然。轻描淡写的情景之中，交代了地点和时间。晚春的气候本不应"轻寒"，何来如此景况？那不但是因为"晓阴"的天气，还有百无聊赖的心情。"淡烟流水画屏幽"，户外阴冷，室内幽暗，寂寞之人孤坐在家中，无所事事地看着房间里的屏风，上面画着淡淡的云烟、悠悠的流水。蕴意着女主人淡淡的春思、悠悠的春愁，*丝丝缕缕地缠绕在心头*。

下片的首两句，女主人目光转到窗外。"自在飞花轻似梦，无边丝雨细如愁。"一联极为精致的对句，空渺细微，意境幽深。柳絮轻盈，随风飞舞，就像虚无缥缈的迷梦；没完没了的细雨，犹如日夜相思的离愁。在古典诗词中，以外在的自然景观描写人物的思情愁绪，极为普遍。而秦少游的这两句则反之，外界的风物用人物难以言状的内心活动来描绘："飞花"之"轻"似"梦"飘忽不定，"丝雨"之"细"如"愁"绵绵不绝。比喻新奇而又恰当，其意象更耐人品味。梁启超赞这两句为"奇语"（梁令娴《艺蘅馆词选》）。"宝帘闲挂小银钩"，缀有珠宝华丽的窗帘，随意地挂在小小的银钩上，皱折零乱。顺手便可调整的事，精神无以依托的女子也懒得去做。清淡娴雅，婉约蕴藉。王国维先生在《人间词话》中评此句："境界有大小，不以是而分优劣。""'宝帘闲挂小银钩'，何遽不若'雾失楼台，月迷津渡'也。"他认为此结句境界虽小，但意境高妙。

在词中，作者并没有直接描写人物的外貌形象，而是营造出一个轻梦淡愁的境界，将人物幽怨的思情，弥漫在轻淡迷离的景致之中。明代戏曲理论家沈际飞特别赞道："后叠精研，夺南唐席。"（《草堂诗余续集》）他认为下片精致韵深，超过了南唐二主之词。其实，通篇均妙不可言。

8. 浣溪沙　［南宋］吴文英

门隔花深梦旧游，夕阳无语燕归愁。

玉纤香动小帘钩。

落絮无声春堕泪，行云有影月含羞。
东风临夜冷于秋。

这是一首怀人感梦之词，不写忆旧，而写梦思。所怀所梦何人，无从查考。思之深、情之真、词之美，多受评家所赞。

上片写梦回旧游之地。"门隔花深梦旧游，夕阳无语燕归愁。"起句点明是梦境。梦中回到昔日情人的故居，门户重锁，无法入内，只见庭院花深。惨淡的夕阳余辉默默地映照着院落楼阁，一只飞燕归巢而来，仿佛带着孤寂的愁思。"归燕"，词人心中伊人的化身，梦中依稀佳人重现。"玉纤香动小帘钩"，暗香浮动，是她那如玉的纤手为不期而至的词人欣然地掀开门帘。仅此娓娓动人一句，足见梦中久别重逢，两情相悦，不必赘笔于相聚时的欢愉。

下片用比兴的笔法，描写梦中两人离别时的情景。感情愈深，离别愈为凄切。"落絮无声春堕泪，行云有影月含羞。"一对极为精巧婉约的偶句。离别时刻，柳絮无声地纷纷飘落，那是暮春为人间这对情人离别而伤心流泪。天上的行云遮住了含羞的月亮，如同词人眼前的丽人以手掩泪。作者以拟人的写法，自然界的风物也为两人依依惜别而动容，深化了离情别绪的凄切，构成了纯情凄美的艺术境界。"东风临夜冷于秋"，月光之夜，春风吹拂，感觉竟比苍凉的霜天、萧瑟的秋风还有寒冷！景中见情，梦中离别时两人的凄切心境，也是作者梦醒时的黯然神伤。近代知名学者俞陛云评之："结句尤凄韵悠然。"（《唐五代两宋词选释》）

全词借梦境表达日有所思、夜有所梦，抒发对旧日恋人深切的想念。构思新颖，文笔至美，梦幻之景栩栩如生，眷恋之情缠绵悱恻。"此词以空灵缥缈之笔，写迷离惝恍之梦，极朦胧之美。"（盖国梁《唐宋词三百首》）

9. 浣溪沙　［清］王士禛

红桥同箨庵、茶村、伯玑、其年、秋崖赋（其一）

北郭青溪一带流，红桥风物眼中秋。
绿杨城郭是扬州。

西望雷塘何处是？香魂零落使人愁。
澹烟芳草旧迷楼。

　　王士禛，山东新城人，别号渔洋山人，清初颇有声誉的官员、文坛著名的领军人物，诗词与朱彝尊并称"南朱北王"。曾因名中"禛"字与雍正皇帝犯讳，改称士正；乾隆间，诏改士祯；文献中仍多用"王士祯"一名，现复其本字。

　　《浣溪沙》组词写于康熙元年壬寅（1662）农历六月十五日，当时作者已在扬州任推官两年，年仅二十九岁。组词中描写他与几位友人游览扬州红桥一带的情景，清新的景色中流淌着幽淡的思古感怀，蕴含着不尽的韵味。"红桥"：在扬州西北二里处。词题中的五位分别是：袁于令（箨庵）、杜濬（茶村）、陈允衡（伯玑）、陈维崧（其年）和朱克生（秋崖）。此首为组词的第一首。

　　上片描写在红桥所见周边的风物。"北郭青溪一带流，红桥风物眼中秋。""北郭"：城北；"青溪"：扬州小秦淮河。作者在《红桥游记》起首写道："出镇淮门，循小秦淮折而北。"同行六人出城转到西北，小秦淮河溪水荡漾，四周景色明媚，流光溢彩。红桥一带风光旖旎，娇柔含情，宛如美人明眸的秋波，殷勤地迎接游客。回首南望，"绿杨城郭是扬州"。苍翠葱绿的杨柳，婀娜多姿，形成一片绚丽的绿色海洋，扬州掩映其中，景致美不胜收。

下片怀古，沉思隋炀帝在江都（今扬州江都区）亡国丧身。"西望雷塘何处是？香魂零落使人愁。""雷塘"：扬州西北地名，曾改葬隋炀帝于此。向西望去，隋炀帝雷塘墓地已经湮没废弃，无处可寻。他的嫔妃宫女们香魂零落，不知埋葬在哪里，好不可怜！隋朝大运河浚通后，隋炀帝曾三次游江都，穷奢极欲。隋朝末期民不聊生，全国到处爆发农民起义。隋炀帝大业十四年（618），在江都，禁卫军发生兵变，隋炀帝被杀，草葬在江都吴公台。唐太宗贞观五年，改葬于雷塘，宋代时雷塘就已不复存在。"澹烟芳草旧迷楼"，"迷楼"：隋炀帝在扬州时所筑的行宫，也在扬州西北。隋炀帝大兴土木修建的迷楼，雕栏玉砌，美女如云，他在此花天酒地，昼夜寻欢作乐。而今迷楼的遗迹荡然殆尽，只见淡烟迷蒙，芳草萋萋。扬州，是隋炀帝荒淫无度之地，又是他自食其果的葬身之地！

词中以典型的景观"雷塘"、"迷楼"、"澹烟芳草"，承载着扬州厚重的历史，渗透出淡淡的幽思。"绿杨城郭是扬州"为经典名句，以致"绿杨城郭"成了古城扬州的标志，美丽的自然与古朴的社会，最能显现扬州的风貌，清代朱孝臧《望江南》引之："见说绿杨城郭畔，游人争唱冶春词。"

10. 浣溪沙　［清］王士禛

红桥同箨庵、茶村、伯玑、其年、
秋崖赋（其二）

白鸟朱荷引画桡，垂杨影里见红桥。
欲寻往事已魂销。

遥指平山山外路，断鸿无数水迢迢。

新愁分付广陵潮。

此首为王士禛与友人同游红桥《浣溪沙》组词的第二首。

上片描绘红桥水上乘舟的近景。"白鸟朱荷引画桡，垂杨影里见红桥。""桡"：船桨。空中白鸟贴着水面盘旋，水上鲜红的芙蓉亭亭玉立，白鸟与荷花仿佛在引导画舫悠悠向前，红桥在垂柳的疏影中隐约可见。将白鸟朱荷拟人化，含情脉脉，好友们乘船欣赏美景，闲适清逸。扬州，风景如画，让游人心旷神怡。同时，扬州是一座历史悠久的名城，无数英雄豪杰、文人墨客都曾在此留下他们的印迹。作者和这几位好友均是精通古今的饱学之士，这次在扬州同游，少不了寻迹怀古。"欲寻往事已魂销"，多少苍凉悲壮的历史往事，欲要追寻，定让人魂销肠断。具体是什么往事让作者"魂销"，戛然而止，不便明说。

下片描写在红桥所见的远景，以景寄情，抒发怀古幽思。"遥指平山山外路，断鸿无数水迢迢。""平山"：即欧阳修在扬州主政时所建的平山堂，位于扬州城西北的蜀冈中峰大明寺内上。遥望平山堂的方向，山峦起伏连绵，路在山外。碧水迢迢，天空蔚蓝，鸿雁成群，哀鸣凄切。北宋欧阳修、苏轼先后贬官至扬州，二人都胸怀"善其身"、"济天下"的人生理念，在扬州经历过一番宦海沉浮。同时，他俩均曾登临平山堂，留下著名的词篇。"新愁分付广陵潮"，"广陵"：古代扬州的又一名称。山水苍茫，飞鸿声断。古往今来，曾有才华横溢的名臣被贬至广陵，还有民族英雄在此壮烈捐躯，想起他们，新愁涛涌，如同广陵的长江潮水，奔腾翻滚。史可法的衣冠冢就在扬州北郊的梅花岭。十七年前，清顺治二年（1645）五月，史可法在扬州率领军民抵抗清军，城陷后以身殉国，清军在扬州屠城十日，给年少时的作者留下无法抹去的记忆。

词人写此组词之后仅两年，他与诸多名士在扬州另有春游，作《冶春绝句》组诗二十首。其中第十三首为缅怀史可法之作："当年铁炮压城开，折戟沉沙长野苔。梅花岭畔青青草，闲送游人骑马回。"不难理解，作者这一次与友人在扬州西北城郊赏景怀古，想到远处的平山堂，他必然也会想到梅花岭，想到民族英雄史可法。与第一首中明写隋炀帝迥然不同，这首《浣溪沙》中的怀古之叹笔法含蓄，意味深长，其中隐含着词人对欧阳修、苏轼以及史可法的怀念，这三位皆是词人心目中仰慕的历史人物。

王士禛提倡诗词"神韵说"，追求古澹清远的意境。他在《渔洋诗话》中说："诗如神龙，见其首不见其尾，或云中露一爪一鳞而已，安得全体。"这两首《浣溪沙》是他词篇中的杰作，突出地体现了他的词风。词中以疏朗的笔调描绘清丽的景致、闲暇的游情；同时又若明若暗地抒发怀古的幽思，往事魂销，新愁如潮，悠长而令人怆然。这两首词作展现了一种豁达而又深邃的境界，具有非凡的思想深度和艺术魅力。

11. 浣溪沙 ［清］纳兰性德

谁念西风独自凉？萧萧黄叶闭疏窗。
沉思往事立残阳。

被酒莫惊春睡重，赌书消得泼茶香。
当时只道是寻常。

这是纳兰的一首悼亡词。纳兰二十岁时与十八岁的卢氏成婚，婚后二人伉俪情深。不幸的是，三年后卢氏因难产而离世。后来，词人续娶官氏，两人也相亲相爱，但多情伤感的纳兰对前妻的思念刻骨铭心，伴随终生，写下了数十首怀念亡妻之词，这首《浣溪沙》是其中著名的词作之一。

上片书写丧妻后的孤独凄凉。"谁念西风独自凉?"西风习习,独自承受着秋天的清冷,还有谁再向我问寒问暖呢?"凉",是天气,更是词人的心境。"萧萧黄叶闭疏窗",窗外,秋风吹落叶萧萧作声,嘈杂刺耳;室内,镂花的窗户紧紧地关闭,生怕寒风侵入,更将自己孤寂的心灵紧紧封闭。夕阳惨淡的余辉透过"疏窗",照入幽暗的房间。词人独自悄然伫立在空荡荡的屋中,默默地沉入往事的追忆。王国维在《人间词话》里精辟地指出:"一切景语,皆情语也。"上片中,"西风"、"黄叶"、"疏窗"、"残阳",四种平常的自然景观,衬托出词人孤单悲凉的心情。

下片述说沉思中忆及的寻常往事。"被酒莫惊春睡重","被酒":中酒,醉酒。春天,词人习惯在午饭小饮,酒后沉沉入睡,妻子总是让家人莫要惊动他。平日亡妻对他体贴入微,关爱备至,可见一斑。这一联的下句"赌书消得泼茶香","消得":享受。此句引用了北宋女词人李清照夫妇生活的故事。李清照在《〈金石录〉后序》中曾记载与丈夫赵明诚赌书逗乐的情景,文中说:"余性偶强记,每饭罢,坐归来堂,烹茶,指堆积书史,言某事在某书、某卷、第几叶、第几行,以中否,角胜负,为饮茶先后。中,即举杯大笑,至茶倾覆怀中,反不得饮而起。"纳兰在词里用"赌书"、"泼茶"的游戏之典,描绘他和卢氏生前充满欢乐的恩爱生活,两人逸兴雅趣、情投意合。生动的词句,深切地表达了词人对这位贤能聪慧、才情出众亡妻的无比怀念。往事历历在目,作者分外悲伤。"当时只道是寻常",作者像是自言自语,又像在对天上的妻子说话:你在身边时,这些都是日常生活中不起眼的事,从没有介意,如今方知那时我是何等的幸福!寻常之事,寻常之情,寻常生活之中流淌的关爱,才是最温馨、最珍贵的爱情!结句,轻轻地一叹,深深的眷念。这一质朴的经典之句,是词人纳兰深切的感受,同时也道出了无数平民百姓对离世亲人的怀念,尤为打动人心。

这首《浣溪沙》和纳兰的其他词一样，是他的真情、他的心声，纯真自然，毫无矫饰。在写作特点上，这首词下片着重写两人婚后平常的甜美生活，与上片前妻离世后个人的孤寂形成强烈的反差，深化了艺术的感染力。全词平白如话，凄情深婉，真切地倾诉了作者对亡妻的哀思。

12. 浣溪沙 ［清］纳兰性德

残雪凝辉冷画屏，落梅横笛已三更。
更无人处月胧明。

我是人间惆怅客，知君何事泪纵横。
断肠声里忆平生。

这首小令是纳兰脍炙人口的词作之一。一个清冷空寂的寒冬之夜，茕茕孑立的词人在书房里徘徊，远处传来哀怨的笛声，触动了他多愁善感的情怀，抚思人生，凄然泪下。于是，他提笔写下此首《浣溪沙》。

上片书写夜间的景况。"残雪凝辉冷画屏"，"冷画屏"：取自唐杜牧七绝《秋夕》之句"银烛秋光冷画屏"。窗外，庭院里的残雪凝含着月华的清辉，映入书房，为屏风上的彩画抹上一层暗淡幽冷的色调。"落梅横笛已三更"，夜阑人静的三更时分，耳边传来古笛《梅花落》的声音，凄怨沉悠，如诉如泣。"落梅横笛"，精练地化用北宋晏几道《虞美人》的词句："倩谁横笛倚危阑，今夜落梅声里、怨关山。"上片前两句描写环境，点明地点、时间，以及所见和所闻。第三句"更无人处月胧明"，更有那远远的一片悄然无人之处，月色朦胧，若明若暗。承上启下，引出下片写人，唯有作者一人在这深幽寂寥的冷月之下沉于幽思。

下片作者倾诉凄楚的内心世界。"我是人间惆怅客"，夜深沉，词人伫立在书房的窗前，面对空茫冷寂的月色而一声太息：人世间，芸芸众生，我是一个孤苦忧伤、生命短暂的过客。何以如此伤感？"知君何事泪纵横"，我知道"君"为何事而泪水纵横。作者自言自语，对自己发问，"君"是他本人。词的最后一句自己给出回答："断肠声里忆平生。"在《梅花落》令人愁肠寸断的笛声中，回忆自己忧忧寡欢的人生，黯然神伤，泪如雨下。"断肠声"对应着上片的"落梅横笛"，引自杜甫《吹笛》："吹笛秋山风月清，谁家巧作断肠声。"

整首词在"忆平生"中结束，留下空白的人生细节。作者出生在满族豪门世家，家族与皇室沾亲带故，父亲明珠是康熙的重臣，他个人深得康熙的赏识，任康熙随身侍卫。然而，纳兰却有伴君如伴虎之感，"惴惴有临履之忧"（严绳孙《成容若遗稿序》），不愿走仕途之路。正如顾贞观为纳兰词集《饮水词》所撰的序中之言："非文人不能多情，非才子不能善怨。"纳兰是一位多情的文人，善感的才子，生命中唯有爱情和友情。二十三岁，爱妻卢氏难产突然离世，给他致命的打击。他的好友顾贞观、严绳孙、朱彝尊、陈维崧等，均是才华出众、人品高洁的君子，宁愿落魄、不肯落俗的江南布衣文人。纳兰为人正直善良，仗义疏财。他曾为营救素不相识的吴兆骞而竭尽全力，纳兰常常在梦中还在惦记着每一位朋友的遭际。

"我是人间惆怅客"，这是纳兰的自题小像。

这首词是纳兰真情的直白，如王国维对纳兰词所评："以自然之眼观物，以自然之舌言情。"（《人间词话》）婉丽凄清，深挚痛切，充溢着悲情之美，动人心扉。结构上，上片写景，为下片营造一个清寒凄美的氛围。下片抒情，直抒愁肠，却丝毫没有任何具体的平生之事，留下无穷的想象空间。同时，化用前人诗词，信手拈来，不着痕迹，足见作者深厚的文学造诣。

13. 浣溪沙 ［清］王国维

掩卷平生有百端，饱更忧患转冥顽。
偶听啼䴗怨春残。

坐觉亡何消白日，更缘随例弄丹铅。
闲愁无分况清欢。

王国维，一位生活在近代与现代之交的国学大师，手不释卷，著作丰厚，为中华民族留下了广博精深的文化遗产。他的一生主要在书斋里度过，而他的内心却激荡着时代变迁的风云，伤时忧世，难以自拔。他的多首词篇倾诉个人迷惘与悲观的心情，这首《浣溪沙》是其中的代表之作，大约写于 1908 年。

上片抒写词人感伤身世。"掩卷平生有百端"，合上书卷，细想自己人生的经历，百感交集。在 1906 年至 1908 年的三年里，父亲、妻子以及从小养育他的继母相继离世，给刚进入而立之年的作者莫大的精神创伤。晚清政府风雨飘摇，列强入侵，变法失败，民不聊生。家事、国事、天下事，事事关心，事事令人愁肠寸断。词人不得不将大量时间和主要精力沉于书斋，潜心钻研学问，著书立说。然而，他却无法安心、无法专注。"饱更忧患转冥顽"，"更"：经历，阅历；"冥顽"：顽固，固执。在饱经忧患之后，性格变得冥顽不化，更加执着于君主立宪的政治理念，希望却越来越渺茫。"偶听啼䴗怨春残"："䴗"，即鹈䴗，子规，杜鹃。终日在书房里读书写作，几乎忘了时日。偶然听见子规的哀鸣，才知道春天就要消逝，禁不住独自悲伤。韶华流逝，国运衰微，词人对自己的未来、国家的前途，充满着悲观情绪。

下片承接上文，直书词人当下的景况。"坐觉亡何消白日，更缘随例弄丹铅。""坐觉"：正觉，深感；"消"：消磨；"丹铅"：丹砂和铅粉，古人用于校勘文字。越来越感到没有什么办法能消磨漫长的时光。无可奈何，只好随着惯例，使用丹铅校勘经典古书，从事文史研究，打发时间，排遣痛苦。言外之意，隐隐地吐露出他之所以每天埋头于古书堆，并非完全出于心愿，实乃生不逢时、怀才不遇，不得已而为之。最后，词人发出沉痛的哀叹，"闲愁无分况清欢"。我连闲极无聊的愁绪都无缘分去享受，哪来还有什么闲情逸致的清欢！孤独之极，忧郁之极。结尾与词首相呼应，"平生有百端"，而无半点"清欢"，无人知晓，无人理解。

作者是词学名家，他在《人间词话》中提倡词作的境界之说，并特别指出："境非独谓景物也。喜怒哀乐，亦人心中之一境界，故能写真景物、真感情者，谓之有境界，否则谓之无境界。"这首词写的就是"真景物真感情"。委婉含蓄的寓意，抒发感情的直白，吐露出词人孤寂愁苦的悲凉心境，展现了这位饱学之士忧国忧民的内心世界，感情真挚，笔力厚重。

浪淘沙　浪淘沙慢

词牌《浪淘沙》及
《浪淘沙慢》简介

　　《浪淘沙》唐教坊曲名，后用为词牌名。又名《浪淘沙令》、《卖花声》、《过龙门》等。原为小曲，单调二十八字。四句三平韵，即为七言绝句。白居易词有"却到帝乡重富贵，请君莫忘浪淘沙"句，刘禹锡作《浪淘沙》属此体。南唐李煜始作《浪淘沙》双调小令，五十四字，平韵。宋人更有人在上片或下片起句增减一二字，并用仄韵。

　　《浪淘沙》有多种格体，南唐李煜所作《浪淘沙令》为主要格体。

　　以下列出《浪淘沙》格律常见的两种格体与范例。

　　格体一，双调，五十四字，上、下片各五句、四平韵。范例，五代李煜词：

> 帘外雨潺潺，春意阑珊。
> 中仄仄平平，中仄平平。
> 罗衾不耐五更寒。
> 中平中仄仄平平。
> 梦里不知身是客，一晌贪欢。
> 中仄中平平仄仄，中仄平平。
>
> 独自莫凭栏，无限江山。
> 中仄仄平平，中仄平平。
> 别时容易见时难。
> 中平中仄仄平平。

流水落花春去也，天上人间。

中仄中平平仄仄，中仄平平。

　　格体二，单调，七言绝句式，二十八字，三平韵。范例，唐刘禹锡词：

汴水东流虎眼文，清淮晓色鸭头春。

中仄平平中仄平，中平中仄仄平平。

君看渡口淘沙处，渡却人间多少人！

中平中仄中平仄，中仄平平仄仄平。

　　《浪淘沙慢》，柳永创制，由《浪淘沙》演化而来，一百三十三字，仄韵，并且是入声韵。

　　《浪淘沙慢》的格体，上片九句、四仄韵，下片十六句、五仄韵。范例，北宋柳永词：

梦觉、透窗风一线，寒灯吹息。

仄仄、仄平平仄仄，平平平仄。

那堪酒醒，又闻空阶，夜雨频滴。

平平仄仄，仄平平平，仄仄平仄。

嗟因循、久作天涯客。

平平平、仄仄平平仄。

负佳人、几许盟言，更忍把、从前欢会，陡顿翻成忧戚。

仄平平、仄仄平平，仄仄仄、平平平仄，仄仄平平平仄。

愁极。

平仄。

再三追思，洞房深处，几度饮散歌阑，

仄平平平，仄平平仄，仄仄仄仄平平，

香暖鸳鸯被，岂暂时疏散，费伊心力。

平仄平平仄，仄仄平平仄，仄平平仄。

嬲雨尤云，有万般千种相怜惜。

仄仄平平，仄仄平平仄平平仄。

到如今、天长漏永，无端自家疏隔。

仄平平、平平仄仄，平平仄平平仄。

知何时、却拥秦云态，

平平平、仄仄平平仄，

愿低帏昵枕，轻轻细说与，

仄平平仄仄，平平仄仄仄，

江乡夜夜，数寒更思忆。

平平仄仄，仄平平平仄。

《浪淘沙》及《浪淘沙慢》
历代佳作八首

1. 浪淘沙　[五代] 李煜

帘外雨潺潺，春意阑珊。

罗衾不耐五更寒。

梦里不知身是客，一晌贪欢。

独自莫凭栏，无限江山。

别时容易见时难。

流水落花春去也，天上人间。

李煜于宋太祖开宝九年（976）正月被俘到北宋京都汴梁（今开封），死于宋太宗太平兴国三年（978）八月。这首词写于他去世前不久，抒发作为亡国之君的囚徒之悲，以及对故土的思念之痛，哀婉凄绝。

上片以倒叙的写法，先写梦醒再写梦中。"帘外雨潺潺，春意阑珊。罗衾不耐五更寒。""潺潺"：雨声；"阑珊"：衰残，将尽。薄薄的丝绸被褥挡不住凌晨五更的寒冷。醒来，窗外春雨潺潺不断，春色衰败零落。词人被囚禁已两年，在惨淡中度日如年，承受煎熬。"梦里不知身是客，一晌贪欢。""一晌"：片刻。追忆梦里的情景，忘记了自己已沦为阶下囚，仿佛还在故国雕栏玉砌的皇宫里享受着片刻的欢娱。梦中醒来，愈加悲伤。

下片直接书写绝望的心情。"独自莫凭栏，无限江山。"莫要独自一人倚着栏杆眺望远方，南唐大好的"无限江山"已经看不见了。词人愁肠寸断，与故国离别容易，再相见已无可能，何必独自凭栏呢！"别时容易见时难"，早在李煜之前就有类似的日常生活之语。曹丕在《燕歌行》中说"别日何易会日难"，用于亲友之间。南唐后主将它化为见不到故土的伤痛。"流水落花春去也，天上人间。"词人哀叹自己的命运，昔日一国之君，如今阶下之囚，差别之巨宛若天上人间。春天，随着流水落花消失了。呼应上片的"春意阑珊"，隐示着词人已经意识到来日无己。

李煜，是一位率真而又任性的诗人，亡国丝毫没有改变他的率真和任性。囚禁，改变了他的地位和命运，却改变不了他的个性。身为囚徒的他依然毫无顾忌、毫无掩饰地写他的词，抒他的情。整首词以凄景衬托悲情，梦里的欢乐对比现实的哀伤，语浅意深，一唱三叹，低回凄绝，是南唐后主的血泪之作，更是千古名篇。北宋蔡绦《西清诗话》记："每怀故国，且念嫔妾散落，郁郁不自聊。尝作长短句云'帘外雨潺潺'云云，含思凄婉，未几下世。"

2. 浪淘沙慢　［北宋］柳永

梦觉、透窗风一线，寒灯吹息。

那堪酒醒，又闻空阶，夜雨频滴。

嗟因循、久作天涯客。

负佳人、几许盟言，更忍把、从前欢会，陡顿翻成忧戚。

愁极。

再三追思，洞房深处，几度饮散歌阑，

香暖鸳鸯被，岂暂时疏散，费伊心力。

殢雨尤云，有万般千种相怜惜。

到如今、天长漏永，无端自家疏隔。

知何时、却拥秦云态，

愿低帏昵枕，轻轻细说与，

江乡夜夜，数寒更思忆。

　　柳永是第一位对宋词进行大胆革新的词人，他也是两宋词坛创制词调最多的人，尤其致力于慢词的创新，《浪淘沙慢》是其中的一个范例。唐五代时《浪淘沙》仅有二十八字的单调以及五十四字的双调两种，皆为小令。柳永的这首《浪淘沙慢》扩展为一百三十三字的长调。它的题材是常见的羁旅之思。由于篇幅的增大，客旅之人的叙事与情思展现得淋漓尽致，层次分明，感情充溢。

　　上片写梦醒时的忧愁。"梦觉、透窗风一线，寒灯吹息。"梦中醒来，一缕寒风透过窗缝，将暗淡的烛灯吹灭。酒醒影单，孤寂凄凉，深夜里又听见雨水落在窗外的石阶上，点点滴滴，淅淅沥沥，引起绵绵不尽的离愁别恨，更让人难以承受。"嗟因循、久作天涯客。""因循":迟延。可叹自己滞延在漂泊之中,长期沦落天涯,身心疲惫。辜负了曾经与佳人的山盟海誓,自己怎么会忍心将从前相聚的欢娱,突然全变成了眼下彼此分离的忧伤与悲戚。内心深感有负于恋人的一番情意,自怨自艾自责,而又无可奈何。

下片先追忆往昔愉悦的情事。愁苦之极,一次次地回忆往日的欢乐。"洞房深处,几度饮散歌阑。""阑":停止,终了;一曲结束。在洞房深处,多少次对酒畅饮、开怀欢歌。从词意中可知,主人公所思的佳人是一位侍宴歌妓,他们相爱已久。在温暖的鸳鸯被里缱绻缠绵,那时即便短暂的分离也不曾想到,不愿耗费你半点的心力。"㵎雨尤云,有万般千种相怜惜。""㵎":滞留。两情相悦,云雨之欢,千种情,万般爱,互相依恋,互相怜惜。昔日甜蜜的恩爱,何等迷人,纵然浪迹天涯,也从未忘却。

然后回到眼前、浮想将来。"到如今、天长漏永,无端自家疏隔。"看如今,长夜难眠,漏壶水滴不断,悔不该当初自己轻率地远行,造成两地相隔。在一起的时光是那样的甜美,岂能甘心眼下的"疏隔",转而畅想日后重逢的情景。"知何时、却拥秦云态","秦云":秦楼云雨,秦楼是秦穆公为其女弄玉所建的闺楼,弄玉与丈夫萧史在楼中吹箫引凤,后两人乘凤飞去;诗词中常泛指歌舞场所或妓馆。不知何时方能重聚,到那时,我俩在闺楼纵情欢爱,放下帏帐,玉枕亲昵。我要轻轻地向你细说:"江乡夜夜,数寒更思忆。"在寒江水乡的每一个深夜,我辗转难眠,数着更声,默默地思念着你。相思绵绵,何时才能相会呢!

这首《浪淘沙慢》思情缠绵悱恻,词句艳丽华美。在写法上,布局精致,从现在回忆过去,再返回当下,进而想象未来,逐次描绘,词情不断地推向高潮,极尽渲染之笔墨,形成强烈的感情色彩和艺术效果。

3. 浪淘沙　[北宋] 欧阳修

把酒祝东风，且共从容。
垂杨紫陌洛城东。
总是当时携手处，游遍芳丛。

聚散苦匆匆，此恨无穷。
今年花胜去年红。
可惜明年花更好，知与谁同？

　　这首词作于宋仁宗明道元年（1032）春，词人与好友梅尧臣等在洛阳城东故地重游，有感而作。全词借赏花，抒发人生聚散无常的感叹，表达对友情的珍惜。写法新颖，蕴意悠长。

　　上片由今年春游重温去年赏花。"把酒祝东风，且共从容。"酒宴上，举杯祝愿春风放慢步伐，不要匆匆而去，请春风与我们一道从容不迫地赏景观花。"垂杨紫陌洛城东。总是当时携手处，游遍芳丛。""紫陌"：紫色土铺成的路，在洛阳郊外；"洛城"：洛阳。春光明媚，东风吹拂，洛阳城东的紫路两旁垂柳婆娑。这是去年携手同游之处，今年再次游遍姹紫嫣红的繁花园林，不负春光，不负重逢。词中省略了筵席上志同道合的朋友们推心置腹、觥筹交错的景况，着墨于描写惜春惜时、同游赏花的情致。

　　下片由今年欢聚想到未来。"聚散苦匆匆，此恨无穷。"好友之间的相聚和分别总是那样的匆匆，无法满足自己"从容"的心愿，心中的遗恨无穷无尽。词的最后三句，惜别之意格外具体，感伤之情愈加深沉。"今年花胜去年红。可惜明年花更好，知与谁同？"今年的花丛比去年尤为繁茂、尤为鲜艳。明年的万紫千红会比今年更加美好，可惜的是，不知那时将与谁同游共赏了。今年花好，朋友相聚匆匆，甚是遗憾，但毕竟尚可一起游赏。明年即便花更好，彼此能否重逢都难以预料了。淡语之中含着不尽的感伤，人生无常，情谊珍贵。

全词以三年的花为主线，加以比较，层层递进，花儿越来越美，惜别之情越来越重，表达了作者对朋友真诚的深情厚谊。近代知名学者俞陛云评此词："因惜花而怀友，前欢寂寂，后会悠悠，至情语以一气挥写，可谓深情如水，行气如虹矣。"（《唐五代两宋词选释》）同时，这首《浪淘沙》体现了欧阳修疏放深婉的词风。

4. 卖花声 ［北宋］张舜民

题岳阳楼

木叶下君山，空水漫漫。
十分斟酒敛芳颜。
不是渭城西去客，休唱《阳关》。

醉袖抚危阑，天淡云闲。
何人此路得生还？
回首夕阳红尽处，应是长安。

张舜民，北宋画家、诗人，曾任监察御史，为人刚直。因元祐党争，宋神宗元丰五年（1082）十月，他被贬谪至湖南郴州。在贬迁途中，他登临岳阳楼，有感而发，作此词。这首《卖花声》是题咏岳阳楼的词中颇有影响的杰作。

上片抒发悲凉的感慨。"木叶下君山，空水漫漫。""君山"：又名湘山、洞庭山，洞庭湖中的一座岛山，因舜的二妃湘君、湘夫人葬于此而得名。词的这一首句化用屈原《九歌·湘夫人》的"袅袅兮秋风，洞庭波兮木叶下"之意，萧瑟凄凉。登临岳阳楼，纵目远眺，霜天千里，远处君山落叶萧萧，洞庭湖上的苍茫天空与碧水一色，浩浩渺渺。

词人回到楼内独自饮宴，歌女对他深表敬意，将酒斟满，神情肃敬地为他端上，并请他点一支歌。"不是渭城西去客，休唱《阳关》。"这两句寓意深沉。阳关：古代的一处边关，今甘肃敦煌西南。《阳关》即《阳关三叠》，是根据唐代王维《送元二使安西》诗谱写的歌曲，苍凉悲壮，其辞："渭城朝雨浥轻尘，客舍青青柳色新。劝君更尽一杯酒，西出阳关无故人。"所写送别的情景，与眼下岳阳楼饯别有相似之处。此刻词人对歌女说：我不是当年王维渭城送别的西去之客，请不要为我唱悲凉的《阳关三叠》。即将远赴蛮荒的谪居之地郴州，词人回想自己的遭遇，悲愤而又刚强。宋神宗元丰四年十月，北宋发动对西夏之战，张舜民被派到前线，他深知战况的实情，反对这场战争。最后，此战以惨败而告终。但是，他的反战诗被打成"谤诗"，他被贬放。从词中四、五两句，可以品味出他的不屈和愤慨。

下片写词人酒后倚栏远眺。"醉袖抚危阑，天淡云闲。"从宴席走出来，几分酒意，抚倚着高高的栏杆，极目南望，楚天清淡，闲云舒卷。"醉袖"与上片"十分斟酒"相呼应，词人多么希望在醉酒之中得以放松和释怀。然而，陡然清醒，在岳阳楼短暂的停留之后就要继续上路。"何人此路得生还？"古往今来，不知多少谪客经过岳阳楼，沿着这条路流徙至大雁飞不到的郴州，有去无回！沉重的历史，残酷的现实，词人仰天怆然！最后，作者目光转向北方："回首夕阳红尽处，应是长安。""长安"：唐代首都，这里意指北宋京都汴京。这两句化用白居易《题岳阳楼》的诗句"夕波红处近长安"，但赋予新意。回首北望，夕阳绚烂之处，应该是京城汴梁吧！词人依然一片忠心，忧国忧民，对朝廷怀着期待。

　　全词以景寓情，起伏跌宕，张弛有致，表达了内心世界真实的复杂感情。悲愤而不颓唐，发配至偏远之地，仍对人生满怀希望。在写法上，多处化用前人的诗句，换以新意，了无痕迹。同时，将自己的命运与历来的迁客联系在一起，词情愈加深沉悲壮。

5. 浪淘沙　［明］杨慎

> 春梦似杨花，绕遍天涯。
>
> 黄莺啼过绿窗纱。
>
> 惊散香云飞不去，篆缕烟斜。
>
>
> 油壁小香车，水渺云赊。
>
> 青楼珠箔那人家。
>
> 旧日罗巾今日泪，湿尽铅华。

　　杨慎，著名文学家、学者及官员，被称为明代三才子之首。明世宗嘉靖三年（1524），三十七岁时因皇统问题的政治争论，违背皇帝意愿，受廷杖，被谪戍云南永昌，居滇三十余年，最终客死昆明。在滇南漫长的流放生活中，他寄情山水，潜心著述，体恤百姓，不忘国事，始终没有消沉颓废。这首词便作于此期间，题材为闺妇情思，从中可以领略他华美的文采和丰富的情感。

　　上片描写佳人梦中与梦醒的景况。"春梦似杨花，绕遍天涯。""春梦"即缠绵的相思之梦。作者情飞神游，好似漫天飞舞的柳絮；思念之情，魂牵梦绕，飞遍天涯海角。"黄莺啼过绿窗纱"，一只美丽的黄莺，啼声清脆婉转，飞过绿窗纱，打破了女主人的好梦。朦胧的梦境，绮丽的环境，弥漫着淡淡的忧伤。这几句与苏轼以下词句有异曲同工之妙："梦随风万里，寻郎去处，又还被、莺呼起。"（《水龙吟·次韵章质夫杨花词》）而杨词具有自己的独特风格和韵味。"惊散香云飞不去，篆缕烟斜。""香云"：女子的云鬓；"篆缕"：盘香的轻烟，篆为盘香的喻称，盘香形状如篆字回旋。女子被黄莺惊起，云鬓松散，神态慵懒，叹自己不能像鸟儿自由飞翔，飞到恋人的身旁。屋内幽暗空寂，唯有盘香轻烟袅袅。景中勾画出闺妇的孤寂和思愁。

下片从被思人的角度，改为男方的口吻，书写双方思念之苦。"油壁小香车，水渺云赊。""赊"：远。那年春天，她乘着桐油涂饰的香车，我在车旁骑着骏马，到郊外野游。如今，欢乐的时光犹如逝水一样渺茫、流云一样遥远。其中隐化了南朝徐陵所编《玉台新咏》诗歌集里《钱塘苏小歌》的诗句："妾乘油壁车，郎骑青骢马。"旅客他乡的男子无比眷恋地回忆着"青楼珠箔那人家"。"珠箔"：即珠帘。青色的豪华楼房，缀着珠宝的门帘，那户人家就是佳人居住的地方。词的最后，男子惦念着他的情人，心想，此时她一定正在那座青楼里流着相思的泪水。"旧日罗巾今日泪，湿尽铅华。"痴情的佳人泪流满面，湿透了涂妆的胭脂，正用他旧日赠送的罗巾，揩拭婆娑的泪水。男女双方情深意重，彼此深深地沉入离情别绪的痛苦之中。

清代文学家毛先舒评杨慎词"有沐兰浴芳、吐雪含英之妙"（《诗辩坻》），所评极是。这首词构思精妙，语言华丽典雅，词情凄美伤感。男女相爱题材的历代词作不胜枚举，此词因其艺术的魅力备受青睐。清代陈廷焯评之："此词绝沉至。"（《词则·闲情集》）

6. 卖花声 ［清］朱彝尊

雨花台

衰柳白门湾，潮打城还。

小长干接大长干。

歌板酒旗零落尽，剩有渔竿。

秋草六朝寒，花雨空坛。

更无人处一凭栏。

燕子斜阳来又去，如此江山。

    朱彝尊生活在明清易代之际，早期参加抗清，几遭牢狱之灾。清康熙十八年（1679）举博学鸿词，入仕。他是清初词坛领军人物之一，与陈维崧齐名。这首《卖花声》怀古伤今，蕴含深沉，是他的代表作之一。

    词题中的"雨花台"位于南京城南，是南京历史名胜之一。南京在历史上有诸多名称，明太祖朱元璋在此建都，取名为南京；明末短暂的南明王朝也在此建都。清朝将南京改名为江宁。在清初，古都南京成了敏感的城市。深秋时分，朱彝尊作为明代的遗民，登临雨花台，朝代更迭，百感交集，写下这首词。

    上片写登雨花台所见的远景。"衰柳白门湾，潮打城还。""白门"：唐代曾名金陵为白下县，其南门为白下门，即白门，旧称聚宝门，今南京中华门。"白门湾"：白门外的一段秦淮河，两岸多栽柳树。第一句暗用了李白的诗句"白门柳花满店香"（《金陵酒肆留别》），李白诗中这里到处都是繁华景象。第二句"潮打城还"则化用刘禹锡"潮打空城寂寞回"（《石头城》）。朱彝尊见到的是：白门湾柳花消失殆尽，柳树衰败枯萎，潮水仍然拍打着荒芜的空城。一个"还"字，充满着历史的沧桑，以及作者的悲叹。

"小长干接大长干。歌板酒旗零落尽，剩有渔竿。""小长干"、"大长干"：街巷名，故址在今南京雨花台到中华门外的秦淮河长干桥一带，是古代南京热闹之地，历代多有诗词，如唐代李白《长干行》、崔颢《长干曲》等。"歌板"：歌舞时击拍的打击乐器。小长干、大长干地带，依然街道纵横交错，小巷连接着大街。如今歌舞音乐荡然无存，酒店饭庄倒闭歇业，一片萧条冷落，没有游客，只剩下秦淮河岸边一两个渔翁在垂钓。

下片由远景拉回近处雨花台。"秋草六朝寒，花雨空坛。"雨花台，相传六朝梁武帝时，有位云光法师在此讲经，上天为之感动而落花如雨，故得此名。六朝时期相继在建康（今南京）建都，那时雨花台人群熙攘、香火旺盛，眼下遍地长满了衰败萎靡的秋草，只留下空荡荡的云光法师讲经的台坛。下片的第一句颇有王安石《桂枝香》中"六朝旧事随流水，但寒烟、衰草凝绿"的意境。

王朝兴亡，历史无情，令词人无比感慨。"更无人处一凭栏。燕子斜阳来又去，如此江山。"只能在悄无人处独自凭栏纵目，俯仰古今，让自己无以言状的思绪随着天空的燕子，在惨淡的夕阳下回旋飘荡。时过境迁，物是人非，唯有这苍苍莽莽的江山，亘古永恒！在朱彝尊之前，南唐后主李煜写下切身之痛的"独自莫凭栏，无限江山"（《浪淘沙》），唐代诗人刘禹锡道出怀古之叹的"旧时王谢堂前燕，飞入寻常百姓家"（《乌衣巷》）。这首词的最后三句，作者将李、刘二人的诗句凝聚在一起，并加以演化与创新，抒发自己内心深处的悲凉和哀伤。

词人曾经对明朝忠心耿耿，面对江山易主的无情现实，他的悲痛尽在这首词里。全词以描写雨花台所见的秋景为主，萧索、零落、凄寒、苍凉，以景托情，亦景亦情，笔力遒劲，感情沉郁。

近代词人谭献评之："声可裂竹。"(《箧中词》) 在笔法上，这首《卖花声》充分体现了朱彝尊所崇尚的清空醇雅的词风。词中多处化用历代名人在江宁写下的诗词名句，浑然一体，了无痕迹，足见作者广博的文学功底和精湛的艺术造诣。

7. 浪淘沙 ［清］龚自珍

写梦

> 好梦最难留，吹过仙洲。
> 寻思依样到心头。
> 去也无踪寻也惯，一桁红楼。
>
> 中有话绸缪，灯火帘钩。
> 是仙是幻是温柔。
> 独自凄凉还自遣，自制离愁。

龚自珍是清朝中后期著名的思想家和文学家。这首《浪淘沙》是他二十岁左右时的词作，收录在他早年的词集《无著词》中。词题"写梦"，描写梦醒惆怅迷茫，追忆梦中甜蜜温存。据张一麐在《无著词选》的附记中称："《无著词》一卷，皆实事也。其事深秘，有不可言者。"可知，这首词以"写梦"寄托词人对昔日情人的怀念，时作者年龄二十岁左右。

上片抒写醒来寻梦。"好梦最难留，吹过仙洲。"美好的梦境最难留住。梦中被风吹到云雾缥缈、神仙居住的地方，在那里与佳人度过欢乐温馨的时光。其情景令人痴迷，多想把好梦留住，它却逝去，无比婉惜，眷念不已。"寻思依样到心头"，梦虽消逝，梦境尚在，恋恋不舍，在心里依照梦境，寻思回味。

"去也无踪寻也惯，一桁红楼。""一桁"：桁，梁上的横木；一桁，一座。梦已经无影无踪，但那梦境经常呈现，依此寻觅亦是常事。清楚地记得，仙洲上有一座美丽的红楼，伊人就住在那里。轻车熟路，可见词人与梦中红楼里的佳人相爱已有时日。

下片追忆梦中的欢愉，以及梦醒后的凄凉。"中有话绸缪，灯火帘钩。"第一句首字"中"意即红楼中，自然地将上下片连接在一起。在红楼中，词人与心上人情语缠绵，话儿不尽。夜晚，灯火明亮，帘钩低垂，恩爱缱绻。这两句实写两人在红楼中卿卿我我。接着，词人抒发自己的感受，"是仙是幻是温柔"。红楼中销魂的生活，就像美妙的仙境、迷人的梦幻、令人陶醉的温柔乡。红楼里的丽人，宛如风姿绰约、柔情万种的仙女，让词人一往情深。

词的最后与词首"好梦最难留"相呼应，从美梦中又回到梦醒，分外悲伤。"独自凄凉还自遣，自制离愁。"醒来佳人不在，独自一人倍加凄凉，还得自我设法排遣，自我控制离愁别绪。自艾自怨，无可奈何。

这首词虚笔"写梦"，却栩栩如生，实写作者与一位"红楼"女子的一段刻骨铭心的恋情。层次错落有致，感情诚挚深婉，境界如梦如幻。"柔情似水，佳期如梦"（秦观《鹊桥仙》），有情人未成眷属，只能在梦中重温旧情。这实在是一首凄美的佳作。

8. 浪淘沙 ［清］王鹏运

自题《庚子秋词》后

华发对山青，客梦零星。
岁寒濡呴慰劳生。
断尽愁肠谁会得？哀雁声声。

心事共疏橥，歌断谁听？

墨痕和泪渍清冰。

留得悲秋残影在，分付旗亭。

　　庚子年即光绪二十六年（1900），八国联军入侵北京，慈禧挟持光绪西逃。此年秋，王鹏运与友人朱孝臧、刘福姚聚集在北京宣武门外头条胡同寓所，相约填词，抒发感时伤世的悲痛，集成著名的《庚子秋词》二卷。王鹏运为清末词坛四大家之首，由词题可知，这首词是他为《庚子秋词》结集而作。

　　上片描述填作《庚子秋词》的历史背景和词人们的景况。起句"华发对山青"，悲壮激越。国运衰微，青山尚在，我已华发苍颜！此句化用南宋吴文英的"问苍波无语，华发奈山青"（《八声甘州·陪庾幕诸公游灵岩》），但更隐含杜甫"国破山河在"（《春望》）悲凉的深意，以及与老杜同样的凄惨心境。此时，词人已年过半百，目睹清朝政府腐败无能，戊戌变法夭折，列强入侵，忧心忡忡。"客梦零星"，客居京城，时局堪忧，无法安睡，梦不成梦。

　　"岁寒濡呴慰劳生。""濡"：湿润；"呴"：吐出，出自《庄子·天运》中的典故，"泉涸，鱼相与处于陆，相呴以湿，相濡以沫"；"劳生"：劳苦的人生。世纪之交，深秋寒夜，国家风雨飘摇，几位困于京城、经受磨难的挚友，犹如泉涸之鱼，聚在一起患难与共，互相慰藉彼此苦难的人生。我等在此，为国事愁肠寸断，书写《庚子秋词》，字字句句如同"哀雁声声"，又有谁理会呢？哀莫大于爱国之心无人理会！自哀自嘲，三位无权无势的穷书生，苦苦地深爱着自己的祖国！

　　下片具体描写填词时的情景，以及对清廷的绝望。"心事共疏橥，歌断谁听？""疏橥"：镂空雕花的灯架，意指孤灯。志同道合的朋友，心事浩荡而又沉重，围着一盏幽暗的孤灯，抒写爱国的

626

词作。赤子之心，悲歌唱断，又有谁会倾听、谁会在意？伤感，失望。"墨痕和泪渍清冰"，天寒地冻，泪水滴在诗稿上，沾着墨痕，旋而凝成清冰。满纸哀伤，情何以堪！

"留得悲秋残影在，分付旗亭。""旗亭"：酒楼。长歌当哭，无补于事，唯有在《庚子秋词》留下词人们的"悲秋残影"。天下万事，无一事可让人有丝毫的宽慰。"何以解忧？唯有杜康。"（曹操《短歌行》）只能去酒楼买酒来，在酒醉中麻醉自己，忘却"客梦"，忘却"心事"，忘却报国无门的悲怆！

王鹏运这首《浪淘沙》凝聚着《庚子秋词》词集中忧国忧民的思想感情，以及词集作者们对时局无力回天的痛心疾首，它代表着当时国家危难之际有良知的爱国之士的心声。全词感情真切浓烈，忧郁悲壮，是一首具有时代感的血泪之作。

菩萨蛮

词牌《菩萨蛮》简介

《菩萨蛮》唐教坊曲名，后用为词牌名。又名《子夜歌》、《重叠金》等。唐代俗称美女为菩萨。唐代苏鹗《杜阳杂编》记载："大中（唐宣宗年号）初，女蛮国入贡，危髻金冠，璎珞被体，号'菩萨蛮队'。当时倡优遂制《菩萨蛮》曲，文士亦往往声其词。"故知，此曲调原为外来舞曲。双调，四十四字，上下片均两仄韵转两平韵。

以下列出本词牌格律常见的主要格体与范例。

双调，四十四字，上、下片均两仄韵转两平韵。范例，唐李白词：

平林漠漠烟如织，寒山一带伤心碧。
中平中仄平平仄，中平中仄平平仄。
暝色入高楼，有人楼上愁。
中仄仄平平，中平平仄平。

玉阶空伫立，宿鸟归飞急。
中平平仄仄，中仄平平仄。
何处是归程？长亭更短亭。
中仄仄平平，中平平仄平。

《菩萨蛮》历代佳作七首

1. 菩萨蛮 [唐] 李白

　　　　平林漠漠烟如织，寒山一带伤心碧。
　　　　暝色入高楼，有人楼上愁。

　　　　玉阶空伫立，宿鸟归飞急。
　　　　何处是归程？长亭更短亭。

　　这首脍炙人口的词篇，题材为思妇眷恋远方的亲人，是中国文学史上里程碑式的作品。李白此首《菩萨蛮》和他的《忆秦娥》（箫声咽）被并称为"百代词曲之祖"（南宋黄升《唐宋诸贤绝妙词选》）。

　　全词起头两句描绘高楼远眺所见的深秋暮色。"平林漠漠烟如织，寒山一带伤心碧。"远处，广漠平坦的树林，暮霭笼罩，云烟迷蒙，如丝如织；天边，群山起伏连绵，山色凝碧，空辽苍凉，令人伤感。这两句营造了全词心事浩渺、寂寞惆怅的氛围。旋而，从远景拉到近处，由萧瑟的秋色转入思妇的阁楼。"暝色入高楼"，"暝"：日落，黄昏，天黑。一个"暝"字，色调灰暗阴沉；跟着一个"入"字，将"暝色"由旷野带入阁楼。夕阳西下，惨淡的暮色降临冷寂的高楼。"有人楼上愁"，楼上的闺妇愈加忧郁愁苦。承上启下，词情过渡到下片。

　　下片刻画思妇期盼远人归来的焦虑心情。在昏暗的傍晚，女子久久地站在光洁如玉的台阶上，翘首企盼，望眼欲穿。只见还巢的鸟儿急速回飞。离家的亲人，他在何方？词中巧妙地插入归巢的飞鸟，映衬着思妇切盼夫婿能像"宿鸟"一样，尽快地回家。缠绵的相思，徒劳的等待，失落的神情，孤独迷惘。"何处是归程？"已经得到他动身回来的消息，但他现在到了归程的何处？"长亭更短亭"，山遥水远，风餐露宿，一路上长亭接着短亭，何时方能到家。焦灼不安，惦念不已。古代在路边设有供行人休歇的亭舍，十里一长亭，五里一短亭。南北朝时期文学家庾信《哀江南赋》写有："十里五里，长亭短亭。"

这首小令，作者以精练的词句描写迷离空茫的日暮景色。平林笼烟，秋山寒碧，暝色入楼，蕴藉着女子的无限愁思；宿鸟归巢，长亭短亭，寄寓着思妇盼望郎君早日归来的急迫心情。以景托情，雄浑高远，意象万千，为千古绝唱。谪仙李白之词与其诗可谓"笔落惊风雨，诗成泣鬼神"（杜甫《寄李太白二十韵》）。

关于这首词的题材，历史上有些词家认为它是游子思归。但是，不必细说其他，单就"高楼"、"玉阶"二词，均非古代旅店客栈之景。由此可见，将这首词理解为羁旅之作不足为信。

关于这首词的作者是李白，历史上亦有非议。但更多的人，还是认为它的确出自谪仙李白。清代陈廷焯在《云韶集》中写下："唐人之词如六朝之诗，惟太白《菩萨蛮》、《忆秦娥》两调，实为千古词坛纲领。"

2. 菩萨蛮 ［唐］温庭筠

小山重叠金明灭，鬓云欲度香腮雪。
懒起画蛾眉，弄妆梳洗迟。

照花前后镜，花面交相映。
新帖绣罗襦，双双金鹧鸪。

晚唐诗人温庭筠写了十四首《菩萨蛮》，均具有相当高的艺术水准，被现代古典文学家周汝昌先生赞之为"词史上的一段丰碑"（《唐宋词鉴赏辞典（唐·五代·北宋）》），其中这一首最为著名，大约作于唐宣宗大中六年（852）前后。全词描绘了一位唐代女子醒来晨起的景况，栩栩如生，惟妙惟肖。

起首两句描写女子将醒未醒时的静态美貌。"小山重叠金明灭，鬓云欲度香腮雪。""小山"指女子的美眉，五代孙光宪有词句："玉纤（即纤手）澹拂眉山小，镜中嗔共照。"（《酒泉子》）"金"：唐代妇女用以眉际妆饰的"额黄"。早晨醒来，娇慵地躺在床上，弯弯的眉头微微颦蹙；修长柔美的鬓发蓬松散乱，半掩着雪白的面腮，眉际的额黄若隐若现。随之，描绘女主人起身梳妆的动态神情。娇懒地起床，漫不经心地描画着细长的蛾眉；慢悠悠地整理和装扮，迟缓缓地收拾与梳洗。"画蛾眉"上承第一句中的"小山"；"梳洗"承接第二句"鬓云"松散。动与静呼应，相辅相成。

下片书写梳妆后女子的活动。"照花前后镜，花面交相映。"细心地将簪花插在发间，再用两只镜子前后对照，审看簪花的位置，欣赏俏丽的容貌；人面如花，花光人面交相辉映，顾影自怜。妇女一日的女工方才开始，"新帖绣罗襦，双双金鹧鸪。"先将最新款的刺绣剪纸粘贴在丝绸的短袄上，然后精心地依照着在罗襦上刺绣图案；那"新帖"正是女主人偏爱的成双成对的金色鹧鸪。相思之情，惆怅幽怨，尽在最后的两句之中。

温庭筠的词擅长描写年轻女子的日常生活，借助景物，蕴寓人物的内心活动和细腻感情，香软秾丽，情韵兼备。这首词为其代表作之一。晚清词人陈廷焯点评："'懒起画蛾眉，弄妆梳洗迟'，无限伤心，溢于言表。"（《白雨斋词话》）当代词学家唐圭璋概括之："此首写闺怨，章法极密，层次极清。"（《唐宋词简释》）

3. 菩萨蛮 ［五代］韦庄

人人尽说江南好，游人只合江南老。

春水碧于天，画船听雨眠。

垆边人似月，皓腕凝霜雪。

未老莫还乡，还乡须断肠。

韦庄写有《菩萨蛮》组词，共五首。关于写作的背景，历代词家有不同的解说，当代中国古典文学家叶嘉莹认为："韦庄曾多年流寓江南，其《浣花集》中叙及'江南'者，大多指江浙一带。此《菩萨蛮》五首，盖为韦庄晚年寓蜀回忆旧游之作。"（《唐宋词鉴赏辞典（唐·五代·北宋）》）这一认知最为可信。这首词是其中的第二首，表达作者对江南水乡的赞美和怀念，以及在动荡年代里思乡的凄苦。

上片首二句借众人之口赞美江南。"人人尽说江南好，游人只合江南老。""只合"：应当。"江南好"是白居易名词《忆江南》的首句，岂止白居易一人如是之说。人人都说江南好，并且劝说他乡的游子应当在江南留住终老。接着，作者直抒江南之美："春水碧于天，画船听雨眠。"风光秀丽，春江碧水澄澈，胜于湛蓝的天空；生活闲适，游人住在彩绘的船上，夜间听着轻柔的细雨声进入梦乡。江南，不但有"春来江水绿如蓝"的自然景色，还有诗情画意的生活情调。"能不忆江南？"（白居易《忆江南》）

下片头两句承接上片，由描写江南自然之美、生活之美，转入女性之美。"垆边人似月，皓腕凝霜雪。""垆"：放置酒瓮的土墩；"垆边人"：卖酒的女子。《史记·司马相如列传》记载，司马相如之妻卓文君美丽动人，曾在垆边卖酒。江南酒家卖酒之女，娇美如月，光彩照人，风姿绰约犹如卓文君；洁白的手腕，凝脂如雪。景色美，生活美，更有人情美，令游子流连忘返。词人追忆迷人的江南，最后发出感叹，道出这首词的主旨："未老莫还乡，还乡须断肠。"羁客到了江南，未老切莫还乡，还乡定会后悔断肠。其中深含着双重意思，既是作者对江南深切的怀念，更是饱经乱世风雨沧桑的词人、晚年思乡而不能归乡的哀叹！

　　这首《菩萨蛮》语言清丽流畅，感情真挚委婉，寓意深幽沉郁，正如清代陈廷焯对韦庄之词的评论："似直而纡，似达而郁，最为词中胜境。"（《白雨斋词话》）

4. 菩萨蛮　[北宋] 王安石

数间茅屋闲临水，窄衫短帽垂杨里。

花是去年红，吹开一夜风。

梢梢新月偃，午醉醒来晚。

何物最关情，黄鹂三两声。

　　北宋神宗熙宁九年（1076），王安石的长子王雱病故，王安石极度悲痛，十月辞去宰相之职，退居江宁（今江苏南京），筑草堂于白塘，在城东门（今中山门）外七里，距钟山主峰亦七里，可谓半途之上，王安石将居所起名为半山园，自号半山老人。这首词是他晚年在半山园所作，抒发他的情趣与心志。

　　在词体上，它是王安石开创的集句词，即用前人的诗句编缀成词，表达自己词作的意境。后来有诸多词人效仿，如苏轼、黄庭坚、辛弃疾等。

　　词的开头两句描写半山的居所与生活概貌。"数间茅屋闲临水，窄衫短帽垂杨里。"往日身为朝廷宰相，住在雕栏画栋的豪宅，穿着锦冠革带的官服，正襟危坐在朝堂之上。而今，几座茅屋，依傍着一泓池塘，水边垂柳婆娑掩映。词人身穿窄衫、头戴短帽，悠闲地漫步其间。人生巨大的变化，满怀变法抱负的政治家，为自己安排的超然世外的精神归宿，闲适、淡泊又宁静。词的第一句直接引用唐代刘禹锡的诗句："数间茅屋闲临水，一盏秋灯夜读书。"（《送曹璩归越中旧隐诗》）信手拈来，贴切自然。

"花是去年红，吹开一夜风。"一夜春风，吹开了万紫千红，花儿依然像去年一样鲜艳。然而，"年年岁岁花相似，岁岁年年人不同"（唐代刘希夷《代悲白头翁》）。词中第三句出自唐代殷益《看牡丹》的"发从今日白，花是去年红"。词人发出与唐代两位诗人同样的感慨，时光流逝，物是人非，人生易老，壮志未酬。王安石是一位看淡个人荣辱的士大夫，他心系的是国家盛衰兴亡，赋以心血、满怀希望的变法最终失败了，不胜惋惜和遗憾。

下片的前两句顺延上片的词情："梢梢新月偃，午醉醒来晚。"中午醉饮，进入梦乡，长长地睡了一觉。傍晚醒来，所见不是一轮皎洁的明月，而是挂在树梢的一钩昏暗的新月，意味深长。无官一身轻，没有朝政公务缠身，起居随意，生活悠闲。旷达之中，尚有几许对时政的关切和忧虑，抹不去，割不断。第五句出自唐代文豪韩愈的"点点暮雨飘，梢梢新月偃"（《南溪始泛》）；第六句则引用唐代诗人方械的"午醉醒来晚，无人梦自惊"（《失题》）。

王安石胸怀坦荡，"不在其位，不谋其政"（《论语·泰伯》）。已是下野之人，洁身自好，自寻慰藉。词的最后："何物最关情，黄鹂三两声。"作者自问自答，人世间何物最让人动情，是那黄鹂自得其乐的脆鸣声。它表白了作者的个性与心志，寄情于栖息在树丛深处的黄鹂，超脱宦海，远离尘嚣，傲然于世，在纯朴的大自然中寄托闲情逸兴，安度余生。

这首词清淡高远，素雅深婉，体现了作者的士人风骨和高雅情趣。在艺术上，这首八句的小令，其中有四句直接引用唐诗的佳句，变诗为词，协律入韵，浑然一体，不着痕迹，精妙地表达了作者自己的词情词意，展现了词人渊博的才学和非凡的独创力。它为宋词创立了"集句词"这一新的艺术形式，并提供了一首具体的范例。

5. 菩萨蛮　［北宋］苏轼

回文，夏闺怨

柳庭风静人眠昼，昼眠人静风庭柳。

香汗薄衫凉，凉衫薄汗香。

手红冰碗藕，藕碗冰红手。

郎笑藕丝长，长丝藕笑郎。

回文，是中国诗歌的一种特有的文体，诗词中的字句可以前后回旋往返，均成为正式的诗歌。回文诗，是可以倒读的诗，相传起于前秦秦州刺史窦滔之妻苏蕙的《璇玑图》。南宋学者、陆游外甥桑世昌编辑《回文类聚》四卷，收录了大量的回文作品。

宋词中回文体之作甚少，《东坡乐府》中有七首。苏轼因"乌台诗案"被贬，他于宋神宗元丰三年（1080）二月初一抵达黄州，家眷于五月二十九日到达。同年冬至后，没有多少公务与农活，他作《四时闺怨》四首《菩萨蛮》回文词，春夏秋冬各一首，以排遣郁闷。这四首皆为回文诗词中的精品，十分珍贵，此首"夏闺怨"是《四时闺怨》中的第二首。

苏轼这首回文词，在结构上两句一组，下句为上句的倒读，而不是通常回文诗整首倒读。上片写夏日闺中女子午睡的情景，下片写女子醒后对情郎的怨意。构思精巧，语言优美，情景交融。

起首两句着重描写幽静的景况："柳庭风静人眠昼，昼眠人静风庭柳。"盛夏的午时，风和日丽，庭院柳枝低垂，闺妇进入梦乡；当女子安静地熟睡时，微风吹动着庭院的柳条。两句中同一个"静"字，上句是"风静"，下句为"人静"。随之的两句刻画昼眠中的佳人："香汗薄衫凉，凉衫薄汗香。"轻风吹拂着美女肌肤上的香汗，薄薄的衣衫让她感受着凉爽宜人；凉爽的衣衫透出身体清幽的汗香。前一句身着"薄衫"，点出夏日的炎热；后一句"薄汗"，呈现年轻女子动人的风韵。

下片头两句书写女子醒来后的活动："手红冰碗藕，藕碗冰红手。"她那嫩红的纤手端着盛满冰块和莲藕的花碗，而这只盛满冰块和莲藕的花碗又冰凉了她嫩红的纤手。上一句的"冰"为名词"冰块"，下一句的"冰"作动词用。有些地方的古人在冬天凿冰藏于地窖，夏天用之解暑。词的最后以词题"夏闺怨"收尾："郎笑藕丝长，长丝藕笑郎。"在旁边的情郎调笑女子将藕丝拉得那么长，闺妇讥笑情郎不懂得那是自己深长的情意，郎的情还不如藕丝长，表露出内心的嗔怪与幽怨。古代常以"藕节同心"，象征情人同心永恒；"藕丝"，比喻恋人之间的情意。

一首词不但需要符合回文词的文体，而且还要遵从词的格律，已属不易。更为惊叹的是，这首词每一组回文的两句含义不同，而全词流畅自然、生动传神，形成一首韵味悠长的完美词篇。此词充分展现了苏轼超凡的驾驭文字的能力和无与伦比的才情。

6. 菩萨蛮 ［南宋］辛弃疾

书江西造口壁

郁孤台下清江水，中间多少行人泪。

西北望长安，可怜无数山。

青山遮不住，毕竟东流去。

江晚正愁余，山深闻鹧鸪。

辛弃疾这首《菩萨蛮》历来被誉为词中瑰宝。在这首简练的小令中，作者以精湛的比兴写法，抒发沉郁的爱国之情。梁启超评此词："如此大声镗鞳，未曾有也。"（梁令娴《艺蘅馆词选》）"镗鞳"是钟鼓之声。

词题"书江西造口壁"，"造口"：又名皂口，在江西万安县西南六十里。北宋靖康二年（1127）金兵侵入汴京（开封），掳徽、钦二宗北去。建炎三年（1129），宋南渡之初，金兵分东西两路大举南侵。东路追击宋高宗赵构，到浙江宁波，至大海而返；西路向江西追击隆祐太后，隆祐太后被追至造口，弃舟夜行。淳熙二年、三年（1175—1176）间，辛弃疾三十五六岁，任江西提点刑狱，驻节赣州，到访造口。词人浮想四十多年前隆祐太后被追至此的惨景，忧愤南宋朝廷偷安半壁江山，思绪涛涌，提笔于壁上，写下这首千古名词。

上片触景生情，感怀国耻，抒发忧伤。"郁孤台下清江水，中间多少行人泪。""郁孤台"：在今江西赣州城西北角，因"隆阜郁然，孤起平地数丈"（王象之《舆地纪胜》）而得名；"清江"：即赣江。郁孤台下赣江之水奔流不息，其中有多少逃难人的泪水！辛弃疾没有经历隆祐太后仓皇逃难，但他曾在敌占区浴血奋战，对金兵的残暴有着切身的体验。而今置身造口，犹如亲临当时惨不忍睹的情景，不胜悲切！更想到金兵入侵以来，无数宋朝百姓流离失所、由中原逃往江南，不知有多少行人家破人亡、流下悲伤的泪水！"西北望长安，可怜无数山。""长安"：汉唐都城，此处意即北宋首都汴京。伫立造口，北望故都，思念沦陷的中原大地。可惜重重青山遮挡了视野，无法目及。中原落入侵略者手中已经几十年，日夜魂牵梦绕，如今收复遥遥无期，悲怆不已！

下片借景抒发光复的志向，以及对政事的忧虑。"青山遮不住，毕竟东流去。"承接上片，词意回转振起。无数的青山可以遮住汴京，但是终究挡不住大江之水一往无前，向东奔流而去，敌人怎能挡住爱国之士夺回失地的夙愿。"毕竟"二字婉转而又坚定，无论如何艰难，最终必将胜利。同时，词人清醒地意识到时局的严峻以及南宋朝廷的腐败，最后沉入深深的愁绪。"江晚正愁余，山深闻鹧鸪。""鹧鸪"：鸟名，叫声凄苦。夕阳映照着赣江的流水，独立于惨淡的暮色之中，愁思绵绵；此时，耳边传来山峦深处鹧鸪凄切的哀鸣声。悲凉的爱国之情，如黄昏中滔滔的江水、暮色下巍峨的高山。为了北伐中原，自己呕心沥血，多年来写了具有战略眼光的《美芹十论》、《九议》十几篇军事论文，呈送朝廷，如石沉大海。报国之志屡受打击，所发之声，无人理会，似深山的鹧鸪哀鸣！

整首小令，以比兴手法，景中寓情，苍凉凄婉，悲壮深沉。它真切地表达了词人对宋朝南渡悲剧的哀伤，对沦落国土的深情，对南宋时事的忧虑，寄托着作者对祖国的一片赤子之情，正如明代沈际飞所评："无数山水，无数悲愤。"（《草堂诗余正集》）

7. 菩萨蛮 ［清］纳兰性德

> 问君何事轻离别，一年能几团圆月？
> 杨柳乍如丝，故园春尽时。
>
> 春归归不得，两桨松花隔。
> 旧事逐寒潮，啼鹃恨未消。

这首词作于清康熙二十一年（1682）春。康熙帝因上一年平定了长达九年之久的三藩之乱，于康熙二十一年二月，率将士数万人北上盛京（今沈阳）祭扫祖陵，并祭祀长白山，同时显示武威，安抚天下。时纳兰性德二十八岁，身为一等侍卫随驾而行。词的上片描写思家之情，下片抒发内心深处的忧伤。

"问君何事轻离别，一年能几团圆月？"起首反问自己，为了何事轻易地与妻子离别。明知故问，明明知道自己身为一等侍卫，随皇帝出巡，但极不情愿，不得已而为之。第二句进一步问自己，一年中能有多少时光与家人团聚在一起。词人身为满清贵族，才学超群，深得康熙赏识，并有意栽培，常常在全国多处随驾出巡。然而纳兰是性情之人，无意追逐功名利禄，对身不由己的宦海生涯无可奈何，苦闷沉郁。"杨柳乍如丝，故园春尽时。"山海关外，杨柳刚刚长成绿丝般的枝条，故乡京城已是三春过尽的时节。厌倦关外的军旅生活，想念家乡的温暖，眷恋家庭的温馨。这两句化用温庭筠《菩萨蛮》的"杨柳又如丝，驿桥春雨时"。近代戏曲理论家、教育家吴梅评之："凄婉闲丽，较'驿桥春雨'更进一层。"（《词学通论》）

"春归归不得，两桨松花隔。""松花"：松花江。过片一句承上启下，家乡的春天已经归去，而我却不能归去。松花江的坚冰尚未完全消融，阻隔了行船。隐喻滞留在松花江一带，侍奉康熙皇帝巡视边陲。塞外军旅，远离家人，思归无法归，让作者愁思绵绵。"旧事逐寒潮，啼鹃恨未消。""鹃"：杜鹃鸟，又名子规。最后的两句道出词人心灵深处的哀伤。那无法忘怀的往事，就像寒冷的松花江潮，滚滚而来，涌入梦中，词人犹如悲鸣啼血的杜鹃，遗恨未消。作者没有明说是何往事，令他如此伤心，但显然不是此次随驾出关。康熙十六年（1677）春，作者的原配妻子卢氏，因难产早逝，年仅二十一岁。此次远行时，他已继娶官氏两年，二人感情甚好。但至爱卢氏的去世，给词人留下无法弥补的终生伤痛和遗恨，无论时隔多久，无论走到哪里，他都念念不忘。正如他在另一首词中所写："此恨何时已？"（《金缕曲·亡妇忌日有感》）在漫长而又枯燥的军旅途中，思念亡妻，凄凉的"旧事"，一次又一次地涌上心间，让词人心潮起伏，感伤不已。

全词布局有序，或直写愁肠，或寓情于景，以婉约清淡之笔，抒悲切哀怨之情。离愁千种，遗恨万般，尽是真挚的痴情，自然地流淌，感人至深。

望海潮

词牌《望海潮》简介

　　《望海潮》调见北宋柳永《乐章集》，为柳永所创。因钱塘（即杭州）为观潮胜地，调名取其意。

　　以下列出本词牌格律常见的主要格体与范例

　　双调，一百零七字，上片十一句、五平韵；下片十一句、六平韵。上、下片的第四句与第五句均为对偶。范例，北宋柳永词：

东南形胜，三吴都会，钱塘自古繁华。
平平平仄，平平中仄，平平仄仄平平。
烟柳画桥，风帘翠幕，参差十万人家。
平仄仄平，平平仄仄，平平仄仄平平。
云树绕堤沙。怒涛卷霜雪，天堑无涯。
平仄仄平平。仄平仄平仄，平仄平平。
市列珠玑，户盈罗绮竞豪奢。
仄仄平平，仄平平仄仄平平。

重湖叠巘清嘉。有三秋桂子，十里荷花。
平平仄仄平平。仄平平仄仄，中仄平平。
羌管弄晴，菱歌泛夜，嬉嬉钓叟莲娃。
平仄仄平，平平仄仄，平平仄仄平平。
千骑拥高牙。乘醉听箫鼓，吟赏烟霞。
平仄仄平平。仄仄平中仄，平仄平平。
异日图将好景，归去凤池夸。
中仄平平仄仄，平仄仄平平。

《望海潮》历代佳作二首

1. 望海潮 〔北宋〕柳永

东南形胜，三吴都会，钱塘自古繁华。

烟柳画桥，风帘翠幕，参差十万人家。

云树绕堤沙。怒涛卷霜雪，天堑无涯。

市列珠玑，户盈罗绮竞豪奢。

重湖叠巘清嘉。有三秋桂子，十里荷花。

羌管弄晴，菱歌泛夜，嬉嬉钓叟莲娃。

千骑拥高牙。乘醉听箫鼓，吟赏烟霞。

异日图将好景，归去凤池夸。

自唐代以来，中国便有"上有天堂，下有苏杭"的说法，不乏脍炙人口、各具特色的赞美杭州的古代诗词。柳永这首描绘杭州的长调《望海潮》独领风骚，当年就在杭州争诵传唱，可谓空前绝后。千百年来，全方位歌咏杭州的诗词，唯此一首！

全词起首点出杭州的总貌，笔力遒劲。"东南形胜，三吴都会，钱塘自古繁华。""三吴"：原指吴兴、吴郡、会稽，此处泛指今苏南和浙东一带；"钱塘"：即杭州。杭州是中国东南山川壮美之地，三吴一带的大都市，自古繁华富庶。随之，从各方面加以描写，先是市容。"烟柳画桥，风帘翠幕，参差十万人家。""参差"：高低不齐，词中为大约之意。市里景色秀丽，街区垂柳堆烟，拱桥如画；住宅门帘轻卷、帐幕绣翠；全市大约十万户人家，一片祥和安宁。

接着从市内转向郊外。参天的古树环绕着蜿蜒的钱塘江沙堤，树梢云雾迷蒙。"怒涛卷霜雪，天堑无涯。""天堑"：天然的大壕沟，此处指钱塘江。澎湃的怒潮滚滚而来，雪浪滔天，水点飞溅，冰冷如霜，江面一望无际，无法横渡。饱览了市区与钱塘江的自然风光，词人的笔端转写杭州的繁华："市列珠玑，户盈罗绮竞豪奢。""玑"：不圆的珍珠。市场上陈列着琳琅满目的珠宝，千家万户存满了绫罗绸缎，竞相炫耀殷富豪华。

下片的前半段，词人重笔于西湖风光。杭州的精华还不在城市，西湖方是最迷人之处。白居易在《春题湖上》里写道："未能抛得杭州去，一半勾留是此湖。"首先是西湖的自然之景。"重湖叠巘清嘉"，"重湖"：西湖以白堤为界，分为里湖和外湖，故称为重湖；"巘"：大山上的小山。里湖与外湖的四周重峦叠嶂，翠峰起伏连绵，清丽秀美。"有三秋桂子，十里荷花。""三秋"：此处意指农历九月，王勃《滕王阁序》有"时维九月，序属三秋"；"桂子"：即桂花，是人们对桂花拟人化的爱称，白居易有《忆江南》词句"山寺月中寻桂子"。明媚夏季，"重湖"十里的荷花绽放；清秋时节，"叠巘"满山的桂花飘香。两种西湖山水的风物，凸显西湖的"清嘉"，凝练生动。然后是风土人情。人们在西湖上，"羌管弄晴，菱歌泛夜，嬉嬉钓叟莲娃"。"泛夜"：即夜泛。晴天，欢快地吹奏羌笛，悠扬的笛声在湖面上飘荡；夜晚，在月下划着小舟，唱着轻快的采菱民歌；垂钓的老翁、采莲的娇娃喜笑颜开、心情舒畅。

下片的后半段抒写杭州的地方长官活动。"千骑拥高牙。乘醉听箫鼓，吟赏烟霞。""高牙"即牙旗，旗杆上一般以象牙装饰，东汉张衡《东京赋》："戈矛若林，牙旗缤纷。"杭州高官巡游，千名骑兵簇拥，高高的牙旗引路。一群达官显贵乘着酒兴，聆听箫鼓丝竹；吟诗作赋，赞美杭州的湖光山色。"异日图将好景，归去凤池夸。""图将"：画出；"凤池"：凤凰池，本为皇帝禁苑的池塘，词中意指朝廷。他日将杭州的形胜美景、繁华盛况精心绘制，待到晋升进京之日，在朝廷上展示出来，大可夸耀一番。据南宋学者杨湜《古今词话》记载，平民时，孙何与柳永为友，后孙何当杭州知州，门禁森严，柳永不得见。中秋之夜，柳永使歌伎楚楚在孙何前唱此词。即日，孙何迎柳永入内。在这首词中，柳永特意书写了杭州长官的出巡、上层的生活、并预祝故友前程无量，真可谓构思精微、妙笔生花！

整首词文字华美，场景壮观，气象万千。词情豪放与绮丽兼备，笔法白描与夸张相间。画面多变却层次分明，取景周全而又典型。音律回旋，或纵情放歌，或轻曼浅唱。柳永的这首《望海潮》，堪称无与伦比的历代咏城市词中的巅峰之作。

2. 望海潮 ［北宋］秦观

> 梅英疏淡，冰澌溶泄，东风暗换年华。
> 金谷俊游，铜驼巷陌，新晴细履平沙。
> 长记误随车。正絮翻蝶舞，芳思交加。
> 柳下桃蹊，乱分春色到人家。
>
> 西园夜饮鸣笳。有华灯碍月，飞盖妨花。
> 兰苑未空，行人渐老，重来是事堪嗟！
> 烟暝酒旗斜。但倚楼极目，时见栖鸦。
> 无奈归心，暗随流水到天涯。

宋神宗元丰八年（1085），秦观考中进士，时三十六岁。宋哲宗元祐五年（1090），到都城汴京任秘书省正字。他曾于元祐七年三月参加赐宴，游览汴京金明池和琼林苑，又会于国夫人园，与会者三十余人。然而，宋哲宗绍圣元年（1094），太皇太后高氏崩逝，"新党"执政，"旧党"多人遭罢黜，苏轼、秦观等人一同遭贬，秦观贬至浙江处州（今丽水市）。这首词写于他离京之际，追忆两年前结伴出游的欢乐，抒发今昔对比的感伤。

词的起首三句先写今："梅英疏淡，冰澌溶泄，东风暗换年华。""梅英"：梅花；"冰澌"：流动的冰块。初春时节，梅花渐渐凋零、稀疏，河中结冰溶化，冰块顺着河水下泻。春风悄无痕迹地偷换了年华。春天的来临没有给词人带来任何的欣喜与慰藉，而是心底暗自的怅惘和伤心。"东风暗换"双关含义，蕴藉深沉，以大自然的变化，隐喻预想不到的政局变化，个人年华的暗换更是命运的改变。"长记误随车"，"长记"句本应在"金谷"句之前，由"长记"二字引领往事的回忆，直到下片"飞盖妨花"一句，因为格律而移置到"新晴"句之后。"长"：同"常"；"误随车"：取自唐韩愈《嘲少年》"只知闲信马，不觉误随车"。经常回忆两年前的那次游宴，一路海阔天空地交谈，信步忘情，以至于跟错了前面的车子。可想而知，那时是何等的欢愉与率性。"金谷俊游，铜驼巷陌，新晴细履平沙。""金谷"：西晋大臣石崇在都城洛阳的花园；"铜驼巷"：西晋洛阳皇宫前一条繁华的街道，以宫前立着的铜驼而得名。词中金谷园和铜驼巷意指汴京的金明池和琼林苑。词人与英俊有为的好友们一道，在汴京的金明池和琼林苑游览，意气风发，欢声笑语；雨过天晴，漫步在细软的平沙上。

"正絮翻蝶舞，芳思交加。柳下桃蹊，乱分春色到人家。"继续回忆。时到春末，京城花絮翻飞、彩蝶起舞，惹得春思浓郁。桃蹊柳陌，街道人家，到处都是纷乱的万紫千红。

下片前三句承接上片，回忆从白天转入夜晚。"西园夜饮鸣笳。有华灯碍月，飞盖妨花。""西园"：国夫人园。最难忘，曾应邀在国夫人园夜饮，欣赏音乐歌舞。园内华灯璀璨，令月光失色；宽大的园子，车辆来回穿梭，飞动的车篷妨碍了观花，盛况空前。

那时自己春风得意，志向远大。秦观不但是杰出的作家，而且一心成为卓越的政治家。他曾书写紧扣现实的策论五十篇，为皇帝和朝廷献计献策。"兰苑未空，行人渐老，重来是事堪嗟!""是事"：事事。从追忆中回到当下的现实。美丽的西园依然如旧，而游子我已日渐衰老。重访旧地，多少事令人不胜悲慨。仅过两年，宦海风雨，人生无常，希望化为泡影，喜极之后大悲!

"烟暝酒旗斜。但倚楼极目，时见栖鸦。"云烟幽暗，酒店的青旗斜挂。独自倚楼纵目远眺，黄昏中，时而可见栖息的乌鸦。故友不见，春色全无，孑然一身，满目苍凉。"无奈归心，暗随流水到天涯。"再无建功立业的雄心壮志。无可奈何，归乡之心萌生，却又身不由己，默默地随着命运的流水飘向天涯。词尾景句中的"流水"与词首"冰澌溶泄"相呼应，深含颓伤之情。离京后，秦观怀着一颗思乡归乡的心，漂泊天涯，始终未能返乡。他先贬到浙江处州，不久徙至湖南郴州，后又远放至雷州，宋哲宗元符三年（1100）死于藤州（今广西藤县）。

这首词忆昔抚今，婉转曲折，沉郁幽怨，含蓄地体现了作者长歌当哭的内心伤痛。笔法上，象征与写实相结合，重笔描写昔日的欢游，以显现当年的豪情壮志，反衬今日的失落和悲伤。布局上，上片先写今，后写昔；下片先承上写昔，最后回到写今。景句开始，景句结束，寻味无穷。清代陈廷焯在《白雨斋词话》评此词："思路幽绝，其妙令人不能思议。"

清平乐

词牌《清平乐》简介

　　《清平乐》又名《清平乐令》、《忆萝月》、《醉东风》。唐教坊曲名，后用为词牌名。南宋王灼《碧鸡漫志》中记述："欧阳炯称李白有应制《清平乐》四首"。李白的四首《清平乐》收录于《尊前集》。双调，四十六字，上片仄韵，下片平韵；亦有全押仄韵者。

　　以下列出本词牌格律常见的两种格体与范例。

　　格体一，上片四句、四仄韵，下片四句、三平韵。范例，五代李煜词：

别来春半，触目柔肠断。

中平中仄，中仄平平仄。

砌下落梅如雪乱，拂了一身还满。

中仄中平平仄仄，中仄中平中仄。

雁来音信无凭，路遥归梦难成。

中平中仄平平，中平中仄平平。

离恨恰如春草，更行更远还生。

中仄中平中仄，中平中仄平平。

　　格体二，上片四句、四仄韵，下片四句、三仄韵。范例，唐李白词：

画堂晨起，来报雪花坠。

仄平平仄。平仄仄平仄。

高卷帘栊看佳瑞，皓色远迷庭砌。

平仄平平仄平仄。仄仄仄平平仄。

盛气光引炉烟，素草寒生玉佩。

仄仄平仄平平，仄仄平平仄仄。

应是天仙狂醉，乱把白云揉碎。

平仄平平平仄。仄仄仄平平仄。

《清平乐》历代佳作十首

1. 清平乐 ［五代］冯延巳

雨晴烟晚，绿水新池满。

双燕飞来垂柳院，小阁画帘高卷。

黄昏独倚朱阑，西南新月眉弯。

砌下落花风起，罗衣特地春寒。

　　冯延巳，字正中，五代时期著名词人，南唐先主、中主二朝的宰相。这首《清平乐》描写的是闺妇怀人。此种题材的词作在唐五代甚多，而这首词构思精巧，文笔清逸，给人以轻愁淡怨的艺术之美，它是冯延巳代表作之一。

　　上片描写时节与环境，引出落寞的思妇。丰沛的春雨过后，天色初晴。从楼上望去，晚霞绚丽，烟霭迷蒙，碧绿的春水充盈着园林的池塘，波光潋滟。一幅春雨乍停、由远而近美丽的暮春晚景。"双燕飞来垂柳院，小阁画帘高卷。"一对燕子归巢而来，飞回杨柳低垂的庭院，小小的楼阁画帘高高地卷起。见景不见人，以虚写实，深婉地刻画出女子惆怅的心情。楼中独居的女子无意欣赏迷人的美景，她心中羡慕那形影不离的双燕，"画帘高卷"，期待着远人归来。

下片实写女主人的孤独和凄寒。"黄昏独倚朱阑"，承接上片的结尾"小阁画帘高卷"。黄昏时分，女子独自倚着朱红色的栏杆。"独倚"与上片"双燕"形成鲜明的对照，凸显闺妇的孤单和寂寞。一弯如眉的新月挂在夜空的西南，空茫冷清，她默默地望月怀人，空虚迷茫。望眼欲穿，远人未归，闺妇心绪不宁地从楼上走到门前的空阶上，伫立良久。"砌下落花风起，罗衣特地春寒。""砌"：台阶；"特地"：特别。台阶上的落花随风吹起，晚风吹拂着丝绸的衣裳，思妇感到分外的春寒。春天将尽，芳华凋零，红颜易老。一片痴情，日思夜盼，夫婿不知何时方能归来，她怎能不感到彻骨的寒冷。

这首词选取典型的风物"双燕"、"垂柳"、"落花"，典型的景象"烟晚"、"新月"，营造出一种思情缠绵的大自然景象。院落、"小阁"、"朱阑"、台阶，勾画出一处华美幽静的住所。在这种大自然和小居处的氛围之中，一位身着"罗衣"的深闺美人，感花伤春，忧思愁情。全词深情婉丽，以景托情，含而不露，没有"愁"、"怨"二字，却描绘出人物内心弥漫的幽愁轻怨。王国维在《人间词话》中高度评价冯延巳词作的艺术价值，称："冯正中词虽不失五代风格，而堂庑特大，开北宋一代风气。"清代文学家刘熙载在《艺概》中言："冯延巳词，晏同叔（晏殊）得其俊，欧阳永叔（欧阳修）得其深。"

2. 清平乐 ［五代］李煜

别来春半，触目柔肠断。

砌下落梅如雪乱，拂了一身还满。

雁来音信无凭，路遥归梦难成。

离恨恰如春草，更行更远还生。

　　南唐后主李煜的词，在内容与基调上，以亡国降宋为界分为前后两期。前期词作主要描写宫廷生活与男女情爱，绮丽华美；后期词作反映亡国之痛，哀伤凄绝。这首《清平乐》在他的词篇中独具特色，虽是前期之作，却抒发后期之情。

　　李煜是亡国之君，却不是昏庸之君。宋太祖建隆二年（961）六月，李璟病逝，李煜在金陵登基。面对强大的北宋，他随即派人到汴京进贡，年复一年，尊奉宋廷。他非卧薪尝胆、励志图强的君主，但在政治、经济和军事上均有所作为。宋太祖开宝四年（971）十月，迫于形势，李煜派七弟郑王李从善到汴京朝贡，宋太祖扣留了李从善。第二年春，李煜思念久不得归的弟弟，作这首《清平乐》，离愁别恨，深婉悲切。

　　上片点出时间，书写作者对弟弟的思念和担忧。"别来春半，触目柔肠断。"从去年秋天离别以来，今年春天已过一半，不见人归。映入眼帘的景色令人柔肠寸断，忧思愁想。"砌下落梅如雪乱，拂了一身还满。""砌"：台阶。伫立在玉阶上"触目"所见，白色的梅花纷纷飘落在台阶下，如雪片零乱飞舞。雪白的梅花落满全身，将它拂去，瞬间又洒满一身。抹不去的想念，挥不去的忧虑，痛苦之极。李煜曾恳请宋太祖让从善回国，未获允许。这位南唐后主因想念弟弟，常常痛哭。"落梅如雪"，思情凄切，一位深怀兄弟骨肉之情的词人与国君。

　　下片以其弟的口吻，抒发思归不得归的心境。"雁来音信无凭，路遥归梦难成。""雁来音信"：中国古代有鸿雁传送书信的故事，出自《汉书·苏武传》。不曾料到自己到宋廷朝贡，竟被扣下当作人质。春天，大雁从南方飞来，却未捎来南唐故国的音信，书信来往已被无情隔断。路途遥远，返归金陵的梦难以成真。结尾二句："离恨恰如春草，更行更远还生。"离恨绵绵，正如春草萋萋；离开亲人越来越远，离恨随之不断增长，好像春草滋生蔓延，无穷无尽。末句用了"更行"、"更远"、"还生"，一波三折，更迭变换，层层递进，荡气回肠。这种修辞手法多为后人所化用，如欧阳修《踏莎行》中"离愁渐远渐无穷，迢迢不断如春水"。

这首词是作者感情真切地自然流淌，墨水和着泪水，凄美哀婉，如同王国维先生《人间词话》所评："后主之词，真所谓以血书者也。"在文笔上，展现了李煜卓越的艺术才华。直抒胸臆与寓情于景相结合；此方与彼方相交替，以"落梅"比喻自己的思情，"春草"比喻七弟的离恨，生动形象，出神入化。

3. 清平乐 ［北宋］晏殊

红笺小字，说尽平生意。
鸿雁在云鱼在水，惆怅此情难寄。

斜阳独倚西楼，遥山恰对帘钩。
人面不知何处，绿波依旧东流。

这首词描写怀人情思，主人翁是一位男子。离情深婉，并无哀怨，言浅意长，是一首历代名词，也是晏殊的代表作之一。

上片直写对恋人的深情。"红笺小字，说尽平生意。"用精美的红色信纸，写满密密麻麻的小字，说尽了今生今世的爱慕之情。可见对方是相爱至深的情人。"鸿雁在云鱼在水，惆怅此情难寄。"古代有"雁足传书"以及"鱼传尺素"的说法。鸿雁在云中飞翔，鱼儿在水中漫游，无法请它们传递信笺，心中思念的伤感难以传寄。运用典故，却推出新意，语句典雅，感情细腻。

下片以景描写相思之情。"斜阳独倚西楼，遥山恰对帘钩。"

"西楼"：在古诗词中并不少见，蕴含着丰富的感情色彩，常指欢宴的场所或女子独居的小楼。如晏殊之子晏几道《蝶恋花》中"醉别西楼醒不记"，李清照《一剪梅》里"雁字回时，月满西楼"；但"西楼"有时意指凄绝之地，如李煜一首《相见欢》之句"无言独上西楼，月如钩"。这首词的"西楼"在夕阳之下，散发出悠悠的感伤。托书不成，只能借黄昏之景寄托思情。暮色惨淡，男子独自倚着西楼的栏杆，极目眺望。远处青山正对着小楼的窗帘，挡住了视野，无法看到更远的地方，愁思愈加忧郁。

词的结尾："人面不知何处，绿波依旧东流。"不知昔日的情人如今身在何处，曾经映照佳人花容月貌的碧水绿波，依旧向东流去。一往情深，却又无法寄书、无处寻找，无可奈何，茫然若失。最后这两句，化用唐代诗人崔护《题都城南庄》中"人面不知何处去，桃花依旧笑春风"之意，但另有创意。晏殊巧妙地借用崔护诗中"人面不知何处"之意，而将"桃花依旧笑春风"化为"绿波依旧东流"，贴切词情，韵味隽永。

全词化用典故恰到好处。选取红笺、斜阳、西楼、遥山、帘钩、人面、绿波等物象，蕴藉深婉的思情。以平和素雅的文笔，将相思的愁苦娓娓道来，却无凄楚哀伤，体现了晏殊词作特有的温雅清婉之美。

4. 清平乐　[北宋] 黄庭坚

春归何处？寂寞无行路。
若有人知春去处，唤取归来同住。

春无踪迹谁知？除非问取黄鹂。
百啭无人能解，因风飞过蔷薇。

惜春，是古代诗词中常见的一种题材，佳作比比皆是。这首词将春拟人化，惜春，寻春，伤春，构思新颖，妙语横生，寄托着词人对美好的追求，以及求而不可得的感伤。它是黄庭坚近二百首词作中的精品之一，也是历代惜春之作中的名词。

黄庭坚历尽沧桑，一生在冤屈贬谪中度过。宋徽宗崇宁二年（1103），他被除名，贬至宜州（今广西宜州），第二年春，到达宜州贬所，这首词便作于此时此地。

上片书写春之归去。"春归何处？寂寞无行路。"春天悄然离去，回归哪里？一片空茫沉寂，看不到它的行踪。词人无比爱惜生机勃勃的春天，看见不到美好的春景，沐浴不了绚丽的春光，他陷入失落与惆怅。如果有人知道春天的去处，请帮我唤它回来，与我同住。身处命运寒冬的词人，多么期盼春天的温暖！

下片描写寻春不得而伤春。"春无踪迹谁知？"承接上片。春天归去毫无踪迹，谁会知晓"春归何处"？无人回答。词人的思路从人间转向风物，"除非问取黄鹂"。黄鹂与春天一同到来，它会知道春的讯息。"百啭无人能解，因风飞过蔷薇。"黄鹂啼声婉转悦耳，鸣叫不停，却无人理解。只见黄鹂鸟趁着风势，飞过了盛开的蔷薇。蔷薇花开，预示着夏天的来临，春天已经无影无踪，词人只得望着蔷薇，无可奈何地叹息。人间的美好又在哪里？一生旷达乐观的作者，此时仿佛失去了希望。

在诗词创作上，黄庭坚认为："盖以俗为雅，以故为新，百战百胜。"（《再次韵杨明叔并序》）这首《清平乐》集中体现了他的诗论理念。全词写的是习以为常的惜春、伤春，却翻故为新，另辟蹊径，以追寻春天的踪迹为主线。词中没有晦涩的词句，没有深奥的典故。语言质朴清雅，词情峰回路转，意境疏淡幽深。

黄庭坚性格豪放不羁。在逆境与苦难中，他始终追求着美好，然而现实对他是那样的残酷无情。这首词是他生命最后岁月的心境写照，对春天的珍爱与追求，对美好的迷恋与眷念，最终的失望和苦涩。宋徽宗崇宁四年（1105）五月，写完这首词的第二年，黄庭坚不幸客死贬所，终年六十岁。今天读之，仍令人唏嘘不已！

5. 清平乐　[南宋] 辛弃疾

村居

茅檐低小，溪上青青草。

醉里吴音相媚好，白发谁家翁媪？

大儿锄豆溪东，中儿正织鸡笼。

最喜小儿无赖，溪头卧剥莲蓬。

由于辛弃疾坚持抗金北伐的政治主张，他屡遭朝廷苟且偷安派的排挤和打击，从四十二岁起，他前后在江西信州（今上饶）地区闲居长达二十年。期间，他写了不少农村题材的名词，这首《清平乐》是其中之一。

此首小令词题为"村居"，以白描的笔法，描写农村一个普通的老少五口之家的平凡生活。短短的一首词，将五人不同的风貌和情态，描写得惟妙惟肖，栩栩如生，具有浓郁的生活气息和充满画意的艺术美感。

上片首先展现居住的状况和环境。"茅檐低小，溪上青青草。""茅檐"：茅屋的房檐，意即茅屋。一条小溪流水潺潺，清澈见底，岸边野草翠绿葱茏，一座矮小的茅草房坐落在溪水之畔。随之，描写房子的主人："醉里吴音相媚好，白发谁家翁媪？""吴音"：吴地的方言，信州在春秋时属于吴国。"翁媪"：老夫老妻；媪，老年妇女。一对白发苍苍的老两口举杯对饮，酒酣微醉，用温软的吴语彼此逗趣取乐，亲昵恩爱。

下片画面的镜头转向三个孩子。四句近乎大白话，根据各自的年龄，截取每人典型的日常活动。"大儿锄豆溪东，中儿正织鸡笼。"大儿子在小溪东边的豆田里勤快地锄草，二儿子在院子里精心地编织鸡笼。"最喜小儿无赖，溪头卧剥莲蓬。""无赖"：调皮、可爱。最讨人喜欢的是那小儿子，他正顽皮地趴在溪头的草地上，一边剥着刚摘下的莲蓬，一边津津有味地吃着。一个"卧"字，画龙点睛，出神入化，将小儿的童稚与活泼跃然纸上，展现无遗。

全词构思精致，词情明快清新，语言平白质朴。围绕茅屋和小溪展开农户寻常的活动，人物的刻画生动传神，如实地反映了农家贫穷、简朴而又温馨的生活。作者多年来看透了官场的虚伪、腐败与黑暗。他热爱乡村单纯、朴素与宁静的百姓生活。同时，这首词还体现了辛弃疾平民化的淳朴的精神世界，在古代士大夫中难能可贵。

6. 清平乐　[南宋] 辛弃疾

独宿博山王氏庵

绕床饥鼠，蝙蝠翻灯舞。
屋上松风吹急雨，破纸窗间自语。

平生塞北江南，归来华发苍颜。
布被秋宵梦觉，眼前万里江山。

辛弃疾力主抗金，为人刚直不阿，南宋孝宗淳熙八年（1181）十一月被弹劾罢官，闲居江西信州（今上饶）带湖。其间，常去永丰（今上饶广丰县）博山游览。由词题可知，在博山，他曾孤身夜宿一户姓王人家的草屋，有感而发，写下这首词。

上片描写破败不堪的草房以及风啸雨骤的环境。屋内，昏暗零乱，夜间饥饿的老鼠出来觅食，绕着睡床来回乱窜；面目狰狞的蝙蝠围着油灯上下飞舞。房外，"屋上松风吹急雨，破纸窗间自语"。狂风掀起松涛，呼啸怒号；大雨如注，倾盆而下拍打着屋顶。糊窗纸被风吹雨打，撕裂成片，在风雨中呼呼作响，犹如自语。风雨交加的深夜，在这样久无人住、无法栖身的陋屋里，词人百感交集，思绪万千。

下片抒发内心的感怀。"平生塞北江南，归来华发苍颜。"为了国家的存亡，此生含辛茹苦，辗转塞北江南。而今备受打击，削职为民，归隐山林，满怀壮志难酬的忧愤，鬓发如雪，容颜苍老。单薄的布被挡不住秋夜的寒风，梦中冷醒，眼前还是梦里的万里江山！最后一句"眼前万里江山"与下片首句"平生塞北江南"相呼应，强调词的主题思想。词人全然不把王氏庵恶劣的住所以及自己凄凉的境地放在心上，梦里梦醒，梦牵魂绕，全是祖国的万里江山，念念不忘的是沦入敌手的北方大片失地！

这首词构思精致，匠心独运。上片渲染饥鼠蝙蝠、风雨破窗，全为了衬垫下片所表达的词旨：不计个人得失，心怀天下大事；身处逆境，不坠壮志。在艺术上，上片细腻、凄婉，下片粗犷、雄放。正如南宋词人刘克庄为《辛稼轩集》所作序中说："公所作，大声镗鞳，小声铿鍧，横绝六合，扫空万古。"（"镗鞳"：钟鼓声；"铿鍧"：铿锵有力。）

7. 清平乐　[南宋] 张炎

采芳人杳，顿觉游情少。
客里看春多草草，总被诗愁分了。

去年燕子天涯，今年燕子谁家？

三月休听夜雨，如今不是催花。

　　张炎，南宋末元初著名词人，南宋初期爱国将领张俊六世孙。公元 1276 年，元兵攻陷南宋首都临安（今杭州），南宋覆灭。张炎祖父被杀，家财被抄，家道中落，时张炎二十九岁。随后他长期过着漂泊的生活，其中有一年三月他重访杭州，写下了这首词，寄托国破家亡的伤痛。

　　上片书写回到杭州的所见所感。"采芳人杳"，江南三月，采集鲜花芳草的女子杳无人迹。春光明媚的三月，往常游春采花的女子随处可见，热闹非凡。元兵占领之下，今非昔比，词人顿时失去了游览春景的兴致。"客里看春多草草，总被诗愁分了。""草草"：草草了事。家族几代人都在临安居住，而今自己竟然成了这里的过客！心里装满了"诗愁"，哪还有什么心思悠闲自在地欣赏家乡的美景呢，草草地看一眼就算了。为何"诗愁"那么浓重？转入下片。

　　下片首两句承上启下，写法由直抒转为比兴，以燕子自喻。"去年燕子天涯，今年燕子谁家。"无处筑巢安家的燕子，去年远在天涯飘荡；今年归来，又该落在谁家的屋梁之下。国亡家破，自己就像一只无处寄身的飞燕。宋亡后，元世祖忽必烈至元二十七年（1290）九月，作者与两位好友一道由杭州赴元大都（即今北京），为宫廷缮写金字藏经。次年春南归，在吴越地区浪迹行踪，居无定处，生计困顿。此乃"诗愁"之所在，心情郁闷沉重。最后道出深深的哀痛："三月休听夜雨，如今不是催花。"三月，江南的夜雨本是催发百花绽放，"好雨知时节"，"润物细无声"（杜甫《春夜喜雨》）。现在词人却怨恨这早春的夜雨了。其原因，作者感受到的是：如今三月的夜雨不再催生春花、滋润春花，而是在摧残春花、打落春花。委婉之中寓意着亡国之恨、身世之伤。

这首词以伤春为切入点，层层深入。"游情少"，"诗愁"多，"燕子谁家"，倾诉词人忧忧寡欢、无所依托的凄凉景况；以"夜雨"痛陈江山易主之悲。笔调含蓄凄婉，意境深幽沉郁。在词风上，正如清代文学家刘熙载对张炎词作之评："清远蕴藉，凄怆缠绵。"（《艺概》）

8. 清平乐　［元］刘因

饮山亭留宿

山翁醉也，欲返黄茅舍。
醉里忽闻留我者，说道群花未谢。

脱巾就挂松龛，觉来酒兴方酣。
欲借白云为笔，淋漓洒遍晴岚。

刘因，号樵庵，元代的一位大儒、诗人，无意于官场，寄情于闲逸自适的隐士生活，有《樵庵词》一卷。这首《清平乐》描写他在饮山亭留宿的缘由和心境，豪情勃发，才气横溢，从中不难看出作者洒脱不羁的个性和酷爱自然的情致。"饮山亭"，地点不详。从作者另一首《水调歌头·同诸公饮王氏利夫饮山亭索赋长短句效晦翁体》的词题中可知，饮山亭是他的朋友王利夫所建。

上片书写留宿的原因。"山翁醉也，欲返黄茅舍。""山翁"：作者的自称。在饮山亭与友人开怀对酒，尽兴畅饮，已经醉了，正准备返回自己隐居的土黄色的茅屋。醉里突然听见朋友盛情地邀请他留住，并对他说，"群花未谢"，正是观赏山花的好时节，便欣然留宿。同时，由此可见这位好友深知刘因的秉性与爱好。词人生性豪爽，钟情山林，珍爱百花，曾经以病为由，回绝朝廷的征召，"谢病修花史"（《人月圆》）。

下片描述留宿后的景况。"脱巾就挂松龛，觉来酒兴方酣。""龛"：供奉佛像、神位的石屋或橱柜。脱下衣巾，不假思索地就将它们挂在松树间的石龛上，倒头鼾睡。毫不顾忌"松龛"不是挂衣巾之处，随意而为，无拘无束。一觉醒来，醉意尚浓，已是碧空白云飘浮，山间云蒸霞蔚，鲜花五彩缤纷。词人"酒兴方酣"，神思飞扬，顿生奇想，"欲借白云为笔，淋漓洒遍晴岚"。欲借蓝天的白云为笔，漫山遍野地肆意挥洒，痛快淋漓，绘画出一幅美景：晴空万里，峰峦叠翠，山间云雾迷蒙。

这首词文字浅显易懂，笔法狂放疏朗，词情超凡脱俗，充满神奇飘逸的丰富想象力。晚清王鹏运在《跋〈樵庵词〉》中对刘因之词作了精辟的点评："樵庵词朴厚深醇，中有真趣洋溢，是性情语，无道学气。"

9. 清平乐 ［明］杨基

柳

> 欺烟困雨，拂拂愁千缕。
> 曾把腰枝羞舞女，赢得轻盈如许。
>
> 犹寒未暖时光，将昏渐晓池塘。
> 记取春来杨柳，风流全在轻黄。

杨基，元末明初诗人，生长于吴县（今江苏苏州），明初"吴中四杰"之一，一生坎坷，作品以景物见长。这是一首咏物之词，描写春柳。

上片写柳的形态。"欺烟困雨，拂拂愁千缕。"早春的江南，淡烟轻雨，柳树在烟雨迷蒙之中，如同为烟所欺、被雨所困；垂柳如织，柳枝婆娑飘拂，千丝万缕，依依含情，犹带千种离愁、万般别恨。首句中"欺"、"困"二字取用南宋史达祖《绮罗春·春雨》中的"做冷欺花，将烟困柳"。

接着描写柔美的柳枝："曾把腰枝羞舞女，赢得轻盈如许。"柳条摇曳飘舞，婀娜多姿，纤细轻盈胜过细腰的舞女，令舞女自愧不如。将柳枝与美女的细腰互相比喻，在前人的诗词中并不罕见，如唐代大诗人杜甫将柳条比作少女的细腰，"隔户杨柳弱袅袅，恰似十五女儿腰"（《漫兴》）；唐代另一位诗人韩偓则将女子的细腰比作柳条，"柳腰莲脸本忘情"（《频访卢秀才》）。这首词中"羞"、"赢"别有创意，更进一层。上片四句以拟人的笔法，描绘出春柳丰姿绰约的神韵。

下片首两句转入词中柳树所处的季节、时间和地点。"犹寒未暖时光，将昏渐晓池塘。"冬去春来，早春时节，东风料峭，气候微寒。趁着这个节气，每天或黄昏将临、或晨曦渐露之时，来到静谧的池塘边，方能领略柳树迷人的风韵。富于诗意的环境，娴雅的情调，欣赏"轻盈如许"的垂柳。神来之笔的两句，娓娓道出在这种特定的自然环境下，以柳为赏景的聚焦点，凸显江南水乡空蒙疏淡之美。

词的最后方出现"杨柳"二字，更点明柳的"风流"之所在。"记取春来杨柳，风流全在轻黄。"作者殷切地嘱咐，请记住春回大地时的杨柳，它的风流妩媚全在那朦胧的一片嫩黄。杨柳，姿美，色更美！"轻黄"的柳色显示着杨柳的新生，画龙点睛，蕴含不尽。至此结句，全词完整地刻画了早春柳树的风采。

这首词写初春之柳，文笔明丽轻快，温雅清美。实写其姿色，虚传其神韵，神形兼备，赏心悦目，堪称历代咏柳诗词的上乘之作。明代学者顾起纶评杨基词："才长逸荡，兴多隽永，且格高韵胜，浑然无迹。"（《国雅品》）从这首《清平乐》可见其才华与情致。

10. 清平乐 ［清］项廷纪

池上纳凉

水天清话，院静人消夏。

蜡炬风摇帘不下，竹影半墙如画。

醉来扶上桃笙，熟罗扇子凉轻。

一霎荷塘过雨，明朝便是秋声。

这首词描写夏日的夜晚，作者在庭院荷塘边纳凉的情景，安逸闲适之中，内心淡淡的忧伤，言浅意深。它是作者早期的作品，写于清宣宗道光初年（1821），时词人二十四岁，住在钱塘（今杭州），家境殷富，生活尚未困顿。

上片书写夏夜小院的景况，首两句点名词题"池上纳凉"。"水天清话，院静人消夏。"家中的庭院里有一座池塘。盛夏之夜，庭院幽静，池水微澜潋滟，天空清澈如洗，词人一边在池边纳凉消夏，一边清谈闲话。"蜡炬风摇帘不下，竹影半墙如画。""蜡炬"：蜡烛的灯火。门帘高高地卷起，轻风摇曳着屋内暗淡的烛火；院子里，稀疏的竹影映照在半片墙壁上，构成一幅天然而又美妙的修竹壁画。

词的下片描绘纳凉人的心态。"醉来扶上桃笙，熟罗扇子凉轻。""桃笙"：用四川阆中产的桃笙竹编制成的竹簟；"熟罗"：练过的细丝。畅饮微醉，家人将自己扶上桃笙竹制作的竹簟，词人缓缓地摇动着熟罗扇子，凉风徐徐送爽。宁静温馨，心旷神怡。瞬时间，天上飘起一阵过雨，池塘里的荷叶发出清脆的响声。过雨声与荷叶声，触动了作者多愁善感的心灵。他情不自禁地发出了低声的喟叹："明朝便是秋声。"词人仿佛听见了正在走来的凄厉的秋声。亭亭荷花，美如仙子，即将在萧瑟的秋风中凋零。良辰美景何其短暂！

这首《清平乐》以白描的笔法描述日常生活，"水天清话"开端，"明朝"的"秋声"里结束。它真切地反映了作者的精神状态，貌似闲逸，心存莫名的感伤，正如他对自己词作的表白，"其感于物也郁而深"，"辞婉而情伤"（《忆云词》自序）。整首词没有渲染，没有雕琢，平淡里显现幽深，清美中流淌轻愁，体现了作者高超的艺术造诣。清代学者谭献称项廷纪与纳兰性德、蒋春霖"三百年中，分鼎三足"（《箧中词》），虽评价过高，但三人之词均以情韵取胜，凄婉动人。

渔家傲

词牌《渔家傲》简介

　　《渔家傲》北宋时颇为流行，又名《荆溪咏》等。双调，六十二字，仄韵。亦有上下片各二平韵、三仄韵。

　　以下列出本词牌格律常见的两种格体与范例。

　　格体一，上、下片各五句、五仄韵。范例，北宋范仲淹词：

塞下秋来风景异，衡阳雁去无留意。
中仄中平平仄仄，中平中仄平平仄。
四面边声连角起。
中仄中平平仄仄。
千嶂里，长烟落日孤城闭。
平中仄，中平中仄平平仄。

浊酒一杯家万里，燕然未勒归无计。
中仄中平平仄仄，中平中仄平平仄。
羌管悠悠霜满地。
中仄中平平仄仄。
人不寐，将军白发征夫泪。
平中仄，中平中仄平平仄。

　　格体二，上下片各五句、两平韵、三仄韵，仄韵与平韵在同一韵部。范例，北宋杜安世词：

疏雨才收淡净天，微云绽处月婵娟。
平仄平平仄仄平，平平仄仄仄平平。

寒雁一声人正远。

平仄仄平平仄仄。

添幽怨，那堪往事思量遍。

平平仄，仄平仄仄平平仄。

谁道绸缪两意坚，水萍风絮不相缘。

平仄平平仄仄平，仄平平仄仄平平。

舞鉴鸾肠虚寸断。

仄仄平平平仄仄。

芳容变，好将憔悴教伊见。

平平仄，仄平平仄平平仄。

《渔家傲》历代佳作四首

1. 渔家傲　[北宋] 范仲淹

秋思

塞下秋来风景异，衡阳雁去无留意。

四面边声连角起。

千嶂里，长烟落日孤城闭。

浊酒一杯家万里，燕然未勒归无计。

羌管悠悠霜满地。

人不寐，将军白发征夫泪。

宋仁宗宝元二年（1039）六月，宋与西夏爆发第一次宋夏之战，长达三年之久。仁宗康定元年（1040）八月，范仲淹被调到边塞，任陕西经略副使兼延州知州。其后在陕甘前线多处任职，直到庆历三年（1043）战事平息，他被调回京城委以重任。在守边期间，他作了数首《渔家傲》，皆以"塞下秋来"为首句，记述边关将士的劳苦，现在仅存这一首。

上片描写边塞的景况。"塞下秋来风景异，衡阳雁去无留意。""塞下"：意指西北边疆；"衡阳雁去"：相传秋天大雁南飞，终点是湖南衡阳回雁峰。秋天来临，西北边塞的风光与内地迥然不同，空中大雁列阵，匆匆地向南方的衡阳飞去，丝毫没有多留片刻之意。"塞下"是大雁都毫无留意的地方，而戍边的将士为国日日夜夜镇守在这里。"四面边声连角起"，"边声"：边塞特有的声音。黄昏时分，营地四周寒风呼啸，胡笳声咽，战马嘶吼，军营的号角响起。各种声音混为一体，在山间、在旷野飘荡。一片苍凉悲壮的景象。

"千嶂里，长烟落日孤城闭。"暮色苍茫，军营的朵朵炊烟袅袅升起。崇山峻岭之中，边疆重镇城门紧闭，如同一座孤城。"长烟落日"，西北塞外的景色依然如同唐代王维的诗句"大漠孤烟直，长河落日圆"（《使至塞上》）。然而军事形势却与唐代大不一样，"孤城闭"，反映了当时在宋夏之战中宋方的局面相当严峻。词人，作为身临前线的指挥官之一，头脑非常清醒。

下片转入抒情。"浊酒一杯家万里，燕然未勒归无计。""燕然"：即燕然山，今名杭爱山，蒙古国境内。据《后汉书·窦宪传》记载，东汉汉和帝元年（89），窦宪大破北匈奴，穷追三千余里，登燕然山，"刻石勒功而还"。"勒"：在石上记录。饮一杯浓酒，寄托对万里之遥的亲人的思念。眼下战事胶着，大功未就，何时凯旋还难以预计。热酒满杯，壮怀激烈！

"羌管悠悠霜满地"，"羌管"：即羌笛，古代西部羌族的一种乐器，音色嘹亮，略带悲凉。唐代多首边塞诗里写到它，如王之涣《凉州曲》:"羌笛何须怨杨柳,春风不度玉门关。"词中此句沿用唐代边塞词的意境,同时呼应上片的"长烟落日"。深夜,天气寒冷,大地铺上一层厚厚的白霜,远处传来悠悠的羌笛声,凄切,悲凉。"人不寐,将军白发征夫泪。"营帐里,词人思绪万千,无法入眠。战况复杂多变,边塞烽火,国家安危,怎能不让身为将军的词人白发顿生!多少与自己一道征战沙场的士兵,在夜间思念家乡的亲人,感伤不已,黯然泪下!范仲淹是一位平易近人、体恤士兵的将军,他深知军队底层官兵的甘苦。"先天下之忧而忧,后天下之乐而乐"(范仲淹《登岳阳楼记》),是他人生的远大抱负。他心中的"天下",有国,有家,有民众,还有"征夫"。范仲淹,中国古代历史上一位杰出的政治家、军事家和文学家,令人高山仰止!

这首词是作者亲身的体验、感情的迸发。笔力遒劲凝重,意境苍辽悲壮。家国情怀,英雄气概,儿女情长,尽在其中,读之荡气回肠。其历史的内涵、思想的深度和艺术的魅力均在唐代边塞诗之上,它是一首激荡心扉的千古传诵之词。

2. 渔家傲 [北宋] 欧阳修

近日门前溪水涨,郎船几度偷相访。

船小难开红斗帐。

无计向,合欢影里空惆怅。

愿妾身为红菡萏,年年生在秋江上。

重愿郎为花底浪。

无隔障,随风逐雨长来往。

欧阳修对北宋流行的词调《渔家傲》情有独钟。在他现存的词作中，《渔家傲》有数十首之多，其中民歌风格的采莲词有六首。这一首描写采莲女对爱情的大胆追求，清新、活泼、浪漫，令人耳目一新。

上片叙事，采莲女叙述情郎到访而无法合欢的失意。"近日门前溪水涨，郎船几度偷相访。"近几天门前的溪水暴涨，情郎几度偷偷地驾船来访。两人秘密地相爱已有时日，情真意切。平日溪水浅，男方无法驾船过来。而今秋水涨，两人幽会之意更涨，对方一次又一次地到访。"船小难开红斗帐。无计向，合欢影里空惆怅。""红斗帐"：红色斗形的小帐子；"合欢"：即合欢莲，并蒂而开的莲花；"无计向"：无可奈何，没办法，此处"向"为语气助词。无奈采莲船太小，难以打开红斗帐。真没办法，朝思暮想的情郎来了，却没有两人亲热的地方，只能在并蒂莲的影子里空惆怅。莲花能并蒂开放，相爱的一对情人却无法尽欢，彼此相对神伤。

下片抒情，采莲女产生与情人长相守的幻想。"愿妾身为红菡萏，年年生在秋江上。重愿郎为花底浪。"（"重愿"一作"更愿"。）"菡萏"：即莲花、芙蓉。面对汪汪的秋江、亭亭的芙蓉，女子深情地痴想：但愿自己能化身为红艳的莲花，年年岁岁生长在秋江上；并希望情郎化作莲花下的轻浪。"无隔障，随风逐雨长来往。"荷花与浪花亲密无间，再也没有什么阻隔和障碍，随风逐雨，恩爱缠绵，长相厮守。用"红菡萏"与"花底浪"比喻民间痴女与痴男的恋情，是一种独创。取之于景，寓之于情，构思与用词极为精巧。

全词紧扣采莲女的生活场景"秋江"和"菡萏"，景与情、物与我，互相交融；叙事与抒情、比兴与想象，此起彼伏。诗情画意，生动形象。爱情题材的宋词中多以才子佳人为主角、楼阁庭院为背景。欧阳修的这首《渔家傲》打破惯例，大胆创新，从民间提取素材，向民歌学习，雅俗结合，充满朴素的浪漫情调和明快的生活美感。它是以爱情为题材的历代词作中别具一格的精品。

3. 渔家傲 ［北宋］王安石

平岸小桥千嶂抱，柔蓝一水萦花草。

茅屋数间窗窈窕。

尘不到，时时自有春风扫。

午枕觉来闻语鸟，欹眠似听朝鸡早。

忽忆故人今总老。

贪梦好，茫然忘了邯郸道。

王安石，字介甫，号半山，别名王荆公，北宋政治家、思想家和文学家。宋神宗熙宁三年（1070）拜相，主持变法。因种种原因，变法失败，熙宁七年第一次被罢相，次年二月再次拜相。熙宁九年，他的长子王雱病故，王安石极度悲痛，十月辞相，退隐江宁（今江苏南京），于城东门外与钟山之间修筑居所"半山园"，在此度过他生命的最后十年。这首词是他晚年生活的情趣和心境的写照。

上片写景，由远及近。首先书写半山园的大环境。"平岸小桥千嶂抱，柔蓝一水萦花草。"钟山翠微，重峦叠嶂，环抱着山下的农田平川、小桥流水；春水绿如蓝，萦绕着岸边的香花芳草，淙淙流淌。春光明媚，山水秀丽，一片生机盎然。

接下来的三句描述住所半山园。"茅屋数间窗窈窕。尘不到，时时自有春风扫。"几间茅屋，坐落在竹林之中，窗外修竹清幽，疏影斑驳。庭院里时时有春风吹拂，空气清新，纤尘不染。在同一时期，词人曾作一首诗《竹里》，与词中"茅屋"三句的景致相同："竹里编茅倚石根，竹茎疏处见前村。闲眠尽日无人到，自有春风为扫门。"但词中的语句更加精练、音韵更为优美。

下片写人。"午枕觉来闻语鸟，欹眠似听朝鸡早。"午饭小饮，恬适地进入梦乡，醒来时黄鹂的脆鸣声不绝于耳。斜倚着枕头，仿佛听见骑马上早朝时的鸡鸣声。"午枕"两句意味深长，词人虽然退居半山园，置身于山水田园之间，但内心深处并非完全平静，他依然怀念着身为宰相、大力推行变法的峥嵘岁月。据宋代叶梦得在《石林诗话》中记载，欧阳修写有诗句"十年骑马听朝鸡"。另外书中又记：王安石主政期间，一日"大雪趋朝"，"寒甚不可忍"，王安石向百官举出欧阳修的这一诗句，激励诸官为国为民不辞辛劳。为了扭转宋朝民贫国弱的颓势，熙宁二年王安石提出变法，壮志凌云，披星戴月，呕心沥血。退隐山林、悠闲度日的词人，今昔对比，恍若二人，怎能不慨然。

"忽忆故人今总老"，忽然想起故人，无论当年支持变法，还是反对变法，如今大家和我一样，都已老矣。"贪梦好，茫然忘了邯郸道。""邯郸道"：比喻追求功名的道路。现在贪恋闲逸的午梦，人生归于淡泊，忘却了邯郸道上"建功树名，出将入相"不切实际的黄粱美梦。这里"邯郸道"引用的典故与成语"黄粱美梦"一样，同出自唐朝沈既济《枕中记》。作者在词句中隐含着对变法失败的伤感和怅惘。

这首词景色秀美清幽，感情恬淡疏朗，意境高远悠长。它如实地反映了作者退出政治舞台之后微妙的精神世界。上片借景，表达寄情于山水、安居于茅屋的心境。下片以闲居生活中的"午枕"，展开抒情，抚今忆昔，婉曲起伏，蕴含作者《午枕》诗句"百年春梦去悠悠"之意，人生如一春梦。全词寄寓着作者晚年宁静生活中的深幽感怀。北宋黄庭坚在《跋王荆公禅简》中对王安石作了极高的评价："余尝熟视其风度，真视富贵如浮云，不溺于财利酒色，一世之伟人也。"

4. 渔家傲　[北宋] 李清照

天接云涛连晓雾，星河欲转千帆舞。

仿佛梦魂归帝所。

闻天语，殷勤问我归何处。

我报路长嗟日暮，学诗谩有惊人句。

九万里风鹏正举。

风休住，蓬舟吹取三山去！

南渡之后，宋高宗建炎三年（1129）八月，李清照的丈夫赵明诚在江宁（今南京）不幸病逝。第二年春，四十七岁的李清照追随宋高宗行踪，流徙在浙东一带。其间曾由黄岩雇舟，追从御舟入海，至温（今温州）、越（今绍兴）。这首词便作于此年，将此番经历注入梦境，展现海上波澜壮阔的景象，抒发对美好理想的追求，以及对南宋现状的不满。李清照是婉约派主要的代表人物之一，这首词是她绝无仅有的豪放词风杰作。梁启超评之："此绝似苏辛派，不类《漱玉词》中语。"（梁令娴《艺蘅馆词选》）评语中的《漱玉词》，是李清照在宋代刊行的词集。

起首二句："天接云涛连晓雾，星河欲转千帆舞。""星河"：银河。拂晓时分，晨雾弥漫，沧海浩瀚无垠，水天相接，无边的波浪，奔腾翻滚犹如云涛，涌向天际。晨曦里，随着海舟的行驶和颠簸，天上的银河在转动，点点繁星宛如银河中飘舞的无数风帆。景致壮美，气象万千，宋词中独一无二的海天相连的景象。

在海上漂泊，仰望如梦如幻的天空，词人心驰神往。"仿佛梦魂归帝所。闻天语，殷勤问我归何处。""帝所"：天帝居住的宫殿；"天语"：天帝的话语。梦魂仿佛飞到了天国，来到天帝的住所。听见天帝慈祥的话语，他殷切地问我：你可有归宿之处。靖康二年（1127）金兵入侵以来，国破家亡，词人和无数百姓一样流离失所。南宋皇帝宋高宗只顾自己逃命，置广大人民的生命于不顾。在这里，李清照勾画出一个安宁温暖的天国，一位亲切和蔼、体恤民众的天帝，寄托心中的理想王国，隐示对南宋统治者的谴责。

通常双调的词作，上片写景，下片抒情，彼此既关联又有相对的独立性。这首词则一气呵成，上片末两句写天帝的问语，下片首两句为作者的对答："我报路长嗟日暮，学诗谩有惊人句。""嗟"：感叹；"谩有"：空有。我回答天帝：路漫长，日将暮；学写诗词，空有惊人之句、惊世之作。词人通过幻想，倾诉萍踪飘忽、历经艰辛的困境，世无知音、怀才不遇的苦闷。感伤，悲愤！第一句凝聚屈原《离骚》中"日忽忽其将暮"以及"路漫漫其修远兮，我将上下而求索"的诗意。第二句隐用杜甫的"语不惊人死不休"（《江上值水如海势聊短述》）。

词的最后三句回到海景，抒发对美好的向往。"九万里风鹏正举"，海天茫茫，海风九万里，大鹏正高高扬起，迎风飞翔。此句化用《庄子·逍遥游》中的"鹏之徙于南冥也，水击三千里，抟扶摇而上者九万里"。接着词情顺之一转，大风正在高举鹏鸟，词人突然大喝一声："风休住，蓬舟吹取三山去。""蓬舟"：江南的乌篷船，意指轻舟；"三山"：相传渤海上的三座岛山，蓬莱、方丈和瀛洲，仙人居住，可望而不可即。作者在此妙用典故，加以发挥，生出奇想。请高举大鹏的九万里长风不要停息，吹送我的一叶蓬舟，抵达仙山琼岛。词的尾句，呼应上片的末句"归何处"，海中的"三山"就是词人心目中的归处，那里没有尘嚣、没有污浊、没有苦难。

全词多处化用前人言简意赅的诗文，气势磅礴，格调高远。在现实的苦难中，通过梦幻之境，表达对理想社会的向往，词意深幽隽永。它是浪漫主义与现实主义相结合的历代诗词的典范。清代学者黄苏评此词："浑成大雅，无一毫脂粉气。"（《蓼园词选》）

　　李清照目睹南宋君臣在江南仓皇逃跑的懦弱行径。在同一时期，她写下了著名的《夏日绝句》："生当作人杰，死亦为鬼雄。至今思项羽，不肯过江东。"辛辣地讽刺不思抵抗的逃跑主义，慷慨激昂地表白自己的人生理念。这首《渔家傲》与《夏日绝句》一样，充分展现了这位光彩照人的女词人柔中有刚、风骨傲然的鲜明个性，无愧为封建社会里的人中之杰。当代学者郑振铎先生在其所著《中国文学史》中说："李清照是宋代最伟大的一位女诗人，也是中国文学史上最伟大的一位女诗人。"

朝中措

词牌《朝中措》简介

《朝中措》始见于欧阳修的词。又名《照红梅》、《芙蓉曲》等。双调，平韵，四十八和四十九字两种，以四十八字为主。

以下列出本词牌格律常见的两种格体与范例。

格体一，四十八字，上片四句、三平韵，下片五句、两平韵。范例，北宋欧阳修词：

平山阑槛倚晴空，山色有无中。
中平中仄仄平平，中仄仄平平。
手种堂前垂柳，别来几度春风。
中仄中平中仄，中平中仄平平。

文章太守，挥毫万字，一饮千钟。
中平中仄，中平中仄，中仄平平。
行乐直须年少，尊前看取衰翁。
中仄中平中仄，中平中仄平平。

格体二，四十八字，上、下片各四句、三平韵。范例，南宋辛弃疾词：

年年金蕊艳西风，人与菊花同。
平平平仄仄平平，平仄仄平平。
霜鬓经春曾绿，仙姿不饮长红。
平仄平平平仄，平平仄仄平平。

焚香度日尽从容，笑语调儿童。

平平仄仄仄平平，仄仄仄平平。

一岁一杯为寿，从今更数千钟。

仄仄仄平平仄，平平仄仄平平。

《朝中措》历代佳作二首

1. 朝中措　［北宋］欧阳修

送刘仲原甫出守维扬

平山阑槛倚晴空，山色有无中。

手种堂前垂柳，别来几度春风。

文章太守，挥毫万字，一饮千钟。

行乐直须年少，尊前看取衰翁。

这是一首为友人饯行之作。词题中，"刘仲原甫"即刘原甫，名敞，是作者晚辈之友；"维扬"，是扬州的别称。宋仁宗嘉祐元年（1056）刘原甫出任扬州知州，作者几年前也一度在扬州任同样的职务。词中借酬赠友人之机，追忆自己在扬州的往事，抒发人生的感慨；现身说法，赞誉和勉励忘年之交的刘原甫。

上片缅怀自己在维扬的岁月。"平山阑槛倚晴空，山色有无中。"平山堂坐落在扬州的蜀冈上，下临江南数百里。栏杆外天空晴朗，远处群山依稀，若有若无。词人在维扬主政时常常登临平山堂，设宴会友，纵目江南秀美壮丽的景色，抒发博大宽广的胸怀。起首两句气势恢宏，寓意高远，为全词铺垫了基调。其中后一句直接引用唐代王维的诗句"江流天地外，山色有无中"（《汉江临眺》）。"手种堂前垂柳，别来几度春风。"宋仁宗庆历八年（1048），词人修筑平山堂，并亲手在堂前种植一株杨柳，当时扬州百姓亲切地称之为"欧公柳"。作者忆起往事，不禁动情，阔别已经八年，几度春风，"欧公柳"该是枝条婆娑、婀娜多姿了。杨柳，在中国古代诗词中常用以表示离情别绪，如《诗经·小雅·采薇》中的"昔我往矣，杨柳依依"，刘禹锡《竹枝词》里的"长安陌上无穷树，只有垂杨管别离"。欧阳修在这首词中将"垂柳"与"几度春风"联系在一起，岁月悠悠，思念无穷，饱含着对"欧公柳"的无限深情，对平山堂以及曾经主政的扬州的深切怀念。

下片呼应词题，表达对晚辈友人的赞赏和嘱咐。"文章太守，挥毫万字，一饮千钟。""太守"：汉代的官职，即宋代的知州。词人称赞刘原甫是一位儒雅豪爽的知州，才思敏捷，挥笔就是万言；豪气满怀，一饮便是千杯。最后，临别之际，作者向对方推心置腹地劝勉。"行乐直须年少，尊前看取衰翁。""直须"：应当；"尊"：通"樽"，酒杯。请您多多珍重，趁着年轻，享受生活，以免垂垂老矣之时后悔莫及；您看，酒樽前如今我这副衰老的模样，此时欧阳修五十岁。一位德高望重、功成名就、经历宦海沉浮的长者，对大有前途的年轻官员发自肺腑的人生感言，语重心长。此处，绝非劝说对方年轻时及时行乐、醉生梦死之意，而是希望刘原甫成为一名才华横溢、富于情趣、热爱生活的年轻知州，不要变成拘于封建礼义、生活单调、趣味低俗的官僚。清代学者黄苏评这首词的最后两句："感慨之意，见于言外。"并加以解说："君子进德修业，欲及时也，无事不须在少年努力者。现身说法，神采奕奕动人。"（《蓼园词选》）黄苏所评有一定道理，但忽视了欧词这两句中"行乐"的深刻内涵。

全词布局有致，感情诚挚，格调疏放，意味隽永，是酬赠词作的精品，也是欧词中罕见的豪放之词。"文章太守"，后来成为对地方贤能官员的美称，指他们博学多才，情志高雅，主政一地，造福一方。欧阳修本人就是一位名副其实的"文章太守"。

2. 朝中措　［南宋］张炎

清明时节雨声哗，潮拥渡头沙。

翻被梨花冷看，人生苦恋天涯。

燕帘莺户，云窗雾阁，酒醒啼鸦。

折得一枝杨柳，归来插向谁家？

张炎，字叔夏，号玉田，南宋末元初著名词人。公元 1276 年，词人二十九岁，元兵占领南宋都城临安（今杭州），张炎祖父被杀，家被抄。随后，张炎不愿屈膝求荣，长期浪迹在吴越地区，过着苦难的生活，写下诸多哀伤凄婉之作，这是其中的一首，即景抒情，抒发忧愁无处排遣的伤痛。

上片抒写野外的景况。"清明时节雨声哗，潮拥渡头沙。""渡头"：渡口。清明时分本应春光明媚，或者春雨绵绵，却偏偏大雨如注，雨声喧哗，震耳不绝；潮水奔涌，淹没了渡口的沙滩。"翻被梨花冷看"，"翻"：反而。自己已经淋湿不堪，反倒被雨中的梨花冷眼相看。将梨花拟人化，寓情于景，游子的凄苦得不到梨花的同情，世间找不到任何慰藉。"人生苦恋天涯"，国破家亡，词人无家可归，只能寄身天涯，苦苦地到处流浪。

下片起头两句，梦中追忆亡国前青年时代的轻狂生活。"燕帘莺户，云窗雾阁"，两个四字句，精致灵秀，工整对仗。作者醉酒消愁，进入梦乡，那熟悉的歌楼舞榭浮现在梦中。珠帘绣户里，舞姿犹如飞燕，歌喉宛若黄莺；镂窗雕阁中，佳人秀发如云，香

鬓似雾。"酒醒啼鸦",醉梦醒来,已是夕阳西下,只听见归鸦的
噪鸣声,心境倍感凄凉。可以想象,此时词人多么希望如李白所
写"但愿长醉不复醒"(《将进酒》)。夜幕降临,乌鸦尚有巢窝
可归,萍踪天涯的词人,今夜宿住何处?古代每逢清明,家家户
户门前插一枝杨柳,以祛邪。在回去的路上,他看见每家每户门
前插的柳枝,习惯性地也折了一枝,到了客栈门口猛然醒悟,这
并不是他自己的家!"折得一枝杨柳,归来插向谁家?"手中拿着
一枝杨柳,却无处可插!他已无家,何其悲哉!

这首词抒发个人漂泊之苦、国破家亡之伤,所谓"张玉田词,
清远蕴藉,凄怆缠绵"(清代刘熙载《艺概》)。用自然界乌鸦归
巢、人世间门前插柳,反衬词人无家可归之悲。所取之景,所择
之物,均司空见惯,但在作者笔下无一不关情。平白如话,却韵
味深沉;细细品味,方知其构思之巧、用笔之妙。正如清代陈廷
焯评张炎之词:"工于造句,每令人拍案叫绝。"(《白雨斋词话》)

朝中措

御街行

词牌《御街行》简介

　　《御街行》又名《孤雁儿》。双调，仄韵，七十六、七十七、七十八字以及八十、八十一字，以七十六字和七十八字为多。

　　以下列出本词牌格律常见的两种格体与范例。

　　格体一，七十八字，上、下片各七句、四仄韵。范例，北宋范仲淹词：

<blockquote>

纷纷坠叶飘香砌。夜寂静、寒声碎。
平平仄仄平平仄。仄仄仄、平平仄。
真珠帘卷玉楼空，天淡银河垂地。
平平平仄仄平平，平仄平平平仄。
年年今夜，月华如练，长是人千里。
平平中仄，中平平仄，平仄平平仄。

愁肠已断无由醉。酒未到、先成泪。
平平仄仄平平仄。仄仄仄、平平仄。
残灯明灭枕头敧，谙尽孤眠滋味。
平平平仄仄平平，平仄平平平仄。
都来此事，眉间心上，无计相回避。
平平中仄，中平平仄，平仄平平仄。

</blockquote>

　　格体二，七十六字，上、下片各七句、四仄韵。范例，北宋柳永词：

<blockquote>

燔柴烟断星河曙。宝辇回天步。

</blockquote>

平平平仄平平仄。仄仄平平仄。

端门羽卫簇雕阑，六乐舜韶先举。

平平仄仄仄平平，仄仄仄平平仄。

鹤书飞下，鸡竿高耸，恩露均寰宇。

仄平平仄，平平平仄，平仄平平仄。

赤霜袍烂飘香雾。喜色成春煦。

仄平平仄平平仄。仄仄平平仄。

九仪三事仰天颜，八彩旋生眉宇。

平平仄仄仄平平，仄仄仄平平仄。

椿龄无尽，萝图有庆，常作乾坤主。

平平平仄，平平仄仄，仄仄平平仄。

《御街行》历代佳作二首

1. 御街行　［北宋］范仲淹

秋日怀旧

纷纷坠叶飘香砌。夜寂静、寒声碎。

真珠帘卷玉楼空，天淡银河垂地。

年年今夜，月华如练，长是人千里。

愁肠已断无由醉。酒未到、先成泪。

残灯明灭枕头敧，谙尽孤眠滋味。

都来此事，眉间心上，无计相回避。

这首《御街行》的词题是"秋日怀旧"，显而易见，词中的主人翁是作者本人。范仲淹是一位以天下为己任的政治家和军事家，又是宋词豪放派的先驱。鲁迅先生写有诗句"无情未必真豪杰"（《答客诮》），古往今来，豪杰写下的怀人之作，柔情似水，尤为动人。范仲淹的这首词便是此类诗词的精品之一。

上片书写秋夜景色，以景寓情。起句"纷纷坠叶飘香砌"，"香砌"：落满残花的台阶。枯叶纷纷，飘落在残花余香的台阶上。没有"秋"字，一叶知秋。纷纷落叶，时节已进入深秋，点明词题中的"秋日"。"夜寂静、寒声碎。"寂静的深夜，词人尚未入眠，听着窗外坠叶细碎的沙沙响声。声音里渗透着秋天的寒意，更意喻作者怀旧的孤寒。"真珠帘卷玉楼空，天淡银河垂地。""真珠"：即珍珠。华美的楼阁空空荡荡，卷起珠帘，天宇清远深邃，银河宛如空中一泻而下的飞瀑，垂落至大地的尽头。面对冷寂辽阔的夜空，千里共明月，作者思绪绵绵。"年年今夜，月华如练，长是人千里。"年复一年，多少个这样的秋夜，皎洁的月光犹如洁白的绸缎，心中思念的亲人却远在千里之遥。作者多年在塞北镇守边疆，身为沙场的高级将领，真情流露，儿女情长，惆怅感伤。词情自然地转入下片，抒发怀人的愁思。

下片直抒思念的凄苦。"愁肠已断无由醉。酒未到、先成泪。""无由"：无法。肠已愁断，即便以酒消愁，也无济于事。酒还没进入愁肠，便化作了相思的泪水。作者《苏幕遮》词结尾也有："酒入愁肠，化作相思泪。"酒入愁肠化作泪。两首词均写"愁肠"、"酒"、"泪"，但写法却不相同。这首《御街行》，酒未入肠化作泪，苦更涩，愁更深，情更悲。"残灯明灭枕头敧，谙尽孤眠滋味。""敧"：斜靠，倾斜；"谙"：熟悉。夜深沉，屋内灰暗凄凉。油已残，空枕独倚，两眼凝望着忽明忽暗的灯光，多少个夜晚尝尽了孤眠的滋味。"都来此事，眉间心上，无计相回避。""都来"：算来。算来这怀旧思人之事，纵使整日眉头紧锁，心间萦绕，

也毫无办法摆脱缠绵悱恻的思念。结尾三句极尽情致，后为李清照化用："此情无计可消除，才下眉头，却上心头。"（《一剪梅》）

　　这首词上片以景托情，由秋声、秋色引出秋思，用"天淡"、"银河"、"月华"衬托无垠的愁思、纯真的情感。下片直写愁情，真挚倾诉，层层深化，感情一泻如注。全词以景起，以情收，情景融为一体。旷放与婉丽兼备，生动地展现了范仲淹英雄柔情的内心世界。明代杨慎在《词品》中评此词："范文正公（范仲淹）、韩魏公（韩琦）勋德望重，而范有《御街行》词，韩有《点绛唇》词，皆极情致。"

2. 御街行　［北宋］晏几道

　　　　街南绿树春饶絮，雪满游春路。
　　　　树头花艳杂娇云，树底人家朱户。
　　　　北楼闲上，疏帘高卷，直见街南树。

　　　　阑干倚尽犹慵去，几度黄昏雨。
　　　　晚春盘马踏青苔，曾傍绿阴深驻。
　　　　落花犹在，香屏空掩，人面知何处？

　　晏几道是晏殊的第七子，字叔原，号小山。父亲久居相位，他却不愿依仗父亲，走上仕途之路。父亲死后，他也不愿依附达官显贵，走着自己的潦倒之路。生前自编《小山词》一卷，收录己作260首。黄庭坚为之作序，其中对晏几道作了精辟的评价："叔原固人英也，其痴亦自绝人。"（《小山词序》）他的词作纯情、痴情。这首词是他旧地重游写下的怀人之作，从中可以领略这位词人的痴情，品味晏小山的文采。

　　上片描写故地之景。前四句与后三句是倒装，按照词牌的格律，必须是本词的顺序；而理解词意，则需将后三句放在最前面。"北楼闲上，疏帘高卷，直见街南树。"远道而来，悠然地登上临街的北楼，高高卷起稀疏的竹编窗帘，向南俯瞰，直见街边绿树成荫。

"街南绿树春饶絮，雪满游春路。""饶"：充满；"雪"：白色的柳絮。暮春时节，南边的街上，柳絮如雪花飞舞，飘满了游春的道路。一眼望去，绿树花树繁杂，树梢斑斓交错、红白相间，织成了艳丽的"娇云"。"树底人家朱户"，透过绿叶红花的掩映，细细寻觅，从空隙中终于找到树底下门户朱红的那一家，昔日的情人就住在那里！她是一位殷实人家的女子，不是酒楼舞厅的歌伎舞女。

下片抒发物是人非、花落人去的惆怅。"阑干倚尽犹慵去，几度黄昏雨。"独自住在北楼，倚遍了栏杆，苦苦地望着那栋房屋，经历了一天又一天，几番黄昏细雨，不见佳人情影，仍懒得离去。一片痴情，何以如此？回首往日甜蜜的情事，"晚春盘马踏青苔，曾傍绿阴深驻"。"盘马"：骑马。也是在一个晚春的季节，词人曾经与这位女子有过一段恋情。那时，他骑着马，穿过弯曲的道路，踏过庭院的青苔，来到红色的门前，在绿荫深处拴住了骏马。朱户是他昔日与情人幽会之地。显然，词人与这位女子不是邂逅而遇。

"落花犹在，香屏空掩，人面知何处？"此次造访，落花依然当年花，画屏关闭，屋在人空，佳人不知去往何处。茫然若失，无限怆然。词的最后一句巧妙地化用了唐代崔护的诗句："人面不知何处去，桃花依旧笑春风。"（《题都城南庄》）但晏词感情尤为沉郁凄婉。崔护与那面如桃花的女子偶然一见，产生单相思。而晏几道与他心中的女子曾经彼此交往并相恋。此次他特地远道而来，在朱户附近的北楼住下。来到故地，方知"香屏空掩"，他仍住在北楼多日，"阑干倚尽"，迟迟不愿离去，足见词人对当年情人的痴恋。

　　这首词作者将他与女子的情事两句轻轻带过，重笔书写此次到访的情景，充分表现词人对女子的一往情深，以及无处寻觅情人的悲戚。其景如幻，其情似梦，幽幽的幻境，凄凄的春梦，正如小山本人对自己词作的总评："考其篇中所记悲欢合离之事，如幻如电，如昨梦前尘，但能掩卷怃然。"（《小山词自序》）

鹊桥仙

词牌《鹊桥仙》简介

　　《鹊桥仙》又名《鹊桥仙令》、《广寒秋》、《金风玉露相逢曲》等。东汉应劭《风俗通》："织女七夕当渡河，使鹊为桥。"曲名由此而来，以咏牛郎织女相会。双调，仄韵，字数五十六、五十七、五十八字等，以五十六字为主。另柳永用该词牌作有一词，八十八字，仄韵，因其独特，并不常见，在此不作介绍。

　　以下列出本词牌格律常见的两种格体与范例。

　　格体一，五十六字，上、下片各五句、两仄韵，上下片首两句要求对仗。范例，北宋秦观词：

　　　　纤云弄巧，飞星传恨，银汉迢迢暗度。
　　　　中平中仄，中平中仄，中仄中平中仄。
　　　　金风玉露一相逢，便胜却人间无数。
　　　　中平中仄仄平平，仄中仄平平中仄。

　　　　柔情似水，佳期如梦，忍顾鹊桥归路。
　　　　中平中仄，中平中仄，中仄中平中仄。
　　　　两情若是久长时，又岂在朝朝暮暮。
　　　　中平中仄仄平平，仄中仄平平中仄。

　　格体二，五十八字，上、下片各两仄韵。范例，南宋辛弃疾词：

　　　　少年风月，少年歌舞，老去方知堪美。
　　　　仄平平仄，仄平平仄，仄仄平平平仄。
　　　　叹折腰、五斗赋归来，走下了、羊肠几遍。

仄仄平、仄仄仄平平，仄仄仄、平平仄仄。

高车驷马，金章紫绶，传语渠侬稳便。
平平仄仄，平平仄仄，平仄平平仄仄。
问东湖、带得几多春，且看取、凌云笔健。
仄平平、仄仄仄平平，仄仄仄、平平仄仄。

《鹊桥仙》历代佳作三首

1. 鹊桥仙　［北宋］秦观

纤云弄巧，飞星传恨，银汉迢迢暗度。
金风玉露一相逢，便胜却人间无数。

柔情似水，佳期如梦，忍顾鹊桥归路。
两情若是久长时，又岂在朝朝暮暮。

　　牛郎织女是中国古代的一个美丽的神话。自古以来以此为题材的诗词甚多，唯秦少游的这首词脍炙人口，堪称千古绝唱。词调《鹊桥仙》本是由牛郎织女的故事而来："织女七夕当渡河，使鹊为桥。"（东汉应劭《风俗通》）秦观特意选用《鹊桥仙》，颂扬牛郎织女的忠贞不渝的爱情，抒发自己纯情的恋爱观。

　　上片描写牛郎织女七夕相会。首句"纤云弄巧"，七夕的夜空，薄纱似的浮云悠悠飘动，在深邃的苍穹变幻着神奇美妙的图案，那是织女巧夺天工的双手制成的丝绢。"飞星传恨"，飞驰的流星仿佛在牛郎织女之间传递着彼此的离愁别恨。"一切景语皆情语"（王国维《人间词话》），全词以写景的一对偶句起笔，夜空的"纤云"与"飞星"为一年一度牛郎织女的相会拉开了序幕，使读者从一开始就感受到这首词的主旋律：纯情之美。

接着出现词的女主角织女。"银汉迢迢暗度"，"银汉"：银河。银河宽阔浩瀚，两人隔河相望，每年只有七夕织女方得以借鹊鸟搭桥，万里迢迢，悄然地渡到对岸。"金风玉露一相逢，便胜却人间无数。"秋风白露的金秋之夜，繁星璀璨的银河之畔，织女与牛郎久别重逢，亲热甜蜜。天上这无限温馨的良宵片刻，胜过人间平庸夫妻的无数个日日夜夜。无尘的景，洁白的情，词人由衷地讴歌纯洁美好的爱情。"金风玉露"：即秋风白露，取自李商隐七律《辛未七夕》："恐是仙家好别离，故教迢递作佳期。由来碧落银河畔，可要金风玉露时。"

下片抒写牛郎织女话别。"柔情似水，佳期如梦，忍顾鹊桥归路。"一夕欢聚，两人温柔缠绵，情意好似绵绵不绝的流水；佳期良辰，恩爱如胶似漆，其美妙的团聚如梦如幻。"相见时难别亦难"（李商隐《无题》），短暂的相会，转眼间不得不离别，怎忍心回头去看鹊桥的归路！依依惜别，惆怅伤心。作者的感情深深地注入其中。

词的最后，笔锋陡然一转，将离别的伤感化作互相深情的慰勉。"两情若是久长时，又岂在朝朝暮暮。"至真至美的爱情的千古警句！只要两人真心相爱，天荒地老，心心相印，又何必在意朝夕相伴的卿卿我我。真正的爱情，如此的圣洁，如此的永恒！

全词语句优美，感情深挚，立意高远。写天上，喻人间，悲欢离合，跌宕起伏，韵味无穷。在写法上，这首词上、下片的前三句皆以景抒情，后二句则在议论中抒情，景、情、理融为一体。这首词为历代诸多评家所赞赏，如明代沈际飞评之："（世人咏）七夕，往往以双星会少离多为恨，而此词独谓情长不在朝暮，化朽腐为神奇！"（《草堂诗余正集》）

2. 鹊桥仙 ［南宋］陆游

华灯纵博，雕鞍驰射，谁记当年豪举？
酒徒一半取封侯，独去作江边渔父。

轻舟八尺，低篷三扇，占断蘋洲烟雨。
镜湖元自属闲人，又何必官家赐与。

这首词是陆游闲置在家乡山阴（今浙江绍兴）期间所写，反映了他当时真实的精神世界，貌似寄情江湖、安于渔父生活，内心壮志未酬、忧愤难平。

上片首两句回忆在南郑（今陕西汉中）的生活。南宋孝宗乾道七年（1171），王炎宣抚川、陕，驻军抗金前沿的南郑，陆游任军事幕僚，时四十八岁。这是陆游一生中最精彩的一段军旅生涯。"华灯纵博，雕鞍驰射"，四字的一对偶句，凝聚了词人当年豪气冲天的气概。在华丽的灯光下与同僚们纵情豪赌，在苍辽的旷野上跨着骏马，驰骋射猎。作者曾在他的诗中多次写下这些场景，如"华灯纵博声满楼，宝钗艳舞光照席"（《九月一日夜读诗稿有感走笔作歌》），"小猎南山雪未消，绣旗斜卷玉骢骄"（《追述征西幕中旧事》其二）。

词的第三句由回忆转入现实："谁记当年豪举？"如今谁还记得我当年的那些豪壮之举呢？空有豪迈的胸怀和英武的本领。当今世道是"酒徒一半取封侯，独去作江边渔父"。许多不学无术的酒徒，被封侯，享受高官厚禄；像自己这样有真才实学的爱国之士却被弃用，孤独地隐居于江湖，做垂钓的渔父。"谁记"二字，饱含满腹牢骚；"独去"二字，迸发满腔悲愤。"举世皆浊我独清"（《楚辞·渔父》），朝廷黑暗，官场腐败，作者绝不同流合污。

　　下片承接上片的尾句，书写"江边渔父"的生活。"轻舟八尺，低篷三扇，占断蘋洲烟雨。""蘋洲"：长满白蘋的滩洲。一只八尺长的轻舟，撑着低矮的三扇篷顶。驾此小小的一叶扁舟，唯我一人享受白蘋滩洲烟雨迷蒙。词人远离污浊的官场，在浩渺的江湖过着独往独来、无拘无束的渔父生活。

　　"镜湖元自属闲人，又何必官家赐与。""镜湖"：即今绍兴鉴湖；"元自"：原本。此处作者引用一典故：唐代贺知章告老还乡，唐玄宗曾将镜湖赏赐给他。陆游用此典，翻新意。镜湖原本就属于我这样的闲适之人，哪需要你"官家"赏赐？"官家"暗指当时的南宋皇帝。你皇帝将我闲置不用，我正好可以在家乡的镜湖，做"江边渔父"，悠然自得。傲骨铮铮，蔑视皇权；愤慨不平，铿锵作声。

　　这首小令内容丰富，词句凝练，言简意赅，洒脱旷放之中蕴藉苍凉悲壮的孤愤。它充分展现了作者身在江湖，心在社稷，执着的爱国之情，以及傲然的风骨、高洁的情怀。在布局上，今昔对比，景情交织，逐次展开，构成深幽高远的意境，强化了艺术的感染力。明代杨慎评之："放翁词，纤丽处似淮海（秦观），雄慨处似东坡（苏轼）。其感旧《鹊桥仙》一首（即此词），英气可掬，流落亦可惜矣。"（《词品》）

3. 鹊桥仙 ［元］刘因

悠悠万古，茫茫天宇，自笑平生豪举。
元龙尽意卧床高，浑占得、乾坤几许？

公家租赋，私家鸡黍，学种东皋烟雨。
有时抱膝看青山，却不是、高吟《梁甫》。

刘因，元代名儒，理学家，诗人，号静修、樵庵，又号雷溪真隐，一位洒脱不羁的隐士。天资过人，少有大志。元世祖忽必烈至元十九年（1282），由丞相不忽木极力荐举，太子下诏，入朝做官。但为时不长，因母病而辞官回乡隐居。至元二十八年（1291），忽必烈亲自下诏，以嘉议大夫（三品）征召，刘因"以疾固辞"。这首词表白终生不再出仕的心志，词情旷放，立意新颖。

上片书写作者对人生的认识。"悠悠万古，茫茫天宇"，起首一对偶句，大气磅礴。时间，万古悠悠，无始无终；空间，天宇茫茫，无边无际。个人的生命何等短暂，个人的价值何等渺小！"自笑平生豪举"，可笑我自己，曾自诩胸怀济世之才，立下人生建功立业的豪迈壮志。

接着借三国时期的名士陈登说事："元龙尽意卧床高，浑占得、乾坤几许？""元龙"：陈登的字。据《三国志·魏书·陈登传》记载：一次许汜到访，有求田问舍之意，陈登认为许汜胸无大志，有意冷落他，自己睡在高高的床上，让客人睡在下床。历来人们引此典故，均赞赏陈登志向远大。然而，刘因在词中却讥讽陈登：元龙自以为是，故意地睡在高高的床上，那床再高，在乾坤之中又能占有多大的一点位置呢？由此道出词人对此事的独特的见解，从中表达他对人生的大彻大悟，在宇宙中，每一个人都微不足道。

下片直接描写自己隐居的生活。"公家租赋，私家鸡黍，学种东皋烟雨。""私家鸡黍"：意即自家的温饱，"黍"：小米；"皋"：水边的高地，泛指田园。为了交纳国家的租税，维持自家的生计，在田地里学种庄稼，风雨无阻。一个农民朴实的真言。"东皋"，古代诗文中常用来意指隐士耕耘之地，如魏晋时期阮籍"方将耕于东皋之阳"（《辞蒋太尉辟命奏记》），又如东晋陶渊明"登东皋以舒啸，临清流而赋诗"（《归去来兮辞》）。刘因在词中用"东皋"一词，极为贴切，寓意浅显，他决意做一位真正的隐士，如同他的自号"雷溪真隐"。

最后两句更深一层："有时抱膝看青山，却不是、高吟《梁甫》。"此处引用有关诸葛亮的故事。诸葛亮未出仕时，躬耕于南阳，每当晨夕，抱膝长啸，好为《梁甫吟》，以春秋政治家管仲、战国军事家乐毅自比。词人明确地表示：闲暇之余，有时抱膝遥望青山，悠然自得，过着平民百姓的生活，我绝不是在效仿诸葛亮。作者执意归隐，不再入仕，绝非为了以隐求名、待价而沽。词人决心固守着学者的风骨、名士的清高。

这首词直抒胸臆，真情自然，格调疏朗浑厚，蕴涵幽深精微。清代文学家顾嗣立赞刘因"诗才超卓，多豪迈不羁之气"（《元诗选》）。对于刘因，人生真正的价值在哪里呢？他看淡政治上的作为，看重文章千古留名。他在田耕之余，致力教学，潜心著书立说，有二十二卷本《刘因文集》传世。由于家境贫寒多难，自己身体弱多病，离世时他年仅四十五岁。明末清初思想家、学者黄宗羲将刘因列为元代仅有的三位学者之一："有元之学者，鲁齐（许衡）、静修（刘因）、草庐（吴澄）三人耳。"（《宋元学案·静修学案》）

摸鱼儿

词牌《摸鱼儿》简介

《摸鱼儿》原唐教坊曲名，后用为词牌。本名《摸鱼子》，又名《买陂塘》、《迈陂塘》、《山鬼谣》等。宋词以晁补之《琴趣外篇》所收为最早。双调，仄韵，字数一百十四、一百十六和一百十七字等，以一百十六字为主。

以下列出本词牌格律常见的两种格体与范例。

格体一，一百十六字，上片十句、七仄韵（也有第一句不押韵的），下片十一句、七仄韵。范例，南宋辛弃疾词：

更能消、几番风雨，匆匆春又归去。
仄平平、仄平平仄，平平平仄平仄。
惜春长怕花开早，何况落红无数。
中平平仄平平仄，平仄仄平平仄。
春且住！见说道、天涯芳草无归路。
平仄仄。仄中仄、中平中仄平平仄。
怨春不语。算只有殷勤，画檐蛛网，尽日惹飞絮。
中平中仄。仄仄仄平平，中平中仄，中仄仄平仄。

长门事，准拟佳期又误。蛾眉曾有人妒。
平平仄，中仄平平仄仄。平平平仄平仄。
千金纵买相如赋，脉脉此情谁诉？
中平中仄平平仄，中仄中平平仄。
君莫舞。君不见、玉环飞燕皆尘土！
平仄仄。仄中仄、中平中仄平平仄。
闲愁最苦。休去倚危栏，斜阳正在，烟柳断肠处。

中平中仄。仄仄仄平平，中平中仄，中仄仄平仄。

格体二，一百十六字，上片十一句、七仄韵，下片十二句、八仄韵。范例，南宋张炎词：

爱吾庐、傍湖千顷，苍茫一片清润。
仄平平、仄平平仄，平平仄仄平仄。
晴岚暖翠融融处，花影倒窥天镜。
平平仄仄平平仄，平仄仄平平仄。
沙浦迥。看野水涵波，隔柳横孤艇。
平仄仄。仄仄仄平平，仄仄平平仄。
眠鸥未醒。甚占得莼乡，都无人见，斜照起春暝。
平平仄仄。仄仄仄平平，平平平仄，平仄仄平仄。

还重省，岂料山中秦晋。桃源今度难认。
平平仄，仄仄平平平仄。平平平仄平仄。
林间却是长生路，一笑元非捷径。
平平仄仄平平仄，仄仄平平仄仄。
深更静。待散发吹箫，跨鹤天风冷。
平仄仄。仄仄仄平平，仄仄平平仄。
凭高露饮。正碧落尘空，光摇半壁，月在万松顶。
平平仄仄。仄仄仄平平，平平仄仄，仄仄仄平仄。

《摸鱼儿》历代佳作五首

1. 摸鱼儿　［北宋］晁补之

东皋寓居

买陂塘、旋栽杨柳，依稀淮岸湘浦。

东皋嘉雨新痕涨，沙嘴鹭来鸥聚。

堪爱处。最好是、一川夜月光流渚。

无人独舞。任翠幄张天，柔茵藉地，酒尽未能去。

青绫被，莫忆金闺故步。儒冠曾把身误。

弓刀千骑成何事？荒了邵平瓜圃。

君试觑。满青镜、星星鬓影今如许！

功名浪语。便似得班超，封侯万里，归计恐迟暮。

　　晁补之，字无咎，是苏轼门下四学士之一。随着对变法持有异议的"元祐党人"贬谪与起用，多次反复，他在宦海也随之几经沉浮。宋徽宗崇宁二年（1103），晁补之被罢官回到家乡山东巨野，时五十一岁，自号归来子，在东山上修葺归来园，过着陶渊明似的隐居生活。这首词写于此期间，是他的代表作。词题中的"东皋"即东山，"皋"：水边的高地。

　　上片描写归来园的景色，表达闲适的雅兴。"买陂塘、旋栽杨柳，依稀淮岸湘浦。""陂塘"：池塘；"旋"：立即。买下池塘，很快就在岸边栽植杨柳，景致秀丽，像是淮河两岸、湘水之滨，词人无比喜爱。"东皋嘉雨新痕涨，沙嘴鹭来鸥聚。""沙嘴"：沙洲的尖端。东山迎来了一场好雨，池水新涨，沙洲的前端聚集着白鹭和鸥鸟，温馨祥和。

"堪爱处。最好是、一川夜月光流渚。""一川"：一片；"渚"：水中小洲。特别喜爱之处，那就是：幽静的夜晚，月华的清辉洒满东山；一泓池水，波光粼粼浮动；水中小洲，流光点点闪烁。夜阑人静，词人陶醉在大自然的美景之中，情不自禁地翩然独舞。"任翠幄张天，柔茵藉地，酒尽未能去。""幄"：帐幕；"藉"：铺。头上，翠柳葱茏茂盛，如同绿色的帐幕；脚下，柔草如茵，铺满园林。东皋月夜如此清澈迷人，酒已饮尽，仍迟迟不愿离去。迷恋良辰美景，更是珍惜宦海归来的安宁恬淡的生活。

下片引用典故，抒发今是昨非的感慨。"青绫被，莫忆金闺故步。儒冠曾把身误。""青绫被"：汉代尚书值夜时，官供的锦被；"金闺"：即汉代朝廷的金马门，意指朝廷；"儒冠"：满腹经纶的儒生，"儒冠曾把身误"，化用了杜甫的诗句"儒冠多误身"（《奉赠韦左丞丈二十二韵》）。作者意即，莫要再留恋过去的官场生涯，读书人进入仕途，完全是误入歧途。"弓刀千骑成何事？荒了邵平瓜圃。"邵平其人秦时任东陵侯，秦亡后隐居在长安城东种瓜，瓜味香甜。词人说：即便作了高官，手下有千骑士兵，又有什么价值？反而因作官而荒芜了自家的田园，隐含着陶渊明《归去来辞》中的意境："归去来兮，田园将芜胡不归？"

作者看破了功名利禄。在官场消磨了许多宝贵的年华，自己不妨在青铜镜里细细地看一看，而今多少青丝已斑白如霜！"功名"只不过是一句空话而已。"便似得班超，封侯万里，归计恐迟暮。""班超"：东汉名将，投笔从戎，在西域三十一年，收服西域五十多个国家，封定远侯，回京时已七十一岁，不久去世。词的最后更加坚定地表白：即便能像班超那样，万里沙场，建功封侯，到了暮年才返回故乡，也已太晚了。不如早日归来，过上田园之乐的生活。

晁补之精于书画，擅长诗词。这首词上片描绘"东皋寓居"之景，景如画，画传情，如他在《和苏翰林题李甲画雁二首》所写："诗传画外意，贵有画中态。"诗情画意之中，充溢着隐居的情趣。下片娴熟地串用多个典故，借以引发议论，流畅自如，旷放雄劲，颇有苏轼的词风。上下片相辅相成，融为一体，直抒胸臆，酣畅淋漓地表达了词人厌倦官场、乐于隐士生活的情怀。这首词对辛弃疾有一定的影响，清代刘熙载在《艺概》中说："无咎词堂庑颇大。人知辛稼轩《摸鱼儿》'更能消、几番风雨'一阕，为后来名家所竞效。其实辛词所本，即无咎《摸鱼儿》'买陂塘、旋栽杨柳'之波澜也。"

2. 摸鱼儿　［南宋］辛弃疾

淳熙己亥，自湖北漕移湖南，同官王正之置酒小山亭，为赋。

更能消、几番风雨，匆匆春又归去。

惜春长怕花开早，何况落红无数。

春且住！见说道、天涯芳草无归路。

怨春不语。算只有殷勤，画檐蛛网，尽日惹飞絮。

长门事，准拟佳期又误。蛾眉曾有人妒。

千金纵买相如赋，脉脉此情谁诉？

君莫舞。君不见、玉环飞燕皆尘土！

闲愁最苦。休去倚危栏，斜阳正在，烟柳断肠处。

根据词的小序可知，这首《摸鱼儿》作于"淳熙己亥"，即宋孝宗淳熙六年（1179）。时辛弃疾四十岁，从敌占区南归宋朝十六年了，从未被重用。此次，他从湖北漕司（转运副使）被调往湖南，继续任同职。他的好友王正之接任"同官"，即原来职务。王正之设酒宴于小山亭，为他饯行。辛弃疾作此词，抒发胸中的郁闷和悲愤。

　　上片抒写惜春之情，隐含对南宋时局的忧虑。"更能消、几番风雨，匆匆春又归去。""消"：消受，经受。已是暮春时节，再也禁不起几番风雨的侵袭，春天便要匆匆离去。因为珍惜春天，常常唯恐春花开得太早，花儿早开就会早凋零，更何况如今已落花无数了。"春且住！见说道、天涯芳草无归路。"春，请你暂且停住匆匆的步伐！听说萋萋芳草长满到天涯，已经遮断了你归去之路。希望能够留住春，委婉而又感伤地道出惜春的心理。

　　可恨的春天并不理睬，依旧无声无息地走它的归路。"算只有殷勤，画檐蛛网，尽日惹飞絮。"看来只有那雕梁画栋下的蜘蛛，真心实意，整天忙着抽丝结网，去粘惹杨柳的飞絮，以期留下残春的风物。

　　在上片，作者精心地设计了隐喻，以暮春比喻眼下南宋垂危的形势。"风雨"表示金兵不断进犯。"更能消、几番风雨"？南宋再也承受不了几次金兵进攻了。词人忧心忡忡，期望能挽回国家的颓势。他面对的却是无情的现实，"落红无数"，贤臣良士纷纷被贬谪罢官；"天涯芳草"，朝廷堵塞言路，奸佞当道。自己人微言轻，作者只能以画檐下的蜘蛛自喻，蜘蛛为了留住春光，"尽日"地"殷勤"；自己对国家忠心耿耿，尽心尽责，却无力回天！只能无可奈何！

　　下片首先以汉武帝陈皇后蛾眉见妒，比喻自己遭受排挤、政治上的失意。"长门事，准拟佳期又误。蛾眉曾有人妒。""长门"：陈阿娇是汉武帝第一任皇后，失宠后被打入冷宫——长门宫；"蛾眉"：女子的美眉，意指女子的美貌。幽居在长门宫的陈阿娇盼望着重被召幸，然而预订的佳期一误再误，都因为有人妒忌她的美丽。即便将千金送给大文豪司马相如，买来他为陈阿娇写的《长门赋》，也无济于事。"脉脉此情谁诉？"她这种绵绵的思念、渺茫的期待又能向谁倾诉？"君莫舞。君不见、玉环飞燕皆尘土！""君"：妒忌别人、受宠一时之人；"玉环"：杨玉环，即唐玄宗的杨贵妃，最后在马嵬坡被缢死；"飞燕"：汉成帝第二任皇后赵飞燕，最终自杀身亡。奉劝那些妒忌"蛾眉"、献媚争宠之人：莫要得意忘形过早，你们没看见杨玉环、赵飞燕二人最终死于非命的下场！对朝廷得逞一时、专横跋扈的小人，词人发出无比的蔑视和愤慨。

词的结尾，由咏史回到写景，寄托心底的愁绪。"闲愁最苦"，无法排遣的忧愁最为痛苦。"休去倚危栏，斜阳正在，烟柳断肠处。""危栏"：高处的栏杆。不要登高凭栏远眺，因为夕阳的余辉正映照着烟霭笼罩的杨柳树林，空寂凄凉，看到这样的景象只会令人愁肠寸断。以景语结束，紧扣词旨，意味深长。这次任职调动，让词人深深地悲哀。朝廷非但不重用他，反而有意地将他调到离北方抗金前线更远的地方！自己朝思暮想、为国收复中原失地的夙愿，成了泡影。南宋王朝犹如日薄西山，看不到一丝的希望。祖国山河破碎，风雨飘摇；自己怀才不遇，壮志难酬。凄绝，哀绝！

辛词以豪放著称。这首《摸鱼儿》由于词意的需要，作者采用了婉约派的表现手法，托物比兴，借古喻今，含蓄曲折。全词沉郁悲怆，寓意深远，字里行间充溢着个人身世的悲哀、国家命运的伤痛。南宋罗大经在《鹤林玉露》中记载："词意殊怨。……闻寿皇（指宋孝宗）见此词颇不悦。"从一个侧面反映了这首词在当时的现实意义和影响力。今天读之，仍能感受其历史价值和艺术魅力。梁启超高度推崇这首词："回肠荡气，至于此极，前无古人，后无来者。"（梁令娴《艺蘅馆词选》）

3. 摸鱼儿 ［金］元好问

乙丑岁赴试并州，道逢捕雁者云："今旦获一雁，杀之矣。其脱网者悲鸣不能去，竟自投于地而死。"予因买得之，葬之汾水之上，垒石为识，号曰"雁丘"。时同行者多为赋诗，予亦有《雁丘词》。旧所作无官商，今改定之。

> 问世间、情是何物，直教生死相许？
> 天南地北双飞客，老翅几回寒暑。
> 欢乐趣。离别苦，就中更有痴儿女。
> 君应有语。渺万里层云，千山暮雪，只影向谁去？

> 横汾路，寂寞当年箫鼓。荒烟依旧平楚。
> 招魂楚些何嗟及，山鬼暗啼风雨。
> 天也妒。未信与，莺儿燕子俱黄土。
> 千秋万古。为留待骚人，狂歌痛饮，来访雁丘处。

这首词是历代爱情诗词中脍炙人口的杰作，它是一首凄美动人的恋歌，忠贞爱情的赞歌。这是一首咏物之作，作者由大雁殉情的故事展开，用拟人的手法，丰富的想象，华美的文笔，深情地歌颂至死不渝的爱情。

作者在词序中详细地讲述了此词写作的背景，见景生情，为情而作。元好问是太原秀容（今山西忻州）人。"乙丑岁"是金章宗泰和五年（1205），时元好问年仅十六岁，赴并州（今太原）赶考。途中遇到大雁殉情之事，他将两只死雁买下，葬于汾水岸边，垒上石头，作为标识，并起名"雁丘"，其地在今山西阳曲县。同行的人纷纷为此赋诗，作者也作了一首《雁丘词》。"旧所作无宫商"，原作不协音律，故现今加以修改，更定成这首《摸鱼儿》。至于在何年改定，词人没有说明，有关的学者意见不一，年份差别颇大。

上片描写大雁生死不离的爱情。起首发出石破天惊的设问："问世间、情为何物，直教生死相许？""直"：竟。问人世间，爱情到底是什么，竟然让痴情者生死相随？为情而生，为情而死！词人目睹大雁殉情，为之震撼，深深感动。他以询问的口吻，抒发心灵深处无限的惊叹、感慨和赞美。不问天，不问地，"问世间"，雁犹如此，人何以堪！惊世，醒世。"直教"二字，饱蘸着词人一泻如注的激情。

接着，作者对大雁的感情生活、精神世界产生翩翩的浮想。"天南地北双飞客，老翅几回寒暑。""双飞客"：将成双成对的大雁拟人化。天南地北比翼双飞，形影不离，相依为命；渐渐老去的翅膀又经历了多少风雨寒暑。漫漫长途，悠悠岁月，欢聚的乐趣，离别的苦涩，其中更有许多与人间痴情男女一样感人的故事。"君应有语。渺万里层云，千山暮雪，只影向谁去？""君"：殉情的大雁。殉情的雁子仿佛在说，茫茫万里云海，重重千山暮雪，无论路途如何遥远，不管行程怎样艰难，上天入地，我也要形只影单地追随它而去，"自投于地而死"！生生死死，只为一个"情"字。

大雁殉情而亡，惊天地，泣鬼神。下片前半段借自然景象，表达对殉情大雁的悲恸和哀悼。"横汾路，寂寞当年箫鼓。荒烟依旧平楚。""平楚"：平林。此处引用汉武帝横渡汾河的典故。埋葬大雁的汾河之滨，当年汉武帝横渡汾河，箫鼓喧天，船歌回荡，如今一片冷寂寥落，两岸荒烟迷蒙，平林萧疏。"招魂楚些何嗟及，山鬼暗啼风雨。""招魂"、"山鬼"：均为《楚辞》的篇名；"些"：《楚辞·招魂》句尾用的楚人语气词。元好问在此借用《楚辞》，并加以发挥。大雁安眠吧，《招魂》一曲，"魂兮归来"；死不复生，何其悲哉，山鬼在风雨中暗自哀啼。

　　下片的后半段，作者抒发对殉情大雁的颂扬。"天也妒。未信与，莺儿燕子俱黄土。"细想来，双雁生死相随，一往情深，连上天也会妒忌。它们如此高贵，谁也不会相信它们将与莺儿燕子一样，死后化为一抔黄土。"千秋万古。为留待骚人，狂歌痛饮，来访雁丘处。"在此，我为双雁垒建墓地。千秋万代，人们从四面八方来到雁丘纪念凭吊，诗人墨客赋诗作词，歌之咏之，永远传唱。词的最后，作者将大雁殉情的故事加以升华，其爱其情，海枯石烂，万古永恒，为人间世世代代所崇仰。

　　人世间，忠贞不渝的爱情，为青年男女梦寐以求；相依为命、白头偕老，是夫妻二人最美好的凤愿。元好问这首《摸鱼儿》之所以感人，因它立意高远，深深地触及到每一位读者的心灵。作者以雄放苍劲之笔，写坚贞悲壮之情，跌宕起伏，缠绵凄婉，纯美的爱情，高洁的灵魂，具有深刻而又永恒的社会意义，以及至真至美的艺术魅力。

　　注：作者另有一首《摸鱼儿》（问莲根、有丝多少），又名《双蕖词》，是这首《雁丘词》的姐妹篇，均为歌颂爱情的千古杰作。这首《雁丘词》写的是悲雁殉情的真事，借物托情，以雁寓意。《双蕖词》则直接写金代民间一对青年男女殉情的真实悲剧，凄哀悲愤。其中佳句有："天已许。甚不教、白头生死鸳鸯浦？""人间俯仰今古。海枯石烂情缘在，幽恨不埋黄土。"

4. 摸鱼儿　［清］王夫之

东洲桃浪

　　剪中流、白蘋芳草，燕尾江分南浦。

　　盈盈待学春花靥，人面年年如故。

留春住。笑萍影轻狂，旧梦迷残絮。

棠桡无数。尽泛月莲舒，留仙裙在，载取春归去。

佳丽地，仙院迢迢烟雾。湿香飞上丹户。

醮坛珠斗疏灯映，共作一天花雨。

君莫诉。君不见，桃根已失江南渡。

风狂雨妒。便万点落英，几湾流水，不是避秦路。

    王夫之生活在明、清之交。清军南侵时，他在湖南衡山举兵抗清，兵败赴广东加入南明义军，至桂州沦陷。流落多地，最后回家乡衡阳，在石船山隐居，人称王船山，著述立学，为中华民族留下丰厚的文化遗产。他是一位言行一致、坚守民族气节的名家士人。南明桂王永历九年（清顺治十二年，1655），桂王朱由榔逃至西南。王夫之在衡阳，用词牌《摸鱼儿》作"潇湘小八景词"组词八首，每首一景，以家乡秀美之景，寄寓江山易主之悲。这首词为其中的第三首，词题"东洲桃浪"，"东洲"：衡阳湘江中一个水洲之名；"桃浪"：即三月的桃花汛。

    起首直接描写词题中的"东洲"形胜。"剪中流、白蘋芳草，燕尾江分南浦。""南浦"：意指东洲。东洲位置奇特，处于湘江之中，滔滔江水到此如被剪开，向两侧分流，形似燕尾状，洲上长满了小花白蘋和萋萋芳草。随之两句隐含词题中的"桃浪"，"盈盈待学春花靥，人面年年如故"。"春花"：即桃花；"靥"：脸上的酒窝。这两句化用了唐代崔护《题都城南庄》："去年今日此门中，人面桃花相映红。"三月的桃花汛，"桃浪"盈盈，浪花宛若佳人娇美的酒窝。年复一年，今年"东洲桃浪"像是如往年一样。然而，"风景不殊，正自有山河之异！"（《世说新语·言语》）这首词的前四句正蕴涵着此深邃之意，风景未变，山河易主！

    "留春住。笑萍影轻狂，旧梦迷残絮。"春意阑珊，可笑的是水中的浮萍轻狂逐浪，在旧梦里迷恋它的前世残絮，竟然不知春已无法留住，自己即将飘向天涯。传说中，柳絮落入水中便化作浮萍。诗词中引用此传说并不罕见，如蒋春霖《卜算子》（燕子不曾来）："弹泪别东风，把酒浇飞絮。化了浮萍也是愁，莫向天涯去！"苏轼《水龙吟》（似花还似非花）："不恨此花飞尽，恨西园、落红难缀。晓来雨过，遗踪何在？一池萍碎。"这首词中别有一番新意。接着，作者将目光从江中的萍影转向游人。"棠桡无数。尽泛月莲舒，留仙裙在，载取春归去。""棠桡"：沙棠木做的船桨，词中意指船；"留仙裙"：意即女子美丽的衣裙，出自《赵飞燕外传》：赵飞燕陪汉成帝游宴太液池，风大起。风止，裙绉。他日宫女仿之，制作带折绉的裙，取名"留仙裙"。江面上画舫无数，月下泛舟，莲叶舒展，少女贵妇们身穿华丽的衣裙，飘然若仙，人们沉溺于纵情欢娱之中，全然不顾春归去！"春"，词人心中的南明，可怜的南明，短命的南明！

　　下片首先由东洲江中之景转向东洲陆地。"佳丽地，仙院迢迢烟雾。湿香飞上丹户。""佳丽地"：原指金陵（今南京），词中即东洲，出自南朝谢朓《入朝曲》"江南佳丽地，金陵帝王州"；"仙院"、"丹户"：均意指道观寺院，丹户即丹房，道士的住所。月夜下，东洲香火不绝。道观寺院笼罩在迷蒙的烟雾之中，焚香袅袅带着湿气飘上丹房。"醮坛珠斗疏灯映，共作一天花雨。""醮坛"：道士敬神的祭坛；"珠斗"：即星斗；"花雨"：雨花，相传梁武帝时云光法师讲经，天花坠落如雨，故其讲经之地被称为雨花台（在今南京）。信男善女们迷醉于烧香拜佛，祭坛盏盏摇曳的疏灯，与天上点点闪烁的星斗互相辉映，仿佛空中正在洒落着雨花。

　　词情至此，作者以众人的乐景隐寓自己内心深沉的悲哀。这种写法正如王夫之自己在《姜斋诗话》所说："以乐景写哀，一哀景写乐，一倍增哀乐。"

词的结尾，由上文的"花雨"引出南明的都城南京，词意由暗转明。"君莫诉。君不见，桃根已失江南渡。"不必再说了，难道没见：桃根已失去了江南的渡口，南明的首都沦入清军之手，明朝已亡！"桃根"：东晋王献之妾名桃叶，妹名桃根，王献之曾在金陵一渡口送桃叶，并咏诗："桃叶复桃叶，桃树连桃根。"后人将此渡口取名为桃叶渡，在今南京城南秦淮河与古青溪合流处。"风狂雨妒。便万点落英，几湾流水，不是避秦路。""避秦路"：出自陶渊明《桃花源记》中那些"先世避秦时乱"而来到桃花源的人们的典故。词尾，反用"桃花源"之典，照应词题"东洲桃浪"。作者悲愤地告诫东洲的人们，清军来势凶狠，如同"风狂雨妒"，所到之处对人民血腥的镇压，落英万点；东洲这"几湾流水"之地绝非世外桃源，明代的遗民已无避乱之处！泣血之语，痛心疾首！

词中，作者以辛辣冷峻的笔调，嘲讽在国难当头之际沉迷欢乐、祭神拜佛的社会现象，语隐意深。全词凄楚悲怆、孤愤哀怨，饱含亡国之恨、志士风骨，回荡着屈原《离骚》之伤。近代词人朱孝臧以词评价王夫之词作："苍梧恨，竹泪已平沉。万古湘灵闻乐地，云山韶濩入凄音。字字楚骚心。"（《望江南》）

5. 摸鱼儿　［清］陈澧

东坡《江郊诗序》云："归善县治之北数百步抵江，少西有磐石小潭，可以垂钓。"余访得之，题以此阕。

绕城阴、雁沙无际，水光摇漾千顷。
苍崖落地平于掌，湿翠倒涵天镜。
风乍定。看绝底明漪，曾照东坡影。
林烟送暝。只七百年来，斜阳换尽，一片古苔冷。

幽寻处，付与牧村樵径。江郊诗句谁省？

平生我亦烟波客，笠屐倘堪持赠。

云水性。便挈鹭提鸥，占取无人境。

商量画帧。向碎竹丛边，荒芦叶畔，添个小渔艇。

陈澧，广东番禺（今广州）人，博学多才，精书画。由词序可知这是一首览胜怀古之作。

苏轼于宋绍宗元年（1094）十月被贬放到广东惠州。归善县离惠州城仅一江之隔，绍宗三年（1096）三月，在离归善县北的城墙不远的一座小山顶上，苏轼修筑一栋房子，取名"白鹤居"，准备在此终老，时年六十一岁。随后，他常去归善县北江郊垂钓，以排遣谪居的郁闷，其间曾作《江郊》诗。陈澧的家乡番禺与惠州相邻，他对苏轼心怀敬仰，多次到访苏轼在惠州的遗迹，并为此写下数篇诗词。由这首词的小序可知，作者根据苏轼《江郊诗序》中所描述的地点，游览了当年苏轼垂钓之地，写下此首《摸鱼儿》。"阕"：乐曲终了，词原本是配乐的文学语言，故一首词又称为一阕。

上片随着游览的步履，描写沿途的景色。"绕城阴、雁沙无际，水光摇漾千顷。""城阴"：即城北；"雁沙"：取自古曲名《平沙落雁》。绕着归善县的城北，来到江边，一片无际的沙滩，雁鸥点点，碧波千顷，水光荡漾。"苍崖落地平于掌，湿翠倒涵天镜。"苍翠的悬崖仿佛从天而落，垂直插入地下；居高俯视，地面平坦如掌。山峰青翠欲滴，倒映在明镜般的水中，清晰可见。"平于掌"：引自杜甫"秦川对酒平如掌"（《乐游园歌》）；"天镜"：出自唐宋子问"天镜落湖中"（《游禹穴》）。

"风乍定。看绝底明漪，曾照东坡影。"山谷的风刚刚平定，江水清澈见底，激滟的水波曾经映照过东坡的身影。词人从心底里发出对苏轼仰慕，思情悠悠。"林烟送暝。只七百年来，斜阳换尽，一片古苔冷。"一抹淡淡的水雾笼罩着岸边的树林，天色渐渐幽暗，临近黄昏时分。自东坡被贬，发配到此，转眼间就是七百来年，日复一日，时光流逝，斜阳换尽，唯有夕阳下那一片清冷的绿苔，还是东坡垂钓时的"古苔"。悠悠岁月，历史沧桑，东坡不朽的华章、坎坷的人生、人格的魅力，令词人感慨万千。

下片作者触景生情，直抒感慨。"幽寻处，付与牧村樵径。江郊诗句谁省？"依照东坡《江郊》序文，寻找到这个偏僻幽静之处。七百多年过去，如此胜景，现在竟成了牧童樵夫早出晚归的路径。东坡《江郊》的诗意又有谁能领悟？"平生我亦烟波客，笠屐倘堪持赠。""倘堪"：尚可。苏轼流离颠沛，浪迹天涯。今生今世，我也是江湖上漂泊的过客。我虽与苏轼无法相比，但情志相同。头戴的斗笠、脚穿的竹屐，尚可与东坡互相赠送。

"云水性。便挈鹭提鸥，占取无人境。"纵情于云山烟水是我的天性。鹭作朋，鸥为友，远离纷繁的尘嚣，唯我占取无人之境，独来独往，无拘无束。"商量画帧。向碎竹丛边，荒芦叶畔，添个小渔艇。""商量"：在此为寻思、构思之意。构思绘画，潜心学问；隐居在竹林丛边、芦苇滩畔，更有一只可供垂钓的小渔舟，今生足矣！最后一句，极为精妙地呼应东坡江郊垂钓，点明自己与七百年前的苏轼心心相印。

这首词通过寻游江郊之景，表达作者与东坡志同道合的高洁情怀。在清幽的景色之中，抒发萍踪漂泊的身世、知己难觅的孤寂以及淡雅脱俗的情趣。全词笔力典雅飘逸，蕴涵浑厚悠远。近代著名词人、学者谭献在《箧中词续》中称陈澧"文而又儒，粹然大师，不废藻咏。填词朗诣，洋洋乎会于风雅"，这首《摸鱼儿》足见一斑。

注：苏轼《江郊》："江郊葱昽，云水蒨绚。碕岸斗入，泂潭

轮转。先生悦之，布席闲燕。初日下照，潜鳞俯见。意钓忘鱼，乐此竿线。优哉悠哉，玩物之变。"当年，令苏东坡万万没想到的是，"白鹤居"建完，全家在此团圆仅两个月，他又一次被发配，去那不能再远的天涯海角——海南儋州。

虞美人

1

词牌《虞美人》简介

《虞美人》唐教坊曲，原为古琴曲名，后用作词牌名，取名于西楚霸王项羽的宠姬虞美人。又名《一江春水》、《玉壶水》、《巫山十二峰》等。双调，仄韵转平韵，有极少词作全用平韵。字数五十六、五十八字两种，以五十六字为主。

以下列出本词牌格律常见的两种格体与范例。

格体一，五十六字，上、下片各四句，均两仄韵转两平韵。范例，五代李煜词：

> 春花秋月何时了，往事知多少？
> 中平中仄平平仄，中仄平平仄。
> 小楼昨夜又东风，故国不堪回首月明中。
> 中平中仄仄平平，中仄中平平仄仄平平。
>
> 雕栏玉砌应犹在，只是朱颜改。
> 中平中仄平平仄，中仄平平仄。
> 问君能有几多愁？恰似一江春水向东流。
> 中平中仄仄平平，中仄中平平仄仄平平。

格体二，五十八字，上、下片各五句，均两仄韵转三平韵。范例，北宋晁补之词：

> 原桑飞尽霜空杳，霜夜愁难晓。
> 平平平仄平平仄，平仄平平仄。
> 油灯野店怯黄昏，穷途不减酒杯深，故人心。

平平仄仄仄平平，平平仄仄仄平平，仄平平。

羊山古道行人少，也送行人老。
平平仄仄平平仄，仄仄平平仄。
一般别语重千金，明年过我小园林，话如今。
仄平仄仄仄平平，平平仄仄仄平平，仄平平。

《虞美人》历代佳作八首

1. 虞美人　［五代］李煜

春花秋月何时了，往事知多少？
小楼昨夜又东风，故国不堪回首月明中。

雕栏玉砌应犹在，只是朱颜改。
问君能有几多愁？恰似一江春水向东流。

　　李煜是南唐最后一个皇帝，史称李后主。这首词以问起始，以答结束，感慨人生无常，亡国之痛；纵情任性地宣泄，跌宕起伏，激荡着悲切凄楚的情感。

　　起首发出悲慨之问："春花秋月何时了，往事知多少？"因徒的生活，让他终日沉陷入在苦闷与忧伤之中，美好的春花秋月，非但没有激起他欣赏的情致，反而增加了他的烦恼。春花秋月，何时能了结呢？往事历历，无法忘怀。"小楼昨夜又东风"，小楼昨夜又有东风吹来，囚禁又一个年头了！"东风"没有给他带来温馨，更加勾起了他对故国的思念。明月依然如旧，故国却已易主；曾经的风花雪月、歌舞升平，荡然无存。昔日享乐不尽的一国之君，如今成了失去自由的阶下囚，怎能不发出"不堪回首"的哀叹！

下片首句承上启下，"雕栏玉砌应犹在"，南唐金陵那雕栏玉阶的皇宫应该还在。"只是朱颜改"，只是自己当年的英姿风采已经不复存在。再次深深地叹息，何等悲切！追思往昔的帝王生活，悔恨亡国的被俘屈辱，春花常开，秋月永恒，江山易改，人生短暂！"问君能有几多愁？恰似一江春水向东流。""君"：作者自称。痛心自问：心中的忧愁有多少？悲恸自答：犹如日夜东流的江水，奔腾不息，无穷无尽！

全词文笔天然，感情率真，一唱三叹。词中娴熟地运用比喻、对比和设问的修辞手法，以美景寄寓悲情，哀感倍增。李后主更将江山兴亡与个人今昔紧密相连，无忌无畏、酣畅淋漓地倾诉亡国之囚的悲愁，惊天地，泣鬼神。它堪称千古不朽的传世之作，具有无与伦比的艺术价值。相传，李后主于他的生日夜晚，在寓所命他的故伎作乐，唱这首《虞美人》，宋太宗赵光义闻之大怒，遂赐毒药，将李煜毒死。它竟成了李后主的绝命词！

清代词学家郭麐评李煜："作个才子真绝代，可怜薄命作君王。"（《南唐杂咏》）王国维在《人间词话》评李煜词作："尼采谓：一切文学，余爱以血书者。后主之词，真所谓以血书者也。""词至李后主而眼界始大，感慨遂深。"

2. 虞美人　［北宋］晏几道

曲阑干外天如水，昨夜还曾倚。
初将明月比佳期，长向月圆时候望人归。

罗衣著破前香在，旧意谁教改？
一春离恨懒调弦，犹有两行闲泪宝筝前。

这首词刻画女子的痴情和怨意，无限的感慨，无奈的叹息。词句平白如话，却隐喻作者个人的遭遇和内心的凄楚，写法独具特色。

上片描写女主人月下盼人归来的情景。"曲阑干外天如水，昨夜还曾倚。"深夜，女子独自倚着弯曲的栏杆眺望远方，天色如水，清凉明澈；昨夜也曾倚栏望月，苦苦地相思。夜复一夜，不知有多少个夜晚，孤寂地倚栏思念、期盼。"初将明月比佳期，长向月圆时候望人归。""长"：同"常"。离别之初，将明月比作良辰佳期，在如水的月色里，回忆过去恩爱缠绵的夜晚。如今，每逢月圆，便举首怅然地望着皎洁的圆月，在月下盼望恋人归来，团圆欢聚。"长向"，长年累月，痴情的盼望，苦涩的失望。"初将"、"长向"，是从希望到失望，对照鲜明，字简而意深！

下片抒写对旧情的眷念和被离弃的怨恨。"罗衣著破前香在"，华美的丝绸衣裳都穿破了，往昔的香味还在。天长日久，女子依然眷恋着曾经甜蜜的欢娱。"旧意谁教改？"是什么让你改变了昔日的情意呢？最后，"一春离恨懒调弦，犹有两行闲泪宝筝前"。"一春"：长久之意。离恨绵绵，无心去调琴弦，对着贵重的古筝唯有两行泪水无声地流淌。多年的期盼和长久的离恨积压在心底，极大的失落，极深的怨愁。

整首词没有复杂的情节，没有雕琢的词藻，没有深奥的典故，在女主人的幽思、寂寞和伤感之中，晏小山道尽人情冷暖和世态炎凉！古诗词中常以美人迟暮、遭到遗弃的命运，隐喻作者怀才不遇的身世之伤。如屈原《离骚》"众女嫉余之蛾眉兮"，辛弃疾《摸鱼儿》"蛾眉曾有人妒"。作者身为高官公子，但无政治抱负。他寻求的是安逸的温柔乡、诗琴的朋友圈。这首词，小山借用一位幽怨的普通女子，而不是失宠的皇妃，含蓄而又忧伤地抒发自己落拓失意的心境，以及世无知音的苦闷，贴切，精致。

3. 虞美人　［北宋］苏轼

有美堂赠述古

湖山信是东南美，一望弥千里。

使君能得几回来？便使樽前醉倒更徘徊。

沙河塘里灯初上，《水调》谁家唱？

夜阑风静欲归时，惟有一江明月碧琉璃。

　　这首词作于宋神宗熙宁七年（1074）七月，苏轼时任杭州通判。词题中的"有美堂"，坐落在杭州城内吴山之顶。"述古"：陈襄，字述古，北宋名臣，离任杭州知州，迁任应天府（今河南商丘）知州。同僚们在有美堂设宴，为述古饯行，苏轼即席而作此词。

　　上片赏景抒怀，表达对述古惜别之情。"湖山信是东南美，一望弥千里。""弥"：满，遍。登临远眺，有美堂窗外，一望千里，湖光山色尽收眼底，实乃东南绝佳美景。开篇二句，景象恢宏，一笔概之。"使君能得几回来？""使君"：州郡长官，此处指陈述古。如此胜景，君将离去，你何时才能回来？何时你我方能重逢？苏轼与陈襄在杭州共事两年，志同道合。在此离别之际，苏轼抒发出真挚的留念之情。"便使樽前醉倒更徘徊"，尽情地痛饮吧，最好醉倒在樽前，便可多流连一些时日，在杭州与大家仍在一起。

　　下片描写有美堂观赏的夜景，以及对友人美好的祝愿。明月当空，沙河塘华灯初上，岸边酒肆毗连，宾客满座；水上画舫荡漾，吴歌柔丽。"沙河塘"：在杭州城南，通钱塘江，宋时为杭州繁华地区。"《水调》谁家唱？"歌舞升平之中，是谁家在唱《水调》凄婉的悲歌？隋炀帝开凿汴河时令制作《水调歌》，取材于劳工的歌谣，声韵悲切。苏轼借助欢乐之中的一曲悲歌，寓意天下没有不散的筵席，蕴含友人之间惆怅的离情别绪。当夜深风静、酒醉欲归之时，"惟有一江明月碧琉璃"。只有那如水的月华，清辉无垠，映照着东流而去的钱塘江，江水碧波澄澈，宛如琉璃。结句，大江明月，象征着述古高洁的人品、彼此纯洁的友谊，同时预祝对方光明的前程。浩然之景，深邃之情，分别的伤感在博大的胸襟中释怀。

官场钱行的诗词，常是应酬之作，客套恭维。而苏轼这首《虞美人》，充满着对同僚友人陈述古诚挚的真情。写法上景色与友情融为一体，清婉之间显豪放，疏朗之中见深情。

4. 虞美人　［北宋］黄庭坚

宜州见梅作

天涯也有江南信，梅破知春近。
夜阑风细得香迟，不道晓来开遍向南枝。

玉台弄粉花应妒，飘到眉心住。
平生个里愿杯深，去国十年老尽少年心。

黄庭坚，仕途跌宕起伏，多次被发配，历经沧桑。宋徽宗崇宁二年（1103），他被陷"幸灾谤国"之罪，被除名，发配至宜州（今广西宜山）。他从鄂州（今湖北武汉）出发，大约第二年五、六月间，抵达宜州贬所。这首词作于此年的冬天，当时他已是六十岁的老人。

上片描写冬末春初在贬所见到梅花的欣喜心情。"天涯也有江南信，梅破知春近。""信"：信息，气息。宜州离京城如天涯之遥，竟然也有江南的气息。梅花点点，方知春天已近。黄庭坚是江西人，他流落天涯，见到傲寒的梅花，喜出望外，大有身在故乡的感觉。"夜阑风细得香迟，不道晓来开遍向南枝。""不道"：没料到。深夜，细风吹来梅花的清香。没想到，早上起来看见向阳的枝头已经梅花开遍。借助于夜间的细风才得以闻到梅香，故言"迟"；但清早梅花已满南枝，惊喜之情，溢于言表。文字细腻，感情激荡。

下片抒发人生沉浮之叹。"玉台弄粉花应妒，飘到眉心住。"妙龄少女在玉镜前弄粉化妆，引起梅花的嫉妒，就飘落在她的眉头上，以示用梅花点妆更为美丽。此时，这位被贬到边陲的年已垂暮的词人，在赏梅之际联想起寿阳公主以梅试妆、少女爱美的浪漫故事，表达自己终生怀着一颗追求美好的不老之心。此两句用典故，《太平御览·时序部》引《杂五行书》，相转南朝宋武帝寿阳公主人日卧于含章殿檐下，梅花落其额上，成五瓣之花，拂之不去，自后便有"梅花妆"之说。同时，词情又为下文的"少年心"埋下伏笔。"平生个里愿杯深"，"个里"：此中，这样的情景。宜州见梅，不禁回首当年赏梅，若是往昔，对此美景总是尽情尽兴地开怀痛饮。然而，"去国十年老尽少年心"。从宋哲宗绍圣元年（1094）初次贬谪，至今已整十年了，历经流离颠沛，尝尽磨难辛酸，早已没有了少年心！词的结句，道出了埋在内心最深处的苍凉和悲愤。

全词以梅为主线，紧扣词题。上片由"梅破"进而"得香"再到"开遍"，欣喜，宽慰；下片由"梅花落额"的典故，想起"平生"，再回到当下的"老尽少年心"，悲壮，凄凉。布局错落有致，词情婉曲跌宕。词中将天涯与江南、垂暮与少年作了反差巨大的对比，倾诉作者对朝廷政治迫害的怨愤，以及豁达超脱与悲凉伤感交织的真实心情。词的主旨以梅明志，在困顿的晚年永葆孤傲高雅的风骨。正如作者在《书僧卷后》所写："士大夫处世可以百为，唯不可俗，俗不可医也。""临大节而不可夺，此不俗人也。"

5. 虞美人 ［南宋］陈亮

春愁

东风荡扬轻云缕，时送萧萧雨。
水边台榭燕新归，一口香泥湿带落花飞。

海棠糁径铺香绣，依旧成春瘦。
黄昏庭院柳啼鸦，记得那人和月折梨花。

宋孝宗隆兴元年（1163）四月发动北伐，因措置失当、用人不明等原因，以失败告终。第二年岁末与金签署屈辱的《隆兴和议》。随后，陈亮上书《中兴五论》，石沉大海。后又向孝宗连上三书，论兴国方略，被朝臣斥为"狂怪"。为此，陈亮写道："每念及此，或推案大呼，或悲泪填膺，或发上冲冠，或拊掌大笑。"（《与吕伯恭正字书》）这首词以"春愁"为题，抒发韶华易逝、壮志难酬的感慨，以及气节不移的胸襟。

上片开头两句写景："东风荡扬轻云缕，时送萧萧雨。"春风吹拂，轻云缕缕，却时而下起骤雨。"水边台榭燕新归，一口香泥湿带落花飞。"句中化用白居易《钱塘湖春行》诗句"谁家新燕啄春泥"。"台榭"：在土台上木构的房屋。风雨中，落花飘舞，新燕归来，口啄带湿的春泥，飞到水边的台榭修筑窝巢。春将去也，春愁油然而生。第四句的"泥"承接第二句的"萧萧雨"；"落花飞"呼应第一句"东风荡扬"。构思巧妙，用词精致。

　　过片承上启下，"海棠糁径铺香绣"，"糁"：掺和。美丽的海棠花落满小径，掺和在泥土里，铺成彩色的锦绣，散发出芳香。"依旧成春瘦"，然而，最终免不了"春瘦"，春光衰减，惨淡失色，令人伤感。李清照写有经典名句"应是绿肥红瘦"（《如梦令》），形容风雨之后红花凋落稀少。陈亮以"春瘦"，点出了词的主题"春愁"。黄昏时节，庭院的柳树中传出乌鸦的啼叫声，不胜凄凉。"记得那人和月折梨花"，还记得吗，在月色如水之夜，"那人"沐浴着月光，轻轻地折下在风雨中残存的梨花。"那人"除了词人自己，又能是谁呢？梨花丽质，在风雨中摧残殆尽，词人怜之惜之，将残花留下。春天本应美好，带给作者的却唯有愁肠寸断！

　　在写法上，这首词运用比兴，以暮春的风雨、落花、归燕、啼鸦，展现作者悲凉的内心世界。像海棠一样锦绣的理想，零落成泥，空有报国之志；气节依然如月色明亮、似梨花洁白。陈亮的词以豪放著称，而这首词疏淡凄婉，愁楚之中仍不失刚毅。它是陈亮名作之一，宋末元初词人周密评此词："陈龙川好谈天下大略，以气节自居，而词亦疏宕有致。"（王弈清《历代词话》）

6. 虞美人　［南宋］蒋捷

听雨

　　少年听雨歌楼上，红烛昏罗帐。

　　壮年听雨客舟中，江阔云低断雁叫西风。

　　而今听雨僧庐下，鬓已星星也。

　　悲欢离合总无情，一任阶前点滴到天明。

一个人，到了晚年不免回首风雨人生路，感慨万千。然而，将几十年个人的悲欢与国家的兴亡交织在一起，浓缩于一首数十字的诗词之中，艺术臻美，思想厚重，古往今来，极为罕见！

蒋捷，生活在宋与元易代之际，一生在沧桑变迁中度过，饱尝哀乐，流离颠沛。宋亡后，他保气节、不入仕。这首词以词题"听雨"为主线，按时间顺序，一时一地一景，记述他由少年、壮年到老年的人生经历，不同的时期，不同的生活，不同的心情，酣畅淋漓，荡气回肠。

上片追忆少年与中年。"少年听雨歌楼上，红烛昏罗帐。"歌楼上，轻歌曼舞，红烛幽暗，罗帐低垂，锦被温软，享受着衣食无忧、纵情欢娱的生活。"壮年听雨客舟中，江阔云低断雁叫西风。""断雁"：失群的孤雁。乘一叶客舟，江阔云低，西风瑟瑟，寒雨潇潇。国家在风雨飘摇之中，自己身如一只孤雁，风餐露宿，浪迹江湖。

下片重笔书写当下老年。"而今听雨僧庐下，鬓已星星也。"一位白发稀疏的老翁，无处居住，只得栖寄于僧舍之下，孤苦伶仃。"一任阶前点滴到天明"，任凭台阶前的雨点从深夜滴到天明，冷风凄雨，悲凉绝望。"一任"：已对彻夜的风吹雨淋习以为常，以致麻木！"悲欢离合总无情"，抚今追昔，悲欢离合，人间无情，故国已亡，万念俱灰！

全词根据人生三个不同的年龄段，截取了不同的象征性画面：少年"歌楼上"，壮年"客舟中"，老年"僧庐下"；层次分明，又以"听雨"贯连其中，栩栩如生地写尽作者从荣华富贵到落魄潦倒的生活巨变，感慨平生，追怀故国，从而深切地抒发宋朝亡国的遗恨。一首词，短短十行，寥寥五十六字，作者娴熟地驾驭文学语言，凝练而又形象，内涵丰富，感情悲切，意境深远。它是蒋捷最经典的一首词，也是词史上的名篇。

7. 虞美人 ［清］陈维崧

无聊

无聊笑捻花枝说，处处鹃啼血。

好花须映好楼台，休傍秦关蜀栈战场开。

倚楼极目添愁绪，更对东风语。

好风休簸战旗红，早送鲥鱼如雪过江东。

这首词作于康熙十三年（1674）春，作者五十岁，时局正逢"三藩之乱"，战火从两湖蔓延到陕、甘、川，广大民众陷于血火之中。陈维崧曾经历清兵入关后残酷地镇压和杀害抗清的民众，如历史上的"扬州十日"、"嘉定三屠"等。在词里，陈维崧以含蓄的笔法，表达对战争的厌恶，和期盼早日太平的心情。词题"无聊"，寓激愤于舒缓，在无奈之中表露着抗争。

上片书写无聊捻花，对好花说。"无聊笑捻花枝说，处处鹃啼血。""捻"：用手指搓转；"鹃啼血"：取自"杜鹃啼血"的典故。起首二字便用词题，暗示着强烈的厌烦和反感的心理。笑是苦笑，百无聊赖地捻着花枝说，到处听杜鹃鸟在啼血悲鸣。隐喻祖国大好河山笼罩在腥风血雨之中，遍地流着鲜血！上片后两句转入具体的地域，"好花须映好楼台，休傍秦关蜀栈战场开"。"秦关"：陕西秦川一带的关隘；"蜀栈"：秦地通往四川的栈道。美丽的好花应去映照美丽的楼台，而不应傍着秦关蜀栈，开在战场。康熙十二年（1673）春，康熙皇帝作出撤藩决定，同年十一月平西王吴三桂起兵反清。陈维崧写这首词时，蜀地已为吴三桂占领，康熙派大军前往"秦关蜀栈"镇压。"好花"呼应着前面的"捻花枝"，基于当时特殊的政局，作者不便直抒胸臆，只得以对花诉说的口吻，"须映"、"休傍"，委婉地嘱咐，苦心地规劝，期盼不要在秦、蜀地区再开战场。

下片登高添愁，对东风语。"倚楼极目添愁绪，更对东风语。""倚楼"对应着上片的"楼台"。登高极目，远处战火不断，增添许多愁绪，无奈之下只能对东风诉说。"好风休簸战旗红，早送鲥鱼如雪过江东。""簸"：摇动，此处意即吹动；"鲥鱼"：一种名贵的食用鱼，腹部银白色；"江东"：古代历史的地理概念，常有变化，此处指安徽芜湖以东地域。期盼好风不要吹动战旗，希望东风就是好风，吹动江水，将西边如雪的鲥鱼早日送过江东，以接济饥馑中的百姓。此时正值春天，"东风"即春风，祈愿春风"休簸战旗"、"早送鲥鱼"，不是摧残民众，而是造福百姓。

这首词以"无聊"为题，作者仿佛漫不经心，自言自语，实则举重若轻，匠心独具。它体现了词人反战的思想，祈求天下太平的心愿，忧愁与祈祷交织，语句婉曲，感情凝重，思想深刻。它是陈维崧著名的词作之一，其意旨与杜甫《洗兵马》"净洗甲兵长不用"相同。清代陈廷焯也称陈维崧之词"气魄绝大，骨力绝遒"（《白雨斋词话》）。

8. 虞美人　［清］王国维

碧苔深锁长门路，总为蛾眉误。
自来积毁骨能销，何况真红一点臂砂娇！

妾身但使分明在，肯把朱颜悔？
从今不复梦承恩，且喜簪花坐赏镜中人。

王国维是近代著名的学者，这首词以比兴的写法，借用汉武帝陈皇后美貌遭妒、被废、深锁长门宫的典故，表达他在风云变幻之际独善其身的心志。

上片描写蛾眉见妒的不幸。"碧苔深锁长门路"，"长门"：汉宫名。陈皇后失宠后被打入长门宫，深锁其中，孤独悲惨，已经久久无人踏上这条小路了，路上长满了青苔。"总为蛾眉误"，"蛾眉"：女子的眉细而长曲，如蛾的触须，后来代指美貌以及美人。美貌本应是女子的自豪，然而却总是带来灾难，引起其他女人的嫉妒和诽谤。"自来积毁骨能销"，引用"众口铄金，积毁销骨"。众人之口可以颠倒黑白，可以销毁他们想要销毁的一切美好。"何况真红一点臂砂娇"，"臂砂"：点在臂上的守宫砂。更何况一位鲜红的守宫砂还在臂上的纯洁女子！她们就连一个固守贞操的美人也不放过，造谣生事，横加污蔑，导致皇帝将她打入冷宫。怨愤的美人，发出无可奈何的哀叹！西晋张华撰写的《博物志》记载有"守宫砂"：古代将蜥蜴以器养之，食以朱砂，体色变赤，捣成粉，点于女人肢体，终身不灭，唯房事则灭，故称为守宫砂。

下片表达绝不屈服的骨气。"妾身但使分明在，肯把朱颜悔？"只要自己清白，怎肯后悔拥有让人嫉妒的美貌？"从今不复梦承恩，且喜簪花坐赏镜中人。""簪花"：古代女子的一种头饰。从今不再梦想得到皇帝的恩赐与宠幸。反倒可以自己打扮，戴上簪花，对着镜子孤芳自赏，欣赏镜中自己如花一样的美貌，过着自己喜爱的生活。让他人说去吧！洁身自好，傲然于世，固守着自爱、自信的人格。

这首词貌似宫怨之作，实以被废的贞洁美人隐喻清高孤傲的才士，委婉含蓄，词境幽深。王国维愤世嫉俗，感时伤世，幻想君主立宪。作者以此词表达自己的意志：任凭时代变迁，坚守个人的信仰和理想。王国维在他的名著《人间词话》中提倡境界之说。他认为"词以境界为上","境界非独谓景物也，喜怒哀乐亦人心中之一境界"。这首《虞美人》，体现了他心中的境界。今人不必以现在的目光去苛求王国维个人的政治理念，他的气节依然令人起敬。

满江红

词牌《满江红》简介

　　《满江红》又名《上江虹》、《念良游》、《伤春曲》。北宋开始填此词调，多以柳永《满江红》的格律为准。九十三字，上片四仄韵，下片五仄韵，一般用入声韵，声情激越豪壮。南宋姜夔改作平韵，声情平缓婉约。字数有八十九、九十一、九十三、九十四、九十七字等，以九十三字为主。

　　以下列出本词牌格律常见的三种格体与范例。

　　格体一，九十三字，上片八句、四仄韵，下片十句、五仄韵。范例，南宋岳飞词：

怒发冲冠，凭栏处、潇潇雨歇。
中仄平平，平中仄、中平中仄。
抬望眼、仰天长啸，壮怀激烈。
平仄仄、仄平平仄，仄平中仄。
三十功名尘与土，八千里路云和月。
中仄中平平仄仄，中平中仄平平仄。
莫等闲、白了少年头，空悲切。
中中中、中仄仄平平，平平仄。

靖康耻，犹未雪。臣子恨，何时灭！
中中仄，平仄仄。平仄仄，平平仄。
驾长车踏破，贺兰山缺。
仄平平中仄，仄平平仄。
壮志饥餐胡虏肉，笑谈渴饮匈奴血。
中仄中平平仄仄，中平中仄平平仄。

待从头、收拾旧山河，朝天阙。

中中中、中仄仄平平，平平仄。

格体二，九十四字（下片第七句较格体一增加一字），上片八句、四仄韵，下片十句、五仄韵，个别字位的平仄与格体一有所不同。范例，北宋苏轼词：

江汉西来，高楼下、葡萄深碧。

中仄平平，平中仄、中平中仄。

犹自带、岷峨雪浪，锦江春色。

平仄仄、仄平平仄，仄平中仄。

君是南山遗爱守，我为剑外思归客。

中仄中平平仄仄，中平中仄平平仄。

对此间、风物岂无情，殷勤说。

中中中、中仄仄平平，平平仄。

《江表传》，君休读。狂处士，真堪惜。

中中仄，平仄仄。平仄仄，平平仄。

空洲对鹦鹉，苇花萧瑟。

平平仄平仄，仄平平仄。

不独笑书生争底事，曹公黄祖俱飘忽。

仄中仄中平平仄仄，中平中仄平平仄。

愿使君、还赋谪仙诗，追黄鹤。

中中中、中仄仄平平，平平仄。

格体三，九十三字，上片八句、四平韵，下片十句、五平韵。范例，南宋姜夔词：

仙姥来时，正一望、千顷翠澜。
平仄平平，中仄仄、平仄仄平。
旌旗共、乱云俱下，依约前山。
平中仄、仄平平仄，中仄平平。
命驾群龙金作轭，相从诸娣玉为冠。
中仄平平平仄仄，中平平仄仄平平。
向夜深、风定悄无人，闻佩环。
仄中平、中仄仄平平，平仄平。

神奇处，君试看。奠淮右，阻江南。
平中仄，平仄平。中中仄，仄平平。
遣六丁雷电，别守东关。
仄仄平平仄，中仄平平。
却笑英雄无好手，一篙春水走曹瞒。
中仄中平平仄仄，中平平仄仄平平。
又怎知、人在小红楼，帘影间。
仄中平、中仄仄平平，平仄平。

《满江红》历代佳作七首

1. 满江红　[北宋] 柳永

暮雨初收，长川静、征帆夜落。
临岛屿，蓼烟疏淡，苇风萧索。
几许渔人飞短艇，尽载灯火归村落。
遣行客、当此念回程，伤漂泊。

桐江好，烟漠漠。波似染，山如削。

绕严陵滩畔，鹭飞鱼跃。

游宦区区成底事，平生况有云泉约。

归去来、一曲仲宣吟，从军乐。

　　宋真宗大中祥符元年（1008），柳永二十四岁，进京，一时间"凡有井水处，皆能歌柳词"（南宋叶梦得《避暑录话》）。然而，他从参加科举考试就屡试不中。宋仁宗天圣二年（1024），他第四次落第，愤然离开京师。景祐元年（1034），仁宗特开恩科，对历届落第者的录取放宽尺度。为了生计，柳永闻讯赶赴京城，参加考试，春天登进士榜，五十岁的他被授睦州团练推官，直到景祐四年（1037）调任浙江余杭县令。睦州在今浙江淳安，管辖淳安、桐庐和建德地区。这首词作于他在睦州期间的某年之秋，行船夜泊于桐江，抒发厌倦仕途、向往归隐的思想感情。

　　上片写夜泊之景、抒漂泊之苦。"暮雨初收，长川静、征帆夜落。""长川"：即桐江，又名富春江，钱塘江中游，自建德梅城，流贯桐庐、富阳至萧山闻家堰。黄昏的落雨刚刚停止，桐江一片寂静，夜幕降临，风帆收起，泊船于岸边。"临岛屿，蓼烟疏淡，苇风萧索。"空气纤尘不染，江水澄澈透明，对面的岛屿历历在目，薄薄的雾霭笼罩着疏淡的水蓼；微风吹拂芦苇，发出萧索的声音。词人沉浸在凄清的江水夜色之中，心里无比惆怅。

　　接着，由静景转入动景。"几许渔人飞短艇，尽载灯火归村落。"黑夜中，数只渔船急速地返回，只见几点闪烁的船上灯火在江中飞动，渔舟纷纷返回村落。"飞短艇"与"尽载灯火"，出神入化地体现了渔民返家的喜悦心情。"遣行客、当此念回程，伤漂泊。""遣"：使、令。夜晚，渔夫们都回到各自温暖的家中，令游宦他乡的词人触景生情，更感漂泊之苦，产生思归的念头。

　　下片回叙白天乘船所见桐江之景、直抒归隐的想法。桐江秀丽如画，江面上水雾氤氲，如同一层淡淡的云烟，弥漫浮动。水光粼粼，波澜潋滟，两岸重峦叠嶂，悬崖如刀削一般。"绕严陵滩畔，鹭飞鱼跃。""严陵滩"：即严陵濑，在桐江畔，是东汉著名隐士严陵垂钓之处。帆船行经严陵濑畔，白鹭低低地飞翔，时有鱼儿欢腾地跃出水面。严陵滩边，隐居的绝佳之地，当年严陵在此退隐终老，何等明智，柳永在此不胜感慨。

"游宦区区成底事，平生况有云泉约。""区区"：小小，不足道。只是一名微不足道的小官，四处奔波，竟为何事，细想起来真不值得。更何况此生早与云山清泉约定，寄身江湖山林是我的夙愿。"归去来、一曲仲宣吟，从军乐。"像陶渊明那样辞官归去吧，一曲仲宣的《从军行》，其中多少辛酸和悲苦！词人感叹自己，小小官吏，疲于奔命，与"从军行"之苦又有何异！词中"归去来"，引用陶渊明《归去来辞》的首句"归去来兮"，"来"为语气助词，加强感叹的语气。"仲宣"：三国时期诗人王粲的字，曾随曹操出征，作《从军行》五首，书写军士行役之苦和思乡之情，第一首的首句"从军有苦乐"。柳永词中"从军乐"便指《从军行》，因平仄要求，将"行"改为"乐"。

为生活所迫，随后柳永并未能如愿地走上他向往的归隐之路。他在极不顺心的仕途上，拖着日益年迈的身骨，不断换职迁地，宦海萍踪，晋升却甚微，官小钱少。宋仁宗皇祐元年（1049），他终止官场生涯，定居在润州（今江苏镇江）。晚年穷困潦倒，一贫如洗。皇祐五年（1053），卓然特立的柳永，在润州与世长辞，由他人出钱埋葬。

这首词反映了柳永身不由己的伤痛，以及失意的心境，词情悲切。上下片均由景到情，过渡极为自然，景为情铺垫，情由景而生。以白描的笔法，写景抒情，逐次展开，最后点出"归去"的词旨。在写法上，它体现了柳词的特点，"层层铺叙，情景兼融，一笔到底，始终不懈"（近代夏敬观《手评乐章集》，《乐章集》为柳永词集)。

据北宋僧人文莹的《湘山野录》记载:"范文正公(范仲淹)谪睦州,过严陵祠下。会吴俗岁祀,里巫迎神,但歌《满江红》,有'桐江好,烟漠漠,波似染,山如削,绕严陵滩畔,鹭飞鱼跃'之句。"可见这首词当时流传甚广、深受人们的喜爱。

2. 满江红 [北宋] 苏轼

寄鄂州朱使君寿昌

江汉西来,高楼下、葡萄深碧。

犹自带、岷峨雪浪,锦江春色。

君是南山遗爱守,我为剑外思归客。

对此间、风物岂无情,殷勤说。

《江表传》,君休读。狂处士,真堪惜。

空洲对鹦鹉,苇花萧瑟。

不独笑书生争底事,曹公黄祖俱飘忽。

愿使君、还赋谪仙诗,追黄鹤。

这首词是苏轼贬居湖北黄州期间所作,寄给时任鄂州(今武昌)太守的友人朱寿昌,表达对朋友深厚的情谊,抒发内心的激愤和不平。以景寓情,论古及今,大气磅礴,激昂悲怆。词题中"使君",是对州郡太守一级长官的尊称。

上片前半段抒写对方所在的武昌之景。"江汉西来,高楼下、葡萄深碧。""高楼":武昌的黄鹤楼。长江和汉水滚滚西来。黄鹤楼雄踞山顶,俯瞰滔滔的大江,江水深碧,恰似葡萄美酒。以酒色形容水色,出自李白《襄阳歌》诗句:"遥看汉水鸭头绿,恰似葡萄初酸醅。"接着，词人极为精妙地将长江与四川相联系，四川既是作者的故乡，又是朱寿昌曾经任职的地方。"犹自带、岷峨雪浪，锦江春色。"那长江浩瀚的波涛，更携带着四川岷山和峨眉山融化的雪水浪花，携带着锦江的秀丽春色。优美的词句，饱含着词人对家乡的无比深情和怀念。词句中作者天衣无缝地化用了李白的"江带峨眉雪"（《经乱离后天恩流夜郎忆旧游书怀》），以及杜甫的"锦江春色来天地"（《登楼》）。

　　转而由景及人。"君是南山遗爱守，我为剑外思归客。""君"：即朱寿昌。您是在山南留下爱民美誉的太守，我为剑门山外思归的倦客。前句称赞对方在四川的政绩，朱寿昌曾任阆州（今四川阆中）太守，《宋史》记载朱在阆州除暴安民；后句书写自己这个四川游子眼下的处境以及思归的心情。词中的"南山"当是误传，原本应"山南"，指四川阆州，阆州地处大巴山南麓；从两句的对仗，也应"山南"对应下句"剑外"。"剑外"：苏轼家乡在四川眉山，位于剑门山以南，为剑门山外。"对此间、风物岂无情，殷勤说。"如今，面对武昌如此美好的景物，怎能不动感情，让我向你殷切地开怀述说。倾吐对友人的情谊与信赖，并引出整个下片。

　　下片从一个与武昌有关的历史典故展开，谈古道今。"《江表传》，君休读。狂处士，真堪惜。"劝说好友朱寿昌，您千万不要读《江表传》，狂士祢衡被杀害，年仅二十六岁，太令人痛惜了！《江表传》：西晋人虞溥所著，多记三国东吴地区的人事，已失传。"狂处士"：指三国名士祢衡，恃才傲物，最终为江夏太守黄祖所杀。三国时期，江夏郡府的所在地为后来的武昌。接着，苏东坡进一步为祢衡惋惜。"空洲对鹦鹉，苇花萧瑟。""空洲"：即鹦鹉洲，武昌西南长江中的一个小洲。黄祖的长子黄射在小洲上大会宾客，有人献鹦鹉。黄射请祢衡就此作赋，祢衡出口成章，作《鹦鹉赋》。祢衡死后亦葬于此，故后人称此洲为鹦鹉洲。李白写有名诗《鹦鹉洲》，痛惜祢衡才高被害的命运，抒发怀才不遇的悲愤。东坡喟叹道：而今只能空对祢衡葬身的鹦鹉洲了，苹花一片萧瑟，不胜慨然！

随后，词人对祢衡深表同情，笔锋直指迫害文士的曹操和黄祖。"不独笑书生争底事，曹公黄祖俱飘忽。""曹公"：曹操。可怜的书生何苦与野蛮的权势之人纠缠、争是非高下，导致杀身之祸。残害文人的曹操和黄祖，虽得逞一时，但历史无情，两人均飘忽泯灭，留下后世骂名。曹操封祢衡为鼓手，想羞辱他，反被祢衡击鼓骂曹。曹操顾忌祢衡的名气，未敢杀他，想借他人之手作恶，便将祢衡遣给刘表。刘表又把他送给下属黄祖，后祢衡因与黄祖言语冲突而被杀。苏东坡在词中用此典故，弦外之音指向朝廷中给他罗列罪状、陷害他的阴险毒辣的小人，显赫一时，胡所非为，下场必将可耻可悲。词的结尾三句，由衷地勉励对方。"愿使君、还赋谪仙诗，追黄鹤。""谪仙"：谪居世间的仙人，引申为才情高超、举止脱俗之人，意指李白。诚挚地希望使君您：像李白一样潜心于诗词，写出足以追赶崔颢《黄鹤楼》的杰作，流传千秋万代。相传，当年李白登黄鹤楼，读崔颢《黄鹤楼》时，曾自愧不如，后作《登金陵凤凰台》、《鹦鹉洲》等，与崔颢《黄鹤楼》媲美。苏东坡睿智理性，语重心长，希望友人以古为鉴，超脱深不可测的政治漩涡，专注于千古文章的事业。他以此寄语友人，同时也表白自己的情趣与志向，这便是此词深幽的主旨。

苏东坡的这首《满江红》，构思精微，内涵深邃，襟怀坦荡。对友人披肝沥胆，将深情与沉思寄寓于景和事之中。化用前人诗句，信手拈来，不着痕迹；选取典型的武昌历史掌故，叙事简练，评人深刻，发议精辟。整首词文采横溢，词情激越雄放，蕴含着铮铮硬骨的苍凉与悲慨。

3. 满江红　[南宋] 岳飞

怒发冲冠，凭栏处、潇潇雨歇。

抬望眼、仰天长啸，壮怀激烈。

三十功名尘与土，八千里路云和月。

莫等闲、白了少年头，空悲切。

靖康耻，犹未雪。臣子恨，何时灭！

驾长车踏破，贺兰山缺。

壮志饥餐胡虏肉，笑谈渴饮匈奴血。

待从头、收拾旧山河，朝天阙。

　　民族英雄岳飞这首《满江红》，慷慨激昂，苍凉雄劲，气贯长虹，是爱国主义光辉的词篇，每每读之热血沸腾、壮怀激烈，多少年来激励着无数的中华儿女。

　　关于这首词的作者是否是岳飞以及写作时间，学者们有不同的观点。根据岳飞的生平，及此作的词情词意，笔者认同为岳飞之作，大约写于宋高宗绍兴四年（1134）之秋。当时岳飞第一次北伐，大获全胜，收复襄阳六郡。本应乘胜追击，朝廷却令岳飞班师。岳飞只得率部回到鄂州（今湖北武汉），在鄂州期间写下这首悲壮的词篇。同一时期，岳飞还作了另一首《满江红·登黄鹤楼有感》（遥望中原）。

　　上片抒写作者对中原大地沦落敌手的悲愤，以及为国再建功勋的壮志。"怒发冲冠，凭栏处、潇潇雨歇。"开篇气壮山河，与侵略者不共戴天。想到金军犯下的滔天罪行，极度愤怒，以致头发竖立，将帽子顶起！骤密的秋雨刚刚停歇，独自登高凭栏。纵目远眺，国土破碎，朝廷苟安，心情无比压抑，禁不住仰天长啸，以泄沉郁。国难当头，想到收复失地的重任，慈母"精忠报国"的教诲，心潮澎湃，壮志凌云。

随之，回首戎马生涯，艰辛坎坷，文笔由"仰天长啸"，转为悲怆低吟。"三十功名尘与土，八千里路云和月。"时作者三十二岁，多年来披星戴月，驰骋南北，血战沙场，虽已建功立业，但如尘土一般，微不足道，抒发出宽阔的胸襟和远大的抱负。此次出征，遭到朝廷投降派的干扰和破坏，半途而废，十分痛惜，内心深处涛涌着壮志难酬的忧虑和哀叹。但是，岳飞深明大义，以国家兴亡为重，他刚毅顽强，自我激励。"莫等闲、白了少年头，空悲切。"莫要虚度青春年华，等到白发苍苍时，因无所作为而徒劳地悔恨与悲伤。斗志昂扬、积极进取的人生观，与意志消沉、苟且偷生的投降派，不可同日而语。这两句，金玉良言，脍炙人口，成为一代又一代千百万青少年的座右铭。

下片抒发对侵略者的深仇大恨以及抗金必胜的坚定信念。"靖康耻，犹未雪。臣子恨，何时灭！"靖康的奇耻大辱，尚未报仇雪恨。作为臣子心中的愤恨，何时才能泯灭。"靖康"：宋钦宗赵桓的年号。宋钦宗靖康二年（1127），金兵攻陷汴京，虏走徽、钦父子二帝，以及皇室、宫妃、朝臣、百姓不下十万人，金银财宝洗劫一空。"驾长车踏破，贺兰山缺。""贺兰山"：在宁夏西部与内蒙古的交界处。"缺"：缺口，此处意指山口。我誓将挥师中原，克敌制胜，不但横扫中原之敌，还要挺进边陲，率领威武的将士们，驾驭一辆辆战车踏破贺兰山口敌军的营垒。

"壮志饥餐胡虏肉，笑谈渴饮匈奴血。"何等豪迈！何等气概！"胡"：中国古代对北方与西部少数民族的总称，词中的"胡虏"特指金朝女真族的侵略者。"匈奴"：从先秦到五胡十六国居住在中国北方的民族，常骚扰侵犯中原地区，此处指金兵。万里征程，沙场上饥饿了饱餐敌人的肉，口渴了痛饮敌人的血！这种夸张的笔法，是英雄主义和浪漫主义的高度结合。豪情满怀地书写大无畏的英雄壮举，痛快淋漓地表达对敌人的愤恨和蔑视。"待从头、收拾旧山河，朝天阙。""天阙"：皇宫。到那时，收复了全部失地，重整被敌人蹂躏的祖国山河，再凯旋回到京城朝见皇帝，完成了自己精忠报国的神圣使命。赤胆忠心，日月可鉴！

然而，岳飞一片赤诚，却反遭杀身之祸。绍兴十年（1140），他挥师北伐，收复郑州、洛阳等地，进军朱仙镇。正当节节取胜之际，宋高宗赵构和宰相秦桧一意求和，以十二道"金字牌"催令班师。绍兴十一年十二月二十九日（1142 年 1 月 27 日），岳飞被加以"莫须有"的罪名，惨遭杀害，时年仅三十九岁，留下绝笔八个字："天日昭昭，天日昭昭！"与他一起被害的还有长子岳云和部将张宪。千古奇冤，人神共愤，天地同悲！

岳飞的这首《满江红》，是思想性与艺术性完美统一的不朽之作。作者选择词牌《满江红》，用仄韵，而且是入声韵，音律铿锵作声，声情激越豪壮。整首词笔力雄劲，跌宕起伏，荡气回肠。危难中尤为奋发，悲愤里愈加威武，充溢着震撼肺腑的感染力。在战争年代，它是进军的号角，鼓舞将士，一往无前；在和平时代，它是励志的名篇，永不满足，自强不息。这首词倍受历代名家高度赞赏，以及广大民众喜爱。晚清词人陈廷焯评之："何等气概！何等志向！千载下读之，凛凛有生气焉。'莫等闲'二语，当为千古箴铭。"（《白雨斋词话》）

4. 满江红　［南宋］姜夔

仙姥来时，正一望、千顷翠澜。

旌旗共、乱云俱下，依约前山。

命驾群龙金作轭，相从诸娣玉为冠。

向夜深、风定悄无人，闻佩环。

神奇处，君试看。莫淮右，阻江南。

遣六丁雷电，别守东关。

却笑英雄无好手，一篙春水走曹瞒。

又怎知、人在小红楼，帘影间。

《满江红》，自北宋开始填此词，多以仄韵体的格律为准，并且一般用入声韵，声情激越豪壮，如岳飞的"怒发冲冠"一词。姜夔是南宋杰出的全才艺术家，精通音律，词作题材广泛，他首创将《满江红》改成平韵，并作这首词，声情变得婉约清丽。

此词作于宋光宗绍熙二年（1191）正月，词中塑造了一位神奇而又可敬的巢湖女性仙姥。作者在词的前面写了一段较长的小序，大意是：他泛舟位于安徽中部的巢湖，听见远岸的箫鼓声，船夫告诉他，这是民间为湖神仙姥祝寿。词人认为，当以平韵的《满江红》作为迎送的神曲，便写下这首词。同年六月，作者重返当地，看到这首词已刻在祠庙的柱子上。当地人告之，祠庙的女主持常常歌吟此词。可见这首词在当地影响甚广，深受喜爱。

上片想象仙姥来去时的景况。当这位巢湖长老的女神仙出现时，湖面碧波千顷，波澜激滟。"旌旗共、乱云俱下，依约前山。""依约"：隐约。空中旌旗飘扬，仪仗缤纷，浮云翻卷，仙姥隐隐约约地降临在前面的山上。

"命驾群龙金作轭，相从诸娣玉为冠。""轭"：套在马颈上的曲木。"诸娣"：诸位仙姑。仙姥前面群龙驾车，黄金制作的马轭熠熠闪光；两旁簇拥着随从的仙姑，身着霓裳，头戴玉冠。作者没有直接描写仙姥的形象，而是通过她乘坐的马车和侍从，以烘云托月的笔法，隐现仙姥的雍容华贵、仪态绰约。"向夜深、风定悄无人，闻佩环。""佩环"：身上佩挂的玉器。夜渐深，风已定，湖区一片静谧，悄无一人。只听见空中传来清脆的佩环声，仙姥正带着众神姑飘然归去。空灵冥渺，神奇梦幻，令人遐思。

下片的前半段描写仙姥的神力以及对巢湖百姓的护佑。首先以两个三字的短句，引出仙姥的神奇，紧接着具体描述："奠淮右，阻江南。遣六丁雷电，别守东关。""奠"：奠定、镇守；"淮右"：即淮西，主要指安徽的江淮地区；"阻"：护卫；"六丁"：传说中的六丁神；"别守"：扼守。仙姥镇守淮西地区，护卫江南一带；还派遣六丁神、雷公和电母，一同把守着濡须口及其附近的东关，濡须口是巢湖的一个出口。仙姥指挥自若，守护一方，所辖区域的百姓安居乐业。

后半段借历史典故讽刺南宋当局的腐败无能。词人联想到历史人物曹操和孙权在濡须口对垒的故事。"却笑英雄无好手，一篙春水走曹瞒。""篙"：撑船的竿；"曹瞒"：曹操小名阿瞒。与仙姥相比，可笑那些人间所谓的"英雄"，无一位具有真正的本领。瞧，不可一世的曹阿瞒，一竿春水就将他吓走了。三国时，魏吴在濡须口发生两次大战，曹军均以失败而告终。"又怎知、人在小红楼，帘影间。"人们怎能知道击退曹军的是在"小红楼""帘影间"的仙姥。她运筹帷幄，让巢湖春水暴涨"一篙"，阻挡了南侵的曹操大军。在此，作者不但再次颂扬仙姥，而且表达对现实的不满。南宋朝廷偏安半壁江山，不思进取，以淮河作为南宋与金朝的东部边界，仅仅依赖江淮水域阻止金兵的南下。

全词，作者以民间神话为题材，发挥超凡的想象力，以浪漫的笔调、多彩的情节赞颂一位神力无边、慈祥爱民的仙姥。借此提高封建社会的妇女地位，揭露男性统治者的无能，具有可贵的民主意识。同时别开生面地将历史故事与虚构的仙姥相联系，寄意深微，含蓄地抒发了词人对南宋时政的愤慨。这首词将情感、文采和声律融为一体，充分展现了作者精湛的艺术造诣和美好的思想感情。晚清词人陈廷焯对姜夔的长调词作评价极高，他说："白石长调之妙，冠绝南宋。"（《白雨斋词话》）此词便是绝好的例证。

5. 满江红 〔元〕许衡

别大名亲旧

河上徘徊，未分袂、孤怀先怯。

中年后、此般憔悴，怎禁离别。

泪苦滴成襟畔湿，愁多拥就心头结。

倚东风、搔首谩无聊，情难说。

黄卷内，消白日。青镜里，增华发。

念岁寒交友，故山烟月。

虚道人生归去好，谁知美事难双得。

计从今、佳会几何时？长相忆。

许衡，河南怀州河内（今河南沁阳）人，世代为农，家贫好学，知识渊博，为元代大儒、名臣。二十八岁迁居河北大名府（今河北大名县），躬耕讲学，从学者甚多。元世祖忽必烈为了安定社会、治理国家，征召了一些享有名望的汉族文人到朝廷任职。宪宗四年（1254），许衡四十六岁，忽必烈任他为京兆（今西安）提学，主管教学，打破了他隐居的初衷。这首词是他在辞别大名的亲友时所作。

上片写离别之际内心的痛苦。"河上徘徊，未分袂、孤怀先怯。""分袂"：分别。尚未告别，独自在河边徘徊踯躅，想到即将离乡背井，心中已产生孤独无依的忧虑，以及不知是福是祸的胆怯。更何况人到中年，身体欠佳，安于茅屋一间、田园几亩、儿女膝前、高朋满座，怎经得起离别之伤、宦游之苦、官场风云。词人没有因皇上的征召而感到庆幸，反而痛苦不堪。

"泪苦滴成襟畔湿，愁多拥就心头结。""拥就"：结成。两句工整的对偶，写尽极度的伤痛。悲苦的泪水湿透了衣襟，愁绪郁结在心头，无法排解。"倚东风、搔首谩无聊，情难说。""谩"：非常。一人伫立在拂面的春风之中，河水滔滔，思潮翻滚。在大名居住已近二十年，即将离开这片给自己安身的土地，离开结下深情的亲朋好友，词人烦躁不安，不知如何是好，心中惜别之情难以言状。

下片具体地诉说内心的思绪和情感。"黄卷内，消白日。青镜里，增华发。""黄卷"：古书，古代的书卷黄纸刻印。四句构成一组工整的对仗。长年来，白天潜心于浩如烟海的前人经典著作；如今盛年不再，铜镜里华发几许、两鬓斑斑。本早已杜绝了入世从政的念头，习惯了乡村田园的生活。"念岁寒交友，故山烟月。"怎能忘怀在大名贫寒岁月中结交的品格高尚的挚友，以及那美丽的青山烟云、风花雪月。这里已成了他的故乡，朴实的乡情乡音，耕耘的每一寸土地，让词人无比留念。

"虚道人生归去好，谁知美事难双得。""虚道"：虚幻之说，意即无奈之举。事到如今，君命难违，也许顺从皇上之命、应召远行为好，谁都知道世间"美事难双得"。隐居，过着恬淡自在的生活；入世，遵循儒家"修齐治平"的理念，两者无法兼得，无可奈何，只能选择其一了。词的最后，既似自言自语，又似向亲友话别。"计从今、佳会几何时？长相忆。"从今往后，不知何时才能欢聚了，愿我们永不相忘。词人依依不舍，字字含着极度的伤感。

全词来自生活，发自肺腑，感情醇厚真挚。在写法上，紧扣词题，层层递进，直白而又清婉，倾诉出中年的作者在人生的十字路口徘徊的矛盾心理，以及情深谊长的感情世界。清初词人沈雄在《古今词话》中说："此被召时作也。尝自言曰：'生平为虚名所累，不能辞官。'其心亦可哀矣。"

作者在宦海二十余年，为官清廉正直，官至中书左丞、集贤大学士。晚年因病归里，曾作《沁园春·垦田东城》，其中写道："达士声名，贵家骄蹇，此好胸中一点无。欢然处，有膝前儿女，几上诗书。"这是他一生的写照，从中更能领悟词人这首《满江红》的内涵。明末清初思想家、学者黄宗羲将许衡列为元代仅有的三位学者之一："有元之学者，鲁齐（许衡）、静修（刘因）、草庐（吴澄）三人耳。"（《宋元学案·静修学案》）

6. 满江红　［元］萨都剌

金陵怀古

六代豪华，春去也、更无消息。
空怅望、山川形胜，已非畴昔。
王谢堂前双燕子，乌衣巷口曾相识。
听夜深、寂寞打孤城，春潮急。

思往事，愁如织。怀故国，空陈迹。
但荒烟衰草，乱鸦斜日。
《玉树》歌残秋露冷，胭脂井坏寒螀泣。
到如今、惟有蒋山青，秦淮碧！

这首词大约作于元文宗至顺三年（1332），作者时任江南行御史台掾史。他游览六朝古都金陵（今南京）的山川名胜，触景生情，抒发朝代兴亡、沧桑巨变的感慨，为历代咏史怀古的精品之作。

上片首三句总概全词。"六代豪华，春去也、更无消息。"六朝时期繁华的盛况，犹如易逝的春光，一去不复返，消失得无影无踪。"六代"：即六朝（220—589），古代三国至隋朝的南方六个朝代，东吴、东晋、宋、齐、梁、陈，均建都于金陵（今南京）。"空怅望、山川形胜，已非畴昔。""畴昔"：往昔。当年六朝帝王筑建的山川名胜，已经面目全非，令人无限惆怅。

接着，词人利用具体而又典型的人事加以描绘。"王谢堂前双燕子，乌衣巷口曾相识。""乌衣巷"：南京夫子庙秦淮河南岸文德桥边，东晋时居住着王导、谢安两家贵族。王、谢豪门画檐下的双飞燕，在今天乌衣巷口的寻常人家便依稀可见。时过境迁，物是人非，昔日贵族之地，现在住着百姓人家。此处化用了唐刘禹锡《乌衣巷》的诗句："旧时王谢堂前燕，飞入寻常百姓家。"词人无不感慨，思绪犹如春潮之水汹涌澎湃。"听夜深、寂寞打孤城，春潮急。"夜深沉，只听见长江湍急的春潮拍打着空寂的金陵城。句中化用刘禹锡另一诗句"潮打空城寂寞回"（《石头城》）。燕子与春潮，千百年过去，这景象依然如旧；但是，人间家族盛衰、王朝更迭，发生了难以想象的翻天覆地的变化。

下片，作者继续在金陵足迹六朝遗址，抒发深层的情思。"思往事，愁如织。怀故国，空陈迹。"随着步履所到之处，追思着六朝时期在此发生的种种往事，伤感的情绪纷乱如麻。六代延续近三百七十年，故都仅剩下零星的遗迹。"但荒烟衰草，乱鸦斜日。"只有荒烟笼罩着衰草，夕阳下乌鸦鸣咽乱飞。"但荒烟衰草"：化用王安石"但寒烟、衰草凝绿"（《桂枝香》）。

词人在末代皇帝陈后主的遗迹前留住了步伐。"《玉树》歌残秋露冷，胭脂井坏寒螀泣。"淫靡的艳曲《玉树后庭花》是不祥的亡国之音，如同秋露稍显即逝，早已无人再唱。陈后主和他的宠妃藏匿的胭脂井，一片断壁颓垣；废墟下的寒蝉，在萧瑟霜天里哀鸣。"玉树"：即陈后主所作《玉树后庭花》；"胭脂井"：又名景阳井、辱井，在今南京建康宫遗址内，隋兵攻打金陵，陈后主与宠妃张丽华曾匿井中，终被隋兵所俘；"寒螀"：即寒蝉。词的结尾："到如今、惟有蒋山青，秦淮碧!""蒋山"：钟山；"秦淮"：秦淮河。而今，唯有巍峨的钟山青翠长在，秦淮的碧水流淌不息。兴亡瞬息之间，山川万古永恒。

这首怀古之词内容丰富，布局精巧，词情旷放。英杰之士王导、谢安，似过眼烟云；骄奢淫逸的亡国之君陈后主，如一抔尘土；"六代豪华"沦没在"荒烟衰草"之下。写法上，作者化用前人诗句、广引历史典故，浑然天成。叙事、发议、抒情，融为一体。人事代谢，往来古今，苍凉悲怆。全词蕴含着"山川不为兴亡改"（陆游《舜庙怀古》）之叹，厚重的历史沉淀，意味深长。

7. 满江红 ［明］文征明

> 拂拭残碑，敕飞字、依稀堪读。
> 慨当初、倚飞何重，后来何酷。
> 岂是功成身合死，可怜事去言难赎。
> 最无端、堪恨又堪悲，风波狱。
>
> 岂不念，疆圻蹙。岂不念，徽钦辱。
> 念徽钦既返，此身何属。
> 千载休谈南渡错，当时自怕中原复。
> 笑区区、一桧亦何能，逢其欲。

明代中叶江南经济发达，思想活跃，出现一批多才多艺、具有鲜明个性的文士。其中最有名是四人：苏州的祝允明（号枝山）、唐寅（号伯虎）、文征明（号衡山），以及绍兴的徐渭（字文长）。这首历史名词作于文征明四十岁以前，具有一定的代表性，在漫长的封建社会，它石破天惊，放情悲歌。

作者写此词的直接原因，是当时"夏侯桥沈润卿掘地，得宋高宗赐岳侯手敕刻石"（明代卓人月《古今词统》卷十二）。文征明见此碑文，顿生感慨，特选词牌《满江红》作这首词，与岳飞著名的《满江红》（怒发冲冠）的词调相同。词的主旨锋锐地指出：杀害岳飞的真凶是宋高宗赵构！

上片悲叹岳飞的冤死、揭露宋高宗的无情。首三句写明此词由碑文而发。"拂拭残碑，敕飞字、依稀堪读。""敕"：皇帝的诏书或命令。《宋史·岳飞传》记载，宋高宗曾多次赐予岳飞手诏，如"精忠岳飞"及"国而忘身，谁如卿者"。拂去残碑上的尘土，当年宋高宗赵构褒奖岳飞的诏文依稀可读。读罢感慨万端："慨当初、倚飞何重，后来何酷。"南宋之初，外有金兵追击，内有多地暴乱，岳飞转战南北，宋高宗才得以保住皇位。碑文中对岳飞极尽嘉奖之语，那时何等依赖器重岳飞，后来居然何等尖刻冷酷。

宋高宗翻手为云、覆手为雨，为何如此？词人进行推想："岂是功成身合死，可怜事去言难赎。""难赎"：难以挽回。难道是因为岳飞功高震主而被杀，悲惨的冤案已经发生了几百年，后人再怎么评论也无补于事了。开国皇帝实施残忍的"功成身死"，杀害有功之臣，在历史上屡见不鲜，词人试图以此舒缓一下自己的悲愤。"最无端、堪恨更堪悲，风波狱。"但是，想到风波亭，在那里岳飞被加以无端的"莫须有"的罪名，惨遭杀害。词人恨悲交加，对赵构的愤恨，以及对岳飞的悲伤，油然迸发。词情随之过渡到下片。

下片犀利地剖析宋高宗置岳飞于死地而后快的原因。"岂不念，疆圻蹙。岂不念，徽钦辱。""圻蹙"：圻，边界；蹙，缩小。此处指国土减少。"徽钦辱"：宋钦宗靖康二年（1127），金兵攻占北宋京城汴梁，徽宗、钦宗被俘，押往北方。作者以反诘的语气追问：赵构作为皇帝，难道不念及大片国土被敌人侵占、无数百姓家破人亡，难道不念及自己的父亲和兄长沦为俘虏的奇耻大辱？

所有这些他全然不顾！绍兴十年（1140）七月，岳飞率领的大军包围开封，先锋抵达朱仙镇，抗金全胜在即。宋高宗竟然连下十二道金字牌，严令岳飞班师。"念徽钦既返，此身何属。"宋高宗内心深处念念不忘的是：如果岳飞抗金胜利，徽、钦二帝回国，自己怎么办，他的至高无上的皇位将会丢失。作者看透了赵构阴暗卑鄙的心理，他杀害岳飞，绝不是因为岳飞功高震主。

"千载休谈南渡错，当时自怕中原复。""南渡"：指徽、钦二宗被掳后，赵构渡长江，逃往江南，成为南宋政权的开国皇帝。千百年了，如今不必再谈赵构南渡是一大失策，当年他不在北方积极组织抵抗金兵，就是害怕中原收复。宋高宗心怀鬼胎，昭然若揭，大白于天下！词的最后，对历来将秦桧定为杀害岳飞的元凶给予批驳："笑区区、一桧亦何能，逢其欲。""区区"：小小，不足道。秦桧固然罪责难逃。但十分可笑，小小的秦桧，仅是一个臣子，又有何能耐与权力杀害岳飞，他只不过迎合宋高宗的心愿而已。一词千钧，斩钉截铁！

这首词，叙事简洁，议论精辟，抒情激昂。整首词主题鲜明，布局有序，逐次深入。情，发自肺腑；理，令人折服。作者对历史上人神共愤的岳飞冤案进行独自的思考，以大胆的诘问和论辩，揭开事实的真相，对岳飞的遭遇寄以莫大的同情，明确指出宋高宗才是真正的罪魁。宋高宗为了自己的皇帝宝座，置国家与百姓的安危于不顾，置精忠报国之士的生命于不顾，手段残忍地将岳飞以"莫须有"的罪名杀害。晚清学者毛庆臻在《一亭考古》中评这首词："此诛心之论。"它一针见血地戳穿了宋高宗不可告人的罪恶用心。

文征明为人温雅，诗词以委婉蕴藉见长。而这首《满江红》一反常态，锋芒毕露，慷慨激愤，实因有感而发，不吐不快。明代自朱元璋当皇帝以来，特别褒奖岳飞的忠君思想，借此树立皇帝的绝对权威，将一切过失和罪责推咎于所谓的"奸臣"。文征明的这首词有意与当时的封建意识相对立，思他人所不思，写他人所不写，振聋发聩，难能可贵。正如卓人月《古今词统》所评："激昂感慨，自具论古只眼。"它揭露了数千年封建王朝为争皇位、保皇权无所不用其极的残酷与黑暗，具有宝贵的反封建的历史价值。

注：这首词有多种版本，这里取自上海辞书出版社《元明清词鉴赏辞典》中较为通行的版本。台北故宫博物院收藏了文征明这首词的书法真迹，特录释文如下，供参考："拂拭残碑，敕飞字、依稀堪读。慨当初、倚飞何重，后来何酷。果是功成身合死，可怜事去言难赎。最无辜、堪恨更堪悲，风波狱。　　岂不念，中原蹙。岂不恤，徽钦辱。但徽钦既反，此身何属。千古休谈南渡错，当时自怕中原复。笑区区、一桧亦何能，逢其欲。"

满庭芳

词牌《满庭芳》简介

　　《满庭芳》又名《满庭霜》、《满庭花》、《潇湘夜雨》、《锁阳台》等。词牌名来自唐柳宗元《赠江华长老》诗句"偶地即安居，满庭芳草积"；亦有说来自唐吴融《废宅》诗句"满庭芳草易黄昏"。双调，以平韵为主，字数九十三、九十五、九十六字等，以九十五字为居多。

　　以下列出本词牌格律常见的两种格体与范例。

　　格体一，九十五字，上片十句、四平韵，下片十一句、五平韵。范例，北宋秦观词：

<blockquote>

山抹微云，天连衰草，画角声断谯门。
中仄平平，中平中仄，仄中平仄平平。
暂停征棹，聊共引离尊。
仄平平仄，平仄仄平平。
多少蓬莱旧事，空回首、烟霭纷纷。
中仄平平仄仄，中中仄、中仄平平。
斜阳外，寒鸦万点，流水绕孤村。
平平仄，中平中仄，中仄仄平平。

销魂，当此际，香囊暗解，罗带轻分。
平平，平仄仄，平平仄仄，中仄平平。
谩赢得青楼，薄幸名存。
仄平仄平平，中仄平平。
此去何时见也？襟袖上、空惹啼痕。
中仄中平仄仄，中中仄、中仄平平。

</blockquote>

伤情处，高城望断，灯火已黄昏。

平平仄，中平中仄，中仄仄平平。

　　格体二，九十五字，上、下片各十句、四平韵。范例，北宋晏几道词：

南苑吹花，西楼题叶，故园欢事重重。

平仄平平，平平平仄，仄平平仄平平。

凭阑秋思，闲记旧相逢。

平平平仄，平仄仄平平。

几处歌云梦雨，可怜便、流水西东。

仄仄平平仄仄，仄平仄、平仄平平。

别来久，浅情未有，锦字系征鸿。

仄平仄，仄平仄仄，仄仄仄平平。

年光还少味，开残槛菊，落尽溪桐。

平平平仄仄，平平仄仄，仄仄平平。

漫留得，尊前淡月西风。

仄平仄，平平仄仄平平。

此恨谁堪共说，清愁付、绿酒杯中。

仄仄平平仄仄，平平仄、仄仄平平。

佳期在，归时待把，香袖看啼红。

平平仄，平平仄仄，平仄仄平平。

《满庭芳》历代佳作三首

1. 满庭芳　[北宋]苏轼

蜗角虚名，蝇头微利，算来著甚干忙。

事皆前定，谁弱又谁强。

且趁闲身未老，须放我、些子疏狂。

百年里，浑教是醉，三万六千场。

思量，能几许？忧愁风雨，一半相妨。

又何须抵死，说短论长。

幸对清风皓月，苔茵展、云幕高张。

江南好，千钟美酒，一曲《满庭芳》。

苏轼因"乌台诗案"于宋神宗元丰三年（1080）贬居湖北黄州，任黄州团练副使，时四十四岁，至元丰七年春离开黄州。"乌台诗案"是苏轼人生的一个重大转折，在黄州的岁月里，他不时地沉思个人、历史和宇宙，从中追寻人生的真谛，为后世留下许多不朽的文学瑰宝。从词情上看，这首词作于他在黄州期间，时间大约在元丰四年之后，它的写法与苏轼其他借景抒情的词作有所不同，此词以议论为主，直抒胸臆。

上片书写鄙视世俗的庸俗、痛恨官场的争斗。词的开端呼之而出："蜗角虚名，蝇头微利，算来著甚干忙。""蜗角"：蜗牛角，比喻极其卑微；"蝇头"：本指小字，意即微小。整天追逐蜗角一般卑微的虚名、蝇头一点的小利，白忙些什么，丝毫不值！苏东坡在元丰五年作了一首《临江仙·夜归临皋》，其中写有"长恨此身非我有，何时忘却营营"，为之纠结。而在这首词中，他表白自己的大彻大悟。"事皆前定，谁弱又谁强。"名利得失之事早已命中注定，当下官场上得胜者未必强，失落者未必弱，万事难料，争也无用。从老庄道家的哲学中获得了启迪，看似虚无，却蕴涵着深邃的辩证。在醒悟中，词人排遣贬放的阴影，摆脱世俗的羁绊，达到精神的超脱。

"且趁闲身未老，须放我、些子疏狂。""些子"：一点儿。赶紧趁着闲适之身、年华未老，尽情地生活，自由自在，无拘无束。"百年里，浑教是醉，三万六千场。""浑"：浑身，完全。人生百年，三万六千天，每天沉浸在酒醉之中，远离是非，忘掉痛苦。以酒醉麻痹自己，吐露出内心深处的冤屈与悲愤。此处蕴含李白"百年三万六千日，一日须倾三百杯"（《襄阳歌》）的诗意。

下片自我宽慰、自得其乐。"思量，能几许？"承上启下。作者又一次化用李白的句子："浮生若梦，为欢几何？"（《春夜宴从弟桃花园序》）此时东坡居士与李白谪仙心心相通。抚思细想，人生如梦，"百年里"，欢乐的时光又有多少？"忧愁风雨，一半相妨。"一半的日子，被生活的忧愁以及仕途的风雨所干扰。"又何须抵死，说短论长。"人生苦多欢少，又何必拼命地争论是非曲直，说短论长，自寻烦恼，自找祸难！苏轼满怀远大的抱负踏进仕途，不久便卷入朝廷政治斗争的风雨，被排挤出京，后又因"乌台诗案"入狱，贬谪至黄州。在此，苏东坡自嘲自解，又隐含愤愤不平。

忘却"忧愁风雨"，忘却贬放的不幸。"幸对清风皓月，苔茵展、云幕高张。"一个"幸"字，笔锋一转，词情扬起。不幸中的万幸，永恒的清风皓月，无际的如茵草地，高扬似幕的白云，与我为伴，慰我之心。元丰五年，他在黄州创作了千古名篇《前赤壁赋》。词中的以上三句与《前赤壁赋》以下的描述有异曲同工之妙："且夫天地之间，物各有主，苟非吾之所有，虽一毫而莫取。惟江上之清风，与山间之明月，耳得之而为声，目遇之而成色，取之无禁，用之不竭。""乌台诗案"如飞来之祸，给苏轼的心灵带来重创。老庄的哲学、黄州的自然景观，给他以心灵的慰藉和精神的释放，作者赏景、饮酒、赋诗。"江南好，千钟美酒，一曲《满庭芳》。""钟"：酒器。享受着与江南媲美的大好风光，独自开怀畅饮，诗兴勃发，自我吟咏此首《满庭芳》，抒情志，寄雅兴，悠然自得。词的最后在"一曲《满庭芳》"中结束，忘乎名利与风雨，超凡脱俗，"也无风雨也无晴"（苏轼《定风波》）。

这首词明快浅显，奔放飘逸，以精美的诗词语言发议，耐人寻味；追求精神上的自由、理想化的人生，蕴藉深刻。词的首两句，对偶工整，凝练厚重，是极有教益的醒世警句。当代美学家李泽厚先生对苏轼的诗文作了如下的点评，对这首词尤其适合："苏轼在美学上追求的是一种朴质无华、平淡自然的情趣韵味，一种退避社会、厌弃世间的人生理想和生活态度，反对矫揉造作和装饰雕琢，并把这一切提到某种透彻了悟的哲理高度。"（《美的历程·苏轼的意义》）。

2. 满庭芳　[北宋] 秦观

山抹微云，天连衰草，画角声断谯门。
暂停征棹，聊共引离尊。
多少蓬莱旧事，空回首、烟霭纷纷。
斜阳外，寒鸦万点，流水绕孤村。

销魂，当此际，香囊暗解，罗带轻分。
谩赢得青楼，薄幸名存。
此去何时见也？襟袖上、空惹啼痕。
伤情处，高城望断，灯火已黄昏。

　　秦观，"苏门四学士"之一。宋神宗元丰二年（1079）春，作者赴会稽（今浙江绍兴）探亲，郡守程师孟在蓬莱阁设宴。席间与一歌伎一见钟情，坠入情网。岁暮归乡时，作此词与该女子饯别。这首词描写两人离别时的情景，是秦观的经典之作，被誉为千古名词。

　　上片写景，景中寓情，空茫冷峻。起首两句，出神入化，"山抹微云，天连衰草"。极目处，清冷的残冬，如丝如缕的浮云萦绕着会稽山峦，无边的衰草铺展到天际。一个"抹"字，以绘画之笔，写诗词之句；一对工整的偶句，眼前空辽萧瑟的景色，无处不在地弥漫着词人心中的惆怅与感伤。傍晚时分，城门楼上的号角声苍凉低沉，时断时续。"暂停征棹，聊共引离尊。""引"：举；"尊"：酒杯。在迷蒙凄冷的黄昏，远去的客船即将离港，两人举杯依依惜别，酒苦，离情更苦。

　　"多少蓬莱旧事，空回首、烟霭纷纷。""蓬莱"：阁名，当时在会稽卧龙山。回首在会稽两人的恋情，"柔情似水，佳期如梦"（秦观《鹊桥仙》），多少缠绵，多少恩爱。这一切犹如云烟缥缈迷离，被命运之风吹聚而又吹散。在此离别之际，多愁善感的词人，品尝着悲欢离合的苦涩。"斜阳外，寒鸦万点，流水绕孤村。"暮色苍茫。远空，寒鸦点点；近处，一弯流水围绕着一座孤村。寒鸦归巢，流水人家。词人联想到自己，就要离开心爱的恋人，情何以堪！凄美的词句，凄美的景，凄美的情。词中此三句多为评家所赞赏，周汝昌先生称："千古读者叹为绝唱。"（《唐宋词鉴赏辞典（唐·五代·北宋）》）

　　下片抒情，离情别绪，命运之伤。"销魂"两字承上启下，此景令人黯然神伤。在这离别之际，"香囊暗解，罗带轻分"。作者悄悄地将绢带松开，暗暗解下腰间装着香物的荷包。"香囊"：古代常是定情之物。这两句隐示着两人未能定情，身不由己，只得分手。"谩赢得青楼，薄幸名存。""谩"：通"漫"；"青楼"：歌楼妓院。词人心中默默自语：我这个重情重义的人，不经意间，在青楼落下个薄情之人的名声！作者深感不安和悔恨。这两句化用了唐代杜牧的诗句："十年一觉扬州梦，赢得青楼薄幸名。"（《遣怀》）

客船缓缓地驶离港湾，此一去何时方能相见？襟袖上空留下男儿斑斑的泪痕！"伤情处，高城望断，灯火已黄昏。"帆舟渐行渐远。最伤心的是，会稽高高的城墙消失在眼帘之中，再也看不到岸边恋人的情影；惨淡的黄昏下，唯有灯火星星闪烁。灯火处留下一段刻骨铭心的情爱，词人凄然若失，悲伤悱恻。

这首《满庭芳》紧紧地扣住离情，随着时间的推移而展开，逐次递进，从"山抹微云"到"烟霭纷纷"，结束于灯火黄昏，景色越来越暗淡，感情越来越凄切。词情哀婉沉郁，笔法纤柔凝重，多情的心，凄婉的情，作者"伤情"，亦让读者为之神伤。苏东坡特别欣赏这首词，尤其是首两句，以致将秦观"呼为'山抹微云君'"（南宋胡仔《苕溪渔隐丛话》）。台静农先生对秦观的词作了如下的评价："他的词不如苏词豪放，襟怀也不如苏轼高旷，然婉丽与情韵，则非苏词所及。"（《中国文学史》）从少游的这首词，足见此评价恰如其分。

注：关于这首名词的写作时间，有两种看法。其一即作于元丰二年冬。其二则认为作于宋哲宗绍圣元年（1094），当时秦观受党争牵连，从汴京贬任杭州通判期间。笔者认同第一种看法。南宋曾慥《高斋诗话》记载，少游自会稽入都，见东坡。东坡说："不意别后，公却学柳七（柳永）作词！"少游答："某虽无学，亦不如是。"东坡说："'销魂当此际'，非柳七语乎？"秦观入京城见苏轼应是在1094年之前，因1094年苏轼已发配至惠州，此后再未进京。

3. 满庭芳 ［北宋］周邦彦

夏日溧水无想山作

风老莺雏，雨肥梅子，午阴嘉树清圆。

地卑山近，衣润费炉烟。

人静乌鸢自乐，小桥外、新绿溅溅。

凭栏久，黄芦苦竹，疑泛九江船。

年年，如社燕，飘流瀚海，来寄修椽。

且莫思身外，长近尊前。

憔悴江南倦客，不堪听、急管繁弦。

歌筵畔，先安簟枕，容我醉时眠。

　　周邦彦，字美成，号清真，宋神宗期间，在汴京国子监任太学正。宋哲宗元祐二年（1087）他被排挤出京，游宦于庐州（今合肥）、荆南。元祐八年（1093），三十八岁，迁任溧水（今属南京）小小的县令，在任三年，这首词作于此期间。它是这位重要词人的代表作之一，作者的词风和个性尽在其中。词题中的"无想山"，位于溧水南十八里。

　　上片书写溧水初夏之景和失落之情。"风老莺雏，雨肥梅子"，雏莺在和煦的东风中长大，梅子在湿润的春雨下成熟。这二句分别隐含杜牧"风蒲燕雏老"（《赴京初入汴口》）以及杜甫"红绽雨肥梅"（《陪郑广文游何将军山林》）的诗意，工整对仗，简练形象。"午阴嘉树清圆"，"嘉树"：美树，茂盛的树。中午，阳光普照，绿荫如盖，地面上树阴的轮廓圆曲清晰。这句用刘禹锡"日午树阴正"（《昼居池上亭独吟》）之意。"地卑山近，衣润费炉烟。"住处近临山脚，地势低洼，潮湿的衣服需要炉火烘干，费时良多。此两句化用了白居易的"住近湓江地低湿"（《琵琶行》）。景致迷人，而气候不尽如人意；力求随遇而安，心中却又烦躁。

"人静乌鸢自乐，小桥外、新绿溅溅。""乌鸢"：乌鸦和老鹰。四周悄无人声，鹰鸟在空中自由地飞翔；小桥外，绿水新涨，流水潺潺。"凭栏久，黄芦苦竹，疑泛九江船。""黄芦苦竹"：取自白居易《琵琶行》"黄芦苦竹绕宅生"句。久久地倚栏远眺，只见枯黄的芦苇、清瘦的修竹，自己仿佛就是贬至九江的白居易，泛舟于江湖之上。词人身处"地卑山近"的小县溧水，深感自己与泛船九江时的白居易命运相同，发出沦落天涯的喟叹。清代周济在《宋四家词选》中写道："'人静'二句，体物入微，夹入上下文中，似褒似贬，神味最远。"

下片直抒宦海漂泊之苦。"年年，如社燕，飘流瀚海，来寄修椽。""社燕"：春社飞回，秋社飞去的燕子；"瀚海"：大海；"修椽"：放在屋梁上支撑屋顶的长木条。以社燕自喻，年复一年，自己就像社燕一样在宦海浮沉，身不由己，栖身于他人屋檐之下，而今仅是朝廷地位卑微的小官，暂居在溧水，不知何时又飘至何方。"且莫思身外，长近尊前。""尊"：同"樽"，盛酒的器具。姑且不去思考那些身外的事吧，将旧事前程、荣辱得失放在脑后，常常亲近酒樽，自寻欢娱，忘却烦恼。这两句点化了杜甫的"莫思身外无穷事，且尽生前有限杯"（《绝句漫兴九首》之四），以及杜牧的"身外任尘土，尊前极欢娱"（《张好好诗》）。

然而，酒宴的音乐却又让词人难以承受。"憔悴江南倦客，不堪听、急管繁弦。"我已是面容憔悴、身心疲惫的江南游子，欢快激越的乐曲，只能令人引发韶华已逝的悲伤。暗用了杜甫"不须吹急管，衰老易悲伤"（《陪王使君》）的诗意。何以解忧？词的最后："歌筵畔，先安簟枕，容我醉时眠。""簟"：竹席。在歌筵旁边，请先安放一张枕席，以便我喝醉时沉睡。未听管弦，人已先在酒中愁醉。语句宛转，心境极为悲凉。

　　周邦彦的大半生生活在官场的底层，性格敦厚恬静，博学多才，精于音律，勤于词谱的创制和革新。这首词委婉低回，作者悲伤而无怨愤，将忧郁之情寄寓在美景和美酒之中，含蓄而又真切地反映了内心的孤寂与苦闷，失意与无奈。所谓"最颓唐语，却最含蓄"（梁令娴《艺蘅馆词选》）。在写法上，多处融化唐代诗人的诗句，浑然天成。正如南宋词人张炎对周邦彦词作的评论："美成负一代词名，所作之词，浑厚和雅，善于融化诗句，而于音谱，且间有未谐，可见其难矣。"（《词源》）

醉花阴

词牌《醉花阴》简介

　　《醉花阴》首见北宋毛滂词，词中有"人在翠阴中"、"劝君对客杯须复"等句，依其意，取作调名。李清照"帘卷西风，人比黄花瘦"一词，最为知名。双调，仄韵，五十二字。

　　《醉花阴》的主要格体，五十二字，上、下片各五句、三仄韵。范例，北宋李清照词：

<blockquote>

薄雾浓云愁永昼，瑞脑消金兽。

中仄中平平仄仄，中仄平平仄。

佳节又重阳，玉枕纱厨，半夜凉初透。

中仄仄平平，中仄平平，中仄平平仄。

东篱把酒黄昏后，有暗香盈袖。

中平中仄平平仄，仄仄平平仄。

莫道不销魂，帘卷西风，人比黄花瘦。

中仄仄平平，中仄平平，中仄平平仄。

</blockquote>

《醉花阴》历代佳作二首

1. 醉花阴　［北宋］李清照

<blockquote>

薄雾浓云愁永昼，瑞脑消金兽。

佳节又重阳，玉枕纱厨，半夜凉初透。

</blockquote>

东篱把酒黄昏后，有暗香盈袖。

莫道不销魂，帘卷西风，人比黄花瘦。

李清照十八岁时与二十一岁的赵明诚在汴京成婚。宋徽宗崇宁元年（1102），父亲李格非被列入"元祐党人"，次年九月皇帝下诏，禁止元祐党人的子弟居京。受此株连，崇宁三年（1104）夏，二十一岁的李清照，只身一人离京回原籍济南，赵明诚留在汴京任职，这是他俩婚后的第一次分居。当年重阳节，李清照作这首词，寄给赵明诚，抒发思念之情，词意凄婉，词情深切。

上片描写重阳节时的冷寂，借以诉说离愁。"薄雾浓云愁永昼，瑞脑消金兽。""永昼"：漫长的白天；"瑞脑"：一种薰香名；"金兽"：兽形的铜香炉。外面薄雾弥漫，密云笼罩，从早到晚都是阴沉沉的天，令人愁眉不展。室外天气不好，词人只好待在家中。她独自一人，百无聊赖地看着金兽炉里的薰香青烟袅袅，缓缓地燃尽。"佳节又重阳"，作者着意用一个"又"字，强调今天不但是佳节，而且是重阳节。"每逢佳节倍思亲"（王维《九月九日忆山东兄弟》），九月九日重阳节，本应亲人团聚，登高、饮酒、赏菊。现在夫妻二人各在一方，她空守闺房！"玉枕纱厨，半夜凉初透。""纱厨"：纱帐。两人婚后琴瑟和谐、伉俪缱绻，从未分开过。富于情感的女词人正当青春年华，卧在纱帐里，玉枕孤眠，怎能不倍感凄凉。她思绪不宁，难以入睡，深夜，自我感觉凉气透过蚊帐，被褥冰冷。

下片书写重阳节饮酒赏菊时的伤感。"东篱把酒黄昏后，有暗香盈袖。"重阳时节，菊花盛开，人们纷纷外出游览。作者直到傍晚方才一人饮酒赏菊，满袖淡淡的菊花清香，却无法与心爱的人分享。"东篱"：取自陶渊明"采菊东篱下"，意即采菊之地。"有暗香盈袖"，化用汉代《古诗十九首·庭中有奇树》："攀条折其荣，将以遗所思。馨香满怀袖，路远莫致之。"相隔遥远，采下的艳丽菊花难以送到亲人的手中！作者惆怅、悲伤。夜幕降临，秋风习习，词人不胜孤凉，返回室内。"莫道不销魂，帘卷西风，人比黄花瘦。"西风卷起门帘，令人感到一股寒意，作者走进空荡清冷的房屋。她不禁联想起刚刚赏菊时所见的纤瘦的菊瓣，自叹自怜，莫要说重阳节不让人忧愁悲伤，屋内的佳人比菊花还要消瘦！委婉深沉地向自己心爱的夫婿倾吐相思的折磨和煎熬。这三句，以"莫道"反诘的口吻作引，观菊神伤，自尝苦涩；接着是动态之景，秋风卷帘，寒气侵室；两句作铺垫，最后出现闺房丽人，"人比黄花瘦"，凄美的警句，脍炙人口。三句一气呵成，以一个"瘦"字收尾，又为全词的结束，更点出此词的主旨：思情的凄苦。

这首词构思绝妙，以比兴的手法，将离愁别恨寓意于凄冷寂寥的时令、景色和风物之中。短短的一首小令，层层渲染，逐次递进，最后三句到达高潮，寻味无穷。据元代伊世珍《琅嬛记》记载：赵明诚收到李清照的这首词后，自愧不如，想胜之。谢绝客人，在家废寝忘食三天三夜，作五十首词。然后，混同李清照的这一首，展示给友人陆德夫。德夫细细品味，说："莫道"三句"绝佳"。此故事是否真实，无法考证，但足见"莫道不销魂，帘卷西风，人比黄花瘦"堪称千古绝唱。

在中国男尊女卑的封建社会，词坛充满着男性的情爱作品，鲜有女性对爱情的大胆吐露，甚至于绝大多数闺怨诗词出自男性诗人之笔。现在看来，这是中国文学史上一种匪夷所思的封建现象。李清照敢于藐视世俗的陈规旧习、闲言碎语。婚前，她无拘无束地抒发少女的情愫；婚后，酣畅淋漓地倾诉炽热的相思。她傲然于世，优美的词篇，优雅的风姿，展现女性之爱，爱得真切，爱得高贵。这首词是李清照的婉约词风与坦荡情怀的结晶。

2. 醉花阴　［清］周星誉

初三夜泊石门县，微霁见月，同梦西。

吹笛语儿城下路，帆卸明湖树。
城上月蒙蒙，城下垂杨，尚湿前朝雨。

自检麝囊灯畔觑，费尽闲情绪。
无赖是秋鸿，但写人人，不写人何处。

从词题中可知，此词作步友人"梦西"的一首词的词韵。"石门县"：其地属今浙江桐乡；"霁"：雨雪刚过，天色方晴。词中描述作者初三夜泊石门县的情景，景色清丽，情绪惆怅。

上片描绘石门县之景。"吹笛语儿城下路，帆卸明湖树。"傍晚时分，客船停泊湖畔，白帆卸落，系缆于岸边的树上。湖面水波不兴，明洁如镜。词人沿着城下弯曲的林荫小路，兴致盎然地漫步，耳边传来悠扬清脆的笛声。羁旅劳顿，困于小小的客舟里，作者登岸一身轻松，心情舒畅。"城上月蒙蒙，城下垂杨，尚湿前朝雨。"放眼望去，初三的一钩弯月，高高地斜挂在城头的上空，月色朦胧。呼应词题中的"微霁见月"。城下垂柳婆娑，犹带雨后的湿意，空气清新湿润。笛声、客船、小径、明湖、月牙、垂杨，勾画出江南小镇的美景，空灵清幽，体现出作者对柔丽的水乡石门县的钟爱。

下片书写回到泊舟后的离愁。"自检麝囊灯畔觑"，返回船舱，思乡之情油然而生。打开随身携带的盛有麝香的荷包，在灯光下细细端详。香囊是古代恋人相赠的定情物。"费尽闲情绪"，见物思人，恋人身姿娇美、柔情似水，两人在一起缱绻缠绵，种种浮现眼前，惹起挥之不去的离情别绪。词的末三句，作者借用秋雁抒发出无限的感伤。"无赖是秋鸿，但写人人，不写人何处。"可恶的是天上的秋雁，排成一个个"人"字形的阵列，向南飞去，却不告之思念的人现在何处。词人借助古代大雁传书的故事以及"人"字飞阵的习性，道出对恋人相思与挂牵。同时，对大雁无端地责难，表达自己心无寄托、情难传递的苦闷和烦恼。句中将风物与情感巧妙地融合在一起，婉转沉郁，韵味隽永。

作者不仅是精于文字的诗人，又是擅长丹青的画家。这首词在如画的景致中寄寓词人羁旅的愁绪，以疏淡的文笔，缓慢的节奏，表达漂泊途中伤感的思情，景色秀丽清美，词情舒卷有致，飘逸着淡雅之美、远情之伤。

踏莎行

词牌《踏莎行》简介

　　《踏莎行》又名《踏雪行》、《柳长春》、《喜朝天》等。双调，仄韵，五十八字。南宋曾觌、陈亮的添字词，词牌名《转调踏莎行》。

　　《踏莎行》的主要格体，五十八字，上、下片各五句、三仄韵，两片的第一、二句为四言对偶形式。范例，北宋欧阳修词：

　　　　候馆梅残，溪桥柳细。草薰风暖摇征辔。
　　　　中仄平平，中平中仄。中平中仄平平仄。
　　　　离愁渐远渐无穷，迢迢不断如春水。
　　　　中平中仄仄平平，中平中仄平平仄。

　　　　寸寸柔肠，盈盈粉泪。楼高莫近危阑倚。
　　　　中仄平平，中平中仄。中平中仄平平仄。
　　　　平芜尽处是春山，行人更在春山外。
　　　　中平中仄仄平平，中平中仄平平仄。

　　《转调踏莎行》，双调，仄韵，有六十六字和六十四字两种。以下列出其主要的六十六字格体与范例。

　　《转调踏莎行》主要格体，六十六字，上、下片各六句、四仄韵。范例，南宋曾觌词：

　　　　翠幄成阴，谁家帘幕。绮罗香拥处、觥筹错。
　　　　仄仄平平，平平中仄。中平平仄仄、中平仄。
　　　　清和将近，春寒更薄。高歌看簌簌梁尘落。

平平中仄，平平中仄。平平仄仄仄平平仄。

好景良辰，人生行乐。金杯无奈是、苦相虐。
仄仄平平，平平中仄。中平平仄仄、中平仄。
残红飞尽，袅垂杨轻弱。来岁断不负莺花约。
平平中仄，仄平平中仄。平仄仄仄仄平平仄。

《踏莎行》历代佳作四首

1. 踏莎行 ［北宋］晏殊

> 小径红稀，芳郊绿遍。高台树色阴阴见。
> 春风不解禁杨花，蒙蒙乱扑行人面。
>
> 翠叶藏莺，朱帘隔燕。炉香静逐游丝转。
> 一场愁梦酒醒时，斜阳却照深深院。

这是一首清幽深婉的小令，描绘暮春初夏的景色，在伤春之中流露对年华流逝的慨叹。

上片书写郊游所见。"小径红稀，芳郊绿遍。高台树色阴阴见。""阴阴"：隐约。郊外的小路两旁红花稀疏，遍野葱绿，芳草萋萋。绿树成荫，高高的楼台若隐若现。春天即将离去，初夏的气息已经来临。"春风不解禁杨花，蒙蒙乱扑行人面。""不解"：不懂得。春风不懂得管束飘落的杨花，柳絮如细雨蒙蒙，随风飞舞，纷乱地扑在行人的脸上。前三句是静态的自然画面，后两句是动态的物我景观。"行人"即游人与词人自己，引出词的主人翁作者，转入下片。

下片描写回到家中的景况。"翠叶藏莺，朱帘隔燕"，青翠的树叶葱茏茂密，掩藏住树丛中黄莺的身影；几扇朱红的窗帘将飞燕隔在屋外，满院是浓郁的初夏景象。一对精巧工整的偶句，前句承上，后句启下，轻轻落笔，词情由室外过渡到室内。屋里炉香的青烟幽静地袅袅升起，如游丝一般飘摇旋转而上。以无声的动态，反衬房间的寂静。词人午间小饮，酒醉入梦。"一场愁梦酒醒时，斜阳却照深深院。"醒来已近黄昏，词人神情恍惚，梦境犹记，那是一场春愁之梦，惜春伤春之情融入梦中。眼前，只见夕阳的余辉洒满深深的院落。岁月悠悠，作者满怀若有所失的惆怅。清代沈谦《填词杂说》评最后的两句"更自神到"。

在这首词里，作者匠心独具地选取暮春典型的场景和风物，以婉丽迷蒙的景色，蕴寓淡淡的怅惘、浅浅的孤寂。平和之语，凝练之句，华贵典雅，展现出词人精深的文学功底和高远的人生感怀。

2. 踏莎行　［北宋］欧阳修

候馆梅残，溪桥柳细。草薰风暖摇征辔。
离愁渐远渐无穷，迢迢不断如春水。

寸寸柔肠，盈盈粉泪。楼高莫近危阑倚。
平芜尽处是春山，行人更在春山外。

这首词写的是羁旅思情，它是古诗词的常见题材之一。然而，欧阳修的这首《踏莎行》构思新颖、意境深婉，使其成为词苑的一首名篇。

上片写实，描写游子行旅途中的所见所感。"候馆梅残，溪桥柳细。草熏风暖摇征辔。"候馆"：旅馆；"熏"：草的清香；"辔"：缰绳。清晨，旅舍门前的梅花已经凋零，溪水桥边的柳条嫩绿细柔。春风和煦，青草散发出清淡的芳香，客旅之人，摇动着马缰，催马行路。梅残、柳细、草熏、风暖，时令正值温暖的仲春。

　　春光怡人，景色明媚，远行者油然想起正值青春芳龄的心中佳人以及两人相聚时的美好时光，离愁别绪顿生。"离愁渐远渐无穷，迢迢不断如春水。""迢迢"：遥远的样子。离乡越行越远，离愁越来越没有尽头，犹如眼前的一溪春水，不停地向远方流淌。"春水"与上文的"溪桥"相呼应，以"迢迢不断"的"春水"比喻外出人的"离愁"，自然贴切，生动逼真。

　　下片写虚，行人想象着闺中人正在思念着他的情景。女子的眷恋缠绵凄切，柔肠寸断，盈盈的泪水沾着脸上的粉妆，簌簌而下。深情的男子爱怜关切地嘱咐恋人，"楼高莫近危阑倚"。"危阑"：高楼的栏杆。莫要登上高楼倚栏眺望。你若是登楼凭栏远望，将看见什么呢？你会愈加悲伤，引出词的最后两句。

　　"平芜尽处是春山，行人更在春山外。""平芜"：延伸向前的平坦的草地。思妇望眼欲穿，看到的是：平坦的大地，到处长满了杂乱的春草，原野的尽头春山连绵起伏，所思念的人远在春山之外。她，唯有一片痴情，日夜追随着心中的男人，平芜隔不断，春山挡不住。

　　这首小令写法奇特，兼写远行的男子和居家的女子，布局井然，实虚相间，虚中寓实。上片直写行者无法排解的思情，以长流的"春水"比喻离愁。下片以男子的遥想，写女子的思念，用天边的"春山"形容女子的坚贞爱情。两地相思，一种恋情。整首词柔丽优美，情婉意深。词的最后两句文笔精妙、意境悠远，当代文学家俞平伯先生评之："似乎可画，却又画不到。"（《唐宋词选释》）

3. 踏莎行 ［北宋］秦观

雾失楼台，月迷津渡。桃源望断无寻处。
可堪孤馆闭春寒，杜鹃声里斜阳暮。

驿寄梅花，鱼传尺素。砌成此恨无重数。
郴江幸自绕郴山，为谁流下潇湘去？

由于新旧党争，秦观于宋哲宗绍圣元年（1094）从汴京贬为杭州通判，第二年再贬为监处州（今浙江丽水）酒税。后来又被人诬告，绍圣三年贬迁至湖南郴州，削去所有官职和俸禄，岁暮抵达贬所。接连不断的贬官和打击让词人悲苦欲绝，大约绍圣四年（1097）春三月，他在郴州写下这首词，抒发谪居的凄凉和悲恨，委婉曲折，蕴意深沉，是秦观的代表作之一。

上片书写对前途的茫然，以及独居贬馆的孤寂。以景开篇，景中寓情。"雾失楼台，月迷津渡。桃源望断无寻处。""津渡"：渡口；"桃源"：桃花源，出自陶渊明《桃花源记》，在郴州以北的武陵（今湖南常德）。夜晚，楼台消失在弥漫的浓雾之中，月色朦胧，渡口一片迷蒙，无法认清。极目向北眺望，云遮雾障，陶渊明的桃花源无处可寻。词人困居在封闭狭小的贬所，幻梦着现实世界里的高大敞亮的"楼台"，以及走出困境、通往坦途的"津渡"。然而，楼台被大雾淹没，渡口在暗淡的月色中迷失；世外桃源在人间更是无从寻觅！这三句，词人以情设景，借虚构之景，寓真实之情，无法摆脱的苦难，无处寄托的精神，迷茫与绝望。清代学者黄苏在《蓼园词选》中点明："'雾失'、'月迷'，总是被谗写照。"深得其内涵。

幻梦破灭，回到痛苦的现实。"可堪孤馆闭春寒，杜鹃声里斜阳暮。"被禁锢在春寒料峭的客舍，孤独冷寂。夕阳西下，暮色里传来杜鹃声声的悲鸣。相传杜鹃的鸣叫声很像人言"不如归去"，杜鹃的啼鸣勾起词人怀乡的无限愁绪。秦观不但是一位才华横溢的诗人，而且是一位胸怀政治抱负的儒士，他曾撰写多篇见解独到的政论文章。当年他绝不会想到官场是如此的险恶。同样是一次又一次地被贬至偏远之地，他没有老师苏轼"此心安处是吾乡"的豁达，也没有师兄黄庭坚"老子平生，江南江北"的刚毅。秦观生性多愁善感，此时他只渴望能够回归故里，这已是一种不可能实现的奢望了。"可堪"二字领起，封闭的"孤馆"，料峭的"春寒"，凄厉的"杜鹃声"，以及落日的暮色。所住，所感，所闻，所见，词人怎能承受！

下片书写旧友之情和身世之伤。"驿寄梅花，鱼传尺素"，此处连用两则友人投寄书信的典故。"驿寄梅花"，源于北魏诗人陆凯五言绝句《赠范晔诗》："折梅逢驿使，寄与陇头人。江南无所有，聊赠一枝春。""鱼传尺素"，出自汉乐府《饮马长城窟行》："客从远方来，遗我双鲤鱼。呼儿烹鲤鱼，中有尺素书。""尺素"：短信的别称，古代用一尺长的绢帛写简短的书信。少游贬居偏远的郴州，亲友们的书信给他带来友情和温暖，每一份问候又增添了他思乡的离恨。"砌成此恨无重数"，一封封信函，一束束"梅花"，一张张"尺素"，层层堆砌，仿佛像砌砖墙一样，垒成"无重数"的怨恨，沉重地压在心头。

在深重的郁闷和悲苦之中，最后词人发出深沉的哀叹："郴江幸自绕郴山，为谁流下潇湘去？""幸自"：本自，本应；"潇湘"：即潇水和湘水的合流湘江，郴江是湘江的二级支流。词人纵目滚滚的郴江，哀怨地问道：郴江，你本应绕着郴山而流，究竟为谁而离乡背井、流向外地的潇湘呢？意味深长的诘问，貌似在向不可能回答他的郴江发问，实则是作者自怨自艾，本可以在美丽富饶的家乡江苏高邮过着洒脱闲雅的隐士生活，自己为什么落到如今沦落天涯的境地？本想施展才华，为国建功立业，却无端地被卷进政治斗争的漩涡。身世之伤，反思自问，追悔莫及。正如他晚年在雷州写的《自挽词》中所说："奇祸一朝作，漂零至于斯。"

命运对这位伤心之人是如此的不公。此时他怎能知晓郴州还不是贬谪的终点。不久，他徙至广西横州，随后被贬发到中国大陆最南端的广东雷州。在他写这首诗的同一年（1097），苏轼从广东的惠州被发配到海南岛的儋州。在苏门四学士中，苏轼与少游关系最为密切。两人既是师生，又是挚友，同升并黜，荣辱与共。元符三年（1100），哲宗驾崩，徽宗即位，迁官多被召回。秦观放还横州，客死于途中藤州（今广西藤县）。苏轼北归，得知秦观病逝，感伤不已，他对秦观这首《踏莎行》的最后两句尤为慨叹、情有独钟，将之书于扇面，永志不忘，并题记："少游已矣，虽万人何赎！"秦少游已去世，拿一万个人也无法赎回他的宝贵的生命！第二年，苏轼本人在江苏常州与世长辞。两人的坎坷经历和真挚友情令人动容。

整首词虚实互动，凄迷沉郁，蕴涵深厚。上片首三句以虚景寓情，后两句转为以实写情，王国维《人间词话》中写道："少游词境，最为凄婉。至'可堪孤馆闭春寒，杜鹃声里斜阳暮'，则变而凄厉矣。"下片前三句写实，最后两句因景设问，婉曲幽微，深怨沉恨。作者以高超的艺术手法，深沉地抒写了悲惨的遭遇和凄切的心境，不愧为感人肺腑的词史名篇。

4. 踏莎行　［元］张翥

江上送客

芳草平沙，斜阳远树。无情桃叶江头渡。
醉来扶上木兰舟，将愁不去将人去。

　　薄劣东风，天斜落絮。明朝重觅吹笙路。

　　碧云红雨小楼空，春光已到销魂处。

　　张翥是元代享有盛誉的词人。由词题可见，这是一首江边送别之词，具有独特的场景和艺术手法。

　　上片首先描述江边送行的景色和地点。黄昏时分，眼前，岸边沙滩平坦，芳草萋萋；远处，惨淡的夕阳映照着一片林木。"无情桃叶江头渡"，"桃叶渡"：是南京夫子庙附近秦淮河上的一个渡口，因一个典故而得名。东晋王献之在此迎娶爱妾桃叶，并即兴咏诗一首："桃叶复桃叶，渡江不用楫。但渡无所苦，我自迎接汝。"后人常以"桃叶渡"泛指与爱情相关的渡口。一对恋人在桃叶渡依依惜别，缠绵悱恻，桃叶渡却无动于衷，冷漠无情。主人翁无法直言现实的无情，而将离别的怨恨无端地迁怒于辞行之地，万般无奈，离恨深沉。进而引出"江上送客"的细节。

　　"醉来扶上木兰舟"，两人临别前举杯对饮，难舍难分，以酒消愁。酒醉之中将恋人相依相偎地扶上木兰客船。此处，作者以画龙点睛之笔，书写二人的深爱以及分别的实情。"将愁不去将人去"，帆舟载着离人渐行渐远，却载不去深深的离愁。离人远去，离情愈浓。

　　下片抒发别后的思情与惆怅。"薄劣东风，天斜落絮"，送行人神情悲切，心烦意乱。春去也，恶劣的东风恣意狂吹，柳絮纷乱地漫天飞舞。何以排解？"明朝重觅吹笙路"，明天再去探访笙瑟悠扬之路、寻觅往日欢愉的情景。

　　然而"重觅"所见的是"碧云红雨小楼空"，蓝天碧云，绿树成荫，落花如雨；坐落在绮丽景色之中的小楼，冷冷清清，人去楼空，再也见不到心上人的芳容倩影。主人翁黯然神伤，发出"春光已到销魂处"的悲叹，美好的春光已随恋人离去，美好的时光不复再来，怅然若失，伤心至极。下片中的"吹笙"与"小楼"，透露出对方是一位能歌善舞的歌女，两人并非逢场作戏，而是爱得刻骨铭心。

全词以景为主，寓情于景，着力于营造意境，人物的具体描写仅寥寥数笔，韵高笔妙。作者在词中付之以真切的情感，一往情深。清代陈廷焯推崇张翥为元一代词宗："元词之不亡者，赖有仲举（张翥字）耳。"（《白雨斋词话》）评价如此之高也许值得商榷，但张翥不愧为元代的一流词人，此词可见一斑。

蝶恋花

词牌《蝶恋花》简介

　　《蝶恋花》词牌名来自南朝梁简文帝乐府诗句"翻阶蛱蝶恋花情"。又名《鹊踏枝》、《凤栖梧》、《卷珠帘》、《黄金缕》、《一箩金》等。双调，仄韵为主，亦有平仄兼用之作，六十字。

　　以下列出本词牌格律常见的两种格体与范例。

　　格体一，六十字，上、下片各四仄韵。范例，北宋晏殊词：

　　　　槛菊愁烟兰泣露。
　　　　中仄中平平仄仄。
　　　　罗幕轻寒，燕子双飞去。
　　　　中仄平平，中仄平平仄。
　　　　明月不谙离恨苦，斜光到晓穿朱户。
　　　　中仄中平平仄仄，中平中仄平平仄。

　　　　昨夜西风凋碧树。
　　　　中仄中平平仄仄。
　　　　独上高楼，望尽天涯路。
　　　　中仄平平，中仄平平仄。
　　　　欲寄彩笺兼尺素，山长水阔知何处！
　　　　中仄中平平仄仄，中平中仄平平仄。

　　格体二，六十字，上片两平韵、两仄韵，下片四仄韵，平韵与仄韵在同一韵部。范例，南宋石孝友词：

　　　　别来相思无限期。

仄平平平平仄平。

欲说相思，要见终无计。

仄仄平平，仄仄平平仄。

拟写相思持送伊，如何尽得相思意。

仄仄平平平仄平，平平仄仄平平仄。

眼底相思心里事。

仄仄平平平仄仄。

纵把相思，写尽凭谁寄。

仄仄平平，仄仄平平仄。

多少相思都做泪，一齐泪损相思字。

平仄平平平仄仄，仄平仄仄平平仄。

《蝶恋花》历代佳作十二首

1. 鹊踏枝　[五代] 冯延巳

谁道闲情抛掷久？

每到春来，惆怅还依旧。

日日花前常病酒，不辞镜里朱颜瘦。

河畔青芜堤上柳。

为问新愁，何事年年有？

独立小桥风满袖，平林新月人归后。

　　冯延巳是南唐先主和中主两朝的重臣，又是五代时期一位重要的词人。在词史上，他是第一位描写个人迷茫之情的词人，将朦胧幽微的内心感情带入词的境界。这种艺术特色是词作的一大创新，对北宋词坛，尤其是晏殊与欧阳修，产生一定的影响。此首《鹊踏枝》便是他这类词篇的代表作。

上片直接描写内心莫名其妙的惆怅。首句直入词的主题："谁道闲情抛掷久？""闲情"：闲愁；"抛掷"：抛弃。谁说早就摆脱了无端的愁绪？以反诘之问起首，闲愁纠结缠绕，已到无法挣脱的地步。在忙忙碌碌的时候，不会有这种若有若无的闲愁；在心有所思的时候，不会有这种无以寄托的闲愁；在盛夏，在清秋，在严冬，都不会有这种说不清、道不明的闲愁。"每到春来，惆怅还依旧。"每逢春天到来，万物复苏，春心萌动，人又闲而无事，春愁随之而来，茫然若失的惆怅依然如故。

"日日花前常病酒，不辞镜里朱颜瘦。""病酒"：过度饮酒引起身体不适。何以排遣春愁、打发时光？每天花前痛饮，以酒消愁，不惜导致身体不适，不惜镜里红颜消瘦、面容憔悴。难以言状的春愁，飘忽不定，无论如何挣扎也无法解脱，只有沉于酒醉之中，即便"病酒"、"朱颜瘦"，也在所"不辞"、在所不惜。

下片以景为主，借景寓情。"河畔青芜堤上柳"，"芜"：杂乱丛生的草。河边青草丛生，杂乱无章；河堤上柳枝丝丝缕缕，随风飘拂。看不见娇艳的春花，听不到鸟儿的脆鸣。年复一年，青草蔓生，柳条纤柔，更增添了几许新愁。"为问新愁，何事年年有？"黯然神伤，不禁自问：为何年年都会有新的惆怅、新的忧愁？

词人没有正面地作出任何回答，而是微妙地留下最后的两句。"独立小桥风满袖，平林新月人归后。"独自立在小桥上，任凭凉风吹拂着衣袖。夜色来临，行人归家，一弯新月挂在平坦的树林上空。在空寥冷寂的月夜，作者形只影单，情绪低落伤感。

古典文学作品中抒写愁情的诗词不胜枚举，绝大多数都与现实生活中具体的事情有关，诸如闺妇怀人、游子思乡、官场失意、壮志难酬，等等。而冯延巳在这首词里倾诉的愁，是抛弃不去的

"闲情",是"年年有"的"新愁"。这种愁是一种空泛的愁,春去春来,岁月悠悠,人生苦短之悲,长年累月的孤寂之叹。整首词,文字不加修饰,词情缥缈空茫,蕴寓深幽细微,具有鲜明的个人感情色彩,以及耐人寻味的沉郁的喟叹。

2. 凤栖梧 [北宋] 柳永

伫倚危楼风细细。

望极春愁,黯黯生天际。

草色烟光残照里,无言谁会凭栏意。

拟把疏狂图一醉。

对酒当歌,强乐还无味。

衣带渐宽终不悔,为伊消得人憔悴。

这是一首羁旅怀人之作。漂泊的孤寂与相思的柔情浑然一体,一唱三叹,情真意深。

上片抒写登高望远的惆怅,点明季节和时间。"伫倚危楼风细细",一个人浪迹天涯,久久地伫立在高楼之上,微风吹拂,心潮起伏。"望极春愁,黯黯生天际。"极目眺望,春色迷蒙,忧愁的思绪从遥远的天际升起。春愁原本生自作者的心底,这里却写春愁"生天际",言外在意,词人的春愁弥漫在连天的广宇之中。

"草色烟光残照里,无言谁会凭栏意。"夕阳残照,无边的旷野青草萋萋,闪烁着一抹如烟如雾的光色。惨淡的春日黄昏,独自置身于清冷空辽的天地之间,有谁能领会我默默无言、凭倚栏杆的心意?词人没有吐露他的心思,没有道明他的"春愁"是什么,却埋怨人间无人理解他,由此表白他内心的孤独和凄凉,同时引出下文。

下片继续描写春愁，起笔仍避而不谈愁从何来。"拟把疏狂图一醉"，打算狂放不羁、纵情痛饮，只图一醉方休！"对酒当歌，强乐还无味。"借酒放歌，排解春愁，以企让自己强颜欢笑，但适得其反，更加索然无味。愁绪纠结，缠绵悱恻，任凭如何"疏狂"与"强乐"，也无法摆脱。

作者的"春愁"何以如此顽固？"衣带渐宽终不悔"，原来词人心甘情愿地承受"春愁"的折磨和煎熬，宁可日渐消瘦，也绝不后悔！千回百转，最后达到词的高潮，一语道破为何而愁，即"为伊消得人憔悴"。"伊"：她。为她，我心上的人，日思梦想，即便面容憔悴，也"终不悔"！痴人痴情，痴情痴语，一往情深，全因伊人"系我一生心"（柳永《忆帝京》）。

柳永脍炙人口的词作，来源于自己的生活和创作灵感，诚挚动人。这首词表达了他对爱情的坚贞不渝，无论怎样落魄，无论漂泊何方，一颗痴心终生不悔。全词迂回曲折，跌宕起伏，柔情万种，凄恻深婉，具有无与伦比的艺术魅力。王国维尤其欣赏这首词的最后两句，他在《人间词话删稿》中称赞是"专作情语而绝妙者"，"求之古今人词中，曾不多见"。同时他在《人间词话》中谈及"古今之成大事业、大学问者，必经过三种之境界"，特将这两句称为"第二境"：甘于受苦，专一执着，锲而不舍。

3. 蝶恋花　［北宋］晏殊

槛菊愁烟兰泣露。

罗幕轻寒，燕子双飞去。

明月不谙离恨苦，斜光到晓穿朱户。

昨夜西风凋碧树。

独上高楼，望尽天涯路。

欲寄彩笺兼尺素，山长水阔知何处！

这首词的题材是常见的闺妇怀人。然而，它的写作特点和深含的意境，使其成为广为传诵并引用的名词。

上片移情于景、抒写离恨。"槛菊愁烟兰泣露"，早晨，屋栏前的秋菊笼罩着一层迷离的烟雾，仿佛含着黯然的离愁；兰花沾着清冷的露珠，好似无声的泣泪。秋菊，傲霜坚贞；兰花，素雅高洁。作者用这两种花比喻词中的闺妇，可知这是一位气质高雅、感情专一的女子。"愁"、"泣"二字，分别将菊、兰赋予人的感情，隐喻女主人的忧伤。"罗幕轻寒，燕子双飞去。"丝绸制作的帘幕之间，飘着缕缕轻寒。屋檐下一双燕子形影不离地飞去。室内冷寂，思妇身心感受着秋寒。庭院燕子双飞，衬出女子的孤单，惹起她的思情。

"明月不谙离恨苦，斜光到晓穿朱户。""谙"：熟悉，精通。明月不了解离恨之苦；从夜晚到拂晓，斜斜的月光穿过红色的门户，始终照着空荡的闺房。点出了词的主题"离恨"；同时，"斜光到晓"道出女子度过了一个不眠的思念之夜。空守闺房的女子，人间无人知道她的离愁别绪，只能对月惆怅。明月本是无知的自然之物，少妇埋怨明月不知晓她的离恨，看似无理的抱怨，以"明月不谙"作为烘托，更加凸显离情对她的煎熬。

下片首先倒叙昨夜的情景，呼应上片结句中的"到晓"。"昨夜西风凋碧树"，昨天夜里秋风萧萧，落叶纷纷，绿树一片凋零。"独上高楼，望尽天涯路。"清晨，独自登上高楼，望断远去天边的道路，不见恋人归来的踪影。从"罗幕"低垂、狭小封闭的房间走出来，登楼远望，旷野辽阔苍茫，心情从压抑悲伤变为苍凉悲壮，境界由情致幽愁转为高远悠扬。因其境界，这三句成为词坛的警句。

"欲寄彩笺兼尺素，山长水阔知何处！""尺素"：意即书信，古人通常用一尺长的素绢写信，故称尺素。登高纵目，不见所思之人，进而想到将相思之情写在彩色的信笺或美丽的尺素上，寄给自己的心上人。无奈高山连绵、江水宽阔，相隔遥远，不知道他现在何处！寄信的强烈愿望也无法实现，"山长水阔"，心境的怅惘无边无际。

这首词，作者并不书写闺妇的容貌和体态，而是重笔于她的内心活动，愁思而无哀怨。上片以住所为场景，纤柔凄婉；下片"望尽天涯"，空茫悲怆。上下片不同的场景，作者用不同的笔法，以蕴藉的意象，精巧地将两者贯穿成一个有机的整体，深切地描绘了少妇的孤寂，以及对美好生活的向往。

王国维先生对这首词的意境极为赞赏。"昨夜西风凋碧树。独上高楼，望尽天涯路。"他将这三句的内涵加以发挥，认为这是"古今成大事业、大学问者"必须经过的三种境界之中的第一境界（《人间词话》）。意思是：一个人要想成就大事业、大学问，首先需要高瞻远瞩，看准方向，不畏孤独与寂寞。

4. 蝶恋花　[北宋]欧阳修

庭院深深深几许？
杨柳堆烟，帘幕无重数。
玉勒雕鞍游冶处，楼高不见章台路。

雨横风狂三月暮。
门掩黄昏，无计留春住。
泪眼问花花不语，乱红飞过秋千去。

北宋初期的一些名臣，如范仲淹、晏殊和欧阳修等人，他们除了政绩功名、严谨文章以外，都写有闺妇怀人的词作，风花雪月，柔婉深情。他们在词的题材和风格上受到五代词人的一定影响，同时又反映出当时士大夫们生活情趣的一个侧面，同情弱势女性，颂扬美好感情和幸福生活。欧阳修的这篇著名的《蝶恋花》就是此类宋词之一。（也有学者认为这首词的作者是南唐词人冯延巳。李清照认为是欧阳修所作，她的《临江仙》词序云："欧阳公作《蝶恋花》，有'深深深几许'之句，予酷爱之，用其语作'庭院深深'数阕。"李清照所处的年代与欧阳修相距不远，应该较为可信。）

上片书写深闺少妇对夫婿的思念。"庭院深深深几许？"起笔便是一个问句，叠用三个"深"字，被誉为经典之句，深受李清照酷爱。深深的庭院，不知有多深。闺妇幽居其中，该是怎样的沉闷、压抑和孤寂。深幽的环境，为全词定下了深沉的凄楚基调。"杨柳堆烟，帘幕无重数。"清晨，远处一丛丛杨柳，浓密的树梢上飘着惨淡的烟雾；眼前空荡的住所，帘幕一重又一重，无以计数，更加凸显豪宅的幽深与寂寥。

"玉勒雕鞍游冶处，楼高不见章台路。""玉勒雕鞍"：嵌玉的马勒，精雕的马鞍；"游冶"：出游寻欢作乐；"章台"：汉代长安的街名，妓馆所在地。女子登上高楼，目光透过堆堆的柳烟，远远凝望丈夫出外寻欢作乐的地方，他经常骑着"玉勒雕鞍"的宝马出没其中。无奈相距遥远，楼再高也见不到那些歌厅妓馆。她的夫婿不是为了生计而羁旅在外的游人，而是追逐声色的公子哥儿。思妇对丈夫的一片忠贞，却管束不住他的放浪，女主人的心境何等沮丧凄凉。词情自然地转入下片。

下片描绘女子芳华易逝的感伤。"雨横风狂三月暮。门掩黄昏，无计留春住。"风狂雨骤的暮春三月，春天匆匆去也。黄昏时分，天色暗淡，孤苦的少妇将门户紧闭，一心想把春光留住，却无计可施。春去，来年方可返回；人生短暂，美人迟暮，如花的青春年华即将消逝。惜春更惜人，空守闺房的女主人伤心不已，泪如雨下。

　　"泪眼问花花不语，乱红飞过秋千去。"她与惨遭"雨横风狂"的春花同命相连。无人所说，少妇只得向残花倾诉，泪眼汪汪地问道：可知我的苦衷。无情的花儿非但不予理睬，没有给她任何的同情，反而纷乱地飞过秋千，离她而去！更加深了她的孤独和悲凉。结尾以含泪悲语发问，用无言之景作答，寄寓无穷。词人精妙地借用风雨和飞花，将闺妇痛楚的心理层层披露，浅显易懂，加强了悲剧的效果。王国维评最后的两句："有我之境，以我观物，故物皆著我之色彩。"（《人间词话》）

　　全词深婉细腻，情景交融，情中有景，以景托情，景物均赋予浓厚的感情色彩。在悲切的情景中，蕴涵着作者对女主人不幸遭遇的深切同情，以及对浪荡男子的尖锐谴责，具有深刻的社会意义。

5. 蝶恋花　［北宋］晏几道

> 醉别西楼醒不记。
> 春梦秋云，聚散真容易。
> 斜月半窗还少睡，画屏闲展吴山翠。
>
> 衣上酒痕诗里字。
> 点点行行，总是凄凉意。
> 红烛自怜无好计，夜寒空替人垂泪。

　　北宋词坛"二晏"，晏殊与其子晏几道，均为婉约派的杰出词人。晏殊官至宰相，词作善于造语，闲情清婉，温润秀丽。晏几道没落公子，工于言情，深挚真切，感伤凄楚。晏几道的这首《蝶恋花》为怀旧词，是伤心之人的伤心之作。

上片直接书写忆昔抚今之感。"醉别西楼醒不记"，"西楼"：意指小晏青年时欢宴之地，常见于他的词中，如《少年游》的"西楼别后，风高露冷"。往昔经常欢娱畅饮，酩酊大醉方才离开歌楼酒馆，醒来全然不记得当时"醉别西楼"的情景。家道中落之前，晏几道是一位风流公子，此句是他昔日生活的真实写照。今非昔比，浑然一梦。"春梦秋云，聚散真容易。"这两句化用其父晏殊《木兰花》"长于春梦几多时，散似秋云无觅处"的词意。美好的时光，犹如春梦一样旖旎温馨，又好似秋云飘然远去、无处寻觅。人生无常，聚散太容易了，好景不长。

接着从追忆回到眼前的景况。"斜月半窗还少睡，画屏闲展吴山翠。"明月低垂，斜照着半窗；夜阑人静，自己仍无法入睡。此时此刻词人正如他为自己词集作序所写，心情极不平静："悲欢离合之事，如幻如电，如昨夜前尘。"（《小山词自序》）幽幽的烛光之下，床前的画屏静谧地展现着吴山的青翠。人有情，而画屏无情，仍然静谧。句中含着对画屏的怨艾，透露出世无知己的寂寥。

下片的首句"衣上酒痕诗里字"承接上片之首"醉别。"衣上酒痕"，是西楼欢宴饮酒时留下的印迹；"诗里字"，是筵席上即兴写下的词章。"点点行行，总是凄凉意。"点点酒痕，行行词句，让作者想起昔日欢聚的好友以及快意的生活，同时又总在引发凄凉伤感的情绪。

"红烛自怜无好计，夜寒空替人垂泪。"这两句化用了唐杜牧《赠别》的诗句"蜡烛有心还惜别，替人垂泪到天明"，将"红烛"拟人化。红烛见到屋中人的凄凉，可怜的红烛，没有任何好的办法安慰他，只能在寒夜里空替伤心之人洒下同情的泪水。托物写情，词人在怀旧中难以自拔，凄然而泣，以泪洗面！

清人冯煦说："淮海（秦观）、小山（晏几道），古之伤心人也。"（《宋六十一家词选》）秦观多写不识官场险恶、贬放流落之伤；晏几道则多写不谙人情世故、潦倒怀旧之伤。两人的词作均来源于各自坎坷的人生、透明的心灵以及率真的个性。这首词充满着作者无法排解的哀痛，真切反映了小晏落魄时的心境。小山词以情感人，深情之人，写深情之词，绮丽凄美。

6. 蝶恋花 ［北宋］苏轼

花褪残红青杏小。

燕子飞时，绿水人家绕。

枝上柳绵吹又少，天涯何处无芳草。

墙里秋千墙外道。

墙外行人，墙里佳人笑。

笑渐不闻声渐悄，多情却被无情恼。

在词史上，通常将苏轼作为豪放派的代表，他的不少名词大气磅礴，飘逸雄浑。但就数量而言，苏轼更多的词篇带着明显的婉约风格，清丽淡雅，意境深微。正如现代古典文学家周汝昌先生所言："强分'婉约'、'豪放'，而欲使东坡归于一隅，岂不徒劳而自缚哉。"（《唐宋词鉴赏辞典（唐·五代·北宋）》）这首词便是一个绝好的例证。它融合了宋词的两种风格，清婉中显旷达，疏朗里含伤感。

上片描写暮春景色，以及伤与乐交织的情感。"花褪残红青杏小"，杏树上的红花已经凋谢，树枝上结出了幼小的青杏，娇嫩可爱。为杏花的凋零而悲伤，为杏子的初生而欣喜。"燕子飞时，绿水人家绕。"词人随意漫步。空中，燕子轻盈地飞来飞去；不远处，清澈的溪水绕着村落的人家。村庄一片祥和，春意盎然，扫去了心中"花褪残红"的惜花怜花的惆怅。

移步换景，"枝上柳绵吹又少"。东风吹拂，柳枝上的柳絮被风吹得越来越少。春色将尽，惜春伤春之情油然而生，心情为之一跌。清初文学家王士禛特评此句："'枝上柳绵'恐屯田（柳永）缘情绮靡，未必能过。孰谓坡但解作'大江东去'耶？"（《花草蒙拾》）足见这是婉约的风格。紧接着词情一扬，"天涯何处无芳草"。眼前柳絮飘零，但天涯辽远，哪里没有葱茏青翠的芳草呢。自我安慰，随遇而安，不为一时一景而沮丧。词人此时身处人生的逆境，自我排遣内心的沉郁。苏轼贬谪黄州时写下警句"此心安处是吾乡"（《定风波》），这两句有异曲同工之妙。

晚年，苏东坡被远谪至广东惠州。一天，与他共患难的红颜知己朝云吟唱这首词。（这首词的创作时间不详，说法甚多。从词情和意境上看，笔者认为它作于苏轼在黄州期间的可能性较大。）唱到"天涯何处无芳草"，她泪流满面，五味杂陈，为苏东坡旷放豁达而感动，更为苏东坡流落天涯而感伤！

下片写人，抒发不为人解的苦闷。"墙里秋千墙外道。墙外行人，墙里佳人笑。"词人沿着一条小路走进绿水环绕的村落。经过一道围墙，墙里的少女正荡着秋千，不时地发出银铃般的笑声，飞出围墙，爽朗欢快，悦耳动听。围墙挡住了视线，却无法挡住作者的遐想，那一定是一位天真活泼、美丽动人的农家姑娘。三句共十六字，"墙里"和"墙外"分别重复，占用了八个字。填写宋词虽允许字词的重复，但不宜过多。苏轼突破词规，在以上的重复中，巧妙地切换镜头，构成一幅完整的动态景观，清新亮丽。经历了宦海沉浮，词人深感官场的险恶。"绿水人家"，少女的欢声笑语，让词人羡慕朴实安宁的农家生活，向往无忧无虑的精神世界。

词人正打算在墙外的小径上驻足片刻，欣赏充满青春活力的少女的欢笑，释放心底贬谪带来的隐隐愁绪。"笑渐不闻声渐悄，多情却被无情恼。"墙里清脆的笑声渐渐地消失了，佳人杳然而去，返回屋中。作者茫然若失，无形之中，情思翩翩的词人被墙内毫不知情的少女撩起了难以言状的烦恼。多情如斯的作者与无动于衷的女孩，两者之间近在咫尺，却相隔一堵无法逾越的高墙。凝练的两句，蕴藉无穷，充满着人生的哲理。人世间存在多少有形和无形的墙，引发自作多情之人的烦恼，乃至悲剧。这种现象在世俗生活中并不罕见，在朝廷何尝不是如此。作者本人"胸中万卷"，满怀政治抱负，一心"致君尧舜"（苏轼《沁园春》），辅佐国君，助其成为尧舜一样的圣明君主。然而，事与愿违，反落到贬放的境地。何必自作多情呢？超然处之吧。清代学者黄苏在《蓼园词选》评这首词的下片"尤为奇情四溢"。

　　这首《蝶恋花》，文采横溢，神思缥缈，寓意深邃。以行云流水之笔，将景与情、悲与乐，交织在一起，此起彼伏，一唱三叹。感情与理性的纠结，现实与理想的矛盾，错综复杂，精微深婉。在词里，作者赞美幼嫩的青杏、天真的少女，赞美朝气蓬勃、拥有未来的生命。坎坷的命运之中，苏东坡以宋词的形式，抒发人生的思考、生活的热爱以及美好的执着寻求。这是他留给后人的无比珍贵的文学瑰宝和精神财富。

7. 蝶恋花　[北宋] 李清照

> 暖雨晴风初破冻。
>
> 柳眼梅腮，已觉春心动。
>
> 酒意诗情谁与共？泪融残粉花钿重。
>
> 乍试夹衫金缕缝。
>
> 山枕斜欹，枕损钗头凤。
>
> 独抱浓愁无好梦，夜阑犹剪灯花弄。

　　这首词作于宋徽宗崇宁四年（1105）初春，当时李清照独居山东济南，丈夫赵明诚在汴京任职。有些选本标注词题"离情"，亦有标为"春怀"。这是他俩第一次分居，思情深切，但生活舒适安宁，不像第二次分居时国家处于动荡与战乱之中。词中抒写自己的离情，女性之美，幽怨之情，凝练精致的词句，使之成为这位杰出女词人的名作之一。

上片书写白天的思愁。"暖雨晴风初破冻"，温润的春雨，和煦的东风，春回大地，万物复苏。"柳眼梅腮"，一句绝美的双关语，既用佳人形容早春的柳梅，又以柳梅比喻少妇的美貌。早春季节，柳芽初生，犹如佳人微张的媚眼；梅花浅红，宛若美女透红的香腮。闺房少妇眼如柳芽，腮似红梅，仪容娇美。"已觉春心动"，明媚的春光撩拨起女词人相思的春情。在结构上，"柳眼梅腮"上承前一句的春景，下启随后的女子"春心"。明代沈际飞称李清照的句子中，"柳眼梅腮"与"绿肥红瘦"（《如梦令》）、"宠柳娇花"（《念奴娇》），均为"易安奇句"。（《草堂诗余正集》）

"酒意诗情谁与共？泪融残粉花钿重。""花钿"：花朵形状的金银首饰。面对春天的良辰美景，纵然怀有浅饮美酒、低吟诗词的情致，又与谁共？以反问吐露内心浓郁的思念。深闺独处，悲从心来，泪流满面，沾融弄残了脸上的香粉；心情愁闷，连头上配戴的金银首饰，女词人也感到无比沉重。婚后与丈夫在一起，琴瑟和鸣，烹茗煮酒，共赏诗词，是那样的惬意温馨。如今孤独寂寞，反差如此之大，心中的苦涩愈加浓重。

下片描绘夜晚的孤寂。"乍试夹衫金缕缝"，刚刚试穿了用金线缝制的夹衫。穿给谁看呢？与赵明诚各在一方，再华贵的新衣也提不起精神。"山枕斜欹，枕损钗头凤。""山枕"："凹"形的檀枕；"欹"：靠着；"钗头凤"：形如凤状的头钗。百无聊赖地斜靠在枕头上，漫不经心，压坏了头戴的凤钗，也全然不放在心上。

"独抱浓愁无好梦，夜阑犹剪灯花弄。""灯花"：蜡烛的灯芯燃烧后结成的烛花。孤独的愁思如浓云密布，难以入眠，更无好梦。夜已深，形只影单，手中剪弄着灯花，思情重重。最后一句出神入化，以有形的外在动作体现无形的内在情绪，耐人寻味。相传灯花是喜事的征兆，杜甫有诗句"灯花何太喜，酒绿正相亲"（《独酌成诗》）。词中更延伸了唐代李商隐名句的诗意："何当共剪西窗烛，却话巴山夜雨时。"（《夜雨寄北》）何时夫妻二人能够共剪烛花，诉说分离时彼此的相思之情。女词人盼望夫妻二人早日团圆，却不知何时方能相聚，悱恻缠绵。结句委婉地与上片的"酒意诗情谁与共"相呼应，加深了词的主旨。

这首词来源于李清照切身的生活体验，文笔细微蕴藉，华美而不浓艳，愁思却无凄切，令人感受到作者的真挚感情以及精湛的文学造诣。

8. 蝶恋花　［南宋］范成大

春涨一篙添水面。
芳草鹅儿，绿满微风岸。
画舫夷犹湾百转，横塘塔近依前远。

江国多寒农事晚。
村北村南，谷雨才耕遍。
秀麦连冈桑叶贱，看看尝面收新茧。

范成大，江苏吴县（今苏州）人，南宋名臣、著名文学家。他晚年退居家乡石湖，度过了长达十年的田园生活，写下大型绝句组诗《四时田园杂兴》六十首，被钱钟书先生《宋诗选注》誉为"中国古代田园诗的集大成"。这首《蝶恋花》是他隐居石湖期间所作的一首田园词。

上片描绘早春水乡的美景。"春涨一篙添水面"，春雨丰沛，河水涨了一篙之深，水面更加开阔。"芳草鹅儿，绿满微风岸。"

两岸芳草萋萋，幼嫩的鹅儿在河面上欢快地戏水；和煦的春风轻轻吹拂，吹绿了岸上的一草一木。万物复苏，一片春意盎然。

"画舫夷犹湾百转，横塘塔近依前远。""夷犹"：迟疑缓慢；"横塘"：在古代，它是苏州胥江的一个重要渡口。苏州一带河渠纵横交错，词人乘坐的彩船沿着弯曲的河道，缓慢地行驶。前方横塘的高塔仿佛近在眼前，实则依然遥远。词人并不急于抵达横塘，水乡的景色赏心悦目，让人迷恋流连。

下片书写早春水乡的农事。"江国多寒农事晚"，"江国"：即江南水乡。春寒水冷，水田的农事比旱地要晚。"村北村南，谷雨才耕遍。""谷雨"：在清明之后，农历三月中旬。村北、村南，谷雨时节才开始在水田里开犁，翻地耕种。

高地的农事另一番景象，"秀麦连冈桑叶贱"。连冈漫坡的小麦已经结成秀穗，桑树茂盛，桑叶大丰收，以致贱卖，词人对农事了如指掌。进而，他想象着丰收带来的农家欢乐，"看看尝面收新茧"，转眼间，农民们就要品尝新鲜的面粉，收获新结的蚕茧。词人虽是归隐的高官，富足闲适，但他仍关心农事，与百姓心心相印。

这首词充满着浓郁的乡土气息，真实地反映了江南水乡的风光和生活，没有文人的理想化。全词景观清秀疏朗，生机蓬勃；语言朴实无华，清新明快。词情平和柔丽，既无士大夫的雅兴，又无穷秀才的寒酸。宋词中农村题材的作品很少，它是其中极为难得的精品之一。

9. 蝶恋花　［清］纳兰性德

辛苦最怜天上月。

一昔如环，昔昔都成玦。

若似月轮终皎洁，不辞冰雪为卿热。

无那尘缘容易绝。

燕子依然，软踏帘钩说。

唱罢秋坟愁未歇，春丛认取双栖蝶。

　　纳兰性德悼念亡妻的词有三四十篇之多，词情均哀感顽绝，但每一首都有特定的意境，特定的艺术表现手法，尤其是其中的名作，例如这一首脍炙人口的《蝶恋花》。

　　上片望皎月、思亡妻。起首是一句爱情的绝唱，"辛苦最怜天上月"。凄美的诗句，凄美的爱情。爱情，就像天上的月亮，最令人怜惜。无论爱得怎样辛苦、怎样苦涩，爱情总是那样美好、那样永恒。"一昔如环，昔昔都成玦。""一昔"：同"一夕"，意出《左传·哀公四年》中的"为一昔之期"；"昔昔"：即夜夜；"玦"：有缺口的环状玉器。一月之中，仅有一夕月圆如环；其他的夜晚，则均犹如玉玦，残缺不全。纳兰与卢氏婚后情投意合，但聚少离多。他身为康熙信赖的侍卫，常在宫中值勤，或随驾外巡。正如他在一首《菩萨蛮》中所写："问君何事轻离别？一年能几团圆月。"两人结婚才三年，卢氏因难产去世，芳龄仅二十一岁，留给词人终生的悲伤和缺憾。

　　词人曾梦见卢氏，梦中临别时亡妻对他说："衔恨愿为天上月，年年犹得向君圆。"（《菩萨蛮》小序）因而，纳兰想象着亡妻已经化为美丽的"天上月"。他对亡妻说："若似月轮终皎洁，不辞冰雪为卿热。""卿"："你"的爱称。你若能像一轮皎洁的明月，我一定不辞冰雪严寒，用我的身、我的心温暖你的身心。"不辞"一句，引用南朝《世说新语》中的一个故事：三国时期，荀粲之妻冬天高烧病重，全身发热难受。荀粲为了给妻子降温，脱光衣服站在大雪中，等身体冰冷时回屋给妻子降温。妻子病亡后，荀粲沉于哀痛，去世时只有二十九岁。纳兰与荀粲一样，都是痴情的男儿。

下片思绪回到现实。"无那尘缘容易绝","无那":即无奈。梦想着天上的亡妻,梦想着两人不再分离,然而各在天上人间,美梦毕竟无法实现。无可奈何,由于残酷的命运,尘世的因缘就那么轻易了结了。"燕子依然,软踏帘钩说。"此二句化用唐李贺诗句"燕语踏帘钩"(《贾公闾贵婿曲》)。唯有堂前的燕子,依然轻盈地踏着卷帘的银钩,呢喃絮语,仿佛诉说着往昔两人在家中的柔情蜜意。词人借用燕子,追忆两人婚后的温馨生活。他不禁悲情难以自持,引出最后的词句,向亡妻倾诉衷肠。

"唱罢秋坟愁未歇,春丛认取双栖蝶。""认取":认定。其中的第一句化用李贺的"秋坟鬼唱鲍家诗,恨血千年土中碧"(《秋来》),第二句化用李商隐的"春丛定见饶栖鸟"(《偶题二首》)。在清秋,我在你的坟茔前,低唱一曲挽歌,以寄悼念,对你的愁思仍无法消去。而今认定,我死后化作蝴蝶,在绚烂的春花丛中,与你双双形影相随地飞舞,再不分离。此处隐化了梁祝美丽而凄婉的爱情传说。纳兰去世时,年仅三十一岁。他对亡妻的一往情深,真可谓惊天地、泣鬼神!

这首词凄情悲切,生死之恋,令人不忍卒读!在写法上,作者以明月、燕子、蝴蝶这三种常用于象征爱情的风物为主线,精妙地连接在一起,以物寓情,自然、纯美、动人。同时,词人娴熟地运用历史典故和前人诗句,强化了整首词的悲剧色彩和艺术感染力。

10. 蝶恋花 〔清〕纳兰性德

出塞

今古河山无定据。

画角声中,牧马频来去。

満目荒凉谁可语？西风吹老丹枫树。

从前幽怨应无数。

铁马金戈，青冢黄昏路。

一往情深深几许？深山夕照深秋雨。

边塞诗词是中国古典诗词的一个光彩夺目的组成部分，它从《诗经》延续到晚清，在唐代达到鼎盛。纳兰性德的词以"情"著称，爱情与友情的词作脍炙人口。相对而言，他的边塞词的艺术性和思想性没有得到应有的重视。这首《蝶恋花·出塞》堪称历代边塞诗词的精品。康熙二十一年（1682）八月，纳兰作为康熙二等保卫，奉命与副都统郎谈等出塞，远赴黑龙江的梭龙地区，岁末归京。在途中，他写下这首词，时二十八岁。

上片书写塞外之景，感叹盛衰莫测。"今古河山无定据"，"无定据"：没有一定。起笔发议，石破天惊。跨越万里河山，纵观千年历史，古往今来，改朝换代，你争我夺，并无永恒的王朝江山，并无固定的疆土边界。词人像一位饱学多识的历史学家，高屋建瓴；又以诗人的深情，发出浩叹，凝练厚重。内涵之深邃，令人沉思！"画角声中，牧马频来去。""牧马"：意指战马，唐温庭筠《送并州郭书记》有诗句："塞城收马去，烽火射雕归。"如今，塞外硝烟弥漫的战火已经烟消云散，军营苍凉的号角声仍在大漠回荡，将士们在营帐前进行操练，战马不停地来往奔跑。

"满目荒凉谁可语？西风吹老丹枫树。"极目所见，广袤的边塞，一片荒凉。天地悠悠，"前不见古人，后不见来者"（陈子昂《登幽州台歌》），有谁可与我交谈此时此刻内心的感受呢？只见萧瑟西风肆意地狂吹，吹红了苍老枫树的秋叶。无言而又苍辽的景象，引出下片抒情。

下片抒发出塞的思绪。"从前幽怨应无数"，面对"满目荒

蝶恋花

凉"的古战场，怀古感伤，幽怨的边塞故事无以计数。延伸了唐代李颀"行人刁斗风沙暗，公主琵琶幽怨多"（《古从军行》）的诗意。"铁马金戈，青冢黄昏路。""青冢"：即汉代王昭君之墓，在今内蒙古呼和浩特南。千百年来，这里上演了多少铁马金戈、战火纷飞，如今只剩下王昭君青草覆盖的坟茔，孤寂地映照在落日黄昏之中。此时的纳兰，内心激荡着唐代伟大诗人杜甫的诗句，"一去紫台连朔漠，独留青冢向黄昏"，"千载琵琶作胡语，分明怨恨曲中论"（《咏怀古迹》其三）。纳兰与杜甫相隔约九百年，对战争与和平、国家与个人，在诗词中进行了同样的深层次的思考。

词的最后，以情语诘问，以景语作答，蕴藉无穷。"一往情深深几许？深山夕照深秋雨。"对祖国边塞的一往情深有多深？如同深山的夕照，深秋的暮雨。在苍茫的塞外秋色之中，词人满怀悲天悯人的惆怅。铁血英雄、和亲美人，他们青史留名，世代缅怀，祈愿边塞永久和平安宁。

整首词寓情于景，景象苍辽雄浑，感情凄幽悲壮。作者回忆历史，深刻反思，发议简洁精辟，思想含蓄深沉。这一次出塞，纳兰还作了另一首《浣溪沙》（欲寄愁心朔雁边），其结句"不知征战几人还"，有助于对这首《蝶恋花》的理解。纳兰性德是满族入关后生长的第一代人，具有渊博的历史知识以及精湛的文学造诣，令人惊叹！

11. 鹊踏枝　[清] 龚自珍

过人家废园作

漠漠春芜春不住。

藤刺牵衣，碍却行人路。

偏是无情偏解舞，濛濛扑面皆飞絮。

绣院深沉谁是主？

一朵孤花，墙角明如许。

莫怨无人来折取，花开不合阳春暮。

　　龚自珍主要生活在清朝嘉庆与道光年间，这是大清王朝从鼎盛走向衰落的历史年代，鸦片战争前夕，朝政腐败，内忧外患，他对此局面忧心忡忡。由词题可知，一次作者经过"人家废园"，让他产生联想，有感而发，遂作这首词。

　　上片描写暮春的废园，隐喻当下的清朝。"漠漠春芜春不住"，废园里，到处是残春的景象，芜乱的杂草，零落的败花，春已去也。大清帝国盛况不再，衰象丛生。词人走入废园，"藤刺牵衣，碍却行人路"。这两句化用北宋周邦彦的"长条故惹行客，似牵衣待话"（《六丑·蔷薇谢后作》）。长条上的藤刺牵拉着行人的衣服，阻碍着向前的去路！清廷就像盘根错节的长藤，昏庸的王公大臣们便是附着在上面的可恶的藤刺，阻碍着锐意改革者的参政道路。

　　"偏是无情偏解舞，濛濛扑面皆飞絮。""解舞"：了解舞蹈。偏是无情无知的柳絮，自以为懂得舞蹈，得意忘形地狂飞乱舞，密密麻麻地扑面而来。满朝鼠目寸光的官员，倚仗权势，整日花天酒地，庸庸碌碌，成事不足，败事有余！

　　下片以"孤花"自喻，抒发生不逢时之叹。"绣院深沉谁是主？"深沉地发问：谁是昔日锦绣庭院的主人？谁能修复破败不堪的废园？谁能力挽狂澜、拯救每况愈下的大清江山？希望在哪里？"一朵孤花，墙角明如许。"一朵孤单的鲜花，高洁的鲜花，在冷落的墙角绽放。词人就是这朵"孤花"。当时，作者写下许多揭露时弊、忧国忧民的诗文，屡遭权贵的排挤和打击。在众人皆醉、死气沉沉的时代，龚自珍是一位独醒者。他在著名的《己亥杂诗》其二百二十中写道："九州生气恃风雷，万马齐喑究可哀。"

整个社会万马不鸣，何其悲哀；中国要想重振生气，只有依赖疾风迅雷般的变革。

词的最后，作者无可奈何地自嘲："莫怨无人来折取，花开不合阳春暮。"不必埋怨无人青睐、无人赏识，孤花开在暮春季节，生不逢时，只能洁身自好、孤芳自赏。怀才不遇之悲，坎坷身世之伤，尽在其中！

这首词托物寄兴、寓情于景。"废园"为大清帝国的缩影，"孤花"是词人自身的写照。笔法含蓄委婉，感情悲愤沉郁，意境深邃高远。全词将思想性与艺术性完美地结合在一起，是清代词坛独具一格的杰作。

梁启超高度评价龚自珍的历史贡献。他说："晚清思想之解放，自珍确与有功焉。光绪间所谓新学家者，大率人人皆经过崇拜龚氏之一时期。"（《清代学术概论》）

12. 蝶恋花　［清］王国维

百尺朱楼临大道。

楼外轻雷，不问昏和晓。

独倚阑干人窈窕，闲中数尽行人小。

一霎车尘生树杪。

陌上楼头，都向尘中老。

薄晚西风吹雨到，明朝又是伤流潦。

王国维先生在文学、史学、哲学和美学的研究上做出了重大贡献。他还创作了一百余首词，不乏诸多杰作，其中他本人最看重的是此首《蝶恋花》。在这首词中，他以哲学家的思维，审视芸芸众生的生活状态和命运；用诗人富于想象的构思，借思妇的闲愁，抒发深沉的忧时伤世的悲怀。

上片描写幽居高楼的佳人所见所闻。"百尺朱楼临大道"，百尺高的华丽红楼，面临着宽阔的大道。居高临下，视野开阔，楼中之人超凡脱俗。"楼外轻雷，不问昏和晓。""轻雷"：车声，唐李商隐《无题》诗有"车走雷声语未通"。楼外大路上车水马龙，不分黄昏拂晓，川流不息，声音犹如阵阵轻雷。即便住在百尺高的楼上，思妇仍然深受红尘的困扰，无法真正超脱。

"独倚阑干人窈窕，闲中数尽行人小。"孤寂的美人独自凭倚栏杆，从高处下看，大道上行人显得非常渺小，她无所事事地细数来往的过客，人们都在为生活而辛劳地奔忙。朱楼上的这位丽人已非闺怨诗词中的思妇，她无意在行人中寻找自己爱人的身影，而是以旁观者的身份，观察底层的黎民百姓，并寄以深切的同情。她是词人的化身，清高而睿智，沉思生命的意义。

下片感叹思妇与行人同样的归宿。"一霎车尘生树杪"，"一霎"：一阵；"树杪"：树梢。凝望之中，一瞬间车辆飞驰而过，卷起尘土，扑向树梢，飞入朱楼。大道上的飞尘殃及路人，也殃及思妇。"陌上楼头，都向尘中老。""陌上"：本意田间，此处意指词中的"大道"。大路上的行人和高楼的女子，结局相同，都在红尘中一天天不知不觉地老去。

"薄晚西风吹雨到，明朝又是伤流潦。""薄晚"：傍晚；"流潦"：雨后路上混着尘土的流水。傍晚，蓦然秋风吹来阵雨，街道上雨水和着灰尘，想必明天到处污水横流，百姓出行更加艰难了。人生短暂，尘世中的人们怎能承受无常的风风雨雨！

王国维所作的词集《人间词》甲、乙两稿之中，附有署名山阴樊志厚的序文，据说实为他自撰。序中特别提到这首词的写作手法和思想内涵："意境两忘。物我一体，高蹈乎八荒之表，而抗心于千秋之间。"这首词具有高超的艺术特点，写法上以小见大，言近意远，体现了他本人所倡导的"境界"的词学理论。从"百尺朱楼"俯视"大道""行人"，由此呈现人间之苦。而词人与渺小的世人一样，承受着无穷无尽的苦难。它深刻地反映了作者悲观厌世的内心世界。

　　王国维生活在晚清和民国之初，社会动荡，民不聊生，他的个人命运多灾多难。同时，他深受德国哲学家叔本华的影响。多种原因交织在一起，王国维的一生，悲天悯人，看不见光明和前途，精神世界充满着悲观与失望。一代国学大师，最终陷入绝望，于一九二七年六月二日，选择以自沉颐和园昆明湖的方式结束生命，以求解脱，终年五十岁。令人唏嘘不已！

鹧鸪天

词牌《鹧鸪天》简介

《鹧鸪天》又名《思越人》、《思佳客》等。双调，平韵，五十五字。

《鹧鸪天》格律的主要格体与范例，五十五字，上片四句、三平韵，下片五句、三平韵。上片第三、四句以及下片第一、二句多为对偶。范例，北宋晏几道词：

> 彩袖殷勤捧玉钟，当年拚却醉颜红。
> 中仄平平中仄平，中平中仄仄平平。
> 舞低杨柳楼心月，歌尽桃花扇底风。
> 中平中仄平平仄，中仄平平中仄平。

> 从别后，忆相逢。几回魂梦与君同。
> 平仄仄，仄平平。中平中仄仄平平。
> 今宵剩把银釭照，犹恐相逢是梦中。
> 中平中仄平平仄，中仄平平中仄平。

《鹧鸪天》历代佳作六首

1. 鹧鸪天 ［北宋］晏几道

> 彩袖殷勤捧玉钟，当年拚却醉颜红。
> 舞低杨柳楼心月，歌尽桃花扇底风。

从别后，忆相逢。几回魂梦与君同。

今宵剩把银釭照，犹恐相逢是梦中。

在宋代，家庭歌酒宴乐在上流社会习以为常。晏几道是一位至情之人，早年常去朋友沈廉叔、陈君龙两家欢宴，结识莲、鸿、蘋、云四位歌伎，她们身世卑微，美丽善良。他每每作词，授以四位歌女演唱，度过一段美好的时光。后来沈廉叔去世，陈君龙重病，诸歌伎亦作鸟散。晏几道写下许多对她们的眷恋与同情的感人词作。这首词是他的名篇之一，描写他与其中的一位歌女久别重逢的情景。

上片追忆往昔的情谊和欢娱。"彩袖殷勤捧玉钟，当年拚却醉颜红。""拚却"：甘愿，不惜。想当年，你身着长袖的彩衣，酥手捧着精美的酒杯，殷勤地向我劝酒，情意绵绵。我拼命地痛饮，以期相报，全然不顾喝得满面通红、醉意已浓。"舞低杨柳楼心月，歌尽桃花扇底风。"两句工整对仗，绚丽优美。你与数位同伴，舞姿曼妙，尽情歌唱，从月上柳梢的黄昏，直到月落西楼的深夜，以致累得再也摇不动绘有桃花的扇子。通宵达旦的欢乐，如同昨梦前尘。多少年过去，那样的情景何曾忘却！

下片抒写别后的相思和相逢的惊喜。"从别后，忆相逢。"自从离别后，总是回忆着那曾经在一起的日子。简洁直白的两句，浓情蜜意，充满真挚的情愫。"几回魂梦与君同"，别后，你还好吗？你都在哪里呢？多少次魂牵梦绕，梦见与你相依相拥。词人向对方倾诉内心深处苦苦的相思与牵挂。"今宵剩把银釭照，犹恐相逢是梦中。""剩把"：尽把；"银釭"：银质的灯台，意指烛灯。而今真的见到你了，恍若隔世，今夜我要在银灯下将你细细地端详，唯恐相逢是一场幻梦！"剩把"与"犹恐"，淋漓尽致地描绘出复杂微妙的心理，这两句化用了杜甫《羌村》的诗句"夜阑更秉烛，相对如梦寐"。杜甫描写的是战乱期间与妻子儿女久别重逢时的悲喜心情，晏几道与此女子虽生活在和平年代，但同是天涯沦落人，二人不期而遇，疑在梦中，悲喜之情难以言状。

　　晏几道的好友黄庭坚为《小山集》作序，其中对小山的诗词做了精辟的评价："清壮顿挫，能动摇人心。"这首词，上片欢娱如醉的往事，色彩艳丽，感情浓烈；下片邂逅似梦的重逢，宛如虚境，深含凄楚。悲欢离合，一往情深。全词寄寓着身世的辛酸，以及红尘的悲凉，令人读罢怅然。正如王夫之所说："以乐景写哀，以哀景写乐，一倍增其哀乐。"（《姜斋诗话》）

2. 鹧鸪天　［北宋］黄庭坚

　　座中有眉山隐客史应之和前韵，即席答之。

　　　　　黄菊枝头生晓寒，人生莫放酒杯干。
　　　　　风前横笛斜吹雨，醉里簪花倒著冠。

　　　　　身健在，且加餐。舞裙歌板尽清欢。
　　　　　黄花白发相牵挽，付与时人冷眼看。

　　黄庭坚，字鲁直，号山谷道人，世称黄山谷。因被诬陷修《神宗实录》不实，于宋哲宗绍圣二年（1095）贬涪州（今重庆涪陵）别驾，黔州（今重庆彭水）安置，后移戎州（今四川宜宾）安置。词序中的史应之，是作者在戎州贬所结识的朋友。宋哲宗元符三年（1100），黄庭坚得赦，该年重阳节期间，与眉山隐士史应之相聚于四川青神，酒宴上彼此作《鹧鸪天》相和。黄庭坚共作三首，此词是其中的第二首。第一首词题为"明日独酌自嘲呈史应之"，作于九月十日，随后史应之作和词一首；后来酒宴上词人当场作这首词再答。史词则今已失传。全词借重阳赏菊饮酒，宣泄胸中郁愤，抒发卓然自立的心志。

上片劝他人、劝自己在醉酒中获得解脱，寻求欢乐。起句点明季节，"黄菊枝头生晓寒"，秋天的清晨，鲜黄的菊花枝头凝着微寒。词人经历了五年多的贬谪磨难，风骨铮铮，如同秋菊傲霜。重阳期间，赏菊与饮酒总是相关联的活动，自然地引出下一句"人生莫放酒杯干"。人生短暂，酒中自有豪情，酒中自有快乐，千万莫让酒杯空着。隐含曹操《短歌行》"对酒当歌，人生几何"与"何以解忧，唯有杜康"的诗意，但加以深化，注入狂放不羁的个性。

"风前横笛斜吹雨，醉里簪花倒著冠。"在风雨中横笛吹奏；倒戴着帽子，将菊花插在头上。以酒助兴，醉里故作狂态，对抗身受的迫害。句中化用了东晋孟嘉重阳登龙山落帽的典故。清初文学家沈谦对这两句作了精辟的评价："东坡'破帽多情却恋头'，翻龙山事，特新；山谷'风前横笛斜吹雨，醉里簪花倒著冠'，尤用得幻。"（《东江集钞》）他认为苏轼与黄庭坚二人均引用"龙山落帽"之典，黄词"尤幻"，出神入化，胜于苏词《南乡子》之句的"特新"。

下片挑战命运、笑傲人世。从上片放浪形骸的醉态中回到现实，"身健在，且加餐"。五年贬官，在恶劣环境下生存，屈辱、辛酸，庆幸的是身体依然强健；尚需多多加餐，顽强地活下去，还要活得更好。"舞裙歌板尽清欢"，欣赏佳人优美的舞姿，随着歌曲的节奏，尽情地欢歌。在苦难中自寻乐趣，摆脱忧伤。

最后，"黄花白发相牵挽，付与时人冷眼看"。呼应上片的末句"醉里簪花倒著冠"，头上鲜艳的黄花与斑白的华发互相映照，耀眼夺目；我行我素，毫不顾忌世人的冷眼和嘲笑。词人在黔州贬所曾作《定风波·次高左藏使君韵》，其中写有："莫笑老翁犹气岸，君看，几人黄菊上华颠？"无论是谪居，还是得到赦免，词人始终如一，傲然于世，绝不随波逐流！

苏轼、黄庭坚和秦观均屡遭贬放蛮荒。苦难之中，苏轼，大彻大悟，在老庄思想中寻求超然，力图忘却官场与世俗的营营种种；秦观，文弱书生，悲切呻吟，最终被恶运压垮；黄庭坚，特立独行，孤傲狂放，不甘逆来顺受。在这首词中，黄庭坚用调侃的笔调，发泄内心的伤痛；直白自己近乎癫狂的举止，以表达对政治迫害的愤恨和反抗。文笔飞扬，痛快淋漓。清代学者苏黄《蓼园词选》评之："有傲兀不平气在，末两句尤有牢骚，然自清迥独出，骨力不凡。"

3. 鹧鸪天　［南宋］辛弃疾

客慨然谈功名，因追念少年时事，戏作。

壮岁旌旗拥万夫，锦襜突骑渡江初。
燕兵夜娖银胡䩮，汉箭朝飞金仆姑。

追往事，叹今吾。春风不染白髭须。
却将万字平戎策，换得东家种树书。

辛弃疾现存宋词六百余首，所用词牌一百多种。在这些词牌之中使用最多的为《鹧鸪天》，达六十三首，题材涉及时政、民俗、田园、友情、哲理等各个方面。其中，这首《鹧鸪天》广为宋词的选本所收录，它是爱国词人辛弃疾一生的写照。晚年，作者闲居在家，有客人到访，慷慨激昂地大谈功名成就，引发他追思青少年时代的经历，感慨良多，提笔写下此词。

上片描写青年时代抗金的辉煌事迹。起句气势恢宏，"壮岁旌旗拥万夫"。想当初，少壮年华，英姿勃发，率领抗金的义军，千军万马，旌旗飘扬。宋高宗绍兴三十一年（1161），金兵大军南下，后方空虚。山东济南耿京揭竿而起，领导的起义军人数多达二十余万。辛弃疾年方二十二岁，也组织了一支二千余人的起义军，后加入耿京的大军，并担任掌书记。随之，具体书写词人带有传奇色彩的史实。"锦襜突骑渡江初"，"襜"：古代系在身前的围裙，此处意即短衣。他智勇双全，顾全大局，建议义军归宋军节制，被采纳。第二年正月，辛弃疾率领一支身穿锦绣短衣的十几人的快速骑兵，直奔千里，渡过长江，到建康（今南京）谒见宋高宗。高宗得讯，授耿京天平军节度使，授辛弃疾承务郎。

接着的两句是后续的故事，体现辛弃疾作为杰出军事将领的才能。"燕兵夜娖银胡䩮，汉箭朝飞金仆姑。""燕兵"：金兵；"娖"：谨慎；"胡䩮"：金兵的箭袋；"汉箭"：义军的箭；"金仆姑"：箭名。夜间，金兵不敢出动，小心翼翼地枕着箭袋睡觉；凌晨，义军万箭齐发，射向敌营。在建康与南宋朝廷取得联系之后，辛弃疾等随即返回海州（今属江苏连云港），得知叛徒张安国杀害了耿京，投降金兵，义军溃散。他在海州火速组织五十名骑兵，驰往济州（约今山东巨野一带）张安国驻地，求见张知州。张以为辛弃疾是投奔他而来，传令接见。辛弃疾佩剑入内，立擒张安国，再向济州驻军宣扬民族大义，带领上万军队南下，归属南宋。这两句写的是辛弃疾率大军南下途中，指挥义军与金兵的交锋，克敌制胜的真实战场。

上片写得栩栩如生，实因全是作者切身的经历。这些史诗般的传奇故事，亦见于南宋名臣、龙图阁学士洪迈写的《稼轩记》。洪迈是辛弃疾的好友，"稼轩"是辛弃疾中年后的别号。

下片抒发壮志未酬的感慨。"追往事，叹今吾"，追忆往事，感叹现状。南归三十多年以来，不被重用，历经挫折，收复中原失地的凤愿化为泡影。今昔鲜明的对比，不胜悲凉。"春风不染白髭须"，"髭须"：胡须。春风吹拂，染绿了大地的一草一木，却无法染黑斑白的胡须！含蓄婉转，太息喟叹。辛弃疾在《满江红·江行和杨济翁韵》有直抒同样感受的句子，如"笑尘劳、三十九年非，长为客"，"旌旗未卷头先白"，北伐事业未成，头发已经花白！

词的最后，发出更深层的哀叹。"却将万字平戎策，换得东家种树书。"上奏朝廷的强国抗金之策，洋洋万言，详尽可行，被束之高阁；倒不如用这些无价的平戎策论著，向他人换来耕田种树的书籍，归隐田园后尚有些用处。"万字平戎策"指的是，南归后辛弃疾以富于战略的眼光，分析敌我双方，写了《美芹十论》（又名《御戎十论》），后来再写《九议》。

这首词，作者以凝练的词句，勾画出一生的概貌。上片豪放激情，威武雄壮；下片婉约沉郁，酸楚悲慨。文韬武略的才干，力挽狂澜的抱负，与英雄坐老的结局，大相径庭。全词仅五十五字，从青丝到白发，蕴涵丰富，诗人之悲，豪杰之恨，尽在其中，无愧为小令中的杰作。

4. 鹧鸪天　[元] 王恽

赠驭说高秀英

短短罗袿淡淡妆，拂开红袖便当场。
掩翻歌扇珠成串，吹落谈霏玉有香。

由汉魏，到隋唐。谁教若辈管兴亡？
百年总是逢场戏，拍板门锤未易当。

根据词题可知，这是王恽赠给说唱女艺人高秀英的一首词。"驭说"：说书。中国民间说唱艺术历史悠久，源自周朝，唐代正式形成，宋元明清进入繁荣时代，种类繁多，达到相当高的艺术水平，为广大平民百姓喜闻乐见。但是封建士大夫文人将这些通俗文艺视为不登大雅之堂的"下里巴人"，看不起民间说唱艺人。王恽，元初名臣，声望甚高的学者和诗人，他破除偏见，赞赏女艺人的技艺，为她作传，为说唱艺术叫好，难能可贵。

上片描绘女艺人的装束和才艺。"短短罗袿淡淡妆，拂开红袖便当场。""罗袿"：古代华丽的丝质妇女上衣。身着短短的罗袿，脸上淡淡的妆姿；轻轻挽起红色的衣袖，说唱便开场了。首两句一静一动，惟妙惟肖地勾画出这位女艺人的形象，装束淡雅大方，举止干练洒脱。"掩翻歌扇珠成串，吹落谈霏玉有香。"唱时，团扇翻动，歌喉清脆圆润，犹如成串的珍珠；说时，口齿生香，妙语不绝，宛若玉屑纷纷飘落。后一句化用《晋书·胡毋辅之传》典故"吐佳言如锯木屑，霏霏不绝"，以及辛弃疾《千秋岁》之句"珠玉霏谈笑"。

下片书写说唱的范围和词人的感想。说唱艺术的题材广泛，言情、破案、武侠、历史，等等。"由汉魏，到隋唐"，作者点明高秀英是一位讲历史的艺人。她的说唱内容不可能汉魏隋唐面面俱到，但能得到王恽的赏识，女艺人的历史知识一定非同小可。她谈史论古，引发词人的深思："谁教若辈管兴亡？"是谁让民间说唱艺人纵横点评朝代的兴亡呢？中国封建社会有正史与野史之分，"正史"是历代官方编修的史书，"野史"是民间编撰的历史。鲁迅先生说："野史和杂说自然也免不了有讹传，挟恩怨，但看往事却可以较分明，因为它究竟不像正史那样地装腔作势。"（《华盖集·这个与那个》）民间艺人高秀英讲史，显然出自野史。作者听了女艺人的说唱，颇有感触，觉得说唱艺人仿佛成了王朝盛衰的评论家。

于是，词人最后抒发了自己的感慨："百年总是逢场戏，拍板门锤未易当。""锤"：同"槌"，"拍板"与"门锤"，均为说唱的道具。百年盛衰，汉魏隋唐变迁，只不过如同历史的大舞台上一场戏而已，过眼云烟罢了。"你方唱罢我登场"（曹雪芹《红楼梦》第一回），改朝换代是历史的必然。悠悠历史，成为艺人拍板击槌说唱的褒贬，他们未必悟出兴亡的真谛。然而，高秀英却能绘声绘色、娓娓道来，吸引听众，说唱这个行当真不容易！

作者选取说唱艺术为题材，在历代词坛极为罕见，为中国曲艺史留下了珍贵的史料。他高度称赏女艺人的演技与才华，同情民间艺人的社会地位。同时，词人，作为政治家与学者，进一步借题发挥，以词的文学形式，抒发个人对王朝更迭的思考，含意深沉浑厚。词，自隋唐五代发展起来，两宋进入鼎盛，金元明相对处于低潮，杰作不多，清朝出现中兴。清代况周颐评这首《鹧鸪天》："此词清浑超逸，近两宋风格。"（《蕙风词话》）可见这首词为元词中的精品。

5. 鹧鸪天　[清]孔尚任

院静厨寒睡起迟，秣陵人老看花时。
城连晓雨枯陵树，江带春潮坏殿基。

伤往事，写新词。客愁乡梦乱如丝。
不知烟水西村舍，燕子今年宿傍谁？

孔尚任，清初戏曲作家、诗人，他所著的《桃花扇》为中国戏曲的经典之作。全剧以江南名士侯方域与秦淮名妓李香君的爱情悲剧为主线，展现明末南京的社会现实，揭示南明衰亡的根本原因。在社会大动荡中，拷问各类人物的灵魂，颂扬高尚，鞭打丑恶。

这首词取自《桃花扇》第一出《听稗》，为侯方域出场时所诵。此场戏的背景是在南明第二年的早春，即清顺治二年（1645）初。1644年，李自成农民起义军攻陷北京后，明朝崇祯帝于4月

25 日在景山自缢，大明王朝灭亡。6 月中旬，民族英雄史可法等人拥立福王在南京建立南明政权。第二年初，清军南下，南明危在旦夕。

上片书写南京颓败的景况，寓情于景。"院静厨寒睡起迟，秣陵人老看花时。""厨"：通"橱"，此处意指纱橱，即纱帐；"秣陵"：秦始皇出巡到南京时为南京起的名字，因而南京有"先有秣陵，后有金陵"之说，现在南京市郊有一地区仍叫"秣陵"。早晨，小院寂静，纱帐里春寒料峭，睡在床上迟迟方起。又到了南京人赏梅的时节，可是如今人们心态已老、心情沉重，提不起赏梅的兴致。风雨飘摇，大明已亡，南明岌岌可危。"静"且"寒"，是写南京城失去了往年的生机和热闹；"迟"且"老"，是写南京民众的精神压抑、沉闷。

"城连晓雨枯陵树，江带春潮坏殿基。"两句对仗工整。南京是明朝开国的首都。拂晓，细雨绵绵，洒遍全城，明太祖朱元璋的孝陵，参天大树衰老枯萎；滚滚长江挟带着浩浩春潮，掀起狂风骤雨，明故宫的殿基毁坏，大明王朝轰然崩塌。南京城到处是破败的景象。小朝廷奸臣当道，皇帝沉溺于寻欢作乐，南明看不到一丝的希望，侯方域对国家时局忧心忡忡。

下片抒发个人的愁绪。"伤往事，写新词。客愁乡梦乱如丝。"伤痛的往事无处倾吐，只能写入新词之中。国破家亡，客居他乡，故乡魂牵梦绕，新愁旧恨纠缠在一起，纷乱如丝。侯方域从家乡赴南京应试落第，兵荒马乱，有家难归。他的祖、父两辈均是东林党人，信奉"风声雨声读书声，声声入耳；家事国事天下事，事事关心"。侯方域本人是复社成员之一，满怀"济天下"的政治抱负。如今，"家事国事天下事"，事事令人伤心惆怅。

"不知烟水西村舍，燕子今年宿傍谁？"抬望眼，烟水茫茫，西村房舍空荡寥落，年年飞来筑巢的燕子，今年会飞到何处寄宿？天下之大，侯方域身无处可栖，心无处可寄！满目疮痍，山河破碎，不知自己的家在哪里，不知国家的路在何方！词中，以燕子不知归宿，比喻个人和国家的命运前景茫然，蕴藉着深沉的黍离之悲、亡国之伤。古代诗词中常用燕子归巢的变迁，隐喻王朝的兴亡，如唐代刘禹锡《乌衣巷》的名句："旧时王谢堂前燕，飞入寻常百姓家。"

南明彻底灭亡于 1662 年，时孔尚任年仅十五岁。成年时，经过长期酝酿，苦心孤诣笔耕十载，康熙三十八年（1699），孔尚任完成《桃花扇》，实现他将南明遗事诉诸笔墨的夙愿，"不独使观者感慨涕零，亦可惩创人心，为末世之一救"（《桃花扇小引》）。

在这首词中，作者借剧中男主角之口，集中地道出明朝遗民悲凉的家国情怀。写法上，以比兴为主，间有直白的哀叹，词情凄婉，寓意厚重，具有沉郁的历史沧桑和感人的艺术魅力。清代文学家陈廷焯评之："胜国之感，情文凄艳，较五代时鹿虔扆《临江仙》一阕所谓'烟月不知人世改，夜阑还照深宫。藕花相向野塘中。暗伤亡国，清露泣香红'者，可以媲美。"（《白雨斋词话》）

6. 鹧鸪天　［清］朱孝臧

九日丰宜门外过裴村别业

野水斜桥又一时，愁心空诉故鸥知。
凄迷南郭垂鞭过，清苦西峰侧帽窥。

新雪涕，旧弦诗。惜惜门馆蝶来稀。
红黄白菊浑无恙，只是风前有所思。

词题中"裴村"为刘光第的字，刘光第与词人同为光绪九年

（1883）进士。刘光第是戊戌变法的主要成员之一。变法失败后，1898 年 9 月 28 日（农历八月十三），他与维新志士谭嗣同、康广仁、林旭、杨深秀、杨锐六人在北京菜市口惨遭杀害，史称"戊戌六君子"。当年九九重阳节，刘光第被害后仅二十五天，作者过丰宜门（北京南门）外的刘光第别墅，悼念亡友，遂作此词。

上片书写过刘宅时的沉重心情。"野水斜桥又一时，愁心空诉故鸥知。""故鸥"：即故友刘光第。刘光第别墅的四周无人管理，一片荒芜，溪水浑浊，小桥歪斜。彼一时，此一时，事往境迁，词人满怀愁思，无处诉说。他对故友亡灵默默地说：你是像鸥鸟一样的高洁君子，只有你知我心！

"凄迷南郭垂鞭过，清苦西峰侧帽窥。""南郭"：南门；"清苦西峰"：化用姜夔《点绛唇》中的"数峰清苦"。北京城满目肃杀。近处，丰宜门外，故友别墅一带，凄凉迷蒙；词人垂下马鞭，缓缓而行，以表对刘光第的哀悼。远方，西山的峰峦，耸立在萧瑟的秋风中，清寂悲苦；"侧帽窥"，令人不忍正视。含义深沉的一对偶句，隐示着当时北京严酷寒冷的政治气氛。戊戌变法开始于 1898 年 6 月 11 日，9 月 21 日，以慈禧太后为首的顽固的封建势力进行疯狂反扑，随后光绪被软禁，六君子被杀害，康有为、梁启超等逃往国外，北京陷入"白色恐怖"之中。

下片抚今忆昔，悲痛感伤。"新雪涕，旧弦诗。悄悄门馆蝶来稀。""雪涕"：擦拭晶莹的泪水；"悄悄"：寂静。过刘氏别墅，想到故友遇害，禁不住以襟拭泪。忆往昔，朋友们在一起弹琴吟诗，而今门庭冷落，蝴蝶也极少飞来。句中暗喻世态炎凉以及恐怖的政治局面，无人敢于前来哀悼。六年之后，词人作《减字木兰花》（盟鸥知否），再次悼念刘光第，词中又出现"雪涕"一词，"天上人间空雪涕"，长歌当哭，痛惜刘氏无辜被杀！

"红萸白菊浑无恙，只是风前有所思。""红萸"：即茱萸，一种乔木，古代重阳节时，身佩茱萸；王维著名七绝《九月九日忆山东兄弟》有"遥知兄弟登高处,遍插茱萸少一人"之句。这里,"红萸白菊"点明词题中"九日"为重阳节。院子里的茱萸和白菊像往年一样开放,物是人非。作者与殉道者志同道合,亲如兄弟,独自伫立在凄冷的西风之中,若有所思,思绪难以言状!"有所思",思何人?思何事?没有明说,言不尽,而意无穷。所思之人,无疑是这首词所纪念之人刘光第。所思之事与此相关,即悲壮的戊戌变法。而面对着黑暗的大清王朝,想到内忧外患的祖国未来,思茫茫,愁茫茫,词情可谓余韵隽永。

朱孝臧是富有正义感的清末著名词人,在政治环境险恶的情况下,他煞费苦心地构思遣词,委婉含蓄,展示出运笔自如的艺术功力,体现了士人风骨。此作全篇词情凄切沉郁,倾诉生死友情,缅怀殉难英烈,隐含着对慈禧罪行的谴责,具有深沉凝重的历史价值。近代史学家、词人张尔田称朱孝臧词"深文而隐蔚,远旨而近言"(《彊村遗书序》),所评极是。

词苑随笔

词源悠长

中国古典文学是灿烂的中华文化的重要组成部分。唐诗宋词又是中国古典文学的两座高峰。一千多年来，改朝换代，风云变幻，而唐诗宋词璀璨依然、吟诵传承。何也？唐诗宋词，以富于想象力的优美的语言，表达了中华民族的生活理念和精神世界。才子佳人，儿女情长；山水秀丽，闲情雅兴；边塞苍辽，羁旅孤苦；怀才不遇，壮志未酬；亡国之痛，百姓疾苦……尽在一首首简洁而有寓意的唐宋诗词中。抑扬顿挫、荡气回肠的格律诗词，声律飘逸，韵味无穷，抒写着数千年中华民族广阔而又深厚的生活画卷，是中华民族波澜壮阔、感人肺腑的永恒诗篇。

词，由于其特有的丰富多彩的词牌、变化的句式和优美的韵律，比格律诗具有更自由的表达力和音乐的美感，倍受文人墨客以及文学爱好者的青睐。正如现代著名古典文学研究家周汝昌先生所说："词乃是汉语文诗文学发展的最高形式。"（《唐宋词鉴赏辞典（唐·五代·北宋）·序言（二）》）

词的起源有多种观点：起源于远古，起源于《诗经》与《楚辞》，起源于汉魏乐府，起源于唐诗，起源于五代……中华民族是一个热爱诗歌和音乐的民族，中国的诗歌历来与音乐相结合。《诗经》中的诗与古朴典雅的中原音乐紧密相连。《楚辞》则歌以浪漫浑厚的楚乐。乐府，原是秦汉朝廷的音乐机构，正式成立于汉武帝时期，收集、整理各地民间音乐，改编和创作乐曲，进行宫廷的演唱及演奏等。后来，"乐府"成为汉魏时期带有音乐性的诗体的名称。诗经、楚辞以及乐府中的诗都与乐曲关联，但都不是"曲子词"，不同于文学体裁的词。

什么才是古典文学的词？词与诗的区别在哪里？何满子先生

说："长短句和配乐都不是诗与词这两种体裁的分界点、基本特点。其区分的关键之点，在于诗哪怕作演唱用也无定谱，而词则是按照固定的乐曲配辞（词）的，所据的乐曲称为'词牌'，作词也习称为'填词'。"（《唐宋词三百首·前言》）龙榆生先生在《唐宋名家词选·后记》中写道："'词'是经过音乐陶冶的文学语言，是'曲子词'的简称。它的形式，是要受声律约束的，所以一般把作词都叫作'倚声填词'。"词，是合乐的诗体。"曲子词"，曲是乐曲，词是文辞。正如清代刘熙载在《艺概》中所说："词曲本不相离，惟词以文言，曲以声言耳。""其实词即曲之词，曲即词之曲。"

关于词的起源，近代曲学家和教育家吴梅先生在《词话丛编序》中说："倚声之学，源于隋之燕乐。"龙榆生先生认为："词的发生和发展，是和隋、唐以来所有燕乐杂曲分不开的。"词，原是配合燕乐而创作的歌辞。

燕乐，并不是战国时期燕国的音乐。燕乐是汉族的民间音乐和域外流入的音乐融为一体的音乐。其形成有一个渐进的历史过程，孕于南北朝，始于隋，兴于唐。燕乐是那个开放时代中外交流的产物，是古今中外兼收并蓄的一个新乐种，在那漫长的历史时期，又是隋唐宫廷餐宴时提供娱乐欣赏的歌舞音乐，即"宴"乐。燕乐具有丰富的音乐形式，如声乐、器乐、舞蹈、百戏等；使用多种乐器，如琵琶、箜篌、笙、笛、羯鼓等。龙榆生先生说，到了隋代，"这外来音乐和民族歌曲结合起来，在中国乐坛上放射出异样的光辉，从而打开唐、宋两代'倚声填词'的风气"。台静龙先生明确地指出："先有乐曲，后有乐词，乐词随着乐曲的韵律而制作，如此文学的形式不可能整齐如诗，而长短句的词之形式也就形成了。"（《中国文学史》）

词的写作以民间为先，然后影响到有文学修养的文人，到了晚唐为诗人们广为接受。二十世纪初在敦煌发现的唐与五代的曲子词样式，是词兴起于民间的一个缩影。在宋代，词的发展到达鼎盛，渐而与乐曲分离。词，在南宋以后完全脱离了音乐，成为了纯粹的格律词体，词已不再是作为配乐的乐词。"词"变为主体，成为通称，并与格律诗一样，被列为韵文。在离开了曲以后，按照词牌格律填写而成的词，吟诵起来依然能感受到其相应词牌的音乐节奏，享受到与五言七言格律诗不一样的音乐美感。

借助于纸张和印刷，古典文学的词流传至今。可惜的是，宋词的乐谱保存下来的极少。幸运的是，宋词的格律得到相当完好的传承。即便宋词的乐谱失传，基于词情、词意以及格律，仍有不少现代音乐家为著名的古词谱曲，付诸传唱，成为现代文艺百花园的一朵奇葩，如李煜的《虞美人》（春花秋月何时了）、柳永的《雨霖铃》（寒蝉凄切）、苏轼的《水调歌头》（明月几时有）、岳飞的《满江红》（怒发冲冠）、杨慎的《临江仙》（滚滚长江东逝水），等等，数量颇多，深受广大民众喜爱。

南宋以后，燕乐衰微。词体在元明时期处于相对的低潮，到清朝才出现中兴局面。然而，金朝与元明时期也涌现了不少名家名词。

词，在北宋时又称为"长短句"，亦有人将曲子词称作"乐府"；明朝时，词还称为"诗余"，意即词是由诗演变和发展而来。

词牌缤纷

词，原本是伴曲而唱。每一首曲子有它的旋律与节奏，即它的曲调。与词相伴的曲调，称之为词调。词调主要来自民间、域外、乐工歌女，以及文人谱写。词牌名多达上千种。每一个词牌名都有它的由来，有的沿用原词调名，如《西江月》；有的以词意为名，如《长相思》；有的以词中所咏之物为名，如《采桑子》；有的取词中的几个字为名，如《忆秦娥》，取自李白的词句"秦娥梦断秦楼月"；有的以人为名，如《念奴娇》，念奴是唐朝天宝年间的著名歌女；有的以词的字数为名，如《十六字令》……

常见的词牌有一百多种。许多词牌名，精练高雅，韵味无穷。诸如《一剪梅》、《西江月》、《浪淘沙》、《沁园春》、《如梦令》、《满江红》等，犹如一幅幅水墨画，意境深远，让人遐思翩翩。而用各种词牌填写的词作更是题材广泛、文采漫卷、气象万千，令人叹为观止！

词调有字数差异的不同格体，例如《临江仙》有五十八、六十字两种字数格体，均称为《临江仙》；有时候，则因为各词家取名不同，同一个词调又有几种不同的词牌名，例如《念奴娇》又名《百字令》、《大江东去》、《酹江月》。

词与律诗不同，律诗只有四种，五绝、七绝、五律和七律，而词牌百千种，每一种词牌又各自的格律。填词时需要依词牌格律，遵其字数、句式、每一个字的平仄声以及韵脚。清康熙年间，遵照康熙帝的旨意，陈廷敬、王奕清等一群饱学之士编撰了《钦定词谱》，完稿于康熙五十四年（1715）。乾隆年间，又由纪晓岚等三人任总纂官，予以校正，完成于乾隆四十六年（1781）。其中收集了 826 种词牌，2306 种格体，虽有遗漏与不足之处，但确为词牌格律的集大成的巨著。

"阕"，终了之意。一首乐曲演奏完毕，称"乐阕"。一首词称为一阕。只有一段的词，称为"单调"；有两段的词，称为"双调"。如是双调，第一段叫作"上阕"，第二段叫作"下阕"，亦可称为"前阕"、"后阕"，"上片"、"下片"，"前片"、"后片"。具有三段的词称为"三叠"，如词牌《夜半乐》须填三叠，柳永有名作《夜半乐》（冻云黯淡天气），但三叠的词比较少。

另外，词从明代开始按字数分为三类：小令，五十八字以内，如《忆秦娥》；中调，五十九至九十字，如《一剪梅》；长调，九十一字以上，如《满江红》。有的词牌具有不同字数的格体，这种词牌有的分属两类，如五十八字的《临江仙》属于小令，六十字的《临江仙》则属于中调。再如《江城子》，有三十五到三十七字的单调，属于小令；还有七十字双调的《江城子》，属于中调。

在长调的词中有一种"慢词"，字句长，韵少，节奏舒缓，如《长相思慢》。词调名用"慢"字的，如果非慢词的同名词牌不存在，这个"慢"字可以省去，如词牌《长亭怨慢》，因并不另有非慢词的《长亭怨》，故又称为《长亭怨》。但是，如果非慢词的词牌已经存在，如《卜算子》，则慢词《卜算子慢》中的"慢"字不可省略，以便区分。

还有一种词牌名加"引"字，由原词牌添字"引申"而来，如《千秋岁引》由《千秋岁》添字引申而来。另有一种词牌名则加"近"字，由原词调翻新曲腔而来，如《诉衷情近》是在《诉衷情》的基础上稍加变调。

作者在用词牌填词时，大多数词作不另加标题，如南唐后主李煜的《虞美人》。而有的词，在词牌之外另注标题，如北宋苏轼的《念奴娇·赤壁怀古》（大江东去），苏轼为这首词加了标题"赤壁怀古"，点明词的主题，在标记时将标题写在词牌之后，词的标题又称为词题。另外，一位词人用同一种词牌创作的词往往不只有一首，为了有所区别，便在每一首词牌的后面添加圆括号，里面注明这首词的第一句，作为标记，如辛弃疾《西江月》（明月别枝惊鹊），这种标记方式如今最为常见。

词韵至美

绝大多数中文字的字音可以分解成为声母、韵母和声调。因为汉字的单字是单音节，必须借助于声调的抑扬顿挫，增加其区分的功能。南齐永明年间（483—493），当时的文坛领袖沈约制定了"平、上、去、入"四声，后来平声又分为阴平和阳平。有了对声调的认识，中国的诗句就有了平仄交替，极大地增添了诗歌的音乐性。

格律诗词的声韵非常重要。有了韵母的观念，方可出现贴切的押韵，押韵是中国诗歌的重要特点。随着汉语自古至今的演变和发展，古今声韵有所不同，分为古韵和今韵。诗词的古韵，常以南宋平水人刘渊所著《平水韵》为准；词韵相对复杂些，清代戈载编写的《词林正韵》较为通行可参。

现代声韵称为"中华新韵"。基于现代汉语拼音的中华新韵，又分为十八个韵部和十四个韵部两种。十八个韵部的中华新韵，通常以上海古籍出版社的《诗韵新编》为准，它保留了古韵中的入声。十四个韵部的中华新韵，由中华诗词学会于2005年5月颁布。因为普通话里没有入声，新颁布的中华新韵里也不再有入声。中华书局2011年6月出版了赵京战编写的《中华新韵（十四韵部）》。

词牌按押韵形式分类如下：平韵体，如《一剪梅》；仄韵体，如《卜算子》；可平，亦可仄韵，如《念奴娇》；格律中平仄韵相间的，其中又分三小类，分别以《虞美人》、《西江月》、《定风波》为代表。填词时需要按照词牌格律规定填写。

关于"叶韵"。"叶韵"一作"协韵"，"叶"，音、义均同"协"。宋代以当时的语音读《诗经》，少数地方不押韵，临时改读为他音，以求押韵。以南宋朱熹为代表者，提出"叶音说"。他们不明白古今语音的发展之理，穿凿附会，令人无所适从，故为后人所弃。因此，本书在词牌格律的介绍中舍弃了"叶韵"的说法。

在填词时一定要知道该词牌需要押什么声韵。基于普通话的现代汉语中，第一声（阴）和第二声（阳）是平声；第三声（上）和第四声（去）是仄声。现代汉语中没有入声，入声字读音短促，一发即收。有些词牌要求韵脚最好为入声，如《满江红》、《贺新郎》（又名《金缕曲》）等。今人用这样的词牌填词时，如果希望押入声，对于哪些字是入声，可查询有关格律书籍，或诗词网站。

词的创作，如何处理格律与内容的有机结合？现代语言学家王力先生在他的《诗词格律》一书中做了精辟的阐述："任何规则都有它的灵活性，诗词的格律也不能是例外。处处拘泥格律，反而损害了诗的意境，同时也降低了艺术。格律是为我们服务的，我们不能过来成为格律的奴隶，我们不能让思想内容去迁就格律。"同时，他又写道："但是，假如我们学写旧体诗词，就应该以格律为准绳，而不能以突破束缚为借口，完全不讲韵律和平仄。如果写出一种没有格律的'律诗'，那就名实不符了。"王力先生讲得非常明了：写作时，诗词的格律"有它的灵活性"，但不能"完全不讲韵律和平仄"。

关于填词，笔者建议：韵脚最好遵从词牌格律的规定，其他大多数字位应该与词牌格律一致。

词境幽深

意境，是中华文学和艺术的独特的美，人的内在感情与外在的景象在其中融为一体。"词境"与"诗境"有许多相同之处。然而，"词境"与"诗境"又有精微的不同。当代美学家李泽厚先生在《美的历程》中写道："人们各种细致复杂的心境意绪也只有通过景物各种微妙细致的比兴，才能客观化地传达出来，词在这方面比诗确乎更为突出。"由于词牌丰富，长短不一的句型变化、抑扬顿挫的平仄和声韵，使作者可以根据自己写作的题材和内容选择合适的词牌，淋漓尽致地发挥，描写场景，抒发情志，寄寓意境。

　　著名美学家朱光潜先生在《无言之美》一文中指出："言是有限的，意是无限的。"清代刘熙载在《艺概》中具体地谈道："词之妙莫妙以不言言之，非不言也，寄言也。如寄深于浅，寄厚于轻，寄劲于婉，寄直于曲，寄实于虚，寄正于余，皆是。"词的意境，在精致的构思与布局之中，在有限的字句之中，更在无限的词情之中。古人云"诗言志"，"感人心者，莫先乎情"。大学者黄宗羲说："诗之为道，从性情而出。"在这方面，词与诗同理，言志言情。

　　词的意境之美又有别于格律诗。词，不但具有文学之美，还飘逸着音乐之美，绚丽多彩的音律与绕梁不绝的声韵，更成为词的美妙和意境之所在！

　　理解一首词的意境，首先须读懂，悟出这首词的内涵，方能进入它的意境。读懂悟义，就必须知道这首词的创作背景以及作者的生平。古词中经常使用比兴的含蓄笔法。"比兴"，就是"言在此而意在彼"。对此，南宋朱熹作了通俗的解释——"比者，以彼物比此物也"，"兴者，先言他物以引起所咏之词也"。古词中还常引用典故、翻用前人的诗句，以表达词情词意。为了理解这一类的词，就需要了解相关的知识。

　　理解一首词的意境，还需要知道该词的风格。词的风格大体分为两种：婉约和豪放。婉约之词，含蓄委婉，重视音律格律，侧重书写风花雪月、离情别绪，宋代婉约派词人代表有柳永、周邦彦、李清照等；豪放之词，气势恢宏，题材广泛，常不受格律约束，宋代豪放派词人代表有苏轼、辛弃疾等。李清照是"千古第一才女"、婉约派代表人物，她批评苏东坡的词不协音律，以诗写词。她对苏轼词的评语是"句读不葺之诗"，"葺"本义是用茅草覆盖或修补的房子。但更多词家认为：词到北宋苏轼，为一大转变，词人可以不受音律束缚，词情重于声律，尽情抒发作者的自我情怀。南宋词人刘辰翁说："词至东坡，倾荡磊落；如诗如文，

如天地奇观。岂与群儿雌声学语较工拙。"（《辛稼轩词序》）

婉约与豪放主要是词的风格。至于作者本人，历代词坛上，婉约派词人写下恢宏豪放之作并不罕见，如李清照《渔家傲》（天接云涛连晓雾），梁启超评"此绝是苏辛派"（梁令娴《艺蘅馆词选》）。婉约派词人亦有不拘于格律的词人，如清代著名词人纳兰性德（字容若），清代词人周之琦说"容若长调多不协律"。同样，豪放派词人也常写有清丽蕴藉的名作，如苏轼《蝶恋花》（花褪残红青杏小）。

关于词境，中国近现代国学大师王国维在《人间词话》中提出了著名的"境界说"。他认为："词以境界为最上。有境界则自成高格，自有名句。"至于何为"境界"，在书中他没有给出简明的阐述，而是多次加以举例与评说。其中广为流传的是，他以词的境界比喻做事业、做学问的三个层次与阶段："古今之成大事业、大学问者，必经过三种之境界：'昨夜西风凋碧树。独上高楼，望尽天涯路。'此第一境也。'衣带渐宽终不悔，为伊消得人憔悴。'此第二境也。'众里寻他千百度。蓦然回首，那人却在、灯火阑珊处。'此第三境也。"寓意深远，给宋词的爱好者以鉴赏与寻味，给有志者以启迪与激励。

词作的评价和欣赏与其他文学艺术作品一样，由于各人的阅历、理解、爱好以及文学修养等因素，仁者见仁，智者见智。自来评词，鲜有定论。正如清代词人兼学者谭献的一句名言所说："作者之用心未必然，而读者之用心何必不然。"（《复堂词录序》）在词的阅读与欣赏过程中，读者加入自己的品味和想象，然后产生自己的再创造，更能提高自身对词的鉴赏能力。

词苑随笔，追溯词源，探讨词牌，领略词韵，寻味词境。词，气象万千，美妙无穷。

学习中国古典文学的精华，就是传承中华优秀传统文化，能使我们提高个人修养，陶冶高尚情操。

附录一 词作者小传

唐五代词人

李白（701—762） 字太白，号青莲居士。自言祖籍陇西成纪（今甘肃省天水市秦安县），先世西凉武昭王李暠之后，与李唐皇室同宗。五岁随父迁居绵州昌隆（今四川省江油）青莲乡。（郭沫若先生则认为：李白出生于安西都护府碎叶城，即今吉尔吉斯斯坦托克马克市附近）。二十五岁离蜀，漫游各地。天宝初供奉翰林，不久遭谗去职。安史乱中，曾为永王李璘幕僚，璘败，李白被流放夜郎（今属贵州），中途遇赦，到安徽，依当涂令李阳冰，卒于当涂。李白活跃于盛唐，为杰出的浪漫主义诗人，诗词富于想象浪漫、雄放无羁，有《李太白集》传世。又，唐五代词集《尊前集》录署名李白词 12 首，其中《菩萨蛮》（平林漠漠烟如织）和《忆秦娥》（箫声咽）2 首，南宋黄升誉为"百代词曲之祖"，但亦有后人疑非李白之作。

刘禹锡（772—842） 字梦得。河南洛阳人。贞元九年（793）进士，授监察御史。因参加革新被贬连州刺史，晚年任太子宾客，故称刘宾客，曾加检校礼部尚书、秘书监等虚衔。唐朝著名文学家、哲学家，中唐文学的代表人物之一，有诗豪之称。今存《刘宾客文集》、《刘禹锡集》等，词 40 余首，风格清新自然。

白居易（772—846） 字乐天，晚号香山居士、醉吟先生。祖籍山西太原，生于河南新郑。贞元十六年（800）进士，以左拾遗言事，被贬江州司马。后历任杭州、苏州刺史，官至刑部尚书。唐代文学"新乐府运动"的倡导者，写诗主张关心民生疾苦，作品平易近人，有《白氏长庆集》。现存词《忆江南》、《长相思》

等为传世之作。另有著名诗歌《长恨歌》、《琵琶行》，以及重要文章《与元九书》等。

温庭筠（812—866）　字飞卿。太原祁（今山西祁县）人。才思敏捷，恃才不羁，屡试不第，后两为县尉，升至国子助教，又贬为方城尉。精通音律。工诗，与李商隐齐名，时称"温李"。其诗辞藻华丽，注重词的文采和声情，为"花间派"鼻祖，开五代、宋词之盛。在词史上，与韦庄齐名，并称"温韦"。有清顾嗣立校注的《温飞卿集笺注》。其词今存 70 余首，收录于《花间集》、《金荃词》等书。今有王国维编辑《金荃词》一卷。

韦庄（836—916）　字端己。京兆杜陵（今陕西西安市东南）人。少年孤贫勤学，才气过人，疏旷不拘。广明元年（880）陷黄巢兵乱，作《秦妇吟》。后在江南避乱十年。乾宁元年（894）进士，历任拾遗、补阙等职。天复元年（901）入蜀，仕蜀十年间，官至宰相。与温庭筠并称"温韦"，同为"花间派"代表人物。其诗极富画意，词尤工，多用白描写法，真实自然，寓浓于淡，清丽流畅，存诗 320 余首。有《浣花集》，存词 55 首。今有王国维编辑《浣花词》一卷。

李存勖（885—926）　一作"李存勗"，字亚子。代北沙陀人。本姓朱耶，生于晋阳（今山西太原）。唐末五代军事家，晋王李克用之子。公元 923 年灭梁称帝，建都洛阳，为后唐开国皇帝。同光四年（926）死于伶人郭从谦之变。洞晓音律，能度曲，《五代史补》记载，作战时士兵齐唱他自撰的曲子词，"人亡其死"，可惜失传，现仅存词 4 首。

薛昭蕴　生卒年不详。字澄州。河东（今山西永济蒲州）人。唐薛存诚的后代，仕蜀，官侍郎。恃才傲物，好唱《浣溪沙》词。《花间集》录存词 19 首，王国维辑有《薛侍郎词》一卷。

牛峤　约 890 年前后在世。字松卿，又字延峰。陇西人。唐末，乾符五年（878）进士及第。历官拾遗，补尚书郎。五代时期为前蜀秘书监，卒于成都。后人称他为"牛给事"，以词著名。原有歌诗集三卷，现存词32首。今有王国维编辑《牛给事词》一卷。

牛希济　约913年前后在世。牛峤之侄。甘肃陇西人。五代时期为前蜀翰林学士，御史中丞。蜀亡，入洛阳，任后唐雍州节度副使。《花间集》称"牛学士"。存词14首，词风近韦庄，兼取温庭筠之长。今有王国维编辑《牛中丞词》一卷。

冯延巳（903—960）　又名延嗣，字正中。五代广陵（今江苏扬州市）人。仕于南唐烈祖、中主二朝，三度入相，官终太子太傅。南唐诗人，词多写男女离情别绪、士大夫落寞伤感之情，辞丽意远，音律精美，与温庭筠、韦庄分鼎三足，对北宋晏殊、欧阳修的词影响较大。王国维在《人间词话》中称其词"开北宋一代风气"。今传词120首，有词集《阳春集》。

李璟（916—961）　南唐中主，本名景通，字伯玉。徐州（今属江苏）人。性宽仁，公元943—961年在位。词存四首，意境较高，后人将其与其子李煜之词合刻为《南唐二主词》。

李煜（937—978）　南唐后主，李璟第六子，五代南唐末代君主。开宝八年（975），李煜兵败降宋，被俘至汴京（今河南开封），后被毒死。李煜精通诗文、书法、绘画，爱好音乐，尤以词出名。降宋前，词大都描写宫廷享乐。沦为阶下囚后，多抒亡国之痛和感伤、对昔日帝王生活的怀念。今存词30余首，词作感情真挚，对词的发展具有重要的影响。

徐昌图　约965年前后在世。福建莆田人。南唐时期在福建入仕，后归宋，任国子博士。五代词坛名家，词作隽美，对北宋词风影响甚大。虽仅存3首词，但词选必有其作，并在文学史上占一席之地。

顾夐　生卒年、籍贯及字号均不详。前蜀王建通正（916）时，以小臣给事内廷，因作诗讥刺，几遭不测之祸。后升为茂州刺史。入后蜀，累官至太尉。作词尤善小令，《花间集》收55首，均写男女艳情，语言质朴高淡，传神入骨。今有王国维编辑《顾太尉词》一卷。

鹿虔扆　生卒年、籍贯及字号均不详。后蜀进士，曾官至太尉，加太保。后蜀亡，不再做官。词多悲怀感伤。《花间集》中称其为鹿太保，收词 6 首。今有王国维编辑《鹿太保词》一卷。

欧阳炯（896—971）　益州华阳（今四川成都）人。前蜀后主王衍时为中书舍人。又事后蜀，官至门下侍郎，兼户部尚书，同平章事，宋太祖乾德三年（965）从孟昶降宋，授左散骑常侍。其词多写艳情，风格秾丽。曾为《花间集》作序。其词现存 48 首，见于《花间集》、《尊前集》。今有王国维编辑《欧阳平章词》一卷。

孙光宪（约 895—968）　字孟文，号葆光子。陵州贵平（今四川仁寿）人。唐时为陵州判官。后唐天成初年避地江陵，而后事南平三世，累官荆南节度副使、检校秘书少监、御史中丞。后劝南平末代国君高继冲归宋，为黄州刺史。喜好编辑经典，聚书自校，老而不倦，有《北梦琐言》传世。词存 84 首，是唐五代存词最多者。今有王国维编辑《孙中丞词》一卷。

北宋词人

王禹偁（954—1001）　字元之。巨野（今属山东）人。宋太宗太平兴国八年（983）进士。历官右拾遗、直史馆、知制诰、判大理寺。遇事敢言，三遭贬斥，作《三黜赋》以见志，卒于任上。北宋第一位有突出诗文成就的作家。诗学杜甫、白居易，文风平易畅达，朴素自然。著有《小畜集》、《五代史阙文》，存词 1 首。

林逋（967—1028）　字君复。钱塘（今浙江杭州）人。北宋著名隐逸诗人，隐居西湖孤山二十年，一生不仕不娶，以种梅养鹤为乐，人称"梅妻鹤子"。卒赐和靖先生，后人称林处士。善行草，书法瘦健挺拔。以诗著称，有《林和靖诗集》，诗300余首，词作仅存3首。现杭州西湖孤山面对北山路一侧，仍有"放鹤亭"和"林和靖先生墓"，为纪念林逋的名胜。

范仲淹（989—1052）　字希文。吴县（今属江苏苏州）人。北宋政治家、文学家。宋真宗大中祥符八年（1015）进士。官至枢密副使，参知政事，又曾出任陕西四路宣抚使，知邠州。守边多年，西夏称他"胸中自有数万甲兵"。主张改革，推行新政，以政绩闻名，卒谥文正。著有《范文正公集》，词存5首，题材与风格不拘一格，写边塞生活，苍劲雄健；写离别相思，缠绵深致，均脍炙人口。今有辑本《范文正公诗余》。

柳永（987?—1053）　字耆卿，初名三变。福建崇安人。因排行第七，人称柳七。少时学习诗词，有功名之志。咸平五年（1002），离乡，流寓杭、苏，屡试不中，遂一心填词。景祐元年（1034），暮年考上进士，官至屯田员外郎，故世称柳屯田。性格放荡不羁，终生潦倒。善于乐章，长于慢词长调，题材广泛，尤擅长写离情别绪，词意缠绵柔丽，而又清劲苍辽。巧用俚词俗语，雅俗皆妙，深受市民阶层欢迎。他是第一位对宋词进行全面革新的词人，也是两宋词坛上创用词调最多的词人，对宋词的发展产生了深远影响。

张先（990—1078）　字子野。湖州乌程（今浙江湖州吴兴）人，因曾在安陆郡（今湖北省安陆市）任职多年，人亦称张安陆。天圣八年（1030）进士，授参军、知县等，官至尚书都官郎中。为北宋著名婉约派词人，其词含蓄典雅，对两宋词坛对较大影响。著有《安陆集》一卷，词集《张子野词》，存词180余首。

晏殊（991—1055）　字同叔。抚州临川文港沙河（今属江西南昌）人。北宋景德二年（1005）十四岁以神童入试，赐同进士出身。宋仁宗时官至宰相，引用范仲淹、韩琦、欧阳修等一批人才。卒谥元献，世称晏元献。以词著于文坛，尤擅小令，亦工诗善文。词风承袭五代冯延巳，闲雅情幽，语言婉丽，音韵协和。其《浣溪沙》"无可奈何花落去，似曾相识燕归来"一联，工巧浑成，流利含蓄，为经典名句。有《珠玉词》。

宋祁（998—1061） 字子京。安州安陆（今属湖北）人，后迁开封雍丘（今河南杞县）。宋天圣二年（1024）进士，历官国子监直讲、太常博士、工部尚书员外郎、知制诰、史馆修撰、翰林学士承旨等。卒谥景文。北宋文学家，其诗词多写优游闲适生活，语言工丽，描写生动，有"红杏枝头春意闹"（《玉楼春·春景》）之句，世称"红杏尚书"。今有清辑本《宋景文集》，词集《宋景文公长短句》。

梅尧臣（1002—1060） 字圣俞。宣城（今属安徽）人。宣城古称宛陵，世称宛陵先生。初试不第，以荫补河南主簿。宋仁宗皇祐三年（1051）召试，赐进士出身，为太常博士。以欧阳修荐，为国子监直讲，累迁尚书都官员外郎，世称梅都官。北宋诗人，诗主张平淡，多反映现实生活和民生疾苦，与苏舜钦齐名，世称"苏梅"。曾参与编撰《新唐书》，并为《孙子兵法》作注。有《宛陵先生集》，存词2首。

欧阳修（1007—1072） 字永叔，号醉翁，晚号六一居士。庐陵（今江西省吉安）人。北宋政治家、文学家。官至翰林学士，枢密副使，参知政事，兵部尚书，太子少师。政治主张革新，文学提倡"明道"、"致用"，为北宋诗文革新运动领袖。"唐宋八大家"之一，散文、诗、词均属上乘。著有《欧阳文忠集》、《六一词》、《新五代史》、《集古录》。

司马光（1019—1086） 字君实，号迂叟。陕州夏县（今山西夏县）涑水乡人，世称涑水先生。北宋政治家、史学家、文学家。宋仁宗宝元元年（1038）进士，累迁龙图阁直学士。宋神宗时，反对王安石变法，离开朝廷十五年，主持编纂了中国第一部大型编年体通史《资治通鉴》。历仕仁宗、英宗、神宗、哲宗四朝，官至尚书左仆射兼门下侍郎。元祐元年（1086），去世，追赠太师、温国公，谥号文正。著有《司马文正公集》等，存词仅3首。

　　王安石（1021—1086）　字介甫，号半山。抚州临川（今属江西）人。北宋政治家、文学家。庆历二年（1042）进士，先后在多地任地方官员，神宗朝两度任相，实行变法，封为舒国公，改封荆国公，世人又称王荆公。熙宁九年（1076）罢相后，隐居，病死于江宁（今江苏南京）钟山，谥号文，又称王文公。诗、文皆有成就，为"唐宋八大家"之一。其诗擅长说理与修辞，善用典故；词作不多，风格高峻，以《桂枝香·金陵怀古》为代表。有《临川集》、《临川先生歌曲》。

　　王观（1035—1100）　字通叟。如皋（江苏南通如皋）人，宋仁宗嘉祐二年（1057）中进士。后历任大理寺丞、江都知县等，相传曾奉诏作《清平乐》一阕，被高太后疑斥而罢官。于是自号"逐客"，从此为一介平民。有《扬州赋》、《红芍药》等作品。

　　张舜民　生卒年不详。字芸叟，号浮休居士。邠州（今陕西邠县）人。北宋治平二年（1065）进士。元祐二年（1087）任监察御史。徽宗朝，为吏部侍郎，以龙图阁待制知同州。坐元祐党，贬商州。有《画墁集》，词存4首，以《卖花声》最佳。

　　苏轼（1037—1101）　字子瞻，号东坡居士，世称苏东坡。眉州眉山（今属四川省眉山市）人，苏洵长子。进士，曾任翰林学士、侍读学士、礼部尚书等职，并出知杭州、密州、扬州、湖州、颍州等。被贬黄州，后又被贬惠州、儋州。宋徽宗时获大赦，北还途中病逝常州，追谥文忠。北宋著名文学家、书法家、画家，书画自成一家，诗、词、散文情思飘逸，文采恢宏，词作意境开阔、气象万千、清空出尘，开一代新风。著有《东坡七集》、《东坡词》。

　　晏几道（1038—1110）　字叔原，号小山。抚州临川文港沙河（今属江西南昌）人，兵部尚书晏殊第七子。少时锦衣玉食，仕途不顺，家境中落，全才之士，生性孤傲，不肯依附权贵。与其父合称"二晏"，词作多为感怀之作，语言婉丽，情景交融，感情深沉真挚，为婉约派重要作家。有《小山词》。

李之仪（约1038—1117） 字端叔，自号姑溪居士、姑溪老农。沧州无棣（今属山东）人。哲宗元祐初为枢密院编修官，通判原州。元祐末从苏轼于定州幕府。元符中监内香药库，因曾为苏轼幕僚被停职。徽宗崇宁初提举河东常平，后因得罪权贵蔡京，除名编管太平州（今安徽当涂），晚年卜居。后遇赦复官，任朝议大夫。著有《姑溪词》、《姑溪居士文集》。

黄庭坚（1045—1105） 字鲁直，号山谷道人，晚号涪翁。洪州分宁（今江西省九江市修水县）人。曾任知县、朝廷校书郎、知州等职。仕途跌宕起伏，多次被发配，历尽沧桑，超然处之。北宋著名书法家，书法雄劲飘逸，独树一格。江西诗派开山之祖，诗词豪放洒脱，瑰伟妙绝。生前与苏轼齐名，世称"苏黄"，著有《山谷词》。

李元膺 生平未详。东平（今属山东）人，南京（今河南商丘）教官。绍圣间，李孝美作《墨谱法式》，元膺为序。相传蔡京在徽宗赐宴西池时，失足落水，元膺嘲笑道："蔡元长都湿了肚里文章。"蔡京闻之怒，卒不得召用。今存词9首。

秦观（1049—1100） 字少游、太虚，号淮海居士。高邮（今江苏高邮）人。官至太学博士，国史馆编修。绍圣元年（1094），受新党排挤，贬任杭州通判。继而又被弹劾，贬监处州酒税，后远徙郴州，又徙雷州。徽宗朝，赦还，至藤州卒。苏门四学士之一，为婉约派一代词宗，精于诗词、文赋、书法。其词多写男女情爱、感伤身世，清丽而醇厚，感人肺腑。著有《淮海集》、《淮海居士长短句》。

贺铸（1052—1125） 字方回，号庆湖遗老。卫州（今河南卫辉）人。出身贵族名门，宋太祖贺皇后之族孙。授右班殿直，曾任通判。晚年隐居苏州。地位卑微，恃才自傲，个性如侠士，"寒苦一书生"。好以旧谱填新词，并改调名，易格律。其词独特，风格多样，真挚浓情。作品多写闺情离思，亦有感叹人间沧桑、功名不就，狂放醉酒之作。因《青玉案》词"一川烟草，满城风絮，梅子黄时雨"之句，人称"贺梅子"。著有诗集《庆湖遗老集》，词集《东山词》二卷、《东山词补》一卷，今存词200余首。

僧仲殊　生卒年不详。字师利。安州（今湖北安陆，一说今河北安新）人。本姓张，名挥，仲殊为其法号。曾应进士科考试，后弃家为僧，曾居苏州承天寺、杭州宝月寺。与苏轼交往甚厚。宋徽宗崇宁年间（1102—1106）自缢而死。北宋词人，词风奇丽清婉。有《宝月集》，不传，今有赵万里辑本。

晁补之（1053—1110）　字无咎，号归来子。济州巨野（今山东巨野）人。北宋元丰二年进士，历仕秘书省正字、校书郎、礼部郎中及地方官职等，曾两度被贬。工书画，能词，善文。苏门四学士之一，词风受苏轼影响，豪爽中蕴含沉郁。著有《鸡肋集》、《晁氏琴趣外篇》。

周邦彦（1057—1121）　字美成，号清真居士。钱塘（今浙江杭州）人。曾任县令、国子监主簿，在朝廷最高音乐机关大晟府审古乐、谱词曲。北宋著名的精于音律的音乐家，自创许多音律和新曲，对词乐的提高和发展具有贡献。词作格律严谨，文采清新华美，多写情爱、羁旅，长期被后人尊为"词家正宗"、"词家之冠"。作品集北宋婉约派之大成，影响甚大。著有《清真集》。

叶梦得（1077—1148）　字少蕴。吴县（今江苏苏州）人。生活在北宋末和南宋初。绍圣四年（1097）登进士第，调丹徒尉。徽宗时官翰林学士。高宗建炎二年（1128）授户部尚书，迁尚书左丞。绍兴元年（1131）起为江东安抚大使，兼知建康府。八年授江东安抚制置大使，兼知建康府。十二年移知福州。晚年隐居浙江湖州卞山石林谷，自号石林居士，以读书吟咏自乐。词风早年婉丽，中年学苏东坡，词风转而豪放慷慨。著有《建康集》、《石林词》等。

汪藻（1079—1154）　字彦章。饶州德兴（今属江西）人。宋徽宗崇宁五年（1106）进士，任婺州（今浙江金华）观察推官、宣州（今属安徽）通判等职。素与王黼不和，夺职。钦宗即位，为太常少卿。南宋高宗绍兴元年（1131），龙图阁直学士，官至左大中大夫、兵部侍郎，知徽州、宣州，后夺职居永州。为官清廉，博览群书，北宋末、南宋初文学家，词存4首。

曹组　生卒年不详。字元宠。颖昌（今河南许昌）人。六举未第，宣和三年（1121），特命就殿试，中甲，赐同进士出身，官至阁门宣赞舍人、睿思殿应制。工词，南宋学者王灼称其"每出长短句，脍炙人口"。有《箕颖集》，今不传。近人赵万里辑有《箕颖词》，存词36首。

朱敦儒（1081—1159）　字希真。洛阳人。早年隐居，曾任兵部郎中、两浙东路提点刑狱等职，晚年居嘉禾，生平历隐居、出仕、罢官、归隐，一生曲折。词风豪放旷达，语言流畅清新，有"词俊"之称。词作题材广泛，其中既有抒发人生感悟的喟叹，又有表现社会现实的悲歌，对后来的词人有一定影响。著有《岩壑老人诗文》，已佚，词集今存《樵歌》三卷。

李清照（1084—约1155）　号易安居士。齐州济南（今山东济南市）人。出身书香门第，其父李格非藏书丰富，故从小打下良好文学基础。出嫁后与其夫赵明诚共同从事书画金石的研究。金兵入据中原，1128年流寓南方，1129年夫卒，境遇孤苦。宋代女词人，婉约词派代表，有"千古第一才女"之称。词以南渡为界，前期多写离别相思之情，后期多悲叹身世，情调感伤。词风婉约，偶有豪放之作。强调协律、情致、典雅，反对以诗写词。著有《易安居士文集》、《易安词》，已散佚。后人辑有《漱玉词》，今人有《李清照集校注》。

南宋词人

吕本中（1084—1145）　字居仁，号紫微，世称东莱先生。寿州（州治今安徽寿县）人。南宋绍兴六年（1136）赐进士出身。历官中书舍人、权直学士院。力主抗金，不为秦桧所容而罢职。诗属江西派，词风浑成。有《东莱集》、《紫微诗话》、《江西诗社宗派图》、《紫微词》等。

向子諲（1085—1152）　字伯恭，号芗林居士。临江（今江西清江）人。宋哲宗元符三年（1100）以恩荫补官。南渡初，力主抗金，因与主战派大臣李纲为友，李纲罢相后亦落职。高宗建炎二年（1128），任知潭州（今长沙太守），官至户部侍郎，知平江府，其后，因反对与金国议和，遭秦桧嫉恨，罢官落职，晚年闲居于临江十五年。可谓南宋爱国词人先驱。现存诗 3 首，《酒边词》二卷，词 176 首，以南渡为界分为江北旧词与江南新词。

陈与义（1090—1138）　字去非，号简斋。祖籍京兆，曾祖迁居洛阳，遂为河南洛阳人。北宋时官至太学博士，宋室南迁后为翰林学士，官至参知政事。可谓北宋末、南宋初杰出诗人，存诗 600 余首，上祖杜甫，下宗苏轼，自成一家。词作存 10 余首，独具风格，明快自然。南渡后，诗词由描写个人情趣转为感喟国事。著有《简斋集》。

张元干（1091—1170）　字仲宗，自号芦川居士、真隐山人。福建永福（今福建永泰）人。历任太学上舍生、陈留县丞。秦桧当国时，入李纲麾下，坚决抗金，李纲免职，亦获罪。尔后漫游江浙等地，客死他乡，卒年约七十岁，归葬闽之螺山。早年词风婉约，南渡后，多写时事，词风豪放，为辛派词人的先驱。张元干与张孝祥一起号称南宋初期"词坛双璧"。有《芦川词》、《芦川归来集》。

陆游（1125—1210）　字务观，号放翁。越州山阴（今浙江绍兴）人。宋孝宗时，特予"赐进士出身"。历任镇江、隆兴、夔州通判，入川为王炎幕僚，投身军旅生活。范成大主蜀时，为参议。因力主抗金而罢官，居乡二十余年，后官至宝章阁待制。晚年居山阴。南宋著名爱国诗人，为南宋四大诗人之一，在中国文学史上享有崇高地位。诗作颇丰，存诗9000余首，是中国古代存诗最多的诗人。诗词既有清逸纤丽之作，又有雄放慷慨之篇。著作有《剑南诗稿》、《渭南文集》、《放翁词》等。

唐琬（1128—1156）　又名婉，字蕙仙。越州山阴（今浙江绍兴）人。大家闺秀，陆游第一任妻子。陆游绍兴十四年（1144）二十岁与唐琬结合。婚后不到三年，陆母对唐琬不满，遂命陆游休唐琬。后由家人作主，嫁与皇室宗亲赵士程。绍兴二十一年（1151），陆游于礼部会试失利后至沈园游玩，偶遇唐琬，二人十分伤感，陆游于墙上题《钗头凤》（红酥手）词。绍兴二十六年（1156），唐琬再至沈园，见陆游题词，感慨万千，和以《钗头凤》（世情薄）一阕。同年秋，抑郁而终。

杨万里（1127—1206）　字廷秀，号诚斋。江西吉州（今江西吉水县）人。绍兴二十四年（1154）进士，历任太常博士，太子侍读，秘书监，任江东转运副使、吏部员外郎等，改知赣州，不赴，辞官归家，闲居乡里。南宋大诗人，与陆游、范成大、尤袤并称"南宋四家"、"中兴四大诗人"，又自成一家，清新自然。有《诚斋集》，词附集中。

严蕊　生卒年不详。与朱熹同时。字幼芳，天台（今属浙江）人。南宋中期女词人，出身低微，后为营妓，色艺冠于当时，善琴棋书画，颇通古今。曾受诬陷，但不诬人，被打入牢中，遭受毒打，仍保持做人品格，是一位有骨气但命运不济的风尘女子。

范成大（1126—1193）　字致能，号石湖居士，谥文穆。吴郡

（今江苏苏州）人。南宋绍兴二十四年（1154）进士，历处州知州、礼部员外郎、出知静江府、广西经略使、四川制置使、礼部尚书、资政殿学士等，官至参知政事。范成大曾出使金国，在金国气节不屈，撼动金世宗。晚年退居故里。与杨万里、尤袤、陆游并称"南宋四大诗人"。多有关心国事和民间之作，犹以田园诗词著称，清逸淡远。有《石湖居士诗集》、《石湖词》等传世。

张孝祥（1132—1170）　字安国，别号于湖居士。历阳乌江（今安徽和县乌江镇）人。绍兴二十四年（1154）进士第一，曾任中书舍人、直学士院、建康留守等职。又为荆南、湖北路安抚使等地方官，颇有政绩。官场几经沉浮、数遭弹劾罢官。晚年因病退居芜湖。能书法，善诗文，尤工词，风格清旷飘逸，为"豪放派"代表作家之一。有《于湖居士文集》、《于湖词》等。

王炎（1138—1200）　字晦叔。婺源（今属江西）人。所居在武水之阳，双溪合流，故自号双溪。南宋乾道五年（1169）进士，调崇阳主簿。历官潭州教授、临湘知县。累官至军器监，中奉大夫，赐金紫，封婺源县男。其作品多写农村生活，少吟风弄月之作，在宋词中十分难得。有《双溪集》、《双溪诗余》。

辛弃疾（1140—1207）　字幼安，号稼轩。历城（今济南）人。生于金国，青年时抗金归宋，曾任江西安抚使、福建安抚使等职。由于与当政的主和派政见不合，后被弹劾落职，退居江西信州达二十余年。六十四岁再起用为绍兴知府、镇江知府，不久罢免。六十八岁病逝。一生力主抗金北伐，壮志未酬。南宋"豪放派"代表词人，其词豪迈又不乏细腻，题材广阔，与苏轼合称"苏辛"。有词集《稼轩长短句》。

陈亮（1143—1194）　原名汝能，字同甫，号龙川，学者称为龙川先生。婺州永康（今属浙江永康市）人。南宋思想家、哲学家，辛弃疾好友，同为南宋爱国词人，以"推倒一世之智勇，开拓万古之心胸"自许。才气横溢，力主抗金，反对议和，长期被打压，曾两次下狱。词风与辛弃疾相近，感情激越豪放，格调高远，又不乏旖旎秀美。著有《龙川词》、《龙川文集》，存词70余首。

刘过（1154—1206）　字改之，号龙洲道人。吉州太和（今江西泰和）人，一说庐陵（今江西吉安）人。平生以功业自许，屡次参加科举考试，不中。博学广识，力主抗战，曾多次上书，陈述收复方略，不被朝廷采用。后流落江湖，客居江苏昆山。能诗词，受到陆游、辛弃疾、陈亮的赏识。词风与辛弃疾相近，豪放大气，抒发抗金救国之志。有《龙洲集》、《龙洲词》。

姜夔（1154—1221）　字尧章，号白石道人。饶州鄱阳（今江西鄱阳县）人。少年孤贫，流居湘、鄂之间。婚后移居湖州，往来于苏、杭一带。终生不第，以依附他人和朋友接济为生。超凡脱俗，孤傲不群，多才多艺，精通音律，词集中多自作曲。其词题材广泛，抒发流离颠沛、忧郁失意的孤苦。词风"如野云孤飞，去留无迹"（张炎《词源》）。晚年居西湖，卒葬西马塍。有《白石道人诗集》、《白石诗说》、《白石道人歌曲》等传世。

张辑　生卒年不详。字宗瑞，号东泽。江西鄱阳人。诗词风格多近姜夔，空灵含蓄，亦有苏、辛的豪放之作。词集名《东泽绮语债》。

刘克庄（1187—1269）　字潜夫，号后村居士。福建省莆田市人。淳祐六年（1246）宋理宗以其"文名久著，史学尤精"，恩诏赐同等进士出身，后官至工部尚书。曾因《落梅》诗遭谗言，免官十余年，反对苟安，力求收复中原，后三次入朝，三次被劾。词风粗放激越，多感慨时事，为南宋"江湖诗派"及辛派词人中重要人物。著有《后村先生大全集》、词集《后村别调》。

李好古　生卒年不详。字仲敏，高安人。自署"乡贡免解进士"。原籍陕西渭南。青少年时代壮志凌云，呼吁北伐，收复中原，但报国无门。生活于南宋中后期，词风雄劲豪放，言情激切，感伤时事。著有词集《碎锦词》。

吴文英（约1212—1272）　字君特，号梦窗，晚号觉翁。浙江四明人（今浙江省宁波市鄞州区）。南宋著名词人，一生不得志，流寓于江浙之间。曾在苏、杭等地任幕僚门客，寄人篱下，将满腹经纶寄于词曲，通晓音律，能自作曲，词作意深语丽。有《梦窗甲乙丙丁稿》传世。

刘辰翁（1232—1297）　字会孟，号须溪。吉州庐陵（今江西吉安）人。早年曾从学陆九渊，补太学士，曾任濂溪书院山长、临安府学教授。宋亡不仕，漂泊而终。词风近稼轩，诗文亦佳，曾评点诸多名家诗词。有《须溪集》、《须溪词》。

文天祥（1236—1283）　字宋瑞，又字履善，号文山。江西吉州庐陵（今江西省吉安市）人。南宋末政治家，爱国诗人，抗元民族英雄。宋理宗宝祐四年（1256）进士第一。任直学士院、知赣州。宋末德祐元年（1275）任右丞相兼枢密使，奉命赴元军议和，被拘留，后逃归。由海道南下，拥立益王，任右丞相，以都督攻江西，兵败被俘。囚于元大都燕京（今北京）四年，大义凛然，不屈就义。诗词多抒爱国之情，慷慨悲壮。著有《文山先生全集》、《文山乐府》。

蒋捷（1245—1301）　字胜欲，号竹山。阳羡（今江苏宜兴）人。宋度宗咸淳十年（1274）进士，南宋亡，深怀亡国之痛。晚年在太湖竹山定居，人称竹山先生。隐居不仕，抱节终身，与周密、王沂孙、张炎并称"宋末四大家"，词风自然疏朗，内容多怀念故国。有《竹山词》。

张炎（1248—1320?）　字叔夏，号玉田，又号乐笑翁。祖籍凤翔（今属陕西），寓居临安（今杭州）。南宋亡，家破，贫寒，流落于苏、杭间，曾北游元都，失意南归。词多抒发家破国亡之伤，词风清空高远。在词学研究上，对词的音律和写法均有论述。著有《词源》以及《山中白云词》（又名《玉田词》）。

金元词人

元好问（1190—1257） 字裕之，号遗山。太原秀容（今山西忻州）人。北魏鲜卑拓跋氏后裔。兴定五年（1221）进士，官至尚书省左司员外郎。金亡后，被囚数年。晚年重回故乡，隐居不仕，潜心著述。金元之际"一代文宗"、文艺理论家、历史学家，擅作诗、文、词、曲，词近苏、辛，为金朝之冠。著有《遗山集》四十卷，编有《中州集》、《中州乐府》。

段成己（1199—1279） 字诚之，号菊轩，段克己之弟。金朝进士，无意仕途。金亡，与兄段克己隐居龙门山（今山西河津黄河边）。兄去世后，徙居晋宁北郭，闭门读书近四十年。元世祖忽必烈召为平阳府儒学提举，不赴。八十一岁高龄卒。兄弟二人有合集《二妙集》，词有《菊轩乐府》一卷。

许衡（1209—1282） 字仲平，号鲁斋。怀州河内（今河南沁阳）人。世代为农，家贫好学，知识渊博。二十八岁时迁居大名（今河北大名县）隐居，躬耕讲学，从学者甚多。元代大儒、名臣，四十六岁时忽必烈召为京兆（今西安）提学，后到京城，官至中书左丞，为官正直。忽必烈至元十七年（1280）六月，因病归里。辞世后，赠谥号为文正。诗文质朴醇正。著有《鲁斋遗书》，存词4首。

刘秉忠（1216—1274） 字仲晦，初名侃，改名子聪，号藏春散人。邢州（今河北邢台）人。元代前期重要政治家。十七岁时为邢台节度使府令史。后入武安山为僧，随海云禅师入见忽必烈，受重用。从忽必烈征大理，战南宋，进言不妄杀戮。忽必烈称帝后，授光禄大夫等职，对元朝采用"汉法"、制定政体与规章等发挥重大作用。曾规划设计元大都，奠定北京市城市雏形。精于天文、地理、历法和音律，擅长诗文词曲，诗词沉郁豪迈。有《藏春集》六卷传世，词集《藏春乐府》。

白朴（1226—1307） 字仁甫，又字太素，号兰谷。河南开封人。后徙居真定（今河北正定县），晚岁寓居金陵（今南京）。受教于元好问，博览群书，享有盛誉。元代时，多有高官欲向朝廷推荐他，均谢绝，寄情于山水诗酒间，著书为乐。"元曲四大家"之一，有《梧桐雨》、《墙头马上》等杂剧传世。词风清秀雄远，有词集《天籁集》。

王恽（1227—1304） 字仲谋，号秋涧。卫州汲县（今属河南卫辉）人。忽必烈中统元年（1260），得姚枢推荐，升为中书省详定官。至元五年（1268），首拜监察御史，后任诸道提刑按察副使、正使，赃官污吏多有罢黜。元成宗时，官至知制诰、同修国史。大德五年（1301）致仕。一生为官，清廉正直，三代谏臣。卒追封太原郡公，谥文定。著名的学者、书法家，曾从学于元好问，博学多才，文章浑厚清晰，诗词雄劲超逸。著作丰厚，内容广泛，合为一百卷《秋涧先生全集》。词集名《秋涧乐府》，今存小令 41 首。

刘因（1249—1293） 字梦吉，号静修。容城（今河北容城）人。元朝大儒、理学家。家贫，乡居教授。至元十九年（1282）应召入朝为官，任右赞善大夫。因为母病，辞官归乡隐居，以教学为生。至元三十年（1293）赠翰林学士，病逝，谥号文靖。擅长诗文绘画，有二十二卷本《刘因文集》传世。词风格高深微，有词集《樵庵词》。

许有壬（1286—1364） 字可用。汤阴（今河南汤阴）人。元延祐二年（1315）进士，授辽州同知，除暴安民。后为江南行台监察御史，官至中书左丞、集贤大学士。历事七朝五十年，知无不言，"明辨力净，不知有死生利害"（《元史·许文忠公列传》）。老病致仕，死后追谥文忠。文章"雄浑闳隽，涌如层澜，迫而求之，则渊靓深实"，为元代文坛巨手。有《至正集》、《圭塘小稿》。

张翥（1297—1368）　字仲举，号蜕岩，又号蜕庵。晋宁（今山西临汾）人。人称蜕庵先生。少豪放不羁，后勤奋读书，以诗文闻名。元顺帝至正初年（1341）召为国子助教，后升翰林学士承旨。诗多忧时伤世，词婉丽高远，为元代重要词人。著有《蜕庵集》五卷，《蜕庵词》二卷。

萨都剌（1308—?）　字天锡，号直斋。生于雁门（今山西代县），回族（亦有说蒙古族）人。泰定四年（1327）进士，曾任江南行御史台掾史、闽海福建道肃政廉访知事等职，因弹劾权贵而降职，迁居多地，晚年居杭州。善绘画，精书法，好游山玩水。创作丰富，诗词雄健，著有《雁门集》三卷，集外诗一卷，存诗780 余首、词 14 首。

钱霖　生卒年不详。字子云。松江（今上海）人。元天历、至顺间，弃俗为道士，更名抱素，号素庵。营庵于松江东郊，后迁至湖州。晚年居嘉兴，又号泰窝道人。元顺帝至正三年（1343）尚在世，曾与杨惟桢等人为友。博学，擅长词曲，编有《江湖清思集》、《醉边余兴》、《渔樵谱》，所著均佚亡。现存词 3 首。

倪瓒（1301—1374）　初名倪珽，字元镇，自号云林居士。江苏无锡人。元末明初集诗人、画家和书法家于一身的文人。战乱年代未入仕，过着漫游生活。家富有，博学好古，多藏古书名画。元顺帝至正初年（1341），散尽家财，浪迹太湖一带，明初还乡终老。擅画山水和墨竹，亦擅诗文。著有《清閟阁集》，词集《云林乐府》。

明词人

刘基（1311—1375）　字伯温。浙江青田（今浙江文成）人。

元末明初政治家，明朝开国元勋。元末进士，曾任江西高安县丞等职。后因官场受压，弃官归里，隐居读书著述。元至正十九年（1359）受朱元璋聘为谋臣，辅佐朱元璋得天下、定天下，并任御史中丞，明洪武三年（1370）封诚意伯，次年赐归。明武宗时追赠谥号"文成"。博学，精通天文、兵法、数理等，尤以诗文见长，文风古朴雄放，与宋濂、高启并称"明初诗文三大家"。著有《诚意伯文集》。

杨基（1326—1378） 字孟载，号眉庵。长洲（今江苏苏州）人，原籍嘉州（今四川乐山）。少有才名，元末曾入张士诚幕府，为丞相府记室，后辞去。明初为荥阳知县，累官至山西按察使，后被谗夺官，罚服劳役，死于贬所。以诗著称，兼工书画。诗风清新秀美，与高启、张羽、徐贲为诗友，时人称为"吴中四杰"。词擅长小令，温雅清淡。著有《眉庵集》，词附其中。

高启（1336—1373） 字季迪，号槎轩。长洲（今江苏苏州）人。元末隐居吴淞江畔青丘，号青丘子。博学能文，诗才高逸。明初召入修《元史》，授翰林院国史编修官。朱元璋拟委任为户部右侍郎，力辞不受，返青丘以教书治田自给。苏州知府魏观颇赏之，魏观获罪，朱元璋见其为魏观所作文，疑而生怒，腰斩之，盛年惨死。诗词雄劲高雅。有《青丘集》，词集《扣舷词》一卷。

唐寅（1470—1524） 字伯虎，人称唐伯虎。长洲（今江苏苏州）人。明中期著名画家、书法家，才气横溢。弘治十一年（1498）举人，乡试第一中解元，故有"唐解元"之称。入京会试，卷入科场舞弊案，坐罪入狱，贬为浙藩小吏。从此绝意仕途，游荡江湖，潜心诗画，终成一代名画家。绘画，与沈周、文征明、仇英并称"吴门四家"，又称"明四家"。诗文与祝允明、文征明、徐祯卿并称"吴中四才子"。晚年皈依佛法。有《唐伯虎全集》。

文征明（1470—1559） 字征仲，号衡山居士。长洲（今江苏苏州）人。正德末以岁贡生荐试吏部，授翰林院待诏。嘉靖初预修《武宗实露》，不久辞归。明代著名书画家，工行草，尤精小楷；擅山水，细润潇洒，亦擅花卉人物，从学者甚众，遂成"吴门画派"。诗文温厚平和，词作婉丽隽永，与徐祯卿、唐寅、祝允明并称"吴中四才子"。著有《甫田集》。

杨慎（1488—1559） 字用修，号升庵。四川新都（今成都市）人。"明代三才子"之首。正德六年（1511）状元，官翰林院修、经筵讲官等。嘉靖三年（1524）因"议大礼"受廷杖，谪戍于云南永昌，居云南三十余年，足迹遍布云南。明熹宗时追谥"文宪"，世称"杨文宪"。博闻广识，著述甚富，诗词瑰丽。著作有《升庵全集》、《升庵词》二卷、散曲集《陶情乐府》，编有《词林万选》等。

徐渭（1521—1593） 字文长，号青藤。浙江山阴（今绍兴）人。明代杰出书画家。一生坎坷潦倒，曾为闽浙总督胡宗宪幕僚，参加东南沿海抗倭斗争和反对权奸严嵩。宗宪败，惧祸及己，佯狂自杀，未遂。因疑妻有奸情，杀妻入狱论死，赖友人得免。获释后贫病交加，以卖文鬻画糊口。擅长画水墨花卉，自成一家，形成"青藤画派"。书法长于行草。著作有《徐文长佚稿》、《徐文长全集》、杂剧《四声猿》及戏曲专论《南词叙录》等。

王世贞（1526—1590） 字元美，号凤洲，又号弇州山人。江苏太仓人。明朝后期政治家、史学家。嘉靖十六年（1537）进士，官至刑部尚书，官场几经沉浮。著作丰富，诗文、剧本、小说俱全，有《弇州山人四部稿》、《弇山堂别集》、诗话《艺苑卮言》、剧本《鸣凤记》及史学著作《史乘考误》等传世。有不少学者认为《金瓶梅》署名作者兰陵笑笑生即王世贞。

汤显祖（1550—1616） 字义仍，号海若、若士、清远道人。江西临川人。明代著名戏曲家。万历十一年（1583）进士，授太常博士，迁礼部主事。因上疏辅臣的腐败，触怒皇帝，被贬为徐闻典史，后任浙江遂昌知县。又因不依附权贵被削职，万历二十六年（1598）愤而弃官归里。成就诸多，以戏曲为最，戏剧作品多部，《牡丹亭》（又名《还魂记》）为其代表作，被翻译成多种文字，为世界戏剧艺术珍品。诗词文章俱美。著有《玉茗堂集》、戏曲"临川四梦"。

孙承宗（1563—1638）　字稚绳，号恺阳。河北高阳人。明万历三十二年（1604）进士，明末军事家、教育家、学者。曾任兵部尚书、辽东督师、东阁大学士等。明朝与后金作战屡败，孙自请督师，收复失地四百余里，提拔培养袁崇焕等将领，遭魏忠贤所谗，罢归。崇祯初，京城告急，复出，重镇山海，收复四镇，又遭权臣掣肘，告老回乡。崇祯十一年（1638）清军进攻高阳，率百姓及家人守城，城破后自缢。文笔雄劲飞扬，词风粗犷豪迈。著有《高阳集》。

陈子龙（1608—1647）　字卧子，号轶符。松江华亭（今上海市松江区）人。明末政治家，早年入复社。屡次起兵抗清，兵败逃亡被捕。清顺治四年（1647）六月十五日夜间，于登船押送途中乘间投河自杀殉国。旷世逸才，英豪铁血，才子柔情，情深义重。其词雄浑华美、哀婉凄恻。史家称誉："生而文章名世，没而忠义传世。"评家推崇其词为明代之冠。著有词集《江蓠槛》与《湘真阁存稿》。

夏完淳（1631—1647）　字存古，号小隐，又号灵首。松江华亭（今上海松江）人。明末抗清英雄。父亲夏允彝，江南名士。清军南下后，十四岁随父参加抗清，战败，父自杀殉国，又从其师陈子龙参谋太湖吴易军事，鲁王政权授以编修，失败后隐于乡。顺治四年（1647）被捕解南京，洪承畴亲为劝降，不屈遇害，年仅十七岁。乾隆时谥节愍。所作诗词优美而雄劲。著有《南冠草》、《续幸存录》、《南都大略》、《玉樊堂集》等，清人编刻有《夏节愍全集》。

清词人

吴伟业（1609—1683）　字骏公，号梅村。江苏太仓人。明末江南复社重要人物之一。明崇祯四年（1631）进士，曾任翰林院编修，南明弘光朝授少詹事。清顺治十年（1653）被迫应诏北上出仕，历官秘书院侍讲、国子监祭酒。顺治十三年底以母丧为由乞假南归，此后不复出仕。明末清初著名诗人，与钱谦益、龚鼎孳并称"江左三大家"。著作丰厚，有《梅村家藏稿》，传奇《秣陵春》、词集《梅村词》等。

柳如是（1618—1664）　本名杨爱，字蘼芜，后改姓柳，字如是，又称河东君。浙江嘉兴人。明末名妓，"秦淮八艳"之首。幼年为盛泽徐氏养女，后入吴江故相周道登家为侍婢。继为盛泽归家院妓，与陈子龙有一段情愫，为陈妻不容。后嫁钱谦益为姜，于钱谦益降清后，秘密助其参加反清活动，深明大义。钱氏病故后，因不堪钱氏家族家产纠缠，自缢身亡，葬于虞山。书画双绝，才气过人，其诗词幽艳秀丽、韵味婉约。有《湖上草》、《戊寅草》等诗词集传世。国学大师陈寅恪先生著有《柳如是别传》。

徐灿（约 1618—1698）　字湘蘋，号明霞，又号紫箸。江南吴县（今江苏苏州）人。明末清初著名女词人、诗人、书画家，清朝弘文院大学士陈之遴继妻。工诗，尤长于词。其词多抒发国家兴亡、人生漂泊之痛，词风可追李清照。有词集《拙政园诗余》三卷。

王夫之（1619—1692）　字而农，号姜斋。衡州府（今湖南衡阳市）人。明崇祯十五年（1642）举人。清兵入侵时，举义军抗清。后见复明无望，隐居衡阳石船山，著述终老，人称船山先生。与黄宗羲、顾炎武并称明末清初三大思想家，学识渊博。其词凄凉悲切，冷峻意深。著述存世约 73 种 401 卷，主要有《姜斋文集》、《姜斋诗集》、《姜斋词》等。

陈维崧（1626—1682） 字其年，号迦陵。江苏宜兴人。明末四公子之一陈贞慧之子。科举数次不利，漂泊江湖二三十载。清康熙年间，举博学鸿词，参修《明史》。才情飞扬，个性率真，清代前期阳羡词派领袖，清高佑釲评其词"纵横变化，无美不臻"。著有《湖海楼全集》、词集《湖海楼词》三十卷，存词 1600 多首。

朱彝尊（1629—1709） 字锡鬯，号竹垞，别号金风亭长。浙江秀水（今嘉兴市）人。早年参加抗清活动，几遭祸。事后布衣游四方。清康熙十八年（1679）举博学鸿词，授翰林院检讨。参修《明史》，曾任江南乡试主考官。数次被劾降职、复官。晚年专注治学著述。清初浙西词派领军人物，与陈维崧齐名，词作崇尚清空醇雅。著有《曝书亭集》、《腾笑集》及词集《曝书亭词》，编有《明诗综》、《词综》等。

屈大均（1630—1696） 字介子，号翁山。广东番禺人。明末清初"岭南三大家"之首，有"广东徐霞客"美称。少随师抗清，败走肇庆，南明永历帝授以中秘书，因父殁急归。削发为僧，秘密从事抗清活动。事泄，至北方云游，远到东北等地。后着民服，归南方，避居桐庐多处，著述讲学，以明遗民终身。诗词豪健沉郁。有《翁山诗外》、《翁山文外》、《翁山易外》等，因与屈原同姓，词集以《骚屑》命名，以表忠于故国之意。

彭孙遹（1631—1700） 字骏孙，号羡门，又号金粟山人。浙江海盐人。顺治十六年（1659）进士，康熙十八年（1679）举博学鸿词科第一，授编修。累迁吏部侍郎，兼翰林掌院学士，为《明史》总裁。诗工整和谐，近于唐代刘长卿，与王士禛齐名，并称"彭王"。词工小令，多香艳，早年亦有慷慨苍凉之作。著有《南往集》、词集《延露词》。

王士禛（1634—1711） 字子真，字贻上，号阮亭，别号渔洋

山人。山东新城（今桓台县）人。雍正帝继位，"禛"字犯御讳，

山人。山东新城（今桓台县）人。雍正帝继位，"禛"字犯御讳，改称士正；乾隆间，诏改士祯。顺治十五年（1658）进士，授扬州推官，历官礼部主事、户部郎中、左都御史、刑部尚书等，颇有政声，谥文简。清代文坛领袖，与朱彝尊并称"南朱北王"，论诗倡"神韵说"。有《带经堂集》、《渔洋山人精华录》及词集《衍波词》。

顾贞观（1637—1714）　字华峰，号梁汾。江苏无锡人。晚明东林党领袖顾宪成曾孙。少与同里严绳孙等结"云门社"。年二十余，诗词名噪京师。康熙初大学士魏裔介赏其才，荐授秘书院典籍。康熙十年（1671）受南北党争余波之累，落职归里。康熙十五年（1676）再度进京，馆于纳兰明珠家，结交纳兰性德。纳兰卒，还江南，著述三十年终老。其词采诸家之长，清劲明丽，情真意切。有《积书岩集》、词集《弹指词》二卷。

孔尚任（1648—1718）　字聘之，又字季重，号东塘。山东曲阜人。孔子六十四代孙。清初诗人、戏曲作家，博学多才。早年隐居石门山。康熙帝二十三年（1684）南巡，于曲阜召讲经，授国子监博士，累迁户部主事、员外郎等职。所著《桃花扇》传奇为中国戏曲杰作，与洪升所作《长生殿》齐名，有"南洪北孔"之誉。亦工诗词，有诗集五部，才思飞扬，飘逸洒脱，词见于《阙里孔氏词钞》。有《湖海集》、《岸塘文集》、《长留集》等。

纳兰性德（1655—1685）　字容若，号楞伽山人。满洲正黄旗人。大学士明珠长子。自幼饱读诗书，文武兼修，十七岁入国子监，康熙十五年（1676）进士，曾随康熙帝出巡塞外。英年早逝，年仅三十岁。王国维《人间词话》评纳兰词"北宋以来，一人而已"。其词题材广泛，真挚自然而又清婉凄美。著有《通志堂集》、《饮水词》等。

厉鹗（1692—1752）　字太鸿，号樊榭。钱塘（今杭州）人。清中期著名诗人、学者，浙西词派中坚人物。康熙五十九年

（1720）举人，乾隆元年（1736）参加"博学鸿词"试，因误而名落孙山，后终身未仕。学识渊博，诗词深受文坛赞誉，词风幽隽清冷。著书众多，有《樊榭山房集》、《宋诗纪事》、《辽史拾遗》等，词集《樊榭山房词》。

曹雪芹（1715—1763）　名霑，字梦阮，号雪芹，又号芹圃、芹溪。出身满清正白旗包衣世家，生于江宁（今南京），祖籍有争议（河北丰润、辽宁沈阳）。自其曾祖起，三代任江宁织造，其祖父曹寅尤为康熙帝所宠用。雍正六年（1728）被抄家，随家迁居北京。从此家道衰落，靠卖字画及朋友接济为生。晚年居北京西郊，贫病而卒。性格高傲，蔑视权贵，远离官场。爱好广泛，具有深厚文化修养和卓越艺术才华。创作长篇小说《红楼梦》，代表中国古典小说最高成就，并在世界文学史上享有盛誉。

恽敬（1757—1817）　字子居，号简堂。江苏阳湖（今常州）人。清乾隆四十八年（1783）举人，曾任咸安宫官学教习，浙江富阳、江西瑞金等县知县，官南昌同知、署吴城同知，受诬陷罢官。阳湖文派创始人之一，钻研古文、史学，旁及哲学、兵农等。亦工词，词风婉约意深，所存不多。有《大云山房文稿》。

张惠言（1761—1802）　原名一鸣，字皋文。江苏武进（今常州）人。嘉庆四年（1799）进士，授翰林院编修。清代经学家、词学家，乾嘉学派名儒。勤于治学，精通经义，长于礼学。常州词派创始人，提出"比兴寄托"，主张"意内言外"，对词学贡献较多。与弟张琦合编《词选》，著有《茗柯文编》五卷。词作现存46首，多为佳作，沉郁厚重。

龚自珍（1792—1841）　字璱人，号定庵。仁和（今浙江杭州）人。晚年居昆山羽琌山馆，又号羽琌山民。著名启蒙思想家、改良主义先驱者、文学家。曾任内阁中书、礼部主事等职。主张革新，抵制外国侵略。屡揭时弊，触及政忌，遭排挤和打击。道光十九年（1839）辞官南归，后卒于江苏丹阳云阳书院。其诗词亦剑亦箫，高亢深沉。著有《定庵文集》、《定庵诗集》、《定庵词》等，现存文300余篇，诗词800余首。

项廷纪（1798—1835） 又名鸿祚，字莲生。浙江钱塘人。道光十二年（1832）举人。中举前三年，火毁其家，奉母入京投亲，半道遇水，母与侄遇灾而亡。中举后，应礼部试不中，甚不如意，归家愈神伤，愁病交加而早逝，年仅三十八岁。其词清苦郁深，谭献评之与纳兰性德、蒋春霖为"清词三鼎足"。有《忆云词》。

陈澧（1810—1882） 字兰甫，号东塾。广东番禺（今广州）人。道光十二年（1832）举人，官河源县训导，赐五品卿衔。晚清名儒，经学大师，学识渊博，先后主讲学海堂与菊花精舍数十年，造就人才颇多。精于诗词，以雅洁清逸见长。著作甚富，有《东塾集》、《声律通考》、《益州书画录》、词集《忆江南馆词》。

蒋春霖（1818—1868） 字鹿潭。江苏江阴人。少随父荆门，父亡，奉母至京。咸丰年间官至两淮盐大使等职，遭罢官。穷困潦倒，移居泰州，赴衢州访友，舟途经吴江，逝于垂虹桥之下。早年工诗，中年专意于词，词作婉约清逸，忧时感世，抑郁悲凉。与纳兰性德、项廷纪有清代三大词人之称。著有《水云楼词》、《水云楼诗剩稿》。

周星誉（1826—1884） 字畇叔，一字叔云。河南祥符（今开封）人，祖籍浙江绍兴。道光三十年（1850）进士，历任监察御史、礼部给事中，官至两广盐运使兼署广东按察使。曾办双益社，云集名流。能花卉，工诗词。有《鸥堂剩稿》，词集《东鸥草堂词》。

王鹏运（1849—1904） 字幼遐，号半塘，晚号鹜翁。广西临桂（今桂林）人。同治九年（1870）举人，光绪间官至礼科给事中，敢直言议政，弹劾权贵。光绪二十八年（1902）告归，至扬州主学堂，卒于苏州。一生致力词学，与朱孝臧、郑文焯、况周颐合称"清末四大家"而居首。其词悲壮沉郁。著有《袖墨词》、

《鹜翁词》等集，晚年删定为《半塘定稿》。又辑宋元诸家词为《四印斋所刻词》。

文廷式（1856—1904）　字道希，号芸阁。江西萍乡人。清光绪八年（1882）举人，十六年（1890）进士。授编修，充国史馆协修，擢侍读学士，署大理寺卿。中日甲午战争，力主抗战，上疏请罢慈禧生日庆典，奏劾李鸿章丧心误国，被革职驱逐出京。回乡后鼓吹变法，戊戌政变遭通缉，避走日本。归国后居沪，穷愁潦倒。1904 年病死故里，年仅四十九岁。词风遒劲，笔力雄放。有《云起轩词》。

郑文焯（1856—1918）　字俊臣，号小坡，又号冷红词客、大鹤山人。奉天铁岭（今属辽宁）人，隶内务府正白旗。光绪元年（1875）举人，捐资为内阁中书。长期寓居苏州，为江苏巡抚幕客三十余年。"清末四大家"之一，通音律，工诗词，以词人著称于世，词风淡雅清逸。有《大鹤山房全集》、词集《樵风乐府》。

朱孝臧（1857—1931）　原名祖谋，字古微，号沤尹，又号彊村。浙江归安（今湖州）人。光绪九年（1883）进士，授编修，国史馆协修、内阁学士，官至礼部右侍郎。入民国，寓居上海。工词，"清末四大家"之一，所作华美苍劲，韵律和谐。著有词集《彊村语业》，辑有《彊村丛书》，编有《湖州词征》、《沧海遗音集》等。

况周颐（1859—1926）　原名周仪，字夔笙，号蕙风。广西临桂（今桂林）人。光绪五年（1879）举人，授内阁中书，任会典馆协修、国史馆校对。后在两江总督张之洞、端方幕府任幕僚。又任教于龙城书院、南京师范学堂。入民国，在沪寓居。一生致力于词凡五十年，精于词论。"清末四大家"之一，词尚沉郁，严守音律。著有《蕙风词》、《蕙风词话》。

梁启超（1873—1929）　字卓如，号任公，又号饮冰室主人。广东新会人。近代思想家、政治家、教育家、史学家、文学家。

光绪十五年（1889）举人。康有为学生，任上海《时务报》主编。戊戌变法前，与康氏联合向清廷上书，请求变法，世称"康梁"。失败后流亡日本，与康有为组织保皇会，创办《清议报》、《新民丛报》，宣传维新改良，主张君主立宪。民国成立后，曾任袁世凯政府司法总长，后任段祺瑞政府财政总长。倡导新文化运动，支持五四运动。晚年在清华大学任教。有《饮冰室合集》，词附集中。

　　王国维（1877—1927）　字静安，亦字伯隅，晚号观堂。浙江海宁人。1901年赴日本留学，后病归。1911年再次东渡日本，侨居四年，从事文史等研究。可谓中国近现代之交知识渊博、享有盛誉之学者，连接中西哲学与美学之大师，深受德国哲学家叔本华的影响。曾任清华研究院导师。五十岁自沉昆明湖。著作60余种，批校古籍200余种，所著《人间词话》、《宋元戏曲考》广为流传。

附录二　主要参考资料

- 《唐宋词鉴赏辞典（唐·五代·北宋）》，上海辞书出版社，1988 年
- 《唐宋词鉴赏辞典（南宋·辽·金）》，上海辞书出版社，1988 年
- 《元明清词鉴赏辞典》，上海辞书出版社，2002 年
- 龙榆生编选《唐宋名家词选》，上海古籍出版社，1980 年
- 盖国梁编选《唐宋词三百首》，上海古籍出版社，1999 年
- 夏承焘、张璋编选《金元明清词选》，人民文学出版社，1983 年
- 严迪昌编选《金元明清词精选》，江苏古籍出版社，1992 年
- 龙榆生编选《近三百年名家词选》，上海古籍出版社，1979 年
- 龙榆生编选《唐宋词格律》，上海古籍出版社，1978 年
- 王国维《人间词话》，中华书局，2012 年
- 《人生若只如初见：纳兰词鉴赏》，浙江大学出版社，2016 年
- 《先秦诗鉴赏辞典》，上海辞书出版社，1983 年
- 《汉魏六朝诗鉴赏辞典》，上海辞书出版社，1992 年
- 《唐诗鉴赏辞典》，上海辞书出版社，1983 年
- 《宋诗鉴赏辞典》，上海辞书出版社，1987 年
- 《元明清诗鉴赏辞典（辽·金·元·明）》，上海辞书出版社，1996 年
- 《元明清诗鉴赏辞典（清·近代）》，上海辞书出版社，1994 年
- 台静农《中国文学史》（上、下），上海古籍出版社，2012 年
- 刘小川《品中国文人》（1、2），上海文艺出版社，2008 年
- 许倬云《万古江河：中国历史文化的转折与开展》，上海文艺出

版社，2006 年

- 林语堂《苏东坡传》，现代教育出版社，2007 年

- 史良昭《浪迹东坡路》（"古典诗词漫话"系列），中华书局，
  2004 年

- 骆玉明《纵放悲歌》（"古典诗词漫话"系列），中华书局，
  2004 年

- 高章采《官场诗客》（"古典诗词漫话"系列），中华书局，
  2004 年

- 王充闾《沧桑无语》（"历史大散文"系列），东方出版中心，
  2007 年

- 山谷《回眸江南》，东方出版中心，2004 年

- 郑骁锋《逆旅千秋》，陕西师范大学出版社，2007 年

- 丁帆《江南悲歌》（"长河随笔"系列），岳麓书社，1999 年

- 李泽厚《美的历程》，天津社会科学院出版社，2001 年

- 朱光潜《谈美书简二种》，上海文艺出版社，1999 年

- 《中国美学史》，高等教育出版社，2015 年

- 《诗韵新编》，上海古籍出版社，1989 年

- 赵京战编著《中华新韵（十四韵）》，中华书局，2011 年

- 蒋勋《蒋勋说文学之美》，中信出版社，2015 年

- 木心《1989—1994 文学回忆录》，广西师范大学出版社，2013 年

- 王力《汉语诗律学》，山东教育出版社，1989 年